Save the Cat!
나의 첫 소설 쓰기

Save the Cat!
나의 첫 소설 쓰기

아이디어를 소설로 빚어내기 위한 15가지 법칙

제시카 브로디 지음

정지현 옮김

Writes a Novel.

티인의사유

Contents

2005년에 블레이크 스나이더라는 매우 현명한 시나리오 작가가
『Save the Cat! 흥행하는 영화 시나리오의 8가지 법칙』(이하 『세이브
더 캣!』이라 칭함)이라는 매우 현명한 책을 썼다. 그 책에서 블레이크
는 위대한 할리우드 영화는 모두 15개의 비트Beat(이야기 안에서 반드
시 일어나야 할 핵심 사건-옮긴이)를 중심으로 구성되었다고 주장하면
서, 시나리오 작가들에게 15개의 '비트' 또는 플롯 포인트를 활용해
시나리오를 쓰는 방법을 가르치기 시작했다.

즉각 반응이 나왔다. 몇 년도 지나지 않아 전 세계 시나리오 작
가, 감독, 제작자, 영화사 임원들은 더 재미있고 흥미로운 시나리오
를 개발하기 위해 블레이크의 15개 비트 템플릿, '비트 시트'로 눈
을 돌렸다. 『세이브 더 캣!』의 작법은 곧 영화계에서 널리 인정받
게 되었다.

한편, 2006년에 영화사 임원에서 소설가로 전향하려던 나는 첫
번째 소설을 출판사에 팔려고 애썼지만 잘되지 않았다. 서랍에는 출
판사에서 보낸 거절 편지가 가득했는데 다들 똑같은 말을 했다. "글
은 좋은데 스토리가 없네요." 솔직히 고백하건대 나는 플롯 구조에

문외한이었다. 어느 날 시나리오 작가 친구가 『세이브 더 캣!』을 건네주며, "인기 시나리오 작문서인데 소설에도 응용할 수 있을 거야"라고 말했다.

친구의 말이 맞았다.

『세이브 더 캣!』을 처음부터 끝까지 (여러 번) 읽고 블레이크의 15개 비트 템플릿을 내가 좋아하는 소설들과 비교해 보았다. 조금만 가다듬으면 시나리오 말고 소설 쓰기에도 완벽하게 적용할 수 있겠다 싶었다.

그래서 내가 직접 증명해 보기로 했다.

거의 10년이 지난 지금, 나는 사이먼&슈스터, 랜덤 하우스, 맥밀런 같은 주요 출판사에 15권 이상의 소설을 팔았다. 내 책들은 23개 이상의 국가에서 번역 및 출간되었으며 2권은 현재 영화화가 진행 중이다.

이게 과연 우연의 일치일까? 절대 아니다. 그럼 내가 훌륭한 작가라서? 그건 논쟁의 여지가 좀 있겠다. 블레이크 스나이더가 소개한 방법론이 세계 최초였던 건가? 전혀 그렇지 않다. 그는 이야기와 캐릭터 변화 요소를 연구해 근본적인 패턴을 알아낸 것뿐이다. 스토리텔링의 코드 말이다.

나는 그동안 세이브 더 캣 비트 시트를 활용해 수많은 소설을 구상했고 이를 수천 명의 작가에게도 전수했다. 그러는 동안 스토리텔링 코드를 활용해 짜임새 탄탄하고 흥미진진한 소설을 쓰는 쉽고 체계적인 과정을 고안할 수 있었다. 이 책에서 하나도 남김없이 다 알려 줄 것이다.

블레이크가 설계한 비트 시트는 영화에 관한 것이 아니다. 이야 기에 관한 것이다. 쓰는 글이 영화나 연극 대본, 소설, 단편, 회고록 이든 장르가 코미디, 드라마, SF, 판타지, 공포든 스스로 문학 작가 나 상업 작가라고 생각하든 이것만큼은 결코 타협할 수 없다. 좋은 이야기가 필요하다는 사실이다.

이 책은 당신이 그 목적지에 이르도록 도와줄 것이다.

시나리오 작문법으로 소설을 쓴다고?

그런데 왜 소설가들이 시나리오 작가들의 방법을 따라야 하는가? 영화보다 소설이 먼저 나왔는데!

미디어를 중심으로 숨 가쁘게 돌아가는 오늘날의 첨단 기술사 회에서 소설가는 시나리오 작가와 경쟁해야 한다. 무성영화가 처음 스크린을 강타한 순간부터 소설은 좋든 싫든 같은 오락 수단인 영 화와 싸워야 했다. 찰스 디킨스와 브론테 자매는 대규모의 슈퍼히 어로 영화나 멜리사 맥카시의 신작 코미디 영화와 경쟁할 필요가 없었지만 현대 소설가들의 사정은 다르다. (참고로 『제인 에어』, 『폭풍의 언덕』, 『위대한 유산』 같은 다수의 고전 소설에서 『세이브 더 캣!』의 15개 비트가 전부 발견된다.)

열쇠는 전개 속도(페이스)에 들어 있다. 시각적 요소와 흥미로운 캐릭터 여정, 탄탄한 구조를 갖춘 데다가 속도 조절까지 잘 된 소설은 그 어떤 블록버스터 영화와 맞붙어도 이긴다.

하지만 그런 소설을 어떻게 쓸 수 있을까?

그래서 세이브 더 캣 비트 시트가 필요하다.

내가 『세이브 더 캣!』 소설 버전을 연구한 이유

이 책을 쓰기 전에 몇 년 동안, 나는 소설가들을 대상으로 세이브 더 캣 비트 시트 집중 워크숍을 진행했다.

자신의 소설이 무엇에 관한 이야기인지, 어떻게 구조를 세워야 하는지 헤매는 소설가들을 오랫동안 지켜보면서 블레이크의 방법론을 활용해 소설가들을 이끌어 주는 논리적이고 직관적이며 효과적인 방법을 생각해 냈다. 그 방법의 장점은 혼자 활용해도 되고 비평 그룹이나 파트너와 함께할 수도 있다는 것이다. 주요 챕터의 마지막에 연습 법과 체크리스트를 넣어 좀 더 확실하게 활용할 수 있도록 했다. 혼자를 선호하든 집단을 선호하든 이 책은 최고의 이야기를 개발하도록 도와줄 것이다.

이 책을 읽기 시작한 이유가 플롯의 특정 부분(중간)이 막혀서일 지라도 꼭 처음부터 차례대로 읽기를 권한다. 막히는 부분만 빼고 나머지는 전부 해결되었다고 생각할지도 모르지만 어딘가가(중간 등) 막혔다는 것은 병이 아니라 증상에 가깝다. 당신의 생각보다 이 야기의 훨씬 더 깊은 곳에 문제가 있을 수도 있다는 뜻이다.

이 책은 단순히 이야기의 플롯만을 다루지 않는다. '플롯'은 그 자체만으로는 쓸모가 없다. 그냥 이야기에서 일어나는 일련의 사건 들일 뿐이니까. 그러나 구조는 사건들이 일어나는 순서를 말한다. 그보다 더 중요한 것은 구조가 사건들이 일어나는 타이밍이라는 것 이다. 그뿐만이 아니다. 이야기에는 플롯과 구조에 더하여 변할 필 요가 있고 결국 끝에 가서 변하게 되는 캐릭터가 필요하다. 그러면 세상에 들려줄 가치가 있는 이야기가 탄생한다.

플롯, 구조, 캐릭터 변화.

나는 이것을 '이야기의 성 삼위일체'라고 부르고 싶다.

스토리텔링에서 이 3가지는 마법의 가루나 마찬가지다. 모든 위 대한 이야기가 이 세 가지 기본 재료로 이루어진다. 그러나 줄거리, 구조, 캐릭터 변화의 성 삼위일체는 매우 섬세하고 복잡하게 연결 된 하나의 실체다. 그래서 이 책의 내용을 꾸리기까지 수년간의 연 구와 교육 경험, 세심한 고려가 필요했다.

계획 vs 직감

널리 알려진 바와 같이 소설가에는 플로터Plotter와 판처Pantser가 있다. 플로터는 집필하기 전에 미리 플롯을 짜는 스타일을 말하고 판처는 미리 정해 놓지 않고 '직감적으로' 진행하는 스타일을 말한다. 당신이 판처 스타일이라면 이 책에서 '구조'라든지 '체크리스트' 같은 단어를 보고 크게 당황할 것이다.

하지만 확실히 말해 두겠다.

이 책은 플로터를 위한 책이 아니다. 판처를 개조하겠다고 선언하는 책도 아니다. 굳이 따지자면 나 자신도 '플로터'에 속하지만 어떤 창작 스타일이 더 낫다는 사실을 증명하려고 이 책을 쓰진 않았다. 오랜 세월 동안 수천 명의 작가와 일하면서 창작 과정은 매우 불가사의한 수수께끼 같고 사람마다 천차만별이라는 것을 배웠다. (모든 작가는 세상에 하나뿐인 특별한 이야기꾼이다.) 내 목표는 당신의 창작 과정을 바꾸는 것이 아니다. 좀 더 탄탄하게 해 주고 싶다는 것이다.

차의 시동을 걸기 전에 정확히 어디로 갈지 알아야 하는 사람이라면 이 책은 원하는 곳에 더 빠르고 효율적으로 가도록 도와줄 것이다. 일단 차에 올라타 내키는 대로 운전하면서 그때그때 길을 찾기를 좋아하는 사람에게 이 책은 자동차 보험 긴급 출동 서비스와도 같다. 지도, GPS, 연료 없이 갑자기 차가 멈춰 버리거나 길을 잃었을 때 얼른 나서서 문제를 해결해 줄 것이다.

첫 번째 초고를 '판처' 스타일로 쓰고 퇴고를 하면서 본격적으로 다듬는 방식이나, 번쩍 아이디어가 떠올라 미리 플롯을 짜는 것이나 결국은 똑같다. 솔직히 플로터 스타일인지 판처 스타일인지는 전혀 중요하지 않다. 결국엔 구조가 더해져야 한다. 앞에서 미리 하거나 나중에 하거나의 차이일 뿐.

그러니 걱정하지 마라. 당신이 어느 쪽이든 이 책은 소설 쓰기라는 고무적이면서도 버거운 작업의 안내자가 되어 줄 것이다.

° 공식이라는 것

세이브 더 캣 비트 시트를 처음 접한 뒤 사람들의 입에서는 꼭 '공식'이라는 단어가 나온다.

공식.

그러다 보니 정해진 방법론을 따르다가 너무 '공식적'이거나 '예측 가능한' 소설이 되지 않을까 걱정하는 소설가들이 많다. 일정한 구조 지침이나 템플릿을 따르면 예술성이 떨어지고 창의적인 선택권이 줄어든다고 걱정한다.

그 걱정의 싹을 지금 당장 잘라 놓으려고 한다.

블레이크 스나이더가 거의 모든 영화에서 찾아낸 패턴과 내가 거의 모든 소설에서 찾아낸 패턴은 공식이 아니다. 아까도 말했지만 기본 스토리텔링 코드다.

훌륭한 이야기를 만드는 비밀 레시피 말이다.

인간은 특정한 순서로 이루어진 스토리텔링 요소에 반응한다. DNA 깊숙이 들어 있는 무언가로 인해 그럴 수밖에 없게 되어 있다. 우리의 원시인 조상들이 동굴 벽에 그림을 그리고 부족끼리 모닥불에 둘러앉아 이야기를 주고받던 때부터 그랬다. 세이브 더 캣 비트 시트는 그 코드를 식별해 성공적인 이야기를 만들어 주는 간단한 청사진을 제시한다. 이는 처음 발명된 이후로 쭉 사용된 바퀴를 다시 발명할 필요가 없는 것과도 같다.

나는 인기 있는 소설을 계속 연구해 왔다. 그 범위는 최신작부터 1700년대에 출판된 책들까지 다양하다. 그 결과, 거의 모든 소설이 똑같은 패턴에 들어맞는다는 사실을 발견했다. 잘 쓴 소설은 전부 세이브 더 캣 비트 시트로 구조 분석이 가능하다.

공식이라고 부르고 싶으면 그래도 된다. 하지만 그냥 공식은 아니다. 찰스 디킨스, 제인 오스틴, 존 스타인벡, 스티븐 킹, 노라 로버츠, 마크 트웨인, 앨리스 워커, 마이클 크라이튼, 애거서 크리스티를 포함한 수많은 위대한 작가들의 작품에서 찾아볼 수 있는 공식이다.

뭐라고 부르든 간에, 효과적이다.

파티를
시작하자

자, 이제 파티를 시작하자. 저 앞의 장대한 여정을 빨리 시작하고 싶은 생각에 몸이 근질거린다.

하지만 그전에 짚고 넘어가야 할 것이 있다. 뭐가 필요한가? 최소한 소설 아이디어가 있어야 한다. 꼭 굉장한 아이디어일 필요는 없다. 아이디어의 씨앗일 수도 있고 순간 번쩍 떠오른 아이디어일 수도 있다. 그냥 흥미로운 인물 하나가 떠오른 것뿐일 수도 있고 함께 엮고 싶은 여러 가지 생각일 수도 있다. 아이디어는 있지만 소설로 쓸 만한 가치가 있는지 모를 수도 있다. 영화계에서 흔히 말하듯 '가능성이 있는지' 말이다. 과연 쭉쭉 나아가 300페이지가 넘는 책이 될 수 있는 아이디어일까?

이미 전체 혹은 일부를 집필했지만 별로라서 수정이 필요할 수도 있다. 아니면 집필은 시작했는데 이야기를 어떻게 전개해야 할지 꽉 막혀 버려 새로운 영감이 필요한 상황일지도 모른다.

구체적으로 어떤 상황에 놓여 있든 당신과 이 여정을 함께하게 되어 기쁘다. 앞으로 각 챕터에서 어떤 내용을 다룰지 간단히 살펴보겠다.

1. 주인공

가장 먼저 1장에서는 당신이 쓰는 이야기의 '주인공'에 대해 살

퍼볼 것이다. 주인공이 누구이고 어떤 이유에서 변화가 절실히 필요한지 이야기할 것이다.

2. 비트

2장에서는 이 책의 핵심이 되는 15개의 세이브 더 캣 비트 시트를 자세히 살펴본다. 비트를 바탕으로 소설의 강력한 변화 여정을 구상할 수 있다.

3. 장르

3~13장에서는 장르에 대해 이야기하려 한다. 앞서 비트 시트를 통해 플롯 포인트를 이해했다면, 이제 '세이브 더 캣 장르'를 통해 10가지 이야기의 원리를 이해할 차례다. 이것은 (SF, 드라마, 코미디 같은) 기존의 분류와는 다르다. 세이브 더 캣 장르는 캐릭터 변화 유형 또는 핵심 주제에 따라 이야기를 분류한다. 소설의 성공에 필요한 '장르 재료'가 들어갔는지 확인할 수 있도록 각 장마다 예시로 인기 소설의 비트 시트를 실제로 적용해 보면서, 오늘날 가장 성공한 소설에 15개 비트가 어떻게 사용되었는지 확인할 수 있다.

4. 피치

14장에 이르면 당신의 소설이 무엇에 관한 이야기인지 꽤 잘 알게 되었을 것이다. 이야기를 한 페이지짜리 설명으로 요약하고(시눕시스) 나아가 에이전트, 편집자, 출판사, 독자, 심지어 영화제작자에게 피칭할 때 필요한 '한 문장으로 요약하는 방법'을 알아본다.

5. 자주 묻는 질문들

아무리 훌륭하고 철저하게 책을 구성했더라도 소설을 쓰다 보면 문제가 생기지 않을 수 없다. 15장에서는 소설가들이 세이브 더 캣 작법(비드 시트와 장르)을 실행할 때 마주치는 가장 일반적인 6가지 문제에 대한 실용적인 해결책을 제시한다.

°

고양이가
왜 나와?

잠깐! 이 책의 제목을 처음 듣는 사람은 분명 갸우뚱했을 것이다.

도대체 왜 '세이브 더 캣!'이지?

그 대답은 할리우드에서 가장 성공한 시나리오 작가 블레이크 스나이더로 거슬러 올라간다. 그는 『세이브 더 캣!』이라는 책을 통해 스토리텔링에서 가장 흔하게 발생하는 문제를 피하는 방법을 조언한다. '고양이를 구하라!'는 그가 내놓은 해결책 중 하나였다. 이야기의 주인공이 다소 비호감 캐릭터라면 초반에 고양이를 구하게 하라는 것이다(나무, 불타는 건물, 유기동물 보호소에서). 그러니 '세이브 더 캣!'이란 말은 비호감 캐릭터지만 독자들이 응원할 마음이 생기게 해 주는 무언가를 말한다.

15장은 작가들이 세이브 더 캣 작법을 활용할 때 마주하는 가장 일반적인 문제를 다루는데, 거기에서 고양이를 구하는 방법을 몇 가지 알려 줄 것이다. 특히 소설가가 이야기 개선에 활용할 수 있는 새로운 조언과 팁이 책 전반에 걸쳐 소개된다.

자, 그럼 이제 출발해 보자. 당신의 주인공이 기다리고 있다. 커다란 문제를 안고 있는 주인공이.

1.

무엇이 독자의 관심을
끌어당기는가?

읽을 가치 있는 주인공 만들기

경고!

이 장에는 다음 작품의 스포일러가 포함되어 있습니다.

케이트 디카밀로의 『내 친구 윈딕시』, 메리 셸리의 『프랑켄슈타인』, 캐스린 스토킷의 『헬프』, 얀 마텔의 『파이 이야기』, 스티븐 킹의 『미저리』, 어니스트 클라인의 『레디 플레이어 원』

캐릭터와 플롯은 서로 필수적인 관계를 맺고 있다. 이 책에서 캐릭터를 제일 먼저 다루는 이유도 그 때문이다. 앞으로는 '주인공'이라고 부르자. 듣기에도 훨씬 좋지 않은가? 주인공은 능동적이고 중요한 인물이다. 한마디로 소설의 전체적인 이야기가 그 사람을 중심으로 흘러 마땅한 캐릭터인 것이다. 당연히 기억에 남는 행동을 하는, 기억에 남는 캐릭터들을 만들어야 한다. 하지만 무엇보다도 플롯의 중심이 될 운명을 지닌 주인공(남자든 여자든!)을 만드는 것이 가장 중요하다.

그렇다면 어떻게 흥미롭고 인상적이고 공감 가는 주인공을 탄생시킬 수 있을까? 어떻게 하면 계속 읽고 싶게 만드는 주인공, 한 권의 소설을 처음부터 끝까지 거뜬하게 끌고 나가는 주인공을 만들 수 있을까?

간단하다. 주인공에게 다음의 3가지를 설정해 주면 된다.

- 문제: 바로잡아야 하는 결함
- 욕망: 주인공이 추구하는 목표
- 필요: 배워야 할 인생 교훈

이 3가지를 고려하다 보면 주인공은 자연스럽게 모양새를 갖추기 시작한다. 미리 생각해 둔 플롯에 집어넣기도 훨씬 쉬워진다. 이 3가지를 좀 더 자세히 살펴보자.

독자들은 흠잡을 곳 하나 없는 주인공이 나오는 소설을 별로 좋아하지 않는다. 결함이나 문제 하나 없이 완벽한 주인공에 관한 이야기는 지극히 비현실적인 것은 물론이고 재미도 없다. (지금껏 살면서 나무랄 데 없이 완벽한 인간을 한 번도 보지 못했다.) 현실에 정말로 있을 법하고 공감을 일으키고 흥미로운 주인공을 원한다면, 완벽해서는 안 된다. 적어도 큰 문제가 하나쯤 있어야 한다. 많으면 더 좋고!

수산 콜린스가 쓴 『헝거 게임』 시리즈의 주인공 캣니스 에버딘을 예로 들어 보자. 캣니스가 12번 구역에서 편하게 잘 먹고 잘살고 있는가? 전혀 그렇지 못하다. 캣니스는 가난과 굶주림에 시달리며 살아간다. 아빠도 없고 엄마는 우울증에 빠져 온종일 멍하게 있을 뿐이다. 그러다 마른하늘에 날벼락이 친다! 잔인한 헝거 게임 참가자 추첨에서 여동생이 뽑혀 버린 것이다. 주변 환경도 캣니스를 불신으로 가득한 냉담하고 냉소적인 성격으로 만들었다. 한마디로 이 소녀의 삶에는 문제가 넘쳐 난다.

존 스타인벡의 『분노의 포도』에 나오는 톰 조드는 어떨까? 교도소에서 막 출소해(그것도 살인죄로 복역했다!) 고향으로 돌아온 그는 일거리가 없어 굶주림에 시달리는 가족들을 데리고 새로운 땅으로 떠난다. 한마디로 '올해의 농부상'을 노리는 순탄한 상황이 아니라는 뜻이다.

문제 상황에 놓인 주인공 하면 소피 킨셀라의 『쇼퍼홀릭』 속 베키 블룸우드도 빠뜨릴 수 없다. 제목에서부터 알 수 있듯 그녀는 쇼핑을 멈출 수 없다. 점점 커지는 카드 빚더미가 그녀를 위기로 내몰고 급기야 인생 전체를 뒤흔든다.

자, 결함 있는 주인공을 만드는 좋은 팁이 보인다. 문제가 삶의 한 부분에만 국한되지 않도록 하라는 것이다. 문제를 드러내고 키우고 퍼뜨려라! 문제가 주인공의 일과 가정생활, 인간관계 등 삶의 전반에 영향을 주도록 하라.

독자가 소설을 읽으면서 '와, 이 사람 인생 참 엉망진창이네!'라는 생각이 절로 든다면 주인공을 제대로 설정했다는 증거다. 주인공에게 너무 심한 짓을 하는 것처럼 느껴질 수도 있지만—처음부터 온갖 시련을 안겨 주니까—꼭 필요한 일이다. 주인공의 삶에 아무런 흠집도 없다면 소설이 왜 필요할까? 독자가 관심을 기울여야 할 이유가 있을까? 독자들은 등장인물이 문제를 해결하고 삶을 좀 더 낫게 만들고 결함을 고치는 모습을 보려고 소설을 읽는다. 훌륭한 소설은 지극히 불완전한 인물을 등장시켜 좀 더 나은 모습으로 변화시킨다.

당신의 주인공은 어떤 문제를 마주하고 있는가? 이것은 읽을 가치 있는 주인공을 만들 때 가장 먼저 답해야 할 질문이다.

하지만 주인공이 결함을 가지고 있는 것만으로는 부족하다. 주인공은 무언가를 간절하게 원하고 그것을 얻기 위해 능동적으로 움직여야 한다. 주인공은 자신의 문제를 인지하고 있다. (만약 모른다면 모른다는 게 문제!) 그렇다면 이런 질문을 던져야 한다. 주인공이 생각하기에 어떻게 하면 문제가 해결되는가, 어떻게 하면 삶이 나아질 수 있는가? (여기에서 '주인공이 생각하기에'라는 표현에 주목할 필요가 있다. 나중에 다시 살펴보자.)

다양할 수 있는 그 답이—좋은 직업, 많은 돈, 학교에서 잘나가는 것, 아버지에게 인정받는 것, 살인 사건 해결 등—바로 주인공의 목표가 된다. 주인공은 소설 전반에 걸쳐(적어도 초반에) 그것을 이루고자 적극적으로 노력할 것이다.

주인공에게 목표를 설정하고 이를 능동적으로 추구하게 만드는 것은 독자가 주인공을 응원하고 이야기에 몰입하도록 하는 가장 효과적인 방법이다. 아, 이 소년은 가상현실 게임에 숨겨진 수수께끼를 풀고 싶어 하는구나?(어니스트 클라인의 『레디 플레이어 원』) 어디 찾을 수 있을지 계속 지켜보자! 오호라, 이 여자는 새로운 절친에게 좋은 남편감을 찾아 주고 싶어 하는구나?(제인 오스틴의 『엠마』) 과연 성공할지 궁금한걸? 독자들은 주인공이 원하는 것을 얻을 수 있을지 궁금해서 소설을 계속 읽어 나간다.

한번 생각해 보자. 내 주인공이 원하는 것은 무엇인가?

행복을 원한다 같은 말로는 부족하다. 내가 진행하는 워크숍에서도 자주 나오는 대답인데 전혀 구체적이지 못하다. 캐릭터의 목표 혹은 욕망은 구체적이고 분명할수록 효과적이다. 주인공이 과연 원하는 것을 얻었는지, 목표가 이루어지는 순간이 언제인지 독자가 분명하게 알 수 있어야 한다. 만약 행복을 목표로 삼고 싶다면 적어도 주인공이 생각하는 행복이 무엇인지 작가가 구체적으로 설정해 주어야만 한다. 좋은 집, 좋은 차, 트위터 팔로워 100만 명, 전국 대회 우승, 국경 너머 새로운 땅에서의 삶, 마법의 힘, 교도소 탈출 같은 것처럼 독자가 확실히 알 수 있고 응원할 수 있는 것이어야 한다.

그렇다면 주인공은 왜 여태껏 그 목표를 이루지 못했을까?

『레디 플레이어 원』의 웨이드는 왜 오아시스에 숨겨진 이스터 에그의 3가지 열쇠를 쉽게 찾지 못하는가? 『엠마』의 엠마는 왜 해리엇과 엘튼 씨를 이어 주지 못하는가? 만약 그게 그렇게 간단하면, 이야깃거리가 없다. 너무 쉽다. 독자들을 응원하게 만드는 것이 하나도 남지 않는다. 그래서 주인공은 쉽게 원하는 것을 얻어서는 안 된다. 반드시 힘들어야 한다. 얻기 위해 애써야만 한다.

거의 모든 욕망이나 목표에는 주인공이 그것을 손에 넣지 못하도록 방해하는 반대의 힘이 존재한다. 이 힘은 주로 '갈등' 혹은 '적'으로 표현된다. 무엇이 주인공의 앞길을 가로막고 있는가? 『분노의 포도』에서 톰 조드와 그의 가족은 왜 캘리포니아에서 일자리를 찾을 수 없을까? 땅 주인들이 노동자들을 많이 끌어모아 인건비를 낮추려고 (일자리가 많다고) 거짓말을 했기 때문이다. 그래서 굶주리고 분노에 찬 이주노동자들이 넘쳐나게 되었다. 빅토르 위고의 『레미제라블』에서 장발장은 왜 그가 원하는 대로 다시 시작하고 평화롭게 살 수 없을까? 그의 적, 자베르 경감이 그렇게 내버려 두지 않기 때문이다.

이제, 욕망(목표)에 대한 2가지 사항에 주목할 필요가 있다.

첫째, 주인공의 욕망은 이야기가 진행되면서 변할 수 있다. 실제로 종종 그렇다. 『프랑켄슈타인』에서 빅토르 프랑켄슈타인의 최초의 목표는 생명을 창조하는 것이었다. 하지만 나중에는 자신이 창조한 생명체를 파괴하는 것으로 바뀐다. 루이스 캐럴이 쓴 『이상한 나라의 앨리스』의 앨리스는 흰 토끼를 찾고 싶어 하지만 나중에는 그냥 집에 돌아가고 싶을 뿐이다. 조조 모예스의 『미 비포 유』에서 루이자는 돈을 벌기 위해 취직하지만 나중에는 윌의 목숨을 구하고 싶어 한다. 이처럼 욕망은 변하든 변하지 않든 이야기를 진전시키고 플롯을 계속 움직이게 한다. 원하는 것이 없다면 주인공은 그저 빈둥거리며 무슨 일이 일어나기만을 기다리고 있을 것이다. (지루하기 짝이 없는 플롯이다.) 욕망은 주인공을 움직이게 한다. 엉덩이를 떼고 일어나 행동을 취하게 한다. 독자가 원하는 것은 바로 그것이다!

욕망에 관해 두 번째로 주목해야 할 점은 모든 주인공이 원하는 것을 얻지는 못한다는 것이다. 물론 얻는 이들도 있다. 얀 마텔의 『파이 이야기』에 나오는 파이 파텔처럼 말이다. 그는 구명보트에서 내리겠다는 목표를 결국 달성한다. 그러나 케이트 디카밀로의 동화책 『내 친구 윈딕시』의 오팔처럼 주인공은 마지막까지 원하는 것을 얻지 못할 수도 있다. 오팔은 단지 엄마에 대해 더 알고 싶을 뿐이다. 물론 가능하면 언젠가 만날 수 있기를 바란다. 하지만 결국 그렇게 되지는 않는다. 그래도 괜찮다. 소설을 읽으면서 우리는 어머니에 대해 알고 싶다는 오팔의 목표가 이야기의 핵심이 아니라는 사실을 깨닫는다. 오팔의 진짜 여정은 그쪽이 아니다. 결국, 욕망은 반쪽에 불과하다. 필요가 있어야만 주인공이 완벽해진다.

주인공은 무엇이 자신을 행복하게 해 줄지 잘못 알고 있을 때가 많다. 행복이나 더 나은 삶은 주인공이 원하는 좋은 집과 좋은 차, 인기 같은 것보다 훨씬 심오하다.

하지만 인간은 대개 삶을 바꾸고 진정한 자신을 찾기보다는 빠른 해결책을 원한다. 우리 모두 솔직해져 보자. 돈, 좋은 물건, 성공, 마음을 읽는 능력, 좋아하는 사람과 함께 가는 댄스파티 등이 달성되면 삶이 몰라보게 달라지고 행복해질 거라고 생각해 본 적 없는가? 하지만 이것들은 깊은 문제를 덮은 일회용 밴드나 마찬가지다. 그리고 이는 앞에서 얘기했던 거슬리는 작은 결함 같은 문제들과 관련이 있을 수도 있다.

현실과 마찬가지로 소설에서도 응급책은 오래가지 못한다. 주인공은 자신을 돌아보는 힘든 과정을 거치지 않으면 안 된다. 흥미진진하고 재미있는 플롯을 구상하고 읽을 가치 있는 주인공을 만드는 작업은 심리학자로 빙의하는 것과 매우 비슷하다. 주인공의 삶에서 진짜 문제가 무엇인지 진단하는 것뿐만 아니라 치료하는 것도 작가인 당신이 해야 할 일이다.

그 진짜 문제를 이 책에서는 '유리 조각'이라고 부른다. 오랫동안 주인공의 겉모습에 감춰져 곪아 온 마음의 상처다. 상처에 새살이 돋아나 주인공이 지금 저렇게 행동하고 저런 실수를 하는 이유를(결함!) 가렸다. 주인공이 살아가는 세계의 창조자인 당신은 그 유리 조각이 어떻게 생겼는지 설정해야 한다. 주인공은 왜 그런 결함을 가지게 되었는가? 어떤 일로 인해 지금의 모습이 되었는가?

그리고 가장 중요한 질문은 바로 이것이다. 무엇이 주인공의 삶을 정말로 바꿔 줄 수 있는가? 주인공에게 필요한 것은 무엇인가? 이는 플롯을 구상할 때 떠올려야 할 세 번째이자 가장 큰 질문이다. 이것이야말로 훌륭한 이야기를 만드는 '진짜 재료'다. 독자들이 소설책을 집어 들 때 정말로 원하는 것도 바로 이것이다. 물론 독자는 액션, 미스터리, 살인 사건, 키스 장면(키스 그 이상도)을 원하지만 '무엇'에 관한 소설을 원한다.

무슨 뜻이냐고?

이런 뜻이다. 이야기의 요점이 무엇인가? 주인공이 정말로 얻는 게 무엇인가? 왜 이 이야기의 주인공은 다른 누구도 아닌 바로 이 사람인가?

주인공의 목표 혹은 욕망은 'A 스토리'에 필수적이다. A 스토리는 외부적인 이야기다. 표면에서 일어나는 일이다. 자동차 추격, 전쟁, 학교 복도에서의 싸움, 새로운 직장, 마법의 주문, 디스토피아 시대의 사악한 정부 타도, 왕 독살 등 본질적으로 흥미로운 것들이고 '멋진' 것들이다. '전제'라고 언급되는 것들이기도 하다.

반면 B 스토리는 내적인 이야기다. 주인공의 삶이 바뀌고 주인공이 이전과 본질적으로 다른 사람으로 변화하는 이야기다. 읽을 가치 있는 주인공이 되기 위해 반드시 배워야만 하는 것과 연결된 이야기다. 다시 말해 B 스토리·내적인 이야기·필요는 소설의 진짜 내용이다.

예를 들어, 『레디 플레이어 원』은 전 세계적인 가상현실 게임에서 이스터 에그를 사냥하는 이야기가 아니다. 그것은 단지 외적인 이야기일 뿐이다. 내적인 이야기(B 스토리)는 비디오게임 속에 숨은 수줍고 불안한 소년이 마침내 현실에서 타인과 교감하는 방법을 배우는 것에 관한 이야기다.

스티븐 킹의 『미저리』는 미친 여자에 의해 산속 오두막에 갇힌 남자에 관한 이야기가 아니다. 이는 소름 끼치는 전제(A 스토리)일 뿐이다. 이 이야기의 핵심은 생애 최고의 소설을 써야만 하는 상황에 놓인 작가가 결국은 그 소설(글쓰기 자체)을 통해 목숨을 구하게 되는(B 스토리) 것이다.

마찬가지로 『프랑켄슈타인』은 괴물을 만들어 내는 과학자에 관한 소설이 아니다. 자연의 섭리를 거스른 죄를(B 스토리) 속죄해야만 하는 한 남자의 이야기다.

겉으로 드러나는 것들은—주인공의 욕망—이야기의 반쪽에 불과하다. 소설의 진짜 영혼은 주인공의 필요인데, 그것은 내적 목표, 인생 교훈 혹은 영적인 교훈이라고도 할 수 있다. 여기에서 '영적' 이란 (윌리엄 폴 영의 『오두막』과 할레드 호세이니의 『연을 쫓는 아이』 등 수

많은 인기 소설에서 증명되었듯이) 종교와 관련 있을 수도 있지만 반드시 그럴 필요는 없다.

인생 교훈은 주인공이 자신도 모르게 떠나는 내면의 여정이며 결국 전혀 기대하지 않았던 길로 그들을 이끌어 준다. 그러므로 인생 교훈은 보편적인 것이어야 한다. 인간적인 무언가여야 한다. 길거리에서 아무나 붙잡고 말해도 단번에 이해하고 공감할 수 있는 그런 것 말이다.

좋은 소식이 있다. 인생 교훈에는 선택권이 그리 많지 않다. 연구해 본 바, 존재하는 모든 소설에는 다음의 10가지 보편적 교훈 중 하나에서 파생된 내적 욕망 또는 필요를 담고 있다.

- 용서: 자기 자신이나 타인에 대한 용서
- 사랑: 자기 사랑, 가족 사랑, 이성에 대한 사랑 모두 포함
- 수용: 자신, 상황, 현실에 대한 수용
- 믿음: 자기 자신, 타인, 세상, 신에 대한 믿음
- 두려움: 극복, 정복, 용기 찾기
- 신뢰: 자신, 타인, 알지 못하는 것에 대한 신뢰
- 생존: 삶의 의지 포함
- 이타심: 희생, 이타심, 영웅심, 탐욕의 극복 포함
- 책임감: 의무, 대의를 위해 일어서는 것, 자신의 운명을 받아들이는 것 포함

• 구원: 속죄, 책망 받아들이기, 회한 포함

분명 이렇게 생각하는 사람도 있을 것이다. 난 '교훈'을 주는 책을 쓰고 싶지 않은데. 내 소설에 심오한 보편적 메시지가 들어 있길 바라지 않아. 난 그냥 액션, 서스펜스, 스릴러, 로맨스 소설을 쓰고 싶을 뿐이라고.

그런 사람들을 위해 팁을 하나 주겠다. 최고의 액션 소설, 스릴러, 로맨스 소설에도 영적인 교훈이 숨겨져 있다. 무언가를 배우고 어떤 식으로든 변하는 주인공이 나온다. 못 믿겠다고? 그렇다면 이 책에 소개되는 조 힐의 『하트 모양 상자』(공포 액션) 비트 시트나 폴라 호킨스의 『걸 온 더 트레인』(서스펜스 스릴러) 비트 시트, 니콜라 윤의 『에브리씽, 에브리씽』(로맨스) 비트 시트를 확인해 보길 바란다.

영적인 교훈이나 필요는 독자를 이야기에 몰입하도록 만든다. 독자가 어디에 가 보고 어떤 경험을 해 본 것처럼 느끼게 해 준다. 소설에 투자한 시간이 가치 있다고 느끼게 해 준다.

주인공의 변화는—마지막에 처음과는 다른 사람이 되어 있는 것—베스트셀러 소설의 비밀 양념이다. 사람들의 입에 오르내리는 소설, 베스트셀러 목록에 오르고 또 계속 머무르는 소설, 영화로도 만들어지는 소설은 독자들의 공감을 불러일으키는 소설이다. 독자의 공감을 불러일으킬 때 당신은 진정한 이야기꾼이 된다.

소설의 주인공은 누구인가?

(그 답은 생각처럼 단순하지 않을 수도 있다)

늙다리 낭만주의자라고 생각해도 좋다. 나는 모든 주인공이 오로지 그들만을 위한 진정한 플롯을 가지고 있다고 믿는다. 그리고 모든 플롯에는 고유한 주인공이 있다고 믿는다. 중매쟁이가 되어 어떤 주인공이 어떤 플롯과 어울리는지 알아내는 것이 작가의 임무다.

해리 포터가 처음부터 자신만만하고 강력한 마법사였다고 상상해 보자. 더즐리 부부가 해리를 구박하지 않고 아낌없는 사랑으로 길러 주었다고 해 보자. 그랬다면 1권이 얼마나 지루했을까! J. K. 롤링의 『해리 포터와 마법사의 돌』이 재미있는 이유는 해리가 처음부터 자신감 있고 강력한 마법사가 아니기 때문이다. 해리에게는 그를 이끌어 주고 지지해 주는 훌륭한 보호자가 없다. 해리는 자신의 진정한 잠재력을 알지 못한 채 소심하고 고립된 상태로 출발한다. 아직 갈 길이 멀었기에 플롯과 완벽하게 어울리는 주인공이다. 그 소설의 줄거리를 최대한 활용할 수 있는 캐릭터인 것이다.

제인 오스틴이 쓴 『오만과 편견』의 엘리자베스 베넷이 사람들을 그렇게 성급하게 판단하지 않았다고 생각해 보자. 그녀가 인내심 강하고 온화하고 항상 사람들을 믿으려고 하는 여동생 제인과 비슷했다면? 그렇다면 소설 자체가 존재하지 않았을 것이다. 엘리자베스의 편견, 즉 결함이 그녀를 오스틴의 대작과 너무나 잘 어울리는 주인공으로 만들었다. 그것이 그녀가 다아시 씨와 함께하지 못하는 본질적 이유이기 때문이다.

몇 년 전 소설가들을 대상으로 한 세이브 더 캣 워크숍에서 수잔 이라는 재능 있는 작가는 소설의 플롯과 주인공에 대한 구상을 마친 채로 수업을 들으러 왔다. (이름이나 플롯은 학생들의 사생활 보호를 위해 변경했다.) 적어도 그녀는 그렇게 생각했다. 수잔은 수업에서 학생들에게 자신의 소설을 피칭했다. 진짜 타깃과 외모가 비슷해 청부 살인업자에게 실수로 살해당하는 남편을 둔 젊은 여성의 이야기였다. 내가 이야기의 주인공이 누구냐고 묻자, 그녀는 자신만만하게 대답했다. "젊은 여자요. 그녀는 용서하는 법을 배워야 하죠." 나는 그녀를 좀 더 자극했다. "확실해요?" 그녀는 확실하다고 했다. 그런데 워크숍이 절반쯤 지났을 때 수잔이 갑자기 소리쳤다.

"잠깐만요! 주인공은 남편을 잃은 젊은 여자가 아니라 청부 살인업자예요!" 순간 소름이 돋았다. 청부 살인업자를 주인공으로 하는 것이 정말로 더 흥미로운 선택이었다. 그의 여정이 더 흥미로웠다. 억울하게 남편을 잃은 젊은 여자를 중심으로 재미있는 소설을 쓸 수 있었을까? 물론이다. 하지만 수잔이 수업에서 새로 구상한 이야기가 훨씬 더 흥미로웠다. 그녀가 선택한 주인공이 이야기에 더 잘 어울렸기 때문이다. 더 변화무쌍한 캐릭터라는 점에서 청부 살인업자가 전체적으로 더 읽을 가치 있는 주인공이었다.

이제 무엇이 읽을 가치 있는 주인공을 만드는지, 훌륭한 주인공을 만드는 데 어떤 재료가 사용되는지 알았을 것이다. 소설의 주인공이 누구인지 감이 잡히기 시작하는가? 답이 '아니오'라도 걱정할 필요는 없다. 생각할 시간은 충분하다. 만약 '예'라면 수잔에게 물어본 것과 똑같은 질문을 하겠다.

확실한가?

소설의 성패가 좌우될 수 있으므로 거듭 묻는다. 주인공은 당신이 만든 허구의 세계로 독자들을 안내하는 길잡이다. 독자가 이야기의 진행 상황을 추적하기 위해 사용하는 인물이다. 여기에서 이야기란 단지 여러 외적인 플롯 포인트만 의미하는 것이 아니라 변화를 의미한다. 중요한 것, 내적 여정을 의미한다. 독자는 주인공에게 의지해 질문의 답을 헤아릴 것이다. 무엇에 관한 소설인가?

플롯과 주인공의 결합은 필수적이다. 나쁜 결합은 나쁜 소설을 의미한다. 그러면 어떻게 해야 완벽한 주인공을 선택할 수 있을까?

나는 주인공이 하나든 둘이든 혹은 그 이상이든 진짜 주인공을 한 명으로 좁히는 것이 필수적이라고 생각한다. 물론 모든 주요 캐릭터마다 흥미롭고 완전한 여정이 필요한 것은 맞다. 그러나 우리는 계속 질문해야 한다. 누구의 여정이 가장 큰가? 누가 가장 멀리까지 가는가? 소설에서 가장 많은 것을 얻는 사람이 누구인가? 변화에 가장 저항하는 사람이 누구인가?

주요 캐릭터가 여러 명인 소설을 읽을 때, 주인공은 종종 이야기에 처음 등장하는 캐릭터일 수 있다. 시점이 여러 개라면 그때 독자가 가장 먼저 읽게 되는 것은 누구의 관점인가? 작가가 독자에게 소설의 가이드를 소개하는 것이나 마찬가지다.

캐스린 스토킷의 『헬프』(6장에서 비트 시트 소개)에는 세 명의 주인공이 소개되는데—아이빌린, 미니, 스키터—독자가 가장 먼저 만나는 사람은 아이빌린이다. 세 캐릭터 모두 성장하고 무언가를 배우지만, 이야기의 끝에서 가장 많이 변하는 사람은 아이빌린이다. 처음에 그녀는 1960년대 미시시피주의 흑인 가정부에 불과하다. 아들을 잃은 깊은 상처가 있는 억압당하고 외로운 흑인 여성이다. 아이빌린은 사고까지 칠 정도로 이미 자기 주장이 강한 미니와 달리 세상의 부당함을 알지만 그것을 바꾸기 위해 위험을 감수하려 하지는 않는다. 하지만 이야기의 마지막에 가서 그녀는 완전히 변해 있다. 마침내 끔찍한 힐리 홀브룩에게 맞서는 강렬하고도 속 시원한 장면에서 아이빌린의 변화가 확실하게 드러난다.

마찬가지로 리안 모리아티의 『허즈번드 시크릿』에서도 세 명의 주인공 세실리아와 테스, 레이첼이 소개되지만 우리가 가장 먼저 만나는 사람은 세실리아다. 그녀는 남편의 충격적인 비밀을 알게 되면서 인생이 가장 크게 흔들리는 인물이다. 그 비밀은 세 여자 모두에게 영향을 주지만 제목의 남편이 세실리아의 남편을 말하는 만큼 진짜 주인공이 세실리아인 것은 당연하다.

만약 여러 명의 주인공 또는 여러 시점으로 이루어지는 이야기에서 주인공이 누구인지 혹은 캐릭터 여정이 가장 변화무쌍한 사람이 누구인지 알기가 어렵다면 이렇게 생각해 보자. 주요 캐릭터 중에서 누가 가장 독자와 비슷한가?

그렇다고 모든 주인공이 이 설명에 들어맞아야 한다는 뜻은 아니다. 하지만 해리 포터가 머글 출신인 데는 다 이유가 있다. 조지 오웰의 『1984』에 나오는 윈스턴이 평범한 직업을 가진 평범한 사람인 데에도 다 이유가 있다. 스테파니 메이어의 『트와일라잇』 시리즈 주인공이 뱀파이어 에드워드가 아닌 인간 벨라인 것도 그렇다. 독자가 더 공감할 수 있는 인물이기 때문이다.

연습:
주인공이 읽을 가치가 있는가?

- 내 이야기의 주인공은 누구인가?
- 주인공이 가진 큰 문제나 결함은 무엇인가? (하나 이상이면 더 좋다!) 기억하라. 결함은 주인공의 안(유리 조각)에서 시작되고 외적인 문제로 모습을 드러낸다.
- 이 문제(결함)는 주인공의 삶(세계)에 어떤 영향을 미치는가?
- 이 문제 혹은 결함의 원인은 무엇인가? 유리 조각이 무엇인가?
  (심리학자처럼 주인공의 심리를 분석해야 한다!)
- 이야기의 시작 부분에서 주인공은 무엇을 원하는가? 목표가

무엇인가? (무엇이 자신의 삶을 바꿔 줄 것이라고 생각하는가?)

- 주인공은 어떻게 그 목표를 추구해 왔는가?
- 왜 아직 목표를 달성하지 못했는가? (장애물은 내적인 것일 수도, 외적인 것일 수도 있고 둘 다일 수도 있다!)
- 주인공에게 실제로 필요한 것은 무엇인가? 깨우쳐야 할 인생 교훈은 무엇인가? (주인공의 삶을 진정으로 바꿔 주는 것은 무엇인가?)

체크리스트

☐ 당신이 선택한 주인공은 소설 속 다른 어떤 캐릭터보다도 많이 변하는가?

☐ 주인공의 문제나 결함이 구체적인가?

☐ 주인공의 문제나 결함이 변화를 절실히 필요하게 만드는가?

☐ 주인공의 목표가 분명하고 구체적인가? (그것이 이루어질 때 독자가 알 수 있는가?)

☐ 주인공의 목표 달성을 방해하는 것이 있는가? (너무 식은 죽 먹기면 안 된다!)

☐ 주인공의 필요(인생 교훈)가 보편적인가? 길거리에서 아무나 붙잡고 말해도 이해할 수 있는가?

2.

세이브 더 캣
비트 시트

이제 플롯 짜기가 어렵지 않다

(!)

경고!

이 장에는 다음 작품의 스포일러가 포함되어 있습니다.

케이트 디카밀로의『내 친구 윈딕시』, 마리사 마이어의『신더』, 소피 킨셀라의『쇼퍼홀릭』, 댄 브라운의『다빈치 코드』, 제프 키니의『윔피 키드』, 존 그린의『잘못은 우리 별에 있어』, 존 스타인벡의『분노의 포도』, 앤지 토머스의『당신이 남긴 증오』, 수잔 콜린스의『헝거 게임』, 수잔 엘리자베스 필립스Susan Elizabeth Phillips의『그들만의 축제It Had to Be You』, 샬럿 브론테의『제인 에어』, 앤디 위어의『마션』, 조조 모예스의『미 비포 유』, 데이비드 발다치의『모든 것을 기억하는 남자』, 조지 오웰의『1984』, 엠마 도노휴의『룸』, 에밀리 기핀Emily Giffin의『러브 앤 프렌즈』, 필리파 그레고리의『화이트 퀸』

소설의 주인공을 정했다. 효과적
인 결함도 설정해 주었다. 독자들이 공감할 만한 흥미롭고 설득력
있는 목표와 그보다 훨씬 흥미로운 필요도 설정했다. 그다음에는
뭘 해야 할까?

이제 훌륭한 결함을 지닌 주인공 캐릭터를 어떻게 해야 할지 생
각해 봐야 한다. 주인공은 어디로 가고 있는가? 주인공의 여정은 무
엇인가? 주인공을 위한 가장 완벽한 플롯은 무엇인가?

다시 말해, 이 소설에서 도대체 무슨 일이 벌어지는가?

그렇다. 이제 우리는 그 유명한 세이브 더 캣 비트 시트에 이르
렀다. 나는 소설 쓰기를 장거리 횡단 로드 트립에 비유하는 것을 좋
아한다. 샌프란시스코에서 차 안에 앉아 정 반대편의 뉴욕까지 갈
생각을 하면 좀처럼 엄두가 나지 않고 눈앞이 깜깜할 것이다. 가기
싫다는 생각마저 들 수 있다. 소설을 처음 쓰기 시작할 때도 그런 막
막함이 밀려온다.

"도대체 앞으로 몇 페이지를 써야 하는 거야?"

하지만 차에 올라타 시동을 걸고 3천 마일(약 4,800킬로미터)을
운전하려고 생각하면 안 된다. 그러면 시작조차 하지 못하게 된다.
여행을 작은 덩어리로 쪼개야 한다. 자신을 위해 도로 표지판을 세
워야 한다. 올바른 길로 인도해 주고 하루나 일주일(또는 한 달이나 일
년)의 끝에 성취감을 안겨 주는 작은 목표를 세워야 한다.

그래서 나는 자동차로 여행을 떠날 때 이렇게 말한다. "오늘은

샌프란시스코에서 리노까지만 가면 돼. 내일은 리노에서 솔트레이크시티까지만 가면 돼."

세이브 더 캣 비트 시트도 비슷하다. 비트 시트는 지도다. 정처 없이 전국을 배회하지 않도록 우리가 자신을 위해 배치하는 도로 표지판이다. 마찬가지로 세이브 더 캣 비트 시트는 300페이지, 400페이지, 혹은 500페이지 분량의 소설을 써야 하는 벅찬 과제를 한입 크기의 달성 가능한 목표로 나눠 준다. 작은 목표는 길에서 벗어나지 않고 최종 목적지를 향해 꾸준히 나아가도록 도와준다. 캐릭터가 만족스럽게 변화하는 만족스러운 결말을 향해.

나는 소설가들을 잘 안다. 나도 소설가니까. 우리는 우회로를 좋아한다. 5페이지 정도에 걸쳐 양귀비 밭을 둘러보거나 주인공의 전 여자 친구의 할아버지의 처남에 관한 시시콜콜한 이야기를 길게 하는 것을 좋아한다.

하지만 독자들도 그럴까? 그들은 이렇게 생각하고 있을지도 모른다. '이봐, 어서 본론으로 돌아오라고!' 그러니 이 책이 딴 길로 새지 않도록 도와주겠다.

주인공의 분명한 변화 여정이 계획된 비트 시트의 초안을 만들면, 장기적으로 몇 주 또는 몇 달이 걸릴지 모르는 고통스러운 재작업을 없애 줄 것이다. 플로터 스타일이든 판처 스타일이든, 새로운 작품을 시작하든 예전 작품을 수정하든 상관없다.

나는 지금까지 편집자에게 처음부터 다시 쓰라는 요청을 받은 적이 한 번도 없다. 물론 몇 가지 수정사항을 요청받은 적은 있다. 어떤 장면은 빼고 캐릭터에 살을 붙이고 등등. 하지만 처음부터 다시 시작해야 했던 적은 한 번도 없었다. 왜일까? 로드맵 만들기를 빼먹지 않은 덕분이다. 물론 집필 과정에서 소설 속 세계와 캐릭터들에 대해 더 잘 알게 됨에 따라 비트 시트도 매번 바뀐다. 하지만 그럴 때마다 나는 잠시 멈춰 길가에 차를 세우고 '리비트rebeat'를 한다. 새로운 방향에 맞춰 비트를 다시 쓴다는 말이다. 이렇게 하면 항상 지도가 갖춰진 상태에서 글을 쓸 수 있다.

비트 시트(또는 소설의 로드맵)는 당신이 원하는 만큼 자세하거나 대략적일 수 있다. 집필을 시작하기 전에, 중간에 길을 잃었을 때, 초고를 다 쓰고 수정하기 전에 비트 시트를 만들어 볼 수 있다. 앞에서 말한 것처럼 나는 당신의 작업 과정을 바꾸는 것이 아니라 개선해 주려는 것이다. 소설을 쓰려면 언젠가는 구조가 필요하다. 비트 시트는 당신이 소설의 구조에 관해 언제든 참고할 수 있는 커닝 페이퍼다.

비트 시트를 읽고 배우고 사랑하라!

세이브 더 캣 비트 시트는 3막으로 나뉘고 총 15개의 비트(플롯 포인트)로 세분화된다. 각 비트를 본격적으로 분석하기에 앞서 15개 비트가 무엇이고 소설의 어디에 위치하는지 간략하게 살펴보자.

1막

----

1. 오프닝 이미지(0~1%): 주인공과 주인공의 세계를 담은 '비 포' 사진.

2. 주제 명시(5%): 대개 주인공이 아닌 캐릭터가 주인공의 여정 (이야기가 끝나기 전에 주인공이 배우거나 발견해야 하는 것)을 암시 하는 말을 하는 것. 인생 교훈이라고도 한다.

3. 설정(1%~10%): 주인공의 현재 상태와 모든 결함을 탐구한다. 대대적인 변화 이전에 주인공의 삶이 어떤 모습인지 알려 준 다. 조연 캐릭터들과 주인공의 목표도 소개된다. 무엇보다 주 인공이 변화를(주제 학습) 꺼리는 모습을 보여 주는 동시에, 변 하지 않을 경우 위험에 처할 수 있음을 암시한다.

4. 기폭제(10%): 주인공에게 큰 계기가 되는 사건(인생을 바꾸는 사 건). 주인공을 새로운 세계나 새로운 사고방식으로 이끈다. 주 인공이 설정의 현상 세계로 돌아가는 것을 막을 만큼 거대한 액션 비트여야 한다.

5. 토론(10%~20%): 주인공이 앞으로 어떻게 할 것인지 토론하 는 리액션 비트. 보통은 '가야 할까?' 같은 질문 형식으로 표 현된다. 이 비트의 목적은 변화에 대한 주인공의 저항을 보여 주는 것이다.

2막

-----

6. 2막 진입(20%): 주인공이 안전지대를 떠나 새로운 시도를 하거나 모험을 결심하는 순간. 1막의 현상 세계와 2막의 '뒤집힌' 새로운 세계를 갈라놓는 결정적인 액션 비트.

7. B 스토리(22%): 주인공의 주제 학습을 도울 새로운 캐릭터 소개. 도우미 캐릭터라고도 불리는 이들은 애정 상대, 적, 멘토, 가족 또는 친구일 수 있다.

8. 재미와 놀이(20%~50%): 새로운 세계로 들어간 주인공의 모습을 볼 수 있다. 주인공은 새로운 세계를 좋아하거나 싫어하거나, 잘하고 있거나 허우적거리거나 둘 중 하나다. 전제 약속이라고도 불리는 이 부분은 이야기의 '선전 포인트(독자가 애초에 소설을 집어 든 이유)'다.

9. 중간점(50%): 거짓 승리(주인공이 성공적으로 해 나가고 있음)나 거짓 패배(주인공이 허우적거리고 있음)에 이르는, 말 그대로 소설의 중간점이다. 주인공을 위기에서 벗어나게 해 주고 진정한 변화를 향해 밀어줄 어떤 일이 여기에서 일어나야만 한다.

10. 다가오는 악당(50%~75%): 중간점이 거짓 승리라면 이 부분은 주인공의 상황이 계속 나빠지는 하향 경로를 이룬다. 만약 중간점이 거짓 패배라면, 이 부분은 주인공의 상황이 계속 나아지는 것처럼 보이는 상향 경로가 된다. 그러나 어느

쪽인지 상관없이 주인공의 뿌리 깊은 결함(혹은 내적 악당)이 점점 다가오고 있다.

11. 절망의 순간(75%): 소설의 최저점. 주인공에게 어떤 일이 일어나고 그것이 내적 악당과 합쳐져 주인공을 바닥으로 떨어뜨리는 액션 비트.

12. 영혼의 어두운 밤(75%~80%): 주인공이 지금까지 일어난 모든 일을 받아들이는 리액션 비트. 시작 때보다 더 나쁜 처지가 되어 있어야 한다. 동트기 직전이 가장 어두운 것처럼 주인공이 자신의 문제에 대한 해결책을 찾고 주제 및 삶의 교훈을 배우기 직전이다.

3막
----

13. 3막 진입(80%): '아하!' 하는 깨달음의 순간. 주인공은 2막에서 일어난 모든 문제를 바로잡기 위해서, 그뿐만 아니라 무엇보다 자신을 바로잡기 위해서 해야 할 일을 깨닫는다. 변화의 여정이 거의 완료되었다.

14. 피날레(80%~99%): 주인공은 진정으로 주제를 배웠다는 것을 증명하고 3막 진입 때 세운 계획을 실행한다. 악당들은 패배하고 결함은 극복되고 연인들은 재회한다. 주인공의 세계

는 구원되어 예전보다 더 좋은 곳이 되었다.

15. 마지막 이미지(99%~100%): 오프닝 이미지의 거울 이미지. 주인공이 대대적이고 만족스러운 변신을 이룬 '애프터' 사진.

자, 이것이 흥미롭고 완전한 캐릭터 여정이 있는 세이브 더 캣 비트 시트다. 독자들에게 공감을 일으키는 재미있고 탄탄한 이야기의 청사진이다. 비트가 낯설거나 복잡해 보여도 걱정하지 말길. 지금은 전체적으로 간단하게 살펴본 것뿐이니까. 이제 모든 비트를 하나씩 자세하게 짚어 볼 것이다. 자신의 일부처럼 편안하게 느껴지도록.

그럼에도 너무 막연하게만 느껴지는가? 걱정할 필요 없다. 우리에겐 끝내주는 '본보기'가 있으니까. 앞으로 인기 소설 10권(무려 10권이나!)의 비트 시트를 상세하게 소개할 것이다.

고맙다는 말은 안 해도 된다!

어떤 비트가
어디에 들어가는가?

앞으로 알 수 있겠지만 모든 비트의 시작 부분에 '컨닝 비트 시트'를 넣었다. 비트의 주요 목적이 무엇인지, 어떤 비트가 어느 지점에 있어야 하는지 언제든지 빠르고 편리하게 확인할 수 있다. 소설의 분량은 제각각이라 (쪽수나 단어 수가 아닌) 전체 분량을 백분율로 환산해 그 수치를 기준으로 위치를 알려 주겠다.

다음은 비트 시트를 나눈 모습을 시각적으로 나타낸 것이다.

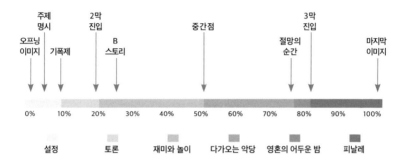

완성된 소설의 전체 분량을 대충이라도 알고 싶은가? 다음 표에서 미들그레이드 middle grade(8세에서 12세 사이의 독자들을 대상으로 한 책-옮긴이), 영어덜트 소설, 일반 소설의 출판 산업 표준 분량과 몇몇 인기 소설의 분량을 참고한다(한국어판으로 출간된 경우, 이 분량은 다소 차이가 날 수 있다-옮긴이).

미들그레이드(8~12세)	글자 수	예상 쪽수
출판 산업 표준	40,000-60,000자	160-240쪽
루이스 새커의 『구덩이』	47,079자	188쪽
R. J. 팔라시오의 『원더』	73,053자	292쪽
J. K. 롤링의 『해리포터와 마법사의 돌』	96,000자	384쪽

영어덜트 소설(12~17세)	글자 수	예상 쪽수
출판 산업 표준	60,000-90,000자	240-360쪽
로이스 로리의 『기억 전달자』	43,617자	174쪽
윌리엄 골딩의 『파리대왕』	59,900자	239쪽
수잔 콜린스의 『헝거 게임』	99,750자	399쪽
일반 소설(18세 이상)	글자 수	예상 쪽수
출판 산업 표준	70,000-100,000자	280-400쪽
헬렌 필딩의 『브리짓 존스의 일기』	86,400자	346쪽
댄 브라운의 『다빈치 코드』	138,952자	556쪽
길리언 플린의 『나를 찾아줘』	145,719자	582쪽

하지만 기억해야 할 것이 있다. 소설마다 길이가 천차만별이므로 이 자료는 지침으로만 사용해야 한다. 융통성이 필요하다. 집필과 수정을 거치면서 분량도 달라지겠지만 그럼에도 예상 단어 수나 쪽수를 알아 두면 각 비트가 어디에 위치하는지 계산할 수 있어 도움이 된다.

자, 이제 세이브 더 캣 비트 시트에 빠져들 준비가 되었는가?

서론은 이쯤 해 두고 비트 시트로 출발해 보자!

소설의 3막 구조는 전혀 새로운 것이 아니다. 아주 오래전부터 존재해 왔다. 하지만 세이브 더 캣 비트 시트에서는 3개의 막을 '행동'이 아니라 '세계'로 바라볼 것이다. 주인공이 변화에 이르기까지 거치게 되는 3개의 매우 다른 세계 혹은 존재 상태인 것이다.

하지만 주인공에게는 어디로 가거나 어떤 사람이 되기 전에 시작점이 필요하다. 그것이 1막 세계의 목적이다. 1막은 명제 세계 또는 '현상' 세계다. 변화가 시작되기 전, 주인공의 삶과 세계가 어떤 모습인지 독자들에게 보여 주기 위해 고안되었다. 그리고 거기에는 변화가 생길 것이다! 하지만 주인공이 처음에 어떤 상태였는지 모른다면 독자들은 주인공의 변한 모습도 완전히 이해하지 못할 것이다.

그러니 주인공이 처음에 어떤 모습인지를 보여 줘라!

1. 오프닝 이미지

어떤 역할을 하는가? 주인공과 주인공의 세계를 담은 '비포' 사진

어디에 위치하는가? 1% (소설의 첫 장면이나 첫 챕터)

간단히 말해서 오프닝 이미지는 '비포' 사진이다. 작가가 흔들어 놓기 전 주인공의 삶을 묘사하는 장면이나 장이다. 이 비트는 독자들이 앞으로 어떤 종류의 여정을 누구와 함께하게 될지 정확하게 이해하도록 도와준다.

오프닝 이미지는 책의 느낌이나 스타일, 분위기를 설정하기도 한다. 만약 웃긴 소설이라면 이 비트가 웃길 것이다. 서스펜스 넘치는 책이라면 이 비트도 불안감과 긴장감, 긴박감이 넘쳐야 한다. 작가의 목소리(또는 문체)가 두드러져 이 책이 어떤 책인지 독자들에게 분명하게 보여 줘야 한다.

그러나 무엇보다도 오프닝 이미지는 이미지다. 그렇다. 당연한 말 같지만 놀랍게도 내 워크숍에 참여하는 많은 작가가 이 사실을 헤아리지 못한다. 이 비트는 주인공의 결함 있는 삶을 시각적으로 보여 주어야 한다. 무슨 뜻일까? 액션으로 소설의 첫 장면을 열라는 뜻이다. 이 비트를 오프닝 독백이나 오프닝 정보 투하라고 하지 않는 이유가 있다.

1장에서 읽을 가치 있는 주인공을 만들 때 결함을 설정하라고 했던 것을 기억하는가? 그때 언급한 결함 중에서 하나(혹은 둘, 셋)를 골라 그 결함이 주인공의 삶을 어떻게 망치고 있는지 보여 줘야 한다. 주인공이 소심하고 자신감이 부족한가? 그냥 말로만 설명해서는 안 된다. 시각적인 장면으로 소심하고 자신감 없는 모습을 보여 주어라.

오프닝 이미지를 읽은 독자는 이렇게 생각하며 책을 꽉 쥐어야한다. '아하, 이런 이야기구나? 계속 읽어야지!'

수잔 콜린스가 쓴『헝거 게임』의 첫 두 페이지를 생각해 보자. 캣니스 에버딘은 '추첨'이 있는 날, 12구역에 있는 집에서 일어나 가족의 먹을거리를 구하기 위해 몰래 사냥을 나간다. 이 오프닝 이미지에서 독자는 곧바로 그녀의 삶이 어떻고 어떤 난관에 마주했는지 이해하기 시작한다.

제인 오스틴의『오만과 편견』의 첫 장을 보자. 소설의 시작과 동시에 베넷 부부(주인공 엘리자베스 베넷의 부모)가 언쟁하는 모습이 나온다. 베넷 씨가 동네에 새로 이사 온 잘생긴 총각에게 인사를 할 것인지 말 것인지에 관한 논쟁이다. 이 우스꽝스러운 논쟁은 엘리자베스가 19세기 영국의 젊은 여성으로서 겪는 압박감을 빠르고 효과적으로 보여 준다.

소피 킨셀라가 쓴『쇼퍼홀릭』의 오프닝 이미지도 효과적이다. 독자들은 카드 청구서를 열어 본 베키 블룸우드의 반응을 매우 익살스럽게 바라보고는 이내 깨닫는다. 이 캐릭터에게 심각한 경제적 문제가 있으며, 이 책이 아주 재미있을 거라고.

오프닝 이미지에는 거울 비트(정반대 비트)가 있다. 바로 소설의 맨 마지막 비트인 '마지막 이미지'다. 오프닝 이미지가 주인공이 어디에서 시작하는지 보여 준다면 마지막 이미지는 주인공이 어디에서 끝나는지를 보여 준다. 변화 여정의 시작과 끝이다. 가능한 한 다르게 만들어야 한다. 주인공에게 별다른 변화가 없다면 지금껏 이 책을 뭐 하러 읽었을까? 오프닝 이미지와 마지막 이미지가 동떨어질수록 이야기의 가치가 커진다. 간단하다.

확실히 알아 두어야 할 점은 오프닝 이미지가 단일 장면 또는 단일 챕터라는 것이다. 정보 한 조각이다. 캣니스의 아침 일상. 베넷 집안에서 벌어지는 논쟁. 그래서 나는 단일 장면 비트라고 부른다. 앞으로 다른 비트들, 즉 다수 장면 비트가 나올 것이다. 여러 장과 챕터에 걸쳐 있다는 것을 의미한다. 비트 시트를 쭉 살펴보면서 어떤 비트가 단일 장면 비트이고 어떤 장면이 다수 장면 비트인지 꼭 언급해 주겠다.

2. 주제 명시

어떤 역할을 하는가? 앞으로 펼쳐질 주인공의 여정과 주인공이 이겨 내야 하는 결함을 암시한다.
어디에 위치하는가? 5% (혹은 소설의 10% 이내)

주제 명시 비트는 이야기의 앞부분에서 어떤 식으로든 암시되는(주로 부차적인 캐릭터에 의해) 주인공의 필요 또는 인생 교훈을 말한다. 무슨 말인지 잘 이해되지 않을 수도 있으니 좀 더 간단하게 설명해 보겠다.

1막 어딘가에서(일반적으로 설정 비트) 대개 주인공이 아닌 캐릭터가 주인공이 배워야 할 것과 관련 있는 말을 하거나 질문을 한다. 예를 들면 이런 식이다. 존 스타인벡의 『분노의 포도』에서 설교자 케이시는 톰 조드에게 말한다. "어쩌면 우리 모두는 커다란 한 덩어리 영혼의 일부분이 아닐까." 제프 키니의 『웜피 키드』에서 그레그 헤플리는 일기에 이렇게 적는다. "엄마는 내가 똑똑한데 노력을 하지 않을 뿐이라고 항상 말한다." 조조 모예스의 『미 비포 유』에서 카밀라가 루이자 클라크에게 묻는 말처럼 "당신은 정확히 어떤 인생을 살고 싶죠?" 같은 단순한 표현일 수도 있다.

알다시피 이 모든 소설이 끝날 때쯤 주인공은 주제를 배운다. 톰 조드는 독립적인 사람에서(주로 자신을 생각하는 사람) 이타적인 사람(타인을 돌보는 사람)으로 변한다. 그레그는 책임감이라는 귀중한 교훈을 배운다. 루이자는 자신의 삶을 주도하고 타인이 아닌 자신을 위해 사는 법을 배운다.

주인공이 배워야 하는 삶의 교훈이 무엇이든, 얼마나 대서사적인 변화가 필요하든, 처음 10퍼센트 내에서 반드시 언급되어야 한다. 하지만 옥상에서 다 들리게 외치거나 장장 다섯 페이지에 걸쳐 장황하게 설명해서는 절대 안 된다. 독자의 머릿속에 은밀하게 심어야 한다. 긍정적인 조종이다. 원래 작가들은 조종하는 걸 좋아하지 않는가?

등장인물로 하여금 소설의 주제를 미묘하게 진술하게 함으로써 독자에게 이 소설이 무엇에 관한 이야기인지 힌트를 준다.

대서사적인 우주 전쟁이나 판타지 괴물, 황홀한 연애 장면 등 온갖 멋진 요소가 다 들어 있는 소설이라도 무언가에 관한 이야기가 아니라면, 인간이란 존재를 깊이 파고들지 않는다면, 읽을 가치가 없다.

그러면 당신의 소설은 무엇에 관한 이야기인가?

이미 말한 적이 있지만 다시 말한다. 변화에 관한 이야기다. 불완전한 주인공을 데려다가 아주 조금 덜 불완전하게 만드는 이야기다.

주인공이 덜 불완전해지려면 필요한 것, 그것이 바로 소설의 주제다. 누군가가 그것을 명시해야 한다.

주제 명시는 단일 장면 비트다. 보통 빠르게 지나간다. 주제가 명시되고 이야기는 곧바로 다음으로 넘어간다. 그러나 주제가 꼭 사람에 의해 명시되어야만 하는 것은 아니다. 그편이 더 흔하기는 하지만, 주인공이 지나치는 광고판이나 주인공이 읽고 있는 책, 잡지를 통해 주제가 명시되기도 한다. 주제를 어떤 방식으로 명시할지 마음껏 창의력을 발휘해도 된다. 명시되기만 하면 되니까.

'주제'라는 단어 때문에 혼란스러워할 필요는 없다. 비트 시트의 주제는 주인공의 필요나 인생 교훈을 직접적으로 가리킨다.

예를 들어 제인 오스틴의 『오만과 편견』은 사랑, 결혼, 부, 계급 등 많은 주제를 다룬다(일반적인 의미에서). 그러나 비트 시트와 관련된 주제는 16쪽에서 엘리자베스의 여동생 메리가 "오만은 아주 일반적인 단점이라는 게 내 생각이야"라고 말할 때 명시된다. 그러고 나서 그녀는 오만이 모든 인간에게서 나타나므로 너무 가혹하게 비판해서는 안 된다고 말한다. 이것은 엘리자베스 베넷이 편견을 버리기 위해 배워야 하는 인생 교훈을 직접적으로 언급한 것이다. 하지만 엘리자베스가 이 말에 주의를 기울일까? 아니다! 그 자리에 있는 모두가 메리의 말을 무시한다.

이게 바로 내가 주제 명시 비트에서 좋아하는 부분이다.

주인공이 귀 기울이지 않는다는 것!

결함 있는 주인공이란 바로 이런 것이다. 1막 세계에서 그들은 결함이 있고 어리석은 결정을 하고 전반적으로 불완전한 삶을 살아간다. 그러다 누군가가(보통 조연 캐릭터) 다가가 말한다. "네 삶을 정말로 바로잡아 줄 수 있는 게 뭔지 알아? 바로 이거야!"

주인공은 첫머리에서부터 모든 문제의 해결책을 제시받는다. 하지만 주인공은 주제를 명시한 사람을 백 퍼센트 무시한다. 왜냐하면 소설의 시작 부분에서 주인공은 변화에 저항하기 때문이다. 그들은 명시된 주제를 듣고 '도대체 뭘 안다고 저러는 거지? 날 알지도 못하면서'라고 생각한다. 그래서 주인공과 가까운 누군가가 아니라 지나가는 사람, 같은 버스에 탄 승객, 숙적 같은 조연 캐릭터에 의해 주제가 명시되는 것이 가장 좋다. 반드시 그래야 하는 건 아니지만 주인공이 모르거나 신뢰하지 않는 사람에 의해 주제가 명시되어야 주인공이 귀 기울이지 않는 모습이 독자에게 더 설득력 있다.

하지만 끝부분에 이르러 주인공이 배우는 것은 바로 이야기 초반에 언급된 주제다. 그 말은 주인공이 자신의 문제에 대한 해답을 처음부터 자기 안에 가지고 있었음을 의미한다. 듣기를 거부했을 뿐.

주제를 무시하는 모습은 주인공에게 현실성을 더해 준다. 사람은 남의 말만 듣고 바뀌는 일이 거의 없으니까. 우리는 스스로 자신의 결점을 볼 수 있을 때 변한다. 변화의 여정을 겪으면서 마침내 진실을 깨닫게 되었을 때 말이다. 그것이 인간의 본질이다. 따라서 작가는 주인공이 진실을 보고 자신의 결점을 깨닫고 고치려는 행동을 취하게 되는 변화의 여정을 그럴듯하게 창조해야 한다. 4~13장에 수록된 여러 비트 시트 샘플을 통해 실제로 주제 명시 비트가 어떤 모습인지 확인할 수 있다.

인생을 바꿔 주는 대단한 주제를 생각해 내야만 한다는 부담감에 약간 겁에 질렸을지도 모르겠다. 그 두려움을 조금이나마 덜어 주겠다.

앞 장에서 주인공 설정에 대해 배운 내용을 기억하는가? 주인공이 누구인지, 왜 결함이 있는지, 이야기의 끝부분에 이르러 무엇을 배워야 하는지를 가장 먼저 생각해 보라고 했다.

주인공의 필요와 인생 교훈을 알아내라고 한 것도 기억하는가? 그게 바로 주제다. 보라. 이미 주제가 있다. 우리는 주제가 어떻게 명시되고 누가 그것을 명시할지만 생각해 내면 된다.

3. 설정

오프닝 이미지 > 주제 명시 > 설정 > 기폭제 > 토론

어떤 역할을 하는가? 대대적인 변화가 일어나기 전 주인공의 삶과 현상 세계를 설정한다.
어디에 위치하는가? 1~10% (일반적으로 소설의 10분의 1을 차지하는 비트)

오프닝 이미지에서 어떤 이야기를 기대해야 하는지 독자들에게 보여 주었다. 주인공의 삶 한 조각을 말이다. 이제는 주인공의 나머지 세계를 보여 줄 시간이다.

설정은 다수 장면 비트다. 설정에서 주인공이 수행해야만 하는 모든 과제가 몇 개 장면이나 챕터에 걸쳐 등장한다는 뜻이다. 할 일이 정말 많으니까 마음의 준비를 단단히 하길.

무엇보다 주인공을 설정해야 한다. 주인공은 어떤 사람인가? 어떤 특징이 있나? 무엇을 원하는가? 주인공에게 목표가 있다는 것은 매우 중요하다. 1장에서 욕망 또는 목표에 대해 이야기했다. 주인공은 책이 시작될 때 적극적으로 무언가를 추구하고 있어야 한다. 비록 이야기 내내 추구하지는 않더라도 처음부터 추구하는 뭔가가 있어야 한다. 주인공은 그것이 자신의 삶을 바로잡아 줄 거라고 생각한다. 그런데 그게 정말로 주인공의 삶을 고쳐 줄 수 있을까? 당연히 아니다. 그것은 주인공의 욕망이지 필요가 아니기 때문이다. 주제 명시 비트에서 설명했듯이, 필요(또는 인생 교훈)가 끝

에서 주인공의 삶을 진정으로 바로잡아 줄 것이다. 주인공이 아직 모르고 있을 뿐.

설정은 주인공의 1막 세계, 현상 세계에 존재하는 모든 사람을 소개하는 곳이다. 친구, 가족, 상사, 직장 동료, 선생님, 적, 같은 학생, 또래집단 등. 기본적으로 주인공의 삶이 바뀌기 전, 이야기의 시작 부분에서 중요한 사람은 누구나 해당한다. 이들은 소설의 A 스토리(또는 외적 이야기)를 대표하므로 'A 스토리 캐릭터'라고도 불린다. (나중에 나올 B 스토리 캐릭터와 대조된다.)

마지막으로 설정은 주인공의 모든 결함을 보여 주는 비트이기도 하다. 주인공의 결함이 삶의 모든 측면에 어떤 영향을 미치는가? 욕심 많고 이기적인 주인공은 일터에서만 욕심 많고 이기적이지 않다. 그들은 집에서도 욕심 많고 이기적이다. 친구와 가족에게도 그렇다. 이런 모습을 보여 주는 가장 좋은 방법은 집, 일, 놀이 장면이나 챕터를 넣는 것이다. 집(가족, 배우자와 있을 때, 혹은 아파트에서 혼자 있을 때), 일(직장이나 학교에서), 놀이(친구와 함께 또는 혼자 휴식을 취하는 모습)와 관련해 주인공의 모습을 보여 주면 된다. 소피 킨셀라의 『쇼퍼홀릭』에서 베키 블룸우드가 처음 등장하는 모습을 생각해 보자. 그녀는 쇼핑 중독으로 재정 상태가 엉망일 뿐 아니라 직장(일)을 싫어하고 남자 친구(놀이)와도 막 헤어졌으며, 경제 사정(집)에 대해 룸메이트와 부모에게 거짓말까지 한다. 이렇게 주인공을 삶의 여러 측면에서 보여 주면 어떤 사람인지 더 잘 이해할 수 있다.

주인공의 삶이 완벽할 수 없다는 걸 명심해야 한다. 완벽하다면 더 나아갈 데가 있을까? 소설을 읽어야 할 이유가 있을까? 주인공의 세계는 문제투성이여야 한다. 세이브 더 캣 작법에서는 이런 문제를 '고쳐야 할 문제'라고 부른다. 말하자면 주인공의 삶에서 잘못된 것들을 적은 긴 목록이다. 주인공은 외롭고 아버지와 대화도 하시 않고 친구도 없다(케이트 디카밀로의『내 친구 윈딕시』의 주인공 오팔). 주인공은 친척 집에서 구박받으며 사는 고아이고 별로 무서운 방에 갇히고 친척 형제들에게도 괴롭힘을 당한다(샬럿 브론테의『제인 에어』). 주인공은 가족이 몰살당했고 범인은 흔적조차 찾을 수 없으며 심지어 직업을 잃고 건강도 나빠지고 있다. 뇌가 무엇 하나 잊어버리지 않고 전부 다 기억하는 희귀한 증후군을 앓고 있다(데이비드 발다치의『모든 것을 기억하는 남자』의 주인공 에이머스 데커). 주인공은 직장을 잃었고 또 다른 직장을 구할 능력도 없고 가족을 부양해야만 하며 남자 친구는 지루하기만 하다(조조 모예스의『미 비포 유』의 주인공).

이처럼 온갖 다양한 문제가 있을 수 있지만 목적은 똑같다. 왜 이 사람에게 변화의 여정이 필요한지 독자가 이해하도록 돕는 것이다. 1막의 현상 세계에서 일이 잘 풀리지 않고 있기 때문이다.

고쳐야 할 문제들은 이야기의 나머지 부분에 걸쳐 다시 나타날 것이다. 그것들은 주인공의 여정에서 변화를 표시하는 검문소 역할을 할 것이다. 이야기를 전개하면서 이런 것들을 확인해야 한다. 지금은 어떤가? 그는 여전히 직업을 싫어하나? 그녀는 아직도 괴롭힘을 당하고 있는가? 그의 가족은 아직도 배를 곯는가? 만약 이런 것들이 중간에 변하지 않는다면, 작가가 주인공과 주인공의 세계를 변화시키기 위해 충분히 노력하고 있지 않다는 뜻이다.

설정에서는 할 일이 정말 많다. 하지만 장담하건대, 기초를 다지는 작업이 장기적으로 더 탄탄하고 만족스러운 이야기를 만들어 줄 것이다.

하지만 설정에서 계속 머물 수는 없다. 주인공이 현재 상태에 영원히 머물 수 없는 것처럼. 당신이 이 비트를 제대로 따랐다면 이쯤에서 벌써 변화의 필요성이 암시되었을 것이다. 독자는 변화의 계기가 나타나지 않으면 주인공이 불행한 운명을 맞이하리라는 것을 감지하고 있을 것이다.

『미 비포 유』에서 루이자가 직장을 잃었을 때를 생각해 보자. 루이자의 아버지는 어머니에게 "빌어먹을 일자리가 하나도 없어, 조시. 심각한 불경기라고"라고 말한다. 『제인 에어』에서 제인은 리드 부인에 의해 유령 나오는 붉은 방에 갇혀 무서워서 기절하고 만다. S. E. 힌턴의 『아웃사이더』에는 포니보이와 친구들이 체리, 마샤와 함께 걸어가다가 소셜과 싸움이 날 뻔한 장면이 나온다. 포니보이가 말한다. "내 안에서 긴장이 고조되는 것을 느꼈다. 무슨 일이 일어나지 않으면 폭발할 것이다."

이것을 '정체(죽음)'의 순간이라고 한다. 정체의 순간은 설정 비트의 어딘가에서 변화가 필수적이며 변화가 일어나지 않으면 상황이 빠르게 나빠질 것임을 독자에게 보여 준다.

정체(죽음)의 순간을 구체적으로 설정하든 주인공의 삶에 명백한 변화의 필요성 없이 일반적인 긴박감을 전하든 독자가 남은 여정을 계속하도록 만들기는 쉽지 않다. 따라서 설정 비트에서 변화가 중요하다는 것을 독자의 마음속에 심어 두어야 한다. 이 현상 세계에 오래 머물러서는 안 된다고. 무슨 일이 반드시 일어나야만 하다고.

그래서 기폭제가 등장한다.

4. 기폭제

어떤 역할을 하는가? 삶이 바뀌는 커다란 사건이 일어나 현상 세계가 파괴된다.
어디에 위치하는가? 10% (혹은 좀 더 일찍)

축하한다. 당신은 주인공의 삶과 세계를 훌륭하게 구축해 냈다. 주인공에게 결함과 특징, 친구, 가족, 목표를 만들어 주었다. 독자들이 빠져들 만한 현실적인 세계를 만들었다.

이제 그 세계를 때려 부술 시간이다.

박물관에서 시체가 발견되고(『다빈치 코드』) 왕이 프러포즈를 하고(필리파 그레고리의 『화이트 퀸』) 딸이 갑자기 프로 축구팀을 상속받고(수잔 엘리자베스 필립스의 『그들만의 축제』) 암으로 죽어 가는 소녀가 환우 모임에서 별난 소년을 만나고(『잘못은 우리 별에 있어』) 18개월 만에 범인이 잡히고(『모든 것을 기억하는 남자』) 여자가 사지마비 남성의 간병인으로 취업하고(『미 비포 유』) 어린 소녀가 떠돌이 개를 만나고(『내 친구 윈딕시』) 아무 잘못 없는 소년이 경찰이 쏜 총에 맞아 죽는다(『당신이 남긴 증오』).

이것들은 모두 변화의 조짐이다. 기폭제는 주인공의 삶에 불시착해 엄청난 파괴를 일으켜 뭔가 다른 행동을 할 수밖에 없도록 만든다. 새로운 시도를 하거나 다른 곳으로 가거나.

기폭제는 나쁜 소식의 형태로 나타날 때가 많다(우편함 속의 편지, 전화, 죽음, 해고, 불치병 진단 등). 항상 그런 건 아니지만 종종 그렇다. 왜일까? 사람은 대부분 나쁜 일이 일어나기 전까지는 바뀌지 않기 때문이다. 나쁜 소식은 좋은 일로 이어지는 길을 열어 준다. 나쁜 소식이 없으면 주인공은 지금의 결함 있는 삶과 결함 있는 자신에 만족할 것이다. 어쩌면 영원히! 하지만 독자도 지금에 만족할까? 아니다. 독자는 무슨 일이 일어나기를 원한다. 액션을 원한다. 반전을 원한다. 드라마를 원한다.

알든 모르든 그들은 기폭제를 원한다.

기폭제는 주인공에게 일어나는 어떤 일, 그들의 삶을 완전히 새로운 방향으로 보내 버리는 단일 장면 비트다. 여기에서 '주인공에게 일어나는 일'이라는 점이 중요하다. 기폭제는 항상 주인공에게 일어나는 일이다. 그것은 현상 세계를 뚫고 주인공을 변화의 길로 보내는 액션이다.

본질적으로 기폭제는 경각심을 일깨우거나 행동을 촉구한다. 눈을 뜨고 세상을 새로운 시각으로 바라보게 해 준다. 기폭제는 거대해야 한다. 나약한 집쟁이 같은 기폭제는 안 된다. 내가 진행하는 워크숍에서 학생들이 자기가 쓴 소설의 기폭제를 발표할 때면 종종 "그래서?"라는 미지근한 반응이 나오곤 한다.

갈등은 좋은 소설을 만든다. 좋은 이야기를 만든다. 갈등이 없으면 독자들은 "그래서?"라고 반응하게 될 위험이 있다. 독자들에게 그런 반응이 나오는 일은 절대로 있어선 안 된다. 기폭제에 대한 독자들의 반응은 다음과 같아야 한다. "와! 전혀 예상하지 못했어! 과연 회복이 가능할까?" 이런 반응이 나와야 효과적인 기폭제다.

그렇다면 기폭제가 적당히 큰지 어떻게 알 수 있을까? 다음과 같은 질문을 던져 보자. 이 일이 일어난 후에도 주인공이 평범한 삶으로 돌아가 예전과 똑같이 지낼 수 있을까?

답이 '그렇다'라면 기폭제가 충분히 크지 않은 것이다.

만약 '절대 불가능하다!'라면 올바른 방향으로 가고 있다는 뜻이다.

5. 토론

어떤 역할을 하는가? 주인공이 변화에 저항하고 2막 진입을 준비하는 모습을 보여 준다.

어디에 위치하는가? 10~20% (기폭제에서 1막의 끝으로 데려가는 비트)

모든 행동에는 반응이 따른다. 그리고 모든 기폭제에는 토론이 따른다. 이별, 해고, 질병 진단, 체포, 시체 발견, 나쁜 소식을 전하는 전화 등 모든 기폭제에는 주인공이 커다란 한숨을 내쉬며 주저앉아 '이제 어떡하지?' 하고 고민하는 시간이 따라온다.

이 토론 비트는 리액션 비트인데, 보통은 질문 형태를 띤다.

어떻게 해야 하지? 가야 하나? 말아야 하나? 어떻게 살아남을 수 있을까? 다음에 무슨 일이 일어날까? 같은 질문이다.

그리고 독자들은 주인공을 따라서 토론 질문을 던질 것이다. "로버트 랭던이 박물관장 살인 사건을 같이 알아봐 줄까?"(『다빈치 코드』) "왕과의 결혼이 진짜였을까, 아니면 단지 엘리자베스와 잠자리를 하려는 계략이었을까?"(『화이트 퀸』) "피비는 축구팀 코치를 어떻게 처리할 것인가?"(『그들만의 축제』) "헤이즐과 어거스터스는 함께 할 수 있을까?"(『잘못은 우리 별에 있어』) "가족을 살해했다고 자백한 범인이 나타난 지금, 데커는 어떻게 할 것인가?"(『모든 것을 기억하는 남자』) "루이자가 이 일을 할 수 있을까?"(『미 비포 유』) "오팔이 개를 키울까?"(『내 친구 윈딕시』) "스타는 칼릴이 총에 맞은 날 밤의 일에 대해 사실대로 말할 것인가?"(『당신이 남긴 증오』)

토론은 주인공이 그들의 삶을 뒤흔든 거대한 촉매제에 쓰러진 후 한 걸음 뒤로 물러서서 앞으로 어떻게 할지 결정하는 시간이다.

그런데 주인공은 왜 토론을 할까? 인생을 뒤흔드는 소식을 접한 후 그냥 다음으로 넘어가면 안 될까? 그건 현실적이지 않다. 어떤 선택을 할지 고민하고 저울질하며 더 많은 정보를 수집하는 것은 인간으로서 당연한 일이다. 변화를 곧바로 받아들이는 사람은 없다. '지금의 삶이 별로야. 이제 방법을 바꿔야겠어'라고 간단하게 결론 내리는 사람은 없다.

주인공은 질질 시간을 끈다. 망설이고 고민한다.

토론한다.

토론 비트는 여러 장면으로 이루어진다. 주인공이 자신에게 던져진 변화에 얼마나 저항하는지 독자에게 확실히 보여 줘야 한다. 효과적인 방법은 집과 일, 놀이를 통해 주인공을 보여 주는 것이다. 앞으로 어떻게 할지 고민하는 모습을 되도록 삶의 다양한 측면에서 보여 주어라. 너무 빨리 결정해 버리면 독자의 신뢰를 잃을 위험이 있다.

여기에서 꼭 짚고 넘어갈 점은 토론이 항상 결정은 아니라는 것이다. 갈지, 머물지, 행동할지, 행동하지 않을 것인지가 토론의 문제가 아닐 수도 있다는 말이다. 이미 결정이 명백할 때도 있다. 예를 들어『헝거 게임』의 캣니스는 동생 대신 헝거 게임에 나가겠다는 결정을 바꾸지 않을 것이다.『해리 포터와 마법사의 돌』의 해리도 자신이 마법사이고 호그와트에 합격했다는 사실을 알게 된 후, 가야 할지 말아야 할지 고민할 필요가 없다.

만약 그런 경우라면 주인공은 무엇을 할까? 거대한 여정을 준비한다. 물자를 모으거나 훈련한다. 정신적으로, 육체적으로, 감정적으로 필요한 준비를 한다. 그러고는 스스로에게 묻는다. 나는 준비가 되었는가?

토론 비트가 결정이든 준비든 토론의 목적은 하나뿐이다. 주인공과 독자들에게 2막을 준비시키는 것. 2막에서는 지금까지와 전혀 다른 세계가 펼쳐질 것이기 때문이다.

2막

2막에 관해 알아야 할 매우 중요한 사실이 있다. 비트 시트를 통틀어 알아야 할 가장 중요한 사항이라고 할 수 있을 것이다.

2막은 1막과 정반대다.

1막이 명제―현상 세계―라면 2막은 그 명제가 거꾸로 뒤집힌 세계다. 작가가 2막에서 이 간단하면서도 결정적인 요소를 구축하는 것을 잊어버려 끝내주는 소설이 무너져 버리는 경우가 너무 많다. 2막은 1막과 최대한 달라야 한다. 이 거꾸로 뒤집힌 세상이 어떤 모습인지 한번 살펴보자.

6. 2막 진입

어떤 역할을 하는가? 주인공을 거꾸로 뒤집힌 2막의 세계로 데려간다.
2막에서 주인공은 문제를 잘못된 방법으로 고치려고 한다.
어디에 위치하는가? 20%
(4분의 1 지점에 이르기 전에 1막이 끝나는 분명한 지점이 있어야 한다.)

게임이 시작되었다! 도전이 받아들여졌다! 모험이 눈앞에 있다! 새로운 삶의 방식이 시작되었다! 토론이 끝나고 주인공은 무엇을 해야 하는지 알고 있다. 이제 실행할 시간이다.

이 비트는 거꾸로 뒤집힌 2막 세계로 들어가는 명확하고 확실한 지점이다. 2막 세계를 잘 설계했다면(1막과 달라야 한다!) 새로운 세계로 들어갔다는 사실이 독자들의 눈에 확실히 보일 것이다. 의심할 여지가 없다. 더 이상 익숙한 곳에 있지 않다.

캣니스 에버딘은 캐피톨에 입성하고(『헝거 게임』) 어거스트 풀먼은 중학교에 간다(『원더』). 로버트 랭던은 프랑스 경찰을 피해 도망치고(『다빈치 코드』) 잭은 방을 탈출한다(엠마 도노휴의 『룸』). 엘리자베스는 런던의 성으로 들어가고(『화이트 퀸』) 제인은 손필드 저택에서 가정교사로 일하기 위해 떠나고(『제인 에어』) 헤이즐과 어거스터스는 사귀기 시작한다(『잘못은 우리 별에 있어』).

주목해야 할 점은 2막 진입을 위해 주인공이 꼭 어떤 물리적인 장소로 이동할 필요가 없다는 것이다. 하지만 새로운 것을 시도해야만 한다. 새로운 관계, 새로운 삶의 방식, 새로운 직업, 학교에서 새로운 모습 등. 문자 그대로의 여정이든 은유든 2막 진입은 기존의 세계와 사고방식을 뒤로하고 새로운 세계와 새로운 사고방식으로 발을 내딛는 순간이다. 이것은 단일 장면 비트다. 한 장면이나 챕터에서 주인공을 2막으로 들여보낸다. 따라서 새로운 막으로의 전환이 효과적으로 달성되어야만 한다.

어떻게 가능할까?

2막 진입은 반드시 주인공이 내린 선택이어야 한다.

주인공이 그 결정에 적극적이어야 한다. 결정 자체는 다른 사람에 의해 이루어질 수도 있지만 실제 행동은 오롯이 주인공의 몫이다.

1막에서 어떤 결함이 있었든—소심함, 우유부단함, 어리석음, 이기심, 비겁함 등—2막 진입 비트는 모든 주인공이 응원할 만한 가치가 있다는 것을 증명하는 곳이다. 읽을 만한 가치가 있다는 것을 말이다. 여기서 모든 주인공은 적어도 새로운 것을 시도할 의지가 있음을 보여 줘야 한다.

온종일 빈둥거리며 불완전한 삶에 대해 아무것도 하지 않는(1막 이후로도) 게으른 주인공의 이야기를 읽고 싶은 사람은 아무도 없다. 토론에서 주인공이 "어떻게 해야 하지?"라고 묻는다면 2막 진입에 서는 "난 이렇게 해야 해! 그렇게 할 거야!"라고 답하는 지점이다.

그렇다면 이는 주인공이 주제를 배웠고 마침내 자신의 삶을 바로잡을 방법을 알아냈다는 것을 의미할까? 그렇지 않다.

잠깐 주인공의 욕망과 필요로 돌아가 보자. 이전 챕터에서 설정한 외적 및 내적 목표를 기억하는가? 만약 주인공에게 "무엇이 네 삶을 바로잡아 줄 거라고 생각해?"라고 물으면 아마도 "더 좋은 직업!" "새 여자 친구!" "세계 선수권 대회 우승!" "가족을 죽인 사악한 여왕을 죽이는 것!"처럼 외적인 목표로 대답할 것이다.

주인공의 욕망과 필요를 올바르게 설정했다면, 외적인 목표(욕망)가 그들의 삶을 고쳐 주지는 않을 것이다. 주인공이 그렇게 생각할 뿐이다. 그들은 한 치의 의심도 없이 그렇게 믿는다. 하지만 그들을 더 나은 사람으로 만드는 것은 내적 또는 영적 목표(필요)다.

이 시점에서 주인공은 2막 진입이라는 주도적인 결정을 내리면서도 여전히 욕망으로 움직인다. 여전히 외적인 목표를 좇고 있다. 이룰 수도 있고 이루지 못할 수도 있다. 하지만 소설이 끝날 때쯤에는 상관없어질 것이다. 필요한 것을 얻었을 것이기 때문이다. 주제를 배울 것이기 때문이다. 그래서 나는 2막을 '문제의 잘못된 해결'

이라고 부르는 걸 좋아한다.

『미 비포 유』의 루이자 클라크가 트레이너 집안의 간병인으로 취직한 이유는 가난한 가족을 먹여 살려야 하기 때문이다. 물론 그 일자리는 그녀가 자립심이라는 인생 교훈(필요)을 배우게 해 줄 것이다. 하지만 지금 그녀가 그 일자리를 선택한 이유는 이 때문이 아니다.

『내 친구 윈딕시』의 오팔 불로니는 우연히 만난 개를 키우기로 한다. 친구를 원하기 때문이다. 물론 그 개는 결국 오팔이 아빠와의 관계를 회복하게 해 주지만(필요) 역시나 그녀가 개를 입양하는 이유는 이 때문이 아니다.

『분노의 포도』에서 톰 조드가 가족과 함께 캘리포니아로 떠나는 이유는 일자리를 원하기 때문이다. 자신이 이주 노동자들을 대표하는 목소리가 될 운명임(필요)을 알아서가 아니다. 그것은 나중에 일어나는 일이다.

이 시점에서 주인공은 노력하고 있다. 자리에서 일어나 행동을 실행에 옮긴다. 단결한다. 주인공은 작가가 1막에서 설정한 문제를 해결하기 위해 자신이 해야만 한다고 생각하는 것을 하고 있다. 인정해 주자. 그들은 노력하고 있다.

하지만 주인공의 결정은 제대로 된 것이 아니다. 여전히 욕망이 동기부여로 작용한다. A 스토리(외적 이야기)가 연료를 제공한다. 2막에서 그들은 용을 죽이고 단서를 풀고 소년과 키스하고 우주선을 타고 우주 전쟁에 참여하기도 한다. 엄청나게 멋지긴 하지만 정답은 아니다. 그것들이 장기적으로 문제를 바로잡아 주지는 않을 것이다.

오해하지 말길. 물론 독자들은 그런 걸 보고 싶어 한다. 또한 이는 분명 책을 재미있게 만드는 비결이기도 하다. 소설이 주제나 인생 교훈만으로 이루어지면 안 된다. (하품 날 정도로 따분해질 것이다.) 재밌는 것도 들어 있어야 한다. A 스토리가 필요하다.

하지만 2막 진입에서 주인공이 내리는 결정은 일시적인 해결책이다. 상처를 감추려고 붙이는 일회용 반창고일 뿐이다. 진짜 치유가 아니다. 결함은 그 아래에 그대로 남아 주인공을 갉아먹고 있다. 2막 진입에서 주인공은 더 깊고 영적인 수준에서는 문제를 전혀 해결하지 못한다. 잘못된 방향으로 문제를 해결하고 있다.

주인공을 모욕하는 것이 아니다. 플롯을 효과적으로 조작하는 것일 뿐이다. 주인공이 처음에 잘못된 방법을 시도해야만 결국 올바른 방법을 찾을 수 있기 때문이다.

장담하건대 문제의 잘못된 해결은 아주 재미있다. 이제 곧 재미와 놀이 비트에서 보게 될 것이다.

하지만 그 전에 새로운 사람들을 만나야 한다.

7. B 스토리

어떤 역할을 하는가? B 스토리·영적 이야기·주제를 상징하고
주인공의 주제 학습을 돕는 캐릭터를 소개한다.
어디에 위치하는가? 22%
(보통 2막 진입 직후에 일어나지만 그보다 더 일찍 나올 수도 있다. 소설의 25% 내에 일어나면 된다.)

2막이 1막의 거꾸로 뒤집힌 세계라고 했던 것을 기억하는가? 이
는 1막의 모든 것을 뒤집어야 한다는 뜻이다. 사람들까지도.

설정에서 A 스토리 캐릭터를 소개했다. 이들은 주인공의 현상 세
계에 존재하는 사람들이자 외적 이야기를 나타낸다. 주인공이 2막에
진입한 후에 꼭 사라질 필요는 없지만 새로운 세계에서 만나게 될
사람들보다 뒷전으로 밀릴 수밖에 없다.

2막에는 B 스토리 캐릭터가 나온다!

B 스토리 캐릭터는 도우미 캐릭터다. 주인공이 주제를 배우도록
어떻게든 도움을 주게 되는 사람이다. 보통은 로맨스 상대, 새로운
친구, 멘토, 적의 형태로 나타난다. 그렇다. 주인공의 적이 B 스토리
캐릭터일 수도 있다! 그런 방법이 성공적으로 실행되는 경우도 많다.
그리고 성공적인 B 스토리 캐릭터의 기준은 오로지 2가지뿐이다.

• B 스토리 캐릭터는 어떤 식으로든 거꾸로 된 2막 세계를 대표

해야 한다.

- B 스토리 캐릭터는 어떤 식으로든 주인공을 인생 교훈이나 주제로 인도하는 것을 도와야 한다.

첫 번째 기준은 주인공이 1막에서 이 캐릭터를 만나지 않았거나 알아차리지 못했음을 의미한다. B 스토리 캐릭터가 주인공의 삶에 완진히 들어온 것은 오직 기폭제와 2막 진입 때문이다.

『헝거 게임』의 피타 멜라크를 생각해 보자. 피타는 평생을 캣니스와 똑같은 12구역에서 살았다. 물론 과거에 짧은 접촉도 있었다. 하지만 캣니스가 동생 대신 헝거 게임에 자원하고 캐피톨로 이동할 때에야 피타는 그녀 인생의 주요 인물이 되었다.

『제인 에어』에서 불가사의하고 성질 나쁜 로체스터 씨는 제인이 2막의 모험을 시작하는 손필드 저택—역시나 불가사의한—을 상징한다.

『잘못은 우리 별에 있어』의 헤이즐과 어거스터스가 암스테르담에서 만나는 은둔 작가 피터 반 호텐은 어떨까? 물론 헤이즐은 전부터 그 작가에게 관심이 많았지만 그가 진정 헤이즐의 세계로 들어오는 것은 그녀가 어거스터스를 만난 후의 일이다.

B 스토리 캐릭터들은 어떤 면에서 2막 세계의 산물이다.

그렇다면 왜 B 스토리 캐릭터는 새로운 세계의 산물이 되어야 할까? 알다시피 주인공은 1막의 현상 세계에서는 주제를 학습하고 변신을 완료할 수 없기 때문이다. 그래서 우리는 주인공을 2막으로 보내는 기폭제를 만들어 주었다. 따라서 주인공의 주제 학습을 돕는 사람이 이 새로운 세계에 존재해야만 한다. 그렇지 않으면, 똑같은 곳에 머무르면, 주인공이 어떻게 주제를 깨우칠 수 있을까? 당연히 재미도 없을 테고.

B 스토리 캐릭터는 다양한 방법으로 주인공을 인생 교훈으로 안내한다. 예를 들어『헝거 게임』의 B 스토리 캐릭터 피타 멜라크처럼 주제의 화신이 될 수 있다. 헝거 게임이 공식적으로 시작되기 직전에 피타는 캣니스에게 말한다. "캐피톨이 나의 주인이 아니라는 것을 보여 줄 수 있는 방법을 생각해 내고 싶어. 나는 그저 헝거 게임의 작은 부분이 아니고 그 이상의 존재라는 것을." 이것은 캣니스가 궁극적으로 배우게 되는 교훈(주제)이다. 살아남기 위해 캐피톨의 규칙에 따르지 않고 저항하는 것. 그녀가 교훈에 다가갈 수 있도록 도와주는 게 바로 B 스토리 캐릭터 피타 멜라크다.

B 스토리 캐릭터는 주인공에게서 주제를 이끌어 내는 성격을 가진 사람일 수도 있다.『제인 에어』에서 유약한 제인을 대담하고 당당하고 자립적으로 변하게 만드는 거만하고 고약한 성격의 로체스터처럼 말이다.

B 스토리 캐릭터는 주인공과 똑같지만 좀 더 부풀려진 결함을 가진 인물일 수도 있다. 그 인물은 주인공의 결함을 거울로 비춰 줌으로써 주인공이 스스로 깨닫게 만든다.『잘못은 우리 별에 있어』에

서 피터 반 호텐은 너무도 애처롭고 비통하며 외로운 사람이 되었다. 그를 직접 만난 후 헤이즐은 상처받게 될지라도 어거스터스를 더 사랑하기로 마음먹는다.

B 스토리 캐릭터는 어떤 식으로든 주인공의 주제 학습을 돕는 역할을 수행한다. 이 캐릭터는 2막 전반부(보통 재미와 놀이 비트)에 자리하는 이 단일 장면의 비트에서 소개된다. 소설의 2막과 3막 내내 등장할 테지만 여기에서 처음으로 이야기 속으로 들어온다. 새로운 로맨스 상대, 새로운 친구, 새로운 멘토, 또는 새로운 적 등 누구나 될 수 있다. 주인공의 결함을 효과적으로 끌어내고 변화를 원하게 만들 수만 있다면 누구나 가능하다.

지금 당신은 이렇게 생각할지도 모른다. 잠깐, 2막에서 새로운 캐릭터를 한 명만 소개할 수 있다고?

아니다. 2막에서는 당신이 원하는 만큼 많은 캐릭터를 소개할 수 있다. 하지만 B 스토리 캐릭터는 인생 교훈을 대표하는 매우 특별한 역할을 맡은 특별한 캐릭터가 될 것이다.

그 특별한 사람이 누구인지 알아내는 데 어려움을 겪고 있다면 좋은 소식이 있다. B 스토리 캐릭터는 두 명 이상일 수 있다! 그렇다. 여러 훌륭한 소설에는 소위 '쌍둥이 B 스토리'가 있다. 이것은 로맨스 상대와 멘토의 형태로 설정될 수도, 로맨스 상대와 새 친구일 수도 있다. 『내 친구 윈딕시』처럼 새로운 친구들일 수도 있다. 오팔은 주제 학습으로 이끌어 주는 두 명의 도우미—글로리아 덤프와 미스 프래니 블록—를 개 원딕시 덕분에 만난다. 둘 다 오팔에게 외로움이라는 주제에 대한 귀중한 교훈을 가르쳐 준다.

하지만 B 스토리 캐릭터가 두 명 이상이면 두 캐릭터 모두 제 역할을 잘 수행하도록 만들어야 한다. 그것도 서로 다른 방법으로 말이다. 그렇지 않으면 둘이나 있을 이유가 없다.

8. 재미와 놀이

어떤 역할을 하는가? 소설의 전제 약속이 실행되고 주인공이 새로운 2막 세계에서 어떻게 지내는지(잘하거나 허우적거리거나) 보여 준다.

어디에 위치하는가? 20~50%
(이 비트는 2막 전반부 전체에 걸쳐 있다.)

재미와 놀이 비트는 애초에 독자가 책을 집어 드는 이유일 것이다. 이 비트는 '전제된 약속'이라고도 불린다. 독자는 책의 뒤표지에 나온 줄거리 요약, 매체나 독자의 서평 등에서 이 비트에 대한 정보를 이미 받은 상태로 책을 읽기 시작할 가능성이 크다.

독자들은 집어 든 소설이 다음과 같은 이야기라는 약속을 받았다. 생명체가 살지 않는 행성에서 살아남을 방법을 찾는 우주 비행사의 이야기(『마션』), 마법사들이 다니는 마법 학교 이야기(『해리 포터와 마법사의 돌』), 호랑이와 함께 구명보트에 갇힌 소년의 이야기(『파이 이야기』), 40년 전 실종된 소녀의 수수께끼를 풀려는 문신 있는 펑크족 소녀의 이야기(스티그 라르손의 『여자를 증오한 남자들』), 가족을 몰살한 범인을 잡으려는 모든 것을 기억하는 남자의 이야기(『모든 것을 기억하는 남자』), 휠체어를 탄 고약한 사지마비 환자의 간병인이 된 미래가 암담한 여성의 이야기(『미 비포 유』).

작가는 그 약속을 지켜야 한다. 바로 이 비트에서.

이 비트의 이름 때문에 혼란스러워하는 작가들이 많다. 그들은 『헝거 게임』 같은 소설의 재미와 놀이 비트를 보고 '24명의 10대가 게임에서 서로를 죽인다고? 캣니스 입장에서는 절대 재미있을 것 같지 않은데?' 하고 생각한다.

재미와 놀이 비트를 구상하는 열쇠는 이 부분이 오로지 독자들에게만 재미있을 수 있다는 사실을 아는 데 있다. 주인공에게는 전혀 그렇지 않을 수도 있다.

물론 호그와트에 처음 도착한 해리 포터는 엄청 즐겁다. 완전히 새로운 마법 세계를 신나게 즐긴다. 『헝거 게임』의 캣니스 에버딘은? 전혀 즐겁지 않다.

하지만 독자들은 좋아한다. 왜일까? 그들이 가학적이고 사악해서 자신도 헝거 게임에 나가 사람을 죽이고 싶다고 생각하기 때문에? 아니다. 캣니스의 투쟁에 관한 이야기가 흥미롭기 때문이다. 1막의 주인공이 2막 세계에 놓여 있다. 1막과 2막의 세계를 최대한 다르게 설정한다면(분명 그래야 한다고 언급했다!) 이 비트는 재미있을 수밖에 없다. 게다가, 캣니스가 헝거 게임에 나가 싸우는 이야기가 그 소설의 전제다. 책 제목 값을 톡톡히 하기도 하고.

헷갈리지 않도록 재미와 놀이 비트를 이렇게 정의해 보자. 주인공이 뒤집힌 새로운 세계에서 빛나거나 허우적거리는 모습을 보여 주는 다수 장면 비트라고.

정말로 선택권이 2가지밖에 없다. 새로운 세계를 좋아하거나 싫어하거나. 주인공은 모험을 감행한 사실에 감사하거나 예전의 삶을 그리워한다.

주인공이 어떤 사람인지 생각해 보자. 주인공이 2막 세계에 발을 들여놓으면서 어떤 기분을 느낄까? 그곳에 있는 것이 행복할까, 아니면 비참할까? 새로운 생활 방식에 탁월하게 적응해 나가는가? 아니면 고군분투하는가?

그렇다고 재미와 놀이 비트가 무조건 성공 아니면 고군분투일 필요는 없다. 오히려 그렇지 않은 것이 좋다. 재미와 놀이 비트는 소설 전체의 30퍼센트 가까이 차지한다. 따라서 다양한 액션이 나와야 한다.

나는 이것을 '튀는 공bouncing ball 서사'라고 부른다. 주인공은 이 비트에서 위로 올라가기도 하고 아래로 내려가기도 한다. 상황이 순조롭게 진행되기도 하고 끔찍하게 흘러가기도 한다. 주인공이 어떤 일에 성공하기도 하고 실패하기도 한다. 소녀는 소년을 얻고 또 잃는다. 형사는 사건의 돌파구를 찾지만 결국 그것이 잘못된 단서라는 사실을 알게 된다. 왕은 전쟁에서 승리하고 또 패배한다. 올라갔다 내려갔다, 올라갔다 내려갔다, 계속 왔다 갔다 한다. 이 예측할 수 없는 역동성이야말로 재미와 놀이 비트를 다채롭고 매력적이고 무엇보다도 재미있게 만들어 주는 비결이다!

하지만 공이 여러 번 튀더라도 결국 전체적인 비트가 향하는 방향이 필요하다. 성공인지 실패인지. 작가는 이것을 꼭 결정해야만 한다. 이 비트가 상향 경로(전체적으로 성공으로 향함)인가, 하향 경로(전체적으로 실패로 향함)인가?

『미 비포 유』의 루이자는 윌의 간병인으로 취직한 후 그가 스스로 목숨을 저버리지 않도록 설득하기로 결심한다. 이 이야기는 중간점을 향해 상향 경로를 보인다. 루이자는 좋은 보수(욕망)를 받고 일하고 윌에게 긍정적인 영향을 미치고 있는데, 이는 그의 나아진 기분과 겉모습에서 확연히 드러난다. 두 사람은 오케스트라 연주회에 가서 로맨틱한 저녁을 보내기까지 한다.

『마션』의 마크 와트니도 마찬가지다. 기폭제가 너무나 큰 재앙이지만(지구로 돌아갈 방도 없이 홀로 화성에 남은 것) 그의 재미와 놀이 비트는 확실히 상향 경로를 띤다. NASA와 통신하고 화성 착륙선 거주지에서 감자를 재배하는 방법을 알아내는 데에 성공한다. 다음 화성 탐사 팀이 도착할 때까지 살아남을 수 있을 것으로 보인다. 지금으로서는 말이다.

　반면『헝거 게임』의 재미와 놀이 비트는 확실히 하향 경로를 보인다. 헝거 게임이 시작되자마자 캣니스는 사방에서 닥치는 시련을 마주한다. 그녀를 죽이려는 23명의 10대는 말할 것도 없고 탈수증, 화재, 추적 말벌 등이 난무한다.

　『분노의 포도』의 재미와 놀이 비트는 어떨까? 톰 조드와 그의 가족은 일자리를 찾아 캘리포니아로 떠나지만 실패에 직면할 뿐이다. 할아버지가 죽고 톰의 형인 노아가 가족을 버리고 도망쳐 가족의 화합이 무너지기 시작한다. 중간점까지 분명한 하향 경로를 보인다.

　재미와 놀이 비트가 전반적으로 어떤 방향을 보일지는 당신이 소설을 구성할 때 내려야만 하는 중요한 결정이다. 곧 알게 되겠지만, 이 비트는 어떤 경로든(상향 또는 하향) 결국 다음 비트(중간점)뿐만 아니라 2막의 나머지 부분을 정의할 것이기 때문이다.

9. 중간점

어떤 역할을 하는가? 이야기의 중간점으로
거짓 승리 혹은 거짓 패배의 특징을 띠는 동시에 위험이 커진다.
어디에 위치하는가? 50%

아자! 중간점에 도착했다. 이름 그대로 책의 중간 부분이다.

중간점은 교차점이다. 너무도 많은 것이 이 지점에서 갈라진다.

책의 중간이기도 하지만 주인공이 변화하는 여정의 중간인 2막의 중간이기도 하다.

와! 중간이 정말 확실한가 보다!

많은 작가가 소설의 중간점middle을 진창muddle이라고 부른다. 집필하기가 힘들고 그만큼 헤쳐 나가기도 어렵다는 뜻이다. 거추장스럽고 엉성하게 느껴진다. 집중력도 떨어진다.

원고(혹은 출판된 책도 마찬가지)를 읽으면 작가가 중간점의 기능과 목적을 이해하는지 곧바로 알 수 있다. 초점이 맞지 않고 투박하다고 느껴진다면, 작가가 절호의 기회를 놓친 것이다.

중간점은 마법이다. 이야기의 회전점이다. 나머지 모든 비트를 벽에 박는 못이나 마찬가지다. 주인공의 변화 여정에서 정확히 가운데 지점이다. 따라서 작가는 중간점을 잘 활용해 이야기를 최대한 역동적이고 흥미롭게 만들어야 한다.

그렇다면 중간점 비트는 대체 어때야 할까?

기본적으로 이곳은 매우 중요한 3가지 일이 일어나는 단일 장면 비트다.

- 주인공은 '거짓 승리'나 '거짓 패배'를 경험한다.
- 위험이 더 커진다.

• A 스토리와 B 스토리가 어떤 식으로든 교차한다.

우선 거짓 승리와 거짓 패배를 먼저 살펴보자.

재미와 놀이 비트에서 주인공이 상향 경로에 놓였는지 하향 경로에 놓였는지 물었던 것을 기억하는가? 그 경로를 선택했다면 이미 중간점 비트도 파악되기 시작했다는 뜻이다.

당신이 재미와 놀이 비트에서 선택한 경로가 정점에 이른 지점이 바로 중간점이다. 기본적으로 재미와 놀이 비트의 목표는 이야기를 중간점으로 몰아가고 중간점을 규정하는 것이기 때문이다.

만약 주인공이 새로운 2막 세계에서 잘해 나가고 있다면, 전반적으로 일이 잘 풀리고 있다면(튀는 공을 제외하고), 2막이 그리 나쁘지 않은 세계임이 증명되고 있다면, 결국 중간점 비트는 거짓 성공이 된다. 상향 경로가 정점에 도달했고 주인공은 성공한 것처럼 보인다. 만세!

그런데 왜 거짓 승리인가? 소설이 절반밖에 완성되지 않았기 때문이다. 주인공이 중간점에서 진정한 성공을 거둔다면 소설은 여기에서 끝날 것이다.

거짓 승리인 중간점에서 보통 주인공은 자신만만하다. 원하는 것(1막에서 상정한 외적 목표)을 얻었거나 그에 매우 가까워졌을 수도 있다. 하지만 그 성공이 불완전하다는 것을 주인공은 모르고 있다. 아직 올바른 방향으로 변하지 않았기 때문이다. 주인공에게는 평생을 질질 끌어온 결함이 있다. 아직 중요한 문제를 다루지 않았다. 작가는 중간점에서 주인공의 욕망을 이루어줌으로써, 더 큰 문제에 스포트라이트를 비춘다. 책이 아직 끝나지 않았고, 주인공은 여전히 1막에서와 똑같은 결함이 있는 사람이므로 독자들에게 그 승리는 거짓이고 주인공의 욕망이 피상적이었다는 것을 보여 준다.

『미 비포 유』에서 루이자의 중간점은 거짓 승리다. 그녀는 취직을 했고(초기의 목표) 윌이 최선을 다해 살아가도록 도와주는 일도(새로운 목표) 큰 진전을 보이는 듯하다. 하지만 그녀가 그녀의 삶에 최선을 다하기 위해(주제) 뭔가를 한 적이 있는가? 없다. 이는 중간점(윌과 함께 참석한 루이자의 생일 파티)에서 그녀의 오랜 남자 친구(인연이 아닌 게 분명한 상대)가 그렇게 오래 사귀고도 여전히 그녀를 잘 알지 못한다는 사실을 증명하는 선물을 주는 장면에서 명백하게 드러난다. 반면, 단 몇 달밖에 알고 지내지 않은 윌은 그녀가 어떤 사람인지 분명히 알고 있다.

『마션』의 중간점은 마크가 구조대가 올 때까지 버티게 해 줄 감자를 수확하고 NASA와 통신하는 방법을 찾고 심지어 가족들에게 이메일까지 받는 부분이다. 어느 모로 보나 그의 앞날은 꽤 좋아 보인다. 그는 전반부에서 작은 목표들을 전부 이루었다(식량 재배, 지구와의 통신). 그러나 화성을 떠나는 더 큰 외적 목표는 아직 실현되지 않았다. 두려움 극복(주제)이라는 내적 목표도 마찬가지다.

반대로 재미와 놀이 비트에서 주인공이 물 밖으로 나온 물고기처럼 허우적거리고 있다면, 그 소설의 중간점은 거짓 패배다. 하향 경로가 가장 낮은 지점에 도달했고 주인공은 길을 잃어버린 듯하다. 원하는 것을 얻지 못했거나 얻기는 했지만 생각만큼 좋지 않다는 것을 깨닫는다. 심지어 포기하고 싶은 심정일 수도 있다.

그런 모습이 왜 거짓 패배일까? 앞에서 말한 거짓 승리와 똑같은 이유에서다. 책이 아직 끝나지 않았으니까! 주인공은 작가가 설정한 소설의 주제를 아직 배우지 못했다.

작가는 주인공이 원하는 것을 얻는 데 실패하는 중간점을 만들어 냄으로써, 더 큰 문제에 강렬한 스포트라이트를 비춘다. 독자에게 "보세요! 제 소설의 주인공은 인생을 바로잡아 줄 거라고 생각했던 것을 얻지 못했기 때문에 삶이 끝났다고 생각합니다"라고 말하는 것과 같다. 하지만 주인공이 원한 것은 결국 그렇게 중요한 게 아니었음이 밝혀진다. 소설이 아직 절반밖에 진행되지 않았으므로 분명히 더 큰 이야기가 아직 남아 있다.

『헝거 게임』의 중간점에서 캣니스는 탈수증세와 화상으로 고통스러워한다. 그리고 그녀는 B 스토리 캐릭터 피타가 프로 조공인들(헝거 게임 우승을 목표로 어릴 때부터 전문적으로 훈련한 10대들)과 함께 행동하는 것을 본다. 캣니스는 프로 조공인들에게 추적 말벌집을 떨어뜨리고 그들의 추격을 받는다. 이 시점에서 캣니스의 앞날은 상당히 암울해 보인다. 그녀는 헝거 게임에서 살아남으려는 외적인 목표는 물론이고 내적인 목표나 주제(캐피톨에 저항하는 것)와도 완전히 동떨어져 있다.

『분노의 포도』의 중간점도 거짓 패배다. 조드 가족은 목적지인 캘리포니아에 도착하지만(외적 목표) 속았다는 것을 알게 된다. 캘리포니아에는 그들이 기대한 번영과 일자리가 없다. 그리고 톰 조드는 노동자들을 단결시켜 평등을 위해 싸우는 운명(내적 목표)에 아직 다가가지 못했다.

작가들은 거짓 승리와 거짓 패배를 설정해서 매우 중요한 한 가지를 달성할 수 있다(중간점의 두 번째 필수 요소). 바로 이야기의 위험을 키우는 것이다.

이 시점까지 결함 있는 주인공은 거꾸로 뒤집힌 2막 세계를 통해 자신의 방식을 바꾸고 결함을 고칠 기회를 얻지만 아직 그 기회를 활용하지는 못한다. 앞에서 말했듯이 그들은 여전히 필요가 아닌 욕망에 따라 움직인다. 작가는 중간점에서 위험이 커지게 함으로써 "이제 시간이 없어, 친구! 더 이상 지체하지 마"라고 말하는 것이다. 결국, 주인공은 변화로 이어질 새로운 행동 방향을 추구하게 된다.

이러한 이유로 나는 중간점을 '장난 아니게 심각해지는 비트'라고 부르고 싶다. 다시 말해서, 재미와 놀이에서 벗어나 이제 진지해질 시간이다.

그럼 어떻게 위험을 키울까? 그건 작가에게 달렸다. 인기 소설에서 흔히 볼 수 있는 몇 가지 일반적인 방법을 살펴보자.

러브 스토리가 강해진다

보통 키스(또는 그 이상!), 사랑 고백, 결혼, 프러포즈 등의 형태로 일어난다. 관계의 판이 커져서 주인공이 예전으로 돌아가는 것을 훨씬 더 어렵게 만드는 것은 전부 해당한다. 사랑에 빠져 상대밖에 보이지 않게 되는 것. 물론 주인공이 사랑을 망쳐 버릴 수도 있지만(아마 그럴 것이다!) 그래도 손쉽게 없었던 일로 할 수는 없다. 『당신이 남긴 증오』의 중간점에서 스타와 그녀의 남자 친구 크리스는 처음으로 '사랑해'라는 말을 주고받는다. 그전까지만 해도 스타는 크리스에게 자신의 진짜 모습을 숨겼고 (자신이 칼릴이 경찰의 총에 맞아 죽은 사건의 중요한 목격자임을 밝히지 않았다) 집과 학교라는 세계를 계속 따로 떼어 놓았다(시작 부분에서 그런 것처럼). 중간점에서 작가는 위험을 고조시키며 "스타, 영원히 숨어 있을 순 없어. 상황이 급속도로 심각해지고 있어"라고 말한다.

시간 제약이 생긴다

똑딱거리는 시계만큼 빠르게 위험을 높이고 이야기에 초점을 맞춰 주는 것도 없다. 폭탄이 발견된다. 언제까지 몸값을 준비하라는 납치범의 쪽지가 도착한다. 앞으로 살날이 2주밖에 남지 않았다는 의사의 선고가 내려진다. 3개월 후에 열리는 결혼 초대장이 도착한다. 테러리스트가 집회에서 정치인을 암살하겠다고 위협한다. 이것들은 전부 소설의 후반부에 스릴 넘치는 활력을 불어넣는 좋은 방법들이다.

시간제한은 주인공의(그리고 독자의) 관심을 사로잡아 무엇이 중요하고 무엇을 해야 하는지 심각하게 고민하도록 만든다. 『마션』에서는 상황이 순조롭게 풀리는 것 같자 화성 착륙선 주거지의 에어로크가 터져 감자밭이 망가진다. 마크 와트니에게 남은 시간이(화성에서 구조될 때까지 버틸 식량) 급격히 줄어들고 만다. 이 사건은 결국 *그*가 생존을 위해 최후의 시험대에 올라가는 용기를 낼 수밖에 없게 만든다.

중요한 플롯이 뒤집힌다

이것은 내가 위험을 높일 때 가장 선호하는 방법이다. 집필할 때도 재미있다. 한마디로 플롯 뒤집기는 작가가 주인공에게(그리고 독자에게) "넌 아직 몰라. 네가 진짜로 마주해야 하는 상황은 이거야!"라고 말하는 것과 같다. 내가 '중간점 뒤집기'라고 부르는 이것은 스릴러나 미스터리 작가들이 자주 사용한다. 『모든 것을 기억하는 남자』에서 데커와 그의 파트너 랭커스터는 학교 총기 난사 사건과 데커 가족의 죽음을 연관시키며 실마리를 찾기 시작하는 듯하지만(거짓 승리), 갑자기 FBI 요원이 사망하고 경찰의 생각과 달리 용의자가 한 명이 아니라 두 명이라는 증거가 나온다. 위험이 이중으로 높아진 것이다. 우선 사건을 조사하던 누군가가 죽었고 그다음에는 데커가 아무도 예상하지 못한 반전을 발견하면서 사건이 완전히 뒤집혀 버린다. 살인자에게 공범이 있다! 두 사건 모두 데커에게 더 큰 압력을 가한다. 학교 총기 난사 사건 유가족을 위해서뿐 아니라(A 스토리) 가족을 잃은 그의 한을 정리하기 위해서라도(B 스토리) 데커는 반드시 사건을 해결해야 한다.

성대한 파티나 축하 또는 '공개'가 이루어진다

인기 소설들을 보면, 책의 중간 즈음에 이르러 많은 사람이 모인 큰 파티나 축하 장면이 등장한다. 이런 파티나 축하 행사는 언뜻 위험을 고조시키는 것처럼 보이지 않지만 사실은 그렇다. 지금까지 주인공이 2막 세계에 존재하면서 그가 정말로 어떤 사람인지 떠들썩하게 보여 주었는가? 아닐 것이다. 주인공에겐 아직 1막의 모습이 남아 있을 것이다.

주인공을 중간점 파티에 참석시키는 것은 2막 세계에 발을 내디며 자신이 그 세계의 일부라고 선언할 기회를 주는 것과도 같다. 모두가 보는 앞에서 말이다. 나중에 무르기 어려운, 공개적인 '폭로'라고 할 수 있다. 『미 비포 유』의 중간점은(루이자의 생일 파티) 루이자의 부모와 남자 친구가 루이자가 간병하는(그리고 사랑하게 되는) 사지마비 환자 월을 처음 만나는 장면이다. 그녀의 두 세계가 충돌하고 새로운 2막 세계가 공개적으로 폭로된다. 두 세계를 한곳에 모아 놓음으로써, 작가 조조 모예스는 루이자가 월과 함께한 몇 달 동안 얼마나 달라졌는지를 효과적으로 보여 준다.

모든 중간점에서는 욕망에서 필요로의 미묘한 변화가 감지될 것이다. 이는 우연이 아니다. 중간점의 세 번째 필수 요소는 A와 B 스토리의 교차다. 주인공은 원하는 것을 내려놓고 자신에게 필요한 것을 알아내려고 한다. 물론, 바로 다음 페이지나 다음 챕터에서 곧바로 성공하지는 못한다. 아직 가야 할 길이 멀다. 정확히는 3개의 비트가 남아 있다. 하지만 이 지점에서 주인공이 그동안 해 온 것처럼 하면 안 된다는 사실을 깨닫기 시작하면서 위험이 커진다. 기존의 방법이 효과가 없거나(거짓 패배!) 효과는 있지만(거짓 승리!) 여전히 뭔가 빠져 있다.

욕망에서 필요로의 미묘한 변화는 A 스토리와 B 스토리의 교차로(또 다른 중간점 교차로!) 설명될 때가 많다. 알다시피 A 스토리는 외적인 이야기다. 작가인 당신이 1막 이후로 지켜 온 전제된 약속이다. B 스토리는 내적인 이야기다. B 스토리 캐릭터에 의해 표현되는 영적 여정이다. 중간점에서는 종종 A와 B 스토리가 교차하는데, A 스토리 캐릭터와 B 스토리 캐릭터(들)가 어떤 식으로든 얽히거나 마주친다는 뜻이다. 비록 독자는 알아차리지 못할지라도(역시나 작가의 조종) 욕망(외적인 A 스토리)에서 필요(내적인 B 스토리)로 전환되고 있음을 시각적으로 알리기 위해 교차가 이루어진다.

『헝거 게임』의 중간점에서 피타 멜라크(B 스토리 캐릭터)는 다른 조공인들(A 스토리 캐릭터들)에게 목숨을 잃을 뻔한 캣니스를 구해 준다. 이 교차는 캣니스의 여정을 더욱더 위험하게 만들 뿐만 아니라

(카메라에 보여 주기 위한 행동이 아니라 피타가 정말로 자신을 아낀다는 것을 알았기 때문) 그녀의 변신에 있어서 중요한 순간을 나타내기도 한다. 이 지점에서부터 캣니스는 생존(A 스토리)만 생각하기가 점점 더 어려워진다. 이제는 어떻게 캐피톨에 대항할 것인가(B 스토리)도 생각할 수밖에 없게 된다.

한마디로 중간점은 이야기의 방향을 바꿔서 (또!) 주인공이 이전으로 돌아가기 어렵게 만든다. 익숙하게 들리는가? 당신이 기폭제에서 했던 일이니 당연하다. 그때도 주인공이 1막의 안전한 현상 세계로 돌아가기 힘들어지도록 위험을 높였다.

이것도 우연이 아니다. 훌륭한 이야기는 위험이 계속 커진다. 주인공을 앞으로 나아가게 하는 플롯 장치가 계속 나온다. 위험부담이 커지면 커질수록 주인공은 점점 더 되돌아가기가 어려워진다.

10. 다가오는 악당

어떤 역할을 하는가? 주인공이 중간점의 거짓 패배 이후 일어나거나, 거짓 성공 이후 쓰러지는 곳이다. 그동안 내적 악당(결함)은 점점 더 가까이 다가온다.
어디에 위치하는가? 50~70%

좋은 소식은 당신이 소설의 가장 긴 비트(재미와 놀이)를 이미 해결했다는 것이고, 나쁜 소식은 이것이 소설에서 두 번째로 긴 비트라는 것이다.

입에 발린 말을 하진 않겠다. 솔직히 말해서 2막은 괴물이다. 소설의 50퍼센트 이상을 차지하니까! 중간점이 끝나고 다가오는 악당 비트에 다다랐을 때쯤이면 2막이 거의 끝나 간다고 생각할 것이다. 하시만 질밍의 순간 비트 전까지 다루어야 할 부분이 얼마나 많은지 알면 정말로 절망에 빠질 수도 있다.

하지만 두려워하지 마라! 함께 헤쳐 나가면 되니까.

다가오는 악당 비트는 재미와 놀이처럼 다수 장면 비트이며 분량이 꽤 많다(소설의 약 25퍼센트). 하지만 제대로 구성한다면 소설에서 가장 흥미로운 부분이 될 수 있다.

이 비트의 이름은 액션 영화의 시퀀스에서 따왔다. (중간점에서 계획이 실패한 후) 악당들이 다시 한번 뭉쳐서 더 크고 강력한 무기를 들고 돌아오는 시퀀스 말이다.

스릴러 장르라면 문제가 없을 것이다. 하지만 다른 장르라면? 이야기에 전통적인 '악당'이 없으면 어떻게 해야 할까?

당황할 필요는 없다. 이 비트의 이름에 속지 마라. '다가오는 악당'이라고 해서 문자 그대로 악당(내가 '외적 악당'이라고 부르는 것)이 꼭 있어야 할 필요는 없다. 이 비트에서 나쁜 일만 일어나야 한다는 뜻도 아니다. 중간점을 어떻게 설정했느냐가 이 비트의 방향을 크게 좌우한다.

만약 중간점이 거짓 승리라면(주인공이 '성공'한 것처럼 보인다면) 다가오는 악당 비트는 그다음 절망의 순간 비트까지 쭉 하향 경로가 된다. 주인공의 상황이 점점 나빠지고 나쁜 일들이 계속 일어난다. (재미있고 예측 불가능한 이야기를 위해 튀는 공도 몇 개 던져 놓는다!) 알다시피 중간점에서의 성공은 가짜이기 때문이다. 주인공은 실제로 승리하지 못했다. 스스로 그렇게 생각할 뿐. 이제 그 생각이 틀렸음을 주인공에게 (그리고 독자들에게) 보여 주어야 한다.

『모든 것을 기억하는 남자』에서 중간점 이후 범인들이 더 많은 사람을 죽이기 시작하는 것처럼 문자 그대로 악당을 활용해 이 비트를 진행할 수 있다. 『마션』에서처럼 주인공에게 '나쁜 일'이 더 많이 생기게 할 수도 있다. 에어로크 파손으로 위험이 고조되면서 마크의 상황은 점점 나빠진다. 부상을 당하고 NASA가 그에게 보내려고 했던 보급선이 폭발하고 지구와의 통신 수단도 모두 잃는다. 줄곧 하향 경로만 나온다.

중간점이 거짓 패배였다면(주인공이 '실패'한 것처럼 보인다면) 다가오는 악당 비트는 쭉 상향 경로가 될 것이다. 주인공의 삶이 점차 나아진다. 상황이 호전된다! 주인공은 발전하고 상황을 개선한다. 장애물을 극복한다. 이 거꾸로 뒤집힌 세계가 그렇게 나쁜 곳이 아닐지도 모른다!

『분노의 포도』에서 힘든 중간점 이후 조드 가족의 상황이 나아지기 시작한다. 괜찮은 정부 캠프(그들이 머물던 후버빌보다 훨씬 나은 곳)를 찾고 복숭아 따는 일자리도 얻는다. 『헝거 게임』의 캣니스도 여전히 캐피톨의 악당들과 다른 조공인들을 상대하고는 있지만 2막 후반부터는 상황이 나아지기 시작한다. 게임에서 몇 번의 승리를 거둔다. 루와 동맹을 맺어 전문 조공인들의 물품을 폭파한다. 다가오는 악당 비트가 상향 경로일 경우 절망의 순간 비트 직전에 이렇듯 종종 거짓 승리가 발견된다. 모든 것이 무너지기 직전에 주인공이 작은 승리를 거둔다.

하지만 다가오는 악당 비트가 하향 경로이든 상향 경로이든, 문자 그대로 악당이 존재하든 아니면 나쁜 일이 일어나든, 모든 이야기에 공통적으로 존재하는 악당이 하나 있다.

바로 '내적 악당'이다.

이것은 주인공의 결함을 뜻한다. 작가가 1막에서 (주제 명시 비트를 통해) 주인공이 결국 마주하게 될 것이라고 약속하고 설정해 두었던 그 결함 말이다.

『미 비포 유』의 루이자 클라크는 윌에게 삶의 즐거움을 알게 해주려고 노력하지만 자신을 위해서는 그렇게 하지 않는다. '정확히 어떤 삶을 살고 싶은가?'라는 주제 질문에 아직 답하지 않았다. 아직도 처음과 똑같은 불완전한 삶을 살고 있다. 맞지 않는 남자 친구와 헤어지지도 않았다. 오히려 남자 친구와 같이 살기 시작한다! 이것은 루이자의 내적 악당을—1막에서 나타난 그녀의 결함—보여 주는 대표적인 예이다. 악당이 다가와 루이자가 진정한 변화를 추구하지 못하도록 막는다.

다가오는 악당 비트가 존재하는 이유가 바로 이 때문이다. 주인공이 2막에서 어떤 진전을 이루었건 내적 악당은 여전히 주인공의 안에서 열심히 움직이며 관계를 망치고 성공을 방해하고 행복을 무너뜨린다. 주인공이 주제를 학습하고 삶을 올바르게 고치기 전까지는, 내적 악당이 계속 재앙을 일으켜 주인공을 맨 밑바닥까지 끌어내릴 것이다.

그리고 절망의 순간 비트로 이어진다.

11. 절망의 순간

어떤 역할을 하는가? 주인공이 바닥을 친 모습을 보여 준다(최저점).
어디에 위치하는가? 75%

마침내 주인공은 바닥을 친다. 바닥을 치기 전까지 사람은 변하지 않는다. 이것은 진리다. 스스로 변하는 것 외에 다른 모든 방법을 시도하기 전까지, 소중한 것을 전부 다 잃을 때까지 진실을 보지 못한다. 이는 인간의 본질이다. 그렇기에 주인공의 본질이기도 하다.

그런데 바로 이 점이 독자들에게 공감대를 형성한다.

따라서 진정한 변화로 이어지는 제대로 된 길을 찾기 전까지는 주인공을 점점 바닥으로, 깊은 절망으로 몰아넣어야 한다. 올바른 방향으로 변할 수밖에 없도록.

다가오는 악당 비트가 어느 방향으로 향하고 있든(상향 또는 하향) 주인공은 결국 넘어져야 하고 넘어질 것이다!

이깃이 절망의 순간 비트가 맡은 역할이다. 이 비트는 단일 장면 비트로, 소설의 약 75퍼센트 지점에 위치한다. 주인공을 깊은 패배로 내던지는 어떤 일이 발생한다.

전제주의 정부가 주인공을 잡아간다(『1984』). 왕이 죽고 주인공과 그녀의 가족이 위기에 빠진다(『화이트 퀸』). 연인이 헤어진다(『그들만의 축제』). 정의가 지켜지지 않는다(『당신이 남긴 증오』). 살인범들이 주인공 주변 인물을 공격한다(『모든 것을 기억하는 남자』). 주인공은 사랑하는 사람이 이미 결혼했다는 사실을 알게 된다(『제인 에어』). 믿는 사람에게 배신당한다(『다빈치 코드』).

뭐가 됐든 엄청난 사건이다. 기폭제보다 엄청나다. 도저히 극복할 수 없을 것만 같다. 주인공은 시작 부분보다 더 나쁜 상황이 되었다. 정말로 모든 것을 잃은 듯하다.

나는 워크숍에서 절망의 순간 비트를 살금살금 조심해서 지나치려는 작가들을 많이 본다. 주인공에게 끔찍한 일을 겪게 하는 것을 두려워한다. 두려워하지 마라. 죽여라! 해고해라! 이별시켜라!

절망의 순간 비트가 어마어마하지 않으면 주인공의 최종적인 변화가 부자연스럽게 느껴질 것이다. 사실적으로 다가오지 않을 것이다. 가장 밑바닥을 치게 만들어야 한다. 정말 모든 것을 다 잃도록.

그렇다면 이 비트가 충분히 심각하고 거대한지 어떻게 확인할 수 있을까?

'죽음의 냄새'를 넣으면 된다. 죽음만큼 절망을 의미하는 것도 없다. 절망의 순간 비트는 등장인물이 많이 죽거나 거의 죽을 뻔하는 지점이다. 냉정하다고 생각하지 마라. 사실대로 말했을 뿐이다. 『잘못은 우리 별에 있어』에서는 절망의 순간 비트에서 어거스터스가 죽는다. 『미 비포 유』에서 윌은 루이자의 노력에도 생을 끝내겠다는 생각을 바꾸지 않겠다고 말한다. 엠마 도노휴의 『룸』에서는 엄마가 자살을 시도한다. 『모든 것을 기억하는 남자』에서 에이머스 데커는 자살을 생각하고 『헝거 게임』에서는 루가 죽는다.

좋아하는 소설에서 절망의 순간 비트를 찾아 직접 확인해 보기 바란다. 이 비트에서 많은 캐릭터가 죽는다. 특히 멘토들이 죽음을 맞이한다. 이 비트에서 멘토 캐릭터를 죽이는 것은 효과적인데, 앞으로 주인공이 혼자 힘으로 헤쳐 나갈 수밖에 없게 되기 때문이다. 주인공은 자신의 내면을 깊이 들여다보고 해답이—힘, 능력—처음부터 자신에게 있었음을 깨닫는다. 『분노의 포도』에서 톰 조드는 설교자 케이시가 살해되고 나서야 자신의 진정한 목적이 케이시의 가르침을 이어 사람들을 돕는 것임을 깨닫는다.

이 비트에서 실제로 죽는 사람이 없더라도 죽음의 암시는 있어야 한다. 죽음의 냄새를 풍겨야 한다. 구석에 놓인 죽은 식물이나 어항의 죽은 물고기가 나온다. 아이디어나 프로젝트, 관계나 사업의 죽음일 수도 있다. 에밀리 기핀의『러브 앤 프렌즈』에서는 오랜 우정이 죽는다. 소피 킨셀라의 코미디 소설『쇼퍼홀릭』에서는 베키가 쇼핑을 하다가 모든 계좌가 막힌 것을 알고 점원에게 카드를 압수당하는 절망의 순간 비트에서 죽음의 냄새가 풍긴다. 할부 거래가 죽었다!

기본적으로 이 비트에서는 무언가가 끝나야 한다. 절망의 순간은 새로운 세계·캐릭터·사고방식이 탄생할 수 있도록 기존 세계·캐릭터·사고방식이 죽는 지점이다.

나는 절망의 순간이 또 다른 기폭제라고 생각한다. 1막의 기폭제 비트와 매우 비슷한 기능을 제공하는 액션 비트이기 때문이다. 첫 번째 기폭제가 주인공을 토론과 2막으로 밀어 넣었다면, 절망의 순간은 주인공을 영혼의 어두운 밤으로 그리고 마침내 3막으로 밀어 넣을 것이다.

절망의 순간 비트에서 주인공에게 어떤 시련이 닥친다면, 거기에는 주인공의 잘못도 어느 정도 있을 것이다. 왜일까? 고집 센 바보가 아직도 주제를 깨우치지 못했으니까! 내적 악당들은 은밀하게 움직이면서 주인공이 발을 헛디디고 실수하게 만든다. 그리고 그 실수들은 재앙으로 이어진다. 비록 사건 자체는 주인공의 잘못이 아닐지라도 주인공이 처하는 암울한 시련은 주인공의 잘못이다.

『윔피 키드』에서 그레그와 롤리의 우정이 깨진 것은 전적으로 그레그의 책임이다. 그레그는 줄곧 나쁜 친구였고, 책임감이라는 주제를 아직 배우지 못했다. 『오만과 편견』에서 리디아는 스스로 위컴과의 야반도주를 선택했지만 만약 엘리자베스가 다아시에 대해 편견을 갖지 않았다면 위컴의 본모습을 일찍 깨달아 그런 일이 생기지 않았을지도 모른다.

어떤 식으로든 상황이 그렇게 된 데는 주인공의 책임이 있어야 한다. 그렇지 않으면 배울 교훈이 없다. 이는 절망의 순간 비트의 핵심이다. 이제 주인공은 실패에 굴복하고 자신의 선택과 삶을 되돌아보는 것밖에는 할 일이 없다. 주인공은 아직 모르겠지만 그 성찰이 결국 삶을 바꿀 것이다.

12. 영혼의 어두운 밤

어떤 역할을 하는가? 주인공이 절망의 순간에 반응하고 결단에 이르는 모습을 보여 준다.
어디에 위치하는가? 75~80%
(독자를 2막의 끝부분으로 데려가는 비트)

절망의 순간이 또 다른 기폭제라면 영혼의 어두운 밤은 또 다른 토론이다. 주인공은 바닥을 친 후 무엇을 하는가? 보통 이럴 때 다른 사람들은 어떻게 행동할까? 그들은 반응한다.

주인공은 일어난 모든 일에 대해 생각한다. 곰곰이 생각에 잠긴다. 깊이 성찰한다. 생각에 빠져 허우적댄다.

나는 영혼의 어두운 밤을 '생각에 잠겨 허우적대는 비트'라고 부르는 걸 좋아한다. 실제로 주인공들이 이 비트에서 하는 일이 그렇다. 절망감이나 자기 연민에 빠져서 앉아 있거나 돌아다닌다. 비가 올 때도 많다.

제인은 손필드 저택에서 도망쳐 거의 굶어 죽을 뻔한다(『제인 에어』). 캣니스는 꽃을 장식해 루의 죽음을 애도한다(『헝거 게임』). 윈스턴은 불확실한 미래에 대한 생각에 잠긴 채 감방에서 허우적댄다(『1984』). 루이자는 며칠 동안 방에 틀어박혀 나오지 않는다(『미 비포 유』).

하지만 모든 주인공이 생각에 잠겨 허우적대는 것은 아니다. 분노하기도 한다. 『당신이 남긴 증오』의 스타는 칼릴의 죽음이 정의롭게 해결되지 않으리라는 걸 알고 폭동을 일으켜 파괴하고 싶을 뿐이다. 또 현실 부정에 빠지기도 한다. 다른 친구들과 어울리면서 가장 친한 친구 롤리가 없는 게 훨씬 더 낫다고 합리화하는 『윔피 키드』의 그레그처럼 말이다.

주인공의 반응은 주인공이 어떤 사람인지에 달려 있다. 인생의 밑바닥에서 과연 어떻게 반응할까?

절망의 순간은 단일 장면 비트였다. 일이 빠르게 일어났다. 한 장면이나 한 챕터에서 끝났다. 이제 주인공은 모든 걸 숙고할 시간이 필요하다. 그래서 영혼의 어두운 밤은 다수 장면 비트다. 주인공이 패배에 어떻게 대처하는지 몇 개의 장면이나 챕터에 걸쳐 보여 준다.

하지만 이 비트에서 주인공이 생각에 빠져 있기만 하는 것은 아니다. 영혼의 어두운 밤은 매우 중요하고 유용한 기능을 수행한다. 날이 밝기 전의 어둠이다. 커다란 돌파구를 눈앞에 둔 순간이다. 진정한 변화가 일어나기 전의 마지막 순간이다.

대개 이 비트에서 공개적인 폭로가 일어나는 이유가 그 때문이다. 내가 이 비트를 '어두운 밤의 깨달음'이라고 부르는 이유기도 하다. 마지막 실마리가 잡히고 마침내 주인공은 새로운 시각으로 상황을 바라본다. 지금까지 보지 못했던 진실이 갑자기 분명해진다.

영혼의 어두운 밤 비트에서 많은 미스터리(추리소설은 물론 다른 장르들도)가 풀린다. 『모든 것을 기억하는 남자』에서 에이머스 데커는 이 비트의 끝자락에서 마침내 자신이 살인자들의 표적이 된 이유를 알게 된다(퍼즐의 마지막 조각). 『쇼퍼홀릭』에서 베키 블룸우드는 대규모 금융기관인 플래그스태프 라이프가 투자자들에게 사기를 치고 있다는 사실을 알게 된다.

비록 지금 주인공의 삶은 매우 암울하지만 내면 깊숙한 곳에서 무언가가 움직이고 있다. 정보를 입력하고 분석한다. 주인공은 자신의 삶을 세밀하게 분석하면서 선택권을 살펴본다. 지금까지 시도했지만 성공하지 못한 모든 일에 대해 생각하면서 서서히 궁극적인 결론에 도달하게 된다.

따라서 영혼의 어두운 밤은 토론 비트와 마찬가지로 질문을 중심으로 돌아간다. 이제 무엇을 할 것인가? 어떻게 이 절망에 대처할 것인가? 어떻게 3막으로 진입할 것인가? 『분노의 포도』에서 톰 조드는 케이시를 살해한 경관을 죽인 뒤, 영혼의 어두운 밤에서 '이제 가족들을 어떻게 해야 하는가?' 하며 고민한다. NASA와 연락이 끊긴 마크 와트니에게 영혼의 어두운 밤은 '어떻게 아레스 4로 가서 대원들과 랑데뷰할 수 있을까?'라는 질문과 다름없다.

이 비트에서는 유일하게 주인공이 앞으로 나아가지 않고 뒤로 움직이는 것이 허락된다. 나는 이것을 '익숙한 것으로의 회귀'라고 부른다. 『쇼퍼홀릭』의 베키 블룸우드는 경제적, 감정적으로 바닥을 치고는 안정감을 주는 부모님 집으로 돌아간다. 『미 비포 유』의 루이자 클라크는 공항에 윌을 남겨 두고 가족에게 돌아간다.

가능하다면 주인공을 처음 시작한 곳으로 데려가라. 옛 친구와 재회시키고 전남편과 재결합시키고 예전의 일자리를 돌려줘라. 어떻게 해서든 1막의 현상 세계로 돌려보내라. 길을 잃고 막막한 상태로 생각에 잠길 때 익숙하고 안전한 무언가를 찾으려는 것은 당연한 일이다. 하지만 결정적인 변화가 생긴다. 주인공은 그곳에서 더 이상 친숙하고 안전하다고 느끼지 않는다. 확실히 예전 같지가 않다.

익숙한 것으로의 회귀는 주인공이 그전과 비교해 얼마나 많이 변했는지를 강조한다. 이제 그들은 1막에서와 똑같은 사람이 아니다. 1막과 거꾸로 된 정반대의 세계를 겪음으로써 변화했다. 그러므로 주인공을 다시 1막 세계에 집어넣으면 그동안 얼마나 많이 달라졌는지가 두드러질 뿐이다. 분명 한때 익숙하고 편했던 곳에서 그들은 낯설음을 느낀다. 이것은 주인공(그리고 독자들)에게 그들이 더 이상 그곳에 속하지 않는다는 것을 알려 준다. 예전으로 돌아갈 수 없으며 이제는 어려운 선택을 해야 할 때라는 것을 알려 준다.

이제 2막의 반창고를 뜯고 그 아래의 깊은 상처를 마주하고 마침내 치유를 시작할 때다.

진정한 변화를 추구할 때다.

3막

거의 다 왔다! '통합'이라고도 불리는 세 번째이자 마지막 막에 이르렀다.

알다시피 1막은 명제(현상 세계)였고 2막은 정반대(거꾸로 뒤집힌 세계)였다. 3막은 통합(두 세계의 융합)이다. 나는 이렇게 바라보는 것도 좋아한다.

1막에서의 주인공 + 2막에서 주인공이 배운 것

= 3막에서 변화한 주인공의 모습

중간점이 교차였다면, 이 마지막 3막은 혼합이다. 주인공은 1막에서의 모습과 2막에서의 모습을 합쳐서 3막의 새롭고 개선된 모습을 창조할 것이다. 우정이 회복되고 관계가 바로잡히고 헤어졌던 연인이 재회한다. A와 B 스토리가 다시 만나게 되겠지만, 이번에는 서로 얽혀 하나가 될 것이다. 3막은 궁극적인 결합이다. 재미있고 흥분되는 외적인 이야기와 지혜와 지식으로 가득한 내적 이야기가 합쳐져 역동적이고 흥미진진하고 강렬한 3막을 만들어 독자들의 공감을 일으키고 숨 가쁘게 몰아갈 것이다.

13. 3막 진입

어떤 역할을 하는가? 주인공을 3막의 통합 세계로 데려가 마침내 올바른 방법으로 문제를 바로잡게 된다.
어디에 위치하는가? 80%

3막 진입은 말 그대로 돌파구다. 지금 이 순간, 주인공은 2막에서 초래한 문제를 알게 되고 더 중요하게는, 자신을 바로잡기 위해서 무엇을 해야 하는지 깨닫는다. 거꾸로 된 세계에서 그동안 해 온 모든 투쟁, B 스토리 캐릭터로부터 배운 모든 교훈, 그동안 겪은 감정의 롤러코스터 덕분이다.

2막 진입에서 주인공은 잘못된 방법으로 문제를 해결하려 하지만 3막 진입에서는 마침내 '올바른 해결책'을 알아낸다. 더 이상 지름길로 가지 않고 속임수를 추구하지도 않고 큰 문제를 피하지도 않는다. 주인공은 모든 것을 잃었고 바닥을 쳤고 영혼의 어두운 밤을 지났다. 이제는 무엇을 해야 하는지 안다.

루이자 클라크는 윌이 죽음을 맞이할 때 옆에 있어 주기 위해 스위스행 비행기에 올라야 한다(『미 비포 유』). 베키 블룸우드는 금융기관의 잘못을 폭로하는 특종기사를 써야 한다(『쇼퍼홀릭』). 마크 와트니는 NASA의 도움 없이 아레스 4로 가는 방법을 알아내야 한다(『마션』). 에이머스 데커는 홀로 살인범들과 맞서야 한다(『모든 것을 기억하는 남자』). 스타 윌리엄스는 진짜 무기인 자신의 목소리를 사용해야만 한다(『당신이 남긴 증오』). 그리고 톰 조드는 더 이상 문제로부터 도망칠 수 없다. 노동자들을 하나로 모아 부조리를 끝내야만 한다(『분노의 포도』).

3막 진입에는 거의 항상 주인공의 깨달음이 포함된다. 변해야 하는 것은 다른 사람들이 아니라 언제나 나 자신이었음을 깨닫는다.

이 시점까지 주인공은 진짜 문제를 피하기만 했다. 명시된 주제를 무시하고 필요한 것이 아니라 원하는 것을 추구했다. 잘못된 방법으로 문제를 바로잡으려다가 실패했고 자신을 제외한 모든 사람을 탓했다. 이제 좀 더 지혜로워진 주인공은 냉정한 진실을 마주해야만 한다.

나에겐 결함이 있다. 이제 그걸 알았으니 고칠 수 있다.

3막 진입은 단일 장면 비트다. 하나의 장면이나 챕터를 통해 주인공의 깨달음과 그에 따른 결정을 보여 준다. 작가는 이 비트를 활용해 주인공을 (그리고 독자를) 3막으로 빠르고 확실하게 안내한다.

14. 피날레

어떤 역할을 하는가? 2막에서 생긴 문제를 전부 해결한 주인공.
그 주인공이 주제를 배웠고 변화했음을 보여 준다.
어디에 위치하는가? 80%~99%

주인공은 마침내 좀 더 지혜로워져 자신이 해야 할 일을 알아낸다. 그다음은 무엇일까? 이제 깨달음을 행동으로 옮겨야만 한다. 가만히 앉아서 변화에 대해 이야기하는 것과 이를 실행에 옮기는 것은 천지차이다. 이제 주인공은 새롭고 멋진 3막 진입 계획을 실행에 옮겨야만 한다! 이것은 마지막 시험이다. 과연 해낼 수 있을까? 곧 알게 될 것이다.

눈치챘겠지만 3막은 비트가 3개뿐이다. 1막은 5개, 2막은 무려 7개인 것과 대조된다. 다시 말해서 피날레 비트는 대부분 길다. 거의 3막 전체(소설의 약 20퍼센트)에 걸친 다수 장면 비트다.

그렇게 많은 페이지와 챕터에서 무슨 일이 일어날까?

주인공은 새로운 계획을 실행에 옮긴다. 하지만 어떻게 너무 서두르지 않으면서도 설득력 있고 흥미롭게 이 실행을 3막 전체로 확장할 수 있을까?

그 답은 기발한 '파이브 포인트 피날레Five-Point Finale'에 들어 있다. 장담하건대 이게 당신의 인생을 바꿀 것이다!

파이브 포인트 피날레는 피날레를 5개의 하위 비트로 나눈 것이다. 우리는 여정의 마지막 부분에 더 많은 안내 표지판을 만들어야 한다. 다행히 이 긴 여정의 도착점에 가까워지고 있다. 우리는 굉장히 먼 길을 운전해 왔다. 피곤하고 지쳤다. 도착점까지 더 작은 목표와 더 짧은 주행 거리가 필요하다.

파이브 포인트 피날레는 3막의 본질인 성 습격의 청사진이다. 여기에서 성castle은 비유인데, 뭐든지 될 수 있다. 윌이 죽기 전에 스위스로 가는 것(『미 비포 유』), 헝거 게임에서 우승하는 것(『헝거 게임』), 아레스 4 상승선으로 가는 것(『마션』) 등. 물론 신더가 카이 왕자에게 레바나 왕비의 사악한 계략을 알리기 위해 궁전에서 열리는 연회에 가야 하는 것처럼(『신더』) 문자 그대로 성을 뜻하기도 한다.

기본적으로 성은 계획을 말한다. 파이브 포인트 피날레는 그 계획을 완벽하게 실행해 3막을 최대한 흥미진진하게 만든다. 그럼 5개의 포인트를 하나씩 살펴보도록 하자.

포인트 1: 팀 조직

주인공이 성을 습격하려면 약간의 도움이 필요하다. 조력자가 필요하다. 군대를 모아야 한다! 군대는 정말로 군대일 수도 있고 도움을 주는 좋은 친구들일 수도 있다. 하지만 주인공이 절망의 순간 이후로 친구들과 인연을 끊었을 수도 있다는 사실을 명심하자. 도움을 청하기 위해 관계 개선이 필요할 수도 있다.

이는 '팀 조직'이라는 하위 비트의 상당 부분을 차지한다. 주인공은 자신이 틀렸고 어리석었고 제대로 보지 못했다는 것을 인정하고 바로잡아야 한다. 이것은 주인공이 변화하는 여정을 완성하는 하나의 단계일 뿐이다. 『헝거 게임』에서 캣니스는 두 명의 우승자를 인정하기로 시합의 규칙이 변경되자 피타와 힘을 합쳐야만 하는 상황에 직면한다. 하지만 먼저 그를 찾아야 한다.

성을 습격하기 위해 꼭 팀이 필요한 것은 아니다. 유명한 작품에서 혼자 성을 습격하는 주인공들도 많다. 그럴 경우 이 부분에서 도구 수집(무기 챙기기, 계획 수립, 보급품 수집, 경로 배치 등)이 이루어진다. 『마션』의 마크 와트니는 아레스 4 상승선이 있는 곳으로 출발하기 전에 로버를 준비하고 항로를 계획해야 한다. 이것은 주인공이 3막 진입 비트에서 생각해 낸 크고 흥미로운 계획을 실행하기 전의 준비 과정이다.

포인트 2: 계획 실행

이 하위 비트에서는 말 그대로든 비유적으로든 성의 습격이 이루어진다. 팀을 꾸리고 무기를 챙기고 보급품을 모으고 모든 경로를 계획했다. 이제 출발할 시간이다! 마크 와트니는 아레스 4 상승선이 있는 곳으로 출발하고(『마션』) 루이자는 스위스행 비행기에 오르고(『미 비포 유』) 캣니스와 피타는 남은 조공인을 모두 죽이고 게임에 둘만 남는다(『헝거 게임』).

주인공이 팀과 함께(팀이 있을 경우) 계획을 실행할지라도 성공하기 힘들겠다는 인상을 주어야 한다. '정말 성공할 수 있을까?'라는 의구심이 들게 하는 순간이 필요하다. 처음에는 정신 나간 계획처럼 보여야 한다. 하지만 힘을 합치고 진전이 생기면서 성공 가능성도 커진다. 여기에서 개성 있는 조연 캐릭터들이 빛을 발하기도 한다. 앞부분에서 설정해 놓은 기술이나 장치 혹은 특이점이 결실을 거둘 수도 있다. 어쨌든 계획이 조금씩 성과를 거두는 것처럼 보인다. 진전이 있는 듯하다. 어쩌면 정신 나간 계획이 아닐지도 모른다. 예상외로 쉽게 성공할 수 있을지도 모른다!

이 하위 비트는 많은 조연 캐릭터 혹은 팀원들이 대의를 위해 희생하는 'B 스토리 희생'이 등장하는 곳이기도 하다. 캐릭터들이 하나씩 떨어져 나가기 시작한다. 주인공 대신 죽기도 하고 주인공이 활약할 기회를 주기 위해 옆으로 비켜나기도 한다. J. K. 롤링의『해리 포터와 마법사의 돌』에서 마법사의 돌을 찾기 위해 트랩 문을 통과한 후 론과 헤르미온느는 해리가 마지막 방으로 갈 수 있도록 희생한다. 목적 있는 희생이다. 모든 팀원이 떨어져 나가면 주인공은 혼자서 헤쳐 나가며 능력을 증명해야만 한다.

포인트 3: 높은 탑 서프라이즈

주인공과 팀원들은 계획을 실행했다. 그들은 성을 습격했고 상황은 순조롭게 진행되고 있는 것처럼 보인다. 그러나 이쯤 되면 잘 알겠지만 세이브 더 캣 세계에서는 보이는 게 전부가 아니다. 바로 이때 높은 탑 서프라이즈가 등장한다. 이 하위 비트의 이름은 공주를 구하려고 성으로 쳐들어간 주인공이 예상하지 못한 상황을 마주하게 되는 동화의 한 장면을 본떠 만든 것이다. 공주가 거기 없다든지 주인공이 악당의 덫에 빠진다든지!

실제로 악당이나 높은 탑, 공주가 나오지 않더라도 이 비트의 목적은 동일하다. 주인공과 팀원들이 너무 자신만만하고 순진했음을 보여 줘야 한다. 애초에 절대로 성공할 수 없는 계획이었다! 절대로 호락호락하지 않을 것이다. 캣니스와 피타 둘만 살아남자 주최 측은 또 규칙을 바꾼다. 두 명의 우승자가 나올 수 있다는 규칙을 취소해 버린다. 스위스에 도착한 루이자는 윌의 생각이 바뀔 거라고 마지막 희망을 품는다. 하지만 윌의 결심은 바뀌지 않는다. 아레스 4에 도착한 마크 와트니는 NASA로부터 상승선 발사에 필요한 '파괴적 절차'를 듣는다. 그의 반응은 "지금 장난해?"였다.

높은 탑 서프라이즈는 또 하나의 반전이자 주인공이 스스로의 가치를 증명하지 않으면 안 되는 또 다른 시련이다. 어떻게 보면 기폭제이기도 하다. 주인공은 전혀 예상하지 못했던 이 상황을 해결할 방법을 찾아야만 한다. 이번에는 순수한 노력이나 힘, 무기, 똑똑함도 주인공을 도와줄 수 없을 것이다. 더 깊이 파고들어야만 한다.

포인트 4: 깊이 파고들다

높은 탑 서프라이즈가 또 다른 기폭제라면, 깊이 파고들다는—알아차렸겠지만—또 다른 토론이다! 패턴이 감지되기 시작했는가? 원인과 결과. 행동과 반응. 이것이 스토리텔링 코드의 기본 패턴이다. 이것이 비트 시트가 효과적인 이유이고 이야기가 성공하는 비결이다.

이 하위 비트는 우리가 피날레 내내 기다려 온 순간이다. 아니, 처음부터 지금까지 기다려 온 순간이라고 해도 과언이 아니다. 여기에서 주인공은 또다시 실패한 것처럼 보이고(높은 탑 서프라이즈) 아무것도 남지 않았다. 대비책도 없고 희망도 없다. 하지만 아직 뭔가가 있다. 아직 깨닫지 못하고 있을 뿐, 주인공의 마음 깊은 곳에 가장 중요한 무기가 될 무언가가 있다.

이야기의 주제.

주인공이 극복한 결함.

달라졌다는 증거.

무엇보다 책의 시작 부분에서 주인공이 절대로 하지 않았던 일이다. 그들은 결함 있는 작은 애벌레였던 때부터 지금까지 아주 먼 길을 걸어왔다. 이제 얼마나 아름답고 강한 나비로 변했는지 보여 줄 시간이다.

1막에서 주인공에게 설정해 둔 결함을 기억하는가? 주인공을 변신이 필요한 불완전한 영혼으로 바라보라고, 주인공의 내면에 오랫동안 묻혀 있는 작은 유리 조각을 생각하라고 했던 것을 기억하는가?

이제 주인공이 스스로 깊이 파고들어 그 유리 조각을 꺼내야 할 때다. 결함의 근원을 제거하고 진정한 승리를 거두어야 한다. 『헝거 게임』에서 캣니스가 독이 든 열매를 먹음으로써 캐피톨에 대항하고 그들의 노리개가 아니라는 것을 증명하려는 강렬한 순간이 바로 이 부분이다. 루이자가 마침내 윌의 선택을 받아들이고 그 누구도 아닌 자신의 삶을 살아야 한다는 사실을 깨닫는 순간이다(『미 비포 유』). 마크 와트니가 '오늘 정말로 죽을 수도 있는 가능성'에 직면하는 순간이다(『마션』).

이 하위 비트는 '신이 닿는 순간'이라고도 한다. 당신의 소설이 꼭 영적이거나 종교적일 필요는 없다. 하지만 이야기에 영혼이 있어야 한다. 좀 더 심오한 차원에서 독자들에게 다가가야 한다. 그리고 여기서 주인공은 마지막으로 믿음의 도약을 한다.

포인트 5: 새로운 계획의 실행

주인공이 진실을 찾기 위해 깊이 파고들어 유리 조각을 제거하고 진실을 꼭 붙들고 안전망도 없이 다리에서 뛰어내린 지금, 우리는 비로소 그들이 승리하는 모습을 보게 된다.

캣니스와 피타가 독이 든 열매를 먹으려는 순간, 주최 측은 이를 저지하며 공동 우승을 선언한다(『헝거 게임』). 마크 와트니는 무게를 최대한 제거한 화성상승선을 타고 우주로 날아간다(『마션』). 루이자 클라크는 윌에게 작별 인사를 한다(『미 비포 유』).

이 마지막 하위 비트에서 주인공은 대담하고 혁신적인 계획을 실행에 옮긴다. 물론 이는 성공적이다! 오랜 자기 성찰과 변화를 통해 인간의 정신과 끈기가 승리한다는 사실을 보여 줘야 하니까. 그것이 독자들의 공감을 불러일으킬 테니까. 작가는 주인공을 지옥으로 보냈다가 데려오고 최후의 승리를 위해 노력하게 하고 내면을 깊이 파헤쳐 해답을 찾게 만든다. 그런 다음에야 주인공이 정당하게 얻어 낸 결말을 내준다.

만약 주인공이 마지막에 가서도 결국 실패한다면 그 실패에는 일리가 있다. 그 실패에도 배울 교훈이 있다. 도전해 보고 실패하는 것이 아예 하지 않는 것보다 낫다.

이것이 파이브 포인트 피날레다. 변화로 이어지는 훌륭한 이야기의 화려한 결말이다. 불꽃놀이의 화려한 절정이다. 전체적인 '메시지'를 모아 독자들에게 기억할 만한 것을 남겨 준다. 생각해 볼 만한 것, 영혼 깊숙한 곳에서 울려 퍼지는 것을 남겨 준다.

파이브 포인트 피날레가 반드시 필요할까? 그런 것은 아니다. 5개의 포인트가 다 있시는 않시만, 그보다 더 짧은 피날레로도 흥미진진하고 흡입력 강한 소설도 많다. 그렇지만 파이브 포인트 피날레에 한 번쯤 도전해 보는 것이 좋다. 15개의 전체 비트처럼, 이 5개의 하위 비트는 당신이 이야기에 집중하고 흥미진진하고 보람 있는 결론으로 다가가도록 도와줄 것이다.

어떻게 접근하든 피날레는 흥미로워야 한다. 주인공이 자동으로 승리해서는 안 된다. 3막 진입 비트에서 어떻게 할지 고민한 후에 장애물이나 갈등, 투쟁 없이 그냥 성공하면 안 된다. 주인공이 변화를 위해 노력하도록 만들어라. 피날레가 너무 빠르고 손쉬우면 '훌륭한 이야기지만 마지막에 너무 쉽게 풀렸다'라는 평을 받을 수 있다.

3막이 나머지 부분만큼이나 액션과 감정으로 가득한 역동적인 부분이 되도록 신경 쓴다면 소설이 한 단계 더 업그레이드될 것이다. 이는 자연스럽게 마지막 비트가 주인공은 물론 독자 그리고 작가인 당신에게도 훨씬 더 그럴듯하게 느껴지도록 만들어 줄 것이다.

15. 마지막 이미지

어떤 역할을 하는가? 주인공이 얼마나 달라졌는지 보여 주는
주인공과 주변 세계의 '애프터' 사진.
어디에 위치하는가? 99~100% (소설의 마지막 장면 또는 챕터)

해냈다. 드디어 마지막 비트에 도달했다.

오프닝 이미지가 '비포' 사진이라면 마지막 이미지는 '애프터'
사진이다. 이것은 단일 장면 비트로 대서사적인 변화 여정이 마무
리된 후 주인공의 모습을 보여 준다.

주인공이 어디까지 왔는가? 무엇을 배웠는가? 한 인간으로 얼
마나 성장했는가? 영혼의 어두운 밤을 거쳐 자신의 결함을 마주하
고, 유리 조각을 제거해 그 어느 때보다도 좋아지고 단단해진 주인
공의 삶은 어떤 모습인가?

『미 비포 유』에서 우리는 루이자가 파리의 카페에서 커피를 홀
짝이며 마침내 그녀의 삶을 사는 모습을 본다. 영국의 작은 마을에
갇혀 있던 오프닝 이미지와 완전히 달라진 모습이다. 『마션』의 마
크 와트니는 헤르메스호에 탑승해 동료들과 재회한다. 대원들이 그
를 화성에 홀로 남겨 두고 떠난 오프닝 이미지와 완전히 대비된다.
『헝거 게임』에서 캣니스는 피타와 함께 12구역으로 돌아가는 기차

에 오른다. 그녀는 더 이상 우리가 첫 장에서 만난 하루하루를 살아 내기에 급급하던 불쌍한 소녀가 아니다. 이제 그녀는 우승자이고 반란군이다.

이 하나의 장면 또는 챕터에서는 이야기가 주인공을 어떻게 더 좋은 쪽으로 변화시켰는지 아주 명확하게 확인되어야 한다. 오프닝 이미지와 마지막 이미지가 완전히 다르지 않다면 두 비트에 대해 다시 생각해 볼 필요가 있다. 주인공의 모습이 완전히 정반대가 돼 있을수록 의미 있는 여정이었음이 증명된다는 뜻이다.

그냥 한 바퀴 빙 도는 여정이 아니었다. 새로운 곳에 이르렀다.

그러니 이 비트에 신경을 써야 한다. 1막에서 결함 있는 주인공을 설정하고 2막까지 정신없이 몰아붙이고 3막에서 가치를 증명하게 만들고 마지막 이미지에서 지금까지의 수고가 결실을 맺게 하라. 독자들에게 딱 한마디가 떠오르도록.

'우와.'

○

변신 기계,
세이브 더 캣 비트 시트

지금까지 15개의 비트를 살펴보았다. 세이브 더 캣 비트 시트. 한마디로 마법!

비트 시트를 '변신 기계'라고도 하는데 그 이유는 간단하다. 들어갈 때는 결함 있는 주인공이 나올 때는 마법처럼 변신한 모습이니까! 본질적으로 변신 기계는 주인공을 다시 프로그래밍하도록 설계되었다. 생각하고 행동하고 운영 방식을 바꾸도록.

주인공이 실수를 유발하는 엄격한 (그런 한편으로 결함도 많은) 프로그래밍에 따라 작동하는 로봇이라고 생각해 보자. 변신 기계는 로봇이 제대로 작동하고 더 나은 선택을 할 수 있을 때까지 로봇을 열어 내부의 배선 및 프로그래밍을 만지작거리는 과정이다.

결국, 훌륭한 이야기는 주인공을 다시 프로그래밍한다. 인간을 변화시킨다. 비트 시트는 기본적으로 재프로그래밍 매뉴얼이다. 어떤 선을 자를지, 어떤 코드를 어떤 순서로 바꿀지 알려 준다.

멋지지 않은가?

하지만 잠깐! 비트가 지금까지 설명한 것과 정확히 똑같은 순서로 와야 할까?

꼭 그럴 필요는 없다. 앞으로 여러 챕터에 걸쳐 10권의 인기 소설을 15개의 비트로 분석해 볼 텐데 비트가 약간 뒤섞인 예도 있다. 주제 명시가 기폭제 다음에 나오기도 하고 기폭제가 너무 일찍 와서 설정과 토론이 뒤섞이기도 한다. 중간점의 거짓 승리나 거짓 패배가 중간 이전이나 조금 후에 나타날 때도 있다. B 스토리 캐릭터가 1막에 처음 등장하지만 2막에 가서야 중요해지기도 한다.

요컨대 모든 훌륭한 소설에는 이 비트가 전부 들어 있다. 다시 말하지만, 이 비트는 공식을 만들어 주는 것이 아니다. 이야기가 효과적으로 작동하게 만든다. 인간을 움직이기 때문이다. 기폭제가 없으면 주인공은 영원히 지루한 1막 세계에 갇혀 있을 것이다. 위험이 커지는 중간점이 없으면 주인공은 재미와 놀이를 계속 맴돌 뿐 더 중요한 일이 있다는 것을 결코 알지 못한다. 바닥을 치는 절망의 순간이 없으면 주인공은 결코 올바른 방향으로 바뀌지 않을 것이다.

소설은 이야기다.

인생이다.

비트들이 서로 어떻게 들어맞는지 잘 그려지지 않거나 시각적인 학습 도구가 필요하다면 15장의 "도와주세요! 구조가 더 필요해요!"에서 실전 비트 시트를 다시 살펴보기 바란다.

변화 테스트

주인공의 변신이 거대한가? 모든 비트를 강렬하게 다루었는가?
체크리스트를 이용해 당신의 비트가 변화 테스트를 통과하는
지 확인해 보자!

오프닝 이미지

☐ 오프닝 이미지가 한 장면 또는 서로 연결된 여러 장면인가?

☐ 오프닝 이미지가 시각적인가? (말로 설명하지 않고 보여 주는가?)

☐ 주인공의 결함이 하나 이상 명백하게 드러나는가?

주제 명시

☐ 주제가 주인공의 필요나 영적 교훈과 직접적인 관련이 있는가?

☐ 주제가 주인공이 아닌 누군가(혹은 무엇인가)에 의해 명시되
는가?

☐ 주인공은 이 주제를 간단히, 동시에 충분히 그럴듯한 이유로

무시할 수 있는가?

설정

☐ 주인공의 인생에서 바로잡혀야 하는 것을 적어도 하나 이상
보여 주었는가?

☐ A 스토리 캐릭터를 한 명 이상 소개했는가?

☐ 이 비트의 어딘가에서 주인공의 욕망이나 외적인 목표를 분
명하게 설정했는가?

☐ 주인공의 삶을 여러 측면에서(집, 일, 놀이 등) 보여 주었는가?

☐ 이 비트에서 주인공의 결함이 뚜렷하게 보이는가?

☐ 조만간 변화가 꼭 필요하다는 긴박감(정체=죽음)이 조성되었
는가?

기폭제

☐ 주인공에게 기폭제가 발생하는가?

☐ 액션 비트인가? (여기에서는 공개적 폭로가 허용되지 않는다!)

☐ 주인공이 이전의 평범한 삶으로 돌아가는 것이 불가능한가?

□ 기폭제가 현상 세계를 깨뜨릴 수 있을 정도로 거대한가?

토론

□ 토론을 질문으로 요약할 수 있는가? 만약 준비 유형의 토론
이라면 주인공이 무엇을, 왜 준비하고 있는지 명확하게 보여
주었는가?
□ 주인공이 주저하는 모습을 표현했는가?
□ 주인공이 토론하는 모습을 하나 이상의 측면에서(집, 일, 놀이)
보여 주었는가?

2막 진입

□ 주인공이 기존의 세계를 뒤로하고 새로운 세계로 들어가는가?
□ 만약 주인공이 물리적인 장소로 가지 않는다면, 무언가 새로
운 시도를 하고 있는가?
□ 2막 세계가 1막 세계와 반대인가?
□ 1막과 2막의 구분이 명확하고 뚜렷한가?
□ 주인공은 능동적으로 2막으로 들어가거나 선택하는가?

□ 주인공은 자신의 욕망(필요가 아닌)을 바탕으로 결정을 내리고
 있는가?

□ 왜 그것이 문제의 잘못된 해결인지 알 수 있는가?

B 스토리

□ 로맨스 상대, 조력자, 친구, 또는 적 캐릭터를 새롭게 소개했
 는가?

□ B 스토리 캐릭터가 주제를 어떤 식으로 명시하는지 알 수 있
 는가?

□ 새로운 캐릭터는 거꾸로 된 2막 세계의 산물인가? (1막 세계
 에서 튀는 존재인가?)

재미와 놀이

□ 주인공이 새로운 세계에서 허우적거리거나 잘해 나가는 모습
 을 분명히 보여 주고 있는가?

□ 재미와 놀이 비트가 소설의 전제 약속을 지키는가?

□ 2막이 1막의 거꾸로 뒤집힌 세계라는 것을 시각적으로 잘 보

여 주고 있는가?

중간점

☐ 거짓 승리나 거짓 패배가 확실하게 보이는가?

☐ 위험이 커졌는가?

☐ A 스토리(외적 이야기)와 B 스토리(내적 이야기)가 어떤 식으로든 교차하는가?

☐ 욕망에서 필요로의 전환을 알아볼 수 있는가? (미묘하게라도?)

다가오는 악당

☐ 이 비트의 경로는 '재미와 놀이'와 정반대인가? (만약 주인공이 재미와 놀이 비트에서 성공을 거두었다면 여기에서는 허우적거리고 있는가? 혹은 그 반대이거나?)

☐ 내적 악당이 주인공을 방해하고 있음을 보여 주거나 확인해 주었는가?

절망의 순간

□ 이 비트에서 주인공에게 무슨 일이 생기는가?

□ 주인공을 3막으로 밀어 넣을 만큼 충분히 거대한가? (주인공이 정말로 바닥을 쳤는가?)

□ 죽음의 냄새를 넣었는가?

□ 이 비트가 변화의 또 다른 기폭제처럼 느껴지는가?

영혼의 어두운 밤

□ 주인공은 이 비트에서 무언가를 성찰하고 있는가?

□ 이 비트가 주인공을 깨달음으로 이끄는가?

□ 주인공의 상황이 시작 부분보다 더 나빠 보이는가?

3막 진입

□ 주인공이 가치 있는 보편적 교훈(주제)을 배우는가?

□ 주인공은 무언가를 고치기 위해 주도적인 결정을 내리는가?

□ 욕망이 아닌 필요를 토대로 주인공의 결정이 이루어지는가?

☐ 왜 그것이 올바른 변화인지 알 수 있는가?

☐ 3막 세계가 1막과 2막의 통합인가?

피날레

☐ 주인공은 계획을 실행하기 위해 고군분투하는가? (즉 피날레에 갈등이 있는가?)

☐ 주인공이 주제를 배웠다는 것을 증명해 주는 순간(깊이 파고들다)이 있는가?

☐ A 스토리와 B 스토리가 어떻게든 얽히는가?

마지막 이미지

☐ 마지막 이미지가 한 장면 또는 서로 연결된 장면들의 모음인가?

☐ 마지막 이미지가 시각적인가? (말로 설명하지 않고 이미지로 보여 주는가?)

☐ 주인공의 변화가 분명한가?

☐ '애프터' 사진이 '비포' 사진(오프닝 이미지)의 거울 이미지인가?

3.

세이브 더 캣
10가지 소설 장르

당신의 소설도 여기 있다

좋은 이야기를 쓰고 싶다면 당연히 좋은 이야기가 무엇으로 이루어지는지 알아야 한다. 마찬가지로 성공적인 소설을 쓰려면 성공한 소설을 읽어야 한다. 그 소설들이 어떻게 전개되는지, 성공 요인이 무엇인지, 어째서 그렇게 많은 사람에게 공감을 일으키는지 연구해야 한다. 해체해서 들여다보고 내적인 역학을 연구해야 한다. 의대 학생들이 인체 원리를 연구하듯 말이다.

조각들이 어떻게 들어맞는가? 어째서 이 부분이 여기에 위치하지? 이야기들은 어떻게 비슷하고 어떻게 다른가? 요컨대, 성공한 소설가가 되려면 우선 독자가 되어야 한다. 그게 첫걸음이다.

하지만 문제가 하나 있다.

세상에는 소설이 많아도 너무 많다는 것이다. 수천만 권도 더 될 것이다. 전부 다 읽을 방법이 없다. 하지만 다행스러운 점은 다 읽을 필요가 없다는 것이다!

지금까지 나온 모든 훌륭한 소설을 10가지 범주로 분류해 연구할 수 있다면 어떨까? 비슷한 이야기를 같은 이야기 유형으로 묶어 각 유형의 공통 요소들을 알아낸 다음 템플릿을 고안해 같은 범주에 속하는 소설을 쓸 때 참고할 수는 없을까?

그렇다, 가능하다.

사실 이미 그런 템플릿이 있다.

'세이브 더 캣 장르'라고 불리는 것이다.

우리는 바로 앞쪽 챕터에서 세이브 더 캣 비트 시트를 통해 플롯 포인트와 일반적인 이야기 역학을 공부했다. 이제 좀 더 깊이 파고들어 다양한 이야기의 원리와 장르를 연구할 차례다. 그러면 효과적이고 흥미로운 소설을 쓰도록 도와주는 탄탄한 청사진이 마련될 것이다.

다만 챕터의 제목에 나오는 '장르'라는 단어에 속지 마라. 코미디, 드라마, 공포, 미스터리, 스릴러를 말하는 것이 아니다. 여기에서 말하는 장르는 분위기의 범주를 말한다. 이야기의 범주다.

어떤 이야기를 하려고 하는가?

주인공은 어떤 변화를 겪게 되는가?

당신의 소설은 어떤 주제나 질문을 다루는가?

이 질문들은 우리가 소설을 구상할 때 훨씬 더 유용하다. 그리고 세이브 더 캣 장르가 답하는 질문들이기도 하다.

세이브 더 캣 장르에 대한 가장 좋은 소식이 있다. 10개뿐이라는 것. 호메로스의 『오뒷세이아』 같은 서사시에서부터 제인 오스틴의 『오만과 편견』 같은 고전, 폴라 호킨스의 『걸 온 더 트레인』 같은 현대 블록버스터에 이르기까지 모든 이야기는 10개 장르 중 하나로 분류될 수 있다.

장르를 연구해 보면 같은 장르에 속하는 거의 모든 소설에서 특정 요소나 관습이 계속 나타난다는 사실을 알게 된다. 어째서일까?

당신이 공식이라는 단어를 떠올리기 전에 그 이유를 정확히 알려 주겠다. 거의 모든 훌륭한 소설에 15개 비트가 등장하는 것과 똑같은 이유다.

그 패턴이(그 특정 요소나 관습이) 해당 장르를 움직이는 작동 원리이기 때문이다.

인간은 특정한 유형의 스토리텔링 요소에 반응하게 되어 있다. 그 요소들이 올바른 순서로 연결된 이야기를 읽을 때 마음이 노래하고 영혼이 눈물을 흘리고 내면의 인간성이 소리굽쇠처럼 진동한다.

각 장르의 요소와 그 요소들을 성공으로 이끄는 패턴을 연구해보면 어떤 장르의 소설이 왜 성공하는지 쉽게 알 수 있다. 또 그런 요소와 패턴이 제프리 초서Geoffrey Chaucer의 『캔터베리 이야기』처럼 오래된 소설과 어니스트 클라인의 『레디 플레이어 원』같은 최근 소설에서 시대를 막론하고 끊임없이 나타나는 이유도 알 수 있다. (참고로 이 둘은 같은 장르에 속한다.)

세이브 더 캣 장르는 15개 비트와 마찬가지로 10개의 이야기 유형을 체계화한 것이다. 수천 년 역사의 가치를 자랑하는 문학을 쉽게 따라할 수 있도록 정리한 10가지 이야기 템플릿이다.

앞으로는 '왜 내 이야기가 안 먹히지?'라고 머리를 쥐어뜯지 않아도 된다. 당신의 소설이 어떤 장르에 속하는지 알고 그 장르에 필요한 모든 요소를 갖추었는지 확인하면 되니까. 그러면 이야기가 제대로 작동할 것이다.

못 믿겠는가? 그렇다면 각 장르의 예시로 소개하는 소설들을 함께 살펴보자. 저 유명한 작가들은 모두 이 책에서 제공하는 템플릿을 활용해 작품을 구성했다. 알고 했는지는 모르지만 어쨌든 사실이다.

당신도 이 템플릿을 사용할 수 있다.

앞으로 10개 챕터에서 모든 장르를 자세히 다룰 것이다. 그 전에 먼저 세이브 더 캣 장르에 대해 간단히 살펴보도록 하자.

첫 번째 장르: 추리물

주인공이(탐정일 수도 있고 아닐 수도 있다) 인간 본성의 어둡고 충격적인 사실을 드러내는 미스터리 사건을 해결해야 한다. (4장 참고)

두 번째 장르: 통과의례

주인공이 모든 인간에게 닥치는 시련(죽음, 이별, 상실, 이혼, 중독, 성장 등)으로 인한 고통을 견뎌야 한다. (5장 참고)

세 번째 장르: 집단 이야기

주인공이 특정 집단이나 제도, 기득권 또는 가족 안에 들어가거나 이미 들어가 있으며, 동참하거나 탈출하거나 파괴할지 선택해야 한다. (6장 참고)

네 번째 장르: 슈퍼히어로

평범한 세계의 특별한 주인공이 자신이 특별하거나 위대한 일

을 할 운명적인 존재라는 사실을 받아들여야 한다. (7장 참고)

다섯 번째 장르: 평범한 사람에게 닥친 문제

아무런 잘못도 없는 평범한 주인공이 갑자기 특별한 상황에 놓이고 시련을 마주한다. (8장 참고)

여섯 번째 장르: 바보의 승리

과소평가된 약자인 주인공이 어떤 '기득권층'에 맞서서 자신의 숨겨진 가치를 세상에 증명한다. (9장 참고)

일곱 번째 장르: 버디 러브 스토리

주인공이 누군가와의 만남을 통해 변화한다. 사랑 이야기, 우정 이야기, 반려동물 이야기 등이 될 수 있다. (10장 참고)

여덟 번째 장르: 요술 램프

평범한 주인공에게 일시적으로 '마법의 손길'이 닿는다. 보통 소원이 이루어진다거나 저주가 내려진다. 주인공은 '현실'을 받아들이고 최선을 다해 살아가야 한다는 중요한 교훈을 배운다. (11장 참고)

아홉 번째 장르: 황금 양털

주인공 혹은 주인공 집단이 무언가를 찾아 일종의 '로드 트립'

을 떠났다가(실제로 길을 나서지 않을 수도 있음) 다른 것, 즉 자기 자신을 발견하게 된다. (12장 참고)

열 번째 장르: 집 안의 괴물

주인공 혹은 주인공 집단이 어떤 폐쇄적인 환경이나 제한적인 상황에서 괴물(초자연적이거나 그렇지 않은)을 극복해야 한다. 또한 그 괴물을 존재하게 만든 누군가가 존재한다. (13장 참고)

똑같지만
다르게

세상에 진정으로 독창적인 이야기는 없다는 말을 들어 본 적 있는가? 다음 10개 챕터를 살피는 과정에서 알게 되겠지만 사실이다. 독창성은 소설 집필에서 성취할 수 있는 목표가 아니다. 그러니 지금 당장 독창성이라는 단어는 버리는 게 좋다.

하지만 신선함은 이룰 수 있는 목표다.

독자와 출판사가 원하는 것은 고대부터 존재해 온 이야기 유형을 '신선한 시각'으로 다룬 작품이다. 시대를 막론하고 계속 등장하는 장르의 소설을 어떻게 나만의 시각으로 풀어낼 것인가? 이야기의 원형에 어떤 변화를 줄 것인가? 작가는 독자들이 좋아하고 잘 아는 이야기를 새로운 버전으로 소개해야 한다.

한마디로 독자들은 같지만 다르게 만든 것을 원한다. 평소 좋아하는 유형의 이야기가 완전히 새롭게 쓰인 소설을 원한다.

캐스린 스토킷의 『헬프』와 조지 오웰의 『1984』가 똑같이 '집단이야기' 장르라는 사실을 알고 있는가? 앤디 위어의 『마션』과 스티븐 킹의 『미저리』가 똑같이 '평범한 사람에게 닥친 문제' 장르라는 사실은?

소설 쓰기는 빵을 굽는 것과 비슷한 점이 많다. 원하는 결과물을 얻기 위해 꼭 넣어야 하는 특정한 재료가 있다. 예를 들어, 케이크를 구우려면 버터, 달걀, 밀가루, 설탕이 필요하다. 이 재료들을 넣지 않으면 케이크가 아니라 크래커가 나올 것이다. 하지만 일단 기본적인 케이크 레시피를 따른 뒤에는 초콜릿, 스프링클, 블루베리, 오렌지 글레이즈 같은 자신만의 맛과 장식을 기본 레시피에 추가할 수 있다.

앞으로의 챕터는 요리책이고 10개 이야기 장르는 레시피이며 각 장르의 필수 요소들은 재료다. 레시피를 배우고 장르를 공부하고 기본 요리를 골라서 자신만의 변화를 준다. 규칙을 어기려면 먼저 규칙을 알아야 한다. 이야기가 어떤 원리로 이루어지는지 알아야 입맛대로 더 멋지게 바꿀 수 있다.

장르가
필요한 이유

자신의 소설이 속하는 이야기 장르에 대해 공부하면 이야기의 구조 뿐만 아니라 글쓰기와 플롯의 장애물에서 벗어나는 데도 도움이 된다. 나는 특정 부분에서 막힐 때마다 세이브 더 캣 장르를 분석하고 내 이야기와 똑같은 장르에 속하는 소설과 영화를 찾아 공부한다. 다른 작가들이 같은 장르의 요소들을 어떻게 다루었는지를 살펴보면 새로운 아이디어가 샘솟아 막힌 곳이 뚫리곤 한다.

그리고 언젠가는 당신의 책을 누군가에게 어필해야 할 때가 온다. 그 대상이 에이전트, 편집자, 영화제작자, 하물며 독자일 수도 있다. 당신은 그들에게 당신의 책이 무엇에 관한 이야기인지, 왜 이 이야기를 읽어야 하는지 신속하게 요약해 줘야 한다. 다른 어떤 책과 비슷한지 말해 주면 가장 빠르고 효과적으로 과제를 끝낼 수 있다.

누군가가 당신의 소설이 무엇에 관한 이야기인지 물을 때, 정말로 묻고자 하는 바는 이것이다.

어떤 책에 가장 가까운가? 또 어떻게 다른가?

한마디로 이야기의 장르가 뭐냐고 물어보는 것이다!

물론 당신이 처음부터 "제 소설은 '평범한 사람에게 닥친 문제' 장르입니다"라고 말하지는 않을 것이다. 이 책을 읽지 않은 사람이라면 분명히 어리둥절한 표정으로 쳐다볼 테니까. 대신 출판업계에서 말하는 '유사 도서'를 댈 것이다.

그럼 유사 도서들은 어디서 찾을 수 있을까? 같은 장르의 책을 찾아보면 된다. 그러므로 세이브 더 캣 장르를 이해하는 것은 소설을 쓰는 데 도움을 줄 뿐만 아니라, 파는 데도 도움을 줄 것이다.

。

마지막
당부

하지만 현실을 직시하자. 소설은 복잡하다. 하나의 범주에 깔끔하게 들어맞지 않을 수도 있다. 빅토르 위고의 『레미제라블』을 보자. 곧 알게 되겠지만, 나는 이 소설을 집단 이야기 장르에 넣었다. 왜냐하면 『레미제라블』은 혁명 이후 프랑스의 '제도'와 관련된 많은 이들의 삶에 초점을 맞추기 때문이다. 하지만 주인공 장 발장에게 힘이 있고(선에 대한 사명) 자베르라는 스스로 만든 적에게 도전받으며 19세기 프랑스 사회에서 재소자가 되는 '저주'를 극복해야만 한다는 점에서, 『레미제라블』이 슈퍼히어로 장르라는 주장도 똑같이 설득력 있다. 하지만 이 대서사시가 진정 어떤 장르인가 하는 문제는 그다지 중요하지 않다. 무덤 속의 빅토르 위고가 장르를 똑바로 분류하라고 우리를 괴롭힐 일은 없을 테니까. (집 안의 괴물 장르의 멋진 소재가 될 것 같기는 하지만!)

·

장르 토론을 지칠 때까지 계속할 수도 있지만, 궁극적으로 장르는 작가가 자신의 이야기에 필요한 요소를 전부 넣도록 돕기 위해 존재한다.

따라서 소설을 구상하고 집필하기 시작할 때, 이야기에 딱 맞는 장르를 찾으려고 너무 스트레스 받을 필요는 없다. 당신의 이야기는 여러 장르에 속할 수 있다. 세상의 그 무엇도 정확하게 딱 나뉘지 않는다. 인생의 많은 부분은 '50가지의 회색 그림자'이다. (혹시 궁금해할까 봐 말하자면 『그레이의 50가지 그림자』는 버디 러브 스토리에 속한다.) 그러니 자신의 작품에 가장 적합하게 느껴지는 장르를 찾되, 집필과 수정 과정에서 장르가 바뀔 수도 있다는 것을(바뀌는 경우가 많다) 명심하자.

내 소설 『기억하지 않는Unremembered』은 집필 과정에서 세 번이나 장르가 바뀌었다. 처음에는 평범한 사람에게 닥친 문제(한 소녀가 비행기 추락 사고에서 살아남지만 기억을 잃는다. 엄청나게 큰 문제 아닌가!) 장르로 시작했다. 하지만 소녀가 비행기 사고에서 어떻게 살아남았는지 끝까지 밝히지 않음으로써 추리물이 되었다. (이 소녀에게 정말로 무슨 일이 있었고 그 이유는 무엇인가?) 마침내, 나는 소녀가 '평범한' 주인공이 아니라는 것을 깨달았다. 소녀는 비범한 능력을 가지고 있었다. 그녀는 특별했다. 그때 나는 내 소설이 소녀가 남들과 다른 자신을 있는 그대로 받아들이게 되는 이야기임을 알게 되었다. 그래서 그 소설은 슈퍼히어로 장르가 되었다.

한 시리즈의 책들이 서로 장르가 다를 수 있다는 점도 주목해야 한다. 예를 들어, 수잔 콜린스의 『헝거 게임』 시리즈 1권은 평범한 사람에게 닥친 문제 장르에 잘 들어맞는다. 무고한 주인공이 원치 않은 생사를 건 싸움으로 내던져진다. 하지만 시리즈 2권 『캣칭 파이어』는 분명히 집단 이야기 장르다. 헝거 게임 우승자 캣니스는 이제 시스템의 '애송이(초보자)'가 되었다. 이 소설의 가장 큰 질문은 '그녀가 집단에 어떤 행동을 보일 것인가?'이다. 캣니스는 자신이 속하게 된 새로운 집단을 '불태워 버리는' 것으로 이 질문에 답한다. 시리즈 3권 『모킹제이』는 슈퍼히어로 이야기 장르다. 캣니스가 반란군 지도자 '모킹제이'라는 특별한 지위를 받아들이고 스스로 만든 적 스노우 대통령과 맞서는 이야기다.

만약 앞으로의 내용을 읽고 이 장르가 맞다 저 장르가 맞다 싸우고 싶어지거든 이 조언을 가슴에 새기기 바란다. 심호흡을 한번 크게 하고 긴장을 푼 뒤 그 에너지를 더 가치 있는 일에 쓰자. 당신의 이야기를 더 재미있게 만드는 방법을 알아내는 일 말이다.

어차피 그게 이 책을 읽는 이유 아닌가?

4.

추리물

탐정, 속임수, 어두운 면

애거서 크리스티는 이렇게 적었다. "보이는 그대로인 사람은 소수에 불과하다."

겉모습만으로는 진실을 판단할 수 없다. 진실은 알기가 힘들다. 비밀은 불가피하다. 거의 모든 서점에 추리물 코너가 따로 있는 이유도 그 때문이다.

우리는 자신에 대해 더 잘 알기 위해 이야기로 눈을 돌린다. 그리고 자신의 어두운 면을 알기 위해 추리물로 눈을 돌린다. 인간의 마음속에 어떤 악이 숨어 있을까? 인간이라서 우리는 어떤 죄를 저지를 수 있을까? 그리고 가장 중요한 것, 그 이유는 무엇일까?

손에서 떼지 못할 정도로 몰입하며 읽게 되는 훌륭한 추리소설의 비결이 무엇인지 살펴보면, '누가'가 아니라 '왜'가 중요하다는 것을 알 수 있다. 범죄자보다는 범죄의 이유가 독자의 관심을 사로잡고 페이지를 계속 넘기게 한다. 애거서 크리스티의 고전 『그리고 아무도 없었다』에서 우리는 솔저섬에 초대된 10명의 손님 중 누가 사람을 죽이고 있는지 궁금해 죽겠다. 하지만 그보다 더 궁금하고 이야기에 연료를 제공하며 독자들에게 공감을 일으키는 것은 바로 살인 동기—심판이라는 주제—다. 마찬가지로 댄 브라운의 『다빈치 코드』에서 자크 소니에르를 죽인 단체는 그가 살해된 이유, 그가 죽어야 했던 비밀만큼 흥미롭지 않다. 누가 아니라 왜가 중요하다.

도대체 왜 그런 잔인한 짓을 저질렀을까?

그것이 인간에 대해 무엇을 말해 주는가?

이 2가지 질문은 세이브 더 캣 추리물 장르의 핵심에 자리한다.

모든 추리물의 핵심은 똑같다. 애거서 크리스티 작품 같은 고전적인 살인 미스터리, 탐정 미스터리(마이클 코넬리의 해리 보슈 시리즈나 타나 프렌치의 더블린 경찰서 살인 사건 전담반 시리즈), 정치 미스터리(데이비드 발다치의 카멜 클럽 시리즈나 톰 클랜시의 잭 라이언 시리즈), 아마추어 탐정 미스터리(댄 브라운의 『다빈치 코드』나 루스 웨어의 『인 어 다크, 다크 우드』) 등은 바로 서질러진 범죄와 그 중심의 어두운 비밀을 중심으로 전개된다.

독자가 항상 추측하게 만드는 것이 작가의 임무다. 소설에 나오는 탐정이 한 번도 미스터리를 풀어 본 적 없는 아마추어든 '산전수전 다 겪은' 사립 탐정이든, 결국 진짜 탐정은 독자이기 때문이다. 당신이 새로운 카드로 충격과 감탄을 선사해야 할 대상은 독자다. 단서와 폭로가 적절한 순간에 폭탄처럼 터져 이야기를 중단시키고 미스터리를 새로운 방향으로 보낸다. 소설이 궁극적으로 보여 주는 인간의 본성에 영향을 받고 변하는 사람 역시 독자다.

모든 추리물은 독자들이 지나야 하는 일련의 방과 같다. 그리고 그 방은 점점 더 어두워진다. 마지막에 무엇이, 누가 나올지 확실하지 않다. 하지만 독자는 모든 훌륭한 추리소설이 그렇듯, 그 속에 숨겨진 '왜?'라는 질문의 답을 찾을 수 있으리라는 걸 알기에 계속 앞으로 나아간다.

만약 당신의 소설이 추리물에 들어맞는다면 성공을 보장받기 위해서는 3가지 요소가 필요하다. 탐정과 비밀, 어두운 전환이.

이 재료들을 좀 더 자세히 살펴보자.

탐정은 누구나 될 수 있다. 시체를 수없이 많이 본 사람일 수도 있고 단 한 번도 본 적이 없는 사람일 수도 있다. 하지만 탐정은 반드시 2가지 조건을 충족해야 한다. 그들은 (직업이나 경험과 관계없이) 전혀 준비되지 않은 상태로 사건에 휘말리게 되며, 그와 동시에 이 난장판 속으로 끌려가는 이유가 있다는 것이다. 왜 이 플롯이어야 하고 왜 이 사람이 주인공이어야 하는가? 처음에는 연결고리가 없는 것처럼 보일 수도 있다. 하지만 주인공과 플롯을 결합하지 않으면—탐정과 사건을 결합하지 않는다면—독자는 '그래서 어쩌라고?'라는 생각으로 책을 내려놓게 될 것이다. 그것이야말로 작가가 가장 두려워하는 일이다.

『모든 것을 기억하는 남자』의 주인공인 형사 에이머스 데커를 생각해 보자. 소설 시작 부분에 나오는 그의 가족이 몰살된 사건은 그로부터 1년 후에 일어나는 학교 총기 난사 사건과 전혀 무관해 보인다. 그러나 곧 두 사건의 배후가 동일하다는 증거가 드러나면서 수사에 에이머스의 역할이 훨씬 더 중요해진다.

『다빈치 코드』의 로버트 랭던은 한밤중에 루브르 박물관으로 불려가 피로 쓴 암호문 옆에 누운 벌거벗은 남자의 시체를 보았을 때 얼마나 심한 충격을 받았을까? 기호학자의 일상에서 흔히 일어나는 일은 아니니까 말이다. 그러나 랭던이 곧 알게 되듯이, 경찰이 지운 메시지에는 그의 이름이 들어가 있었다. 그는 분명히 사건과 연루되어 있다. 그런데 도대체 어찌 된 일일까?

애거서 크리스티의 『그리고 아무도 없었다』는 탐정 추리소설의 재료를 흥미진진하게 비틀었다. 솔저섬에 초대받은 손님들은 다음 희생자가 되기 전에 살인자가 누구인지 필사적으로 알아내려고 애쓰지만, 진짜 탐정은 바로 독자다! 사실 모든 추리물에서 궁극적으로 독자가 탐정이지만, 이 경우에는 독자가 유일한 탐정이다!

하지만 모든 탐정의 공통점은 이전에 얼마나 많은 사건을 해결했는지와 상관없이 이 사건에 대한 준비가 전혀 되어 있지 않다는 것이다. 주인공이 전에 본 적 없는 것을 보여 주는 사건이 아니라면 무슨 의미가 있을까? 궁극적으로 드러나는 비밀이 주인공이나 탐정이 이전에 다루었던 것이라면 과연 미스터리라고 할 수 있을까?

그래서 추리물의 두 번째 재료는 비밀이다. 탐정이 단서를 풀고 작가가 계속 카드를 넘기면서 마침내 비밀이 밝혀진다. 이 비밀은 우리가 애초에 진실을 찾는 이유이기도 하다. 추리물의 심장이다. 독자가 마지막 어두운 방에서 발견하게 되는 것이기도 하다. 그냥 '누가, 왜'가 아니라 '언제, 어디서, 무엇을'이기도 하다! 비밀은 독자를 마지막까지 추측하게 만든다. 우리를 이야기의 끝까지 끌고 가는 미끼다. 독자는 (그리고 탐정은) 알아야만 한다. 스티그 라르손의 『여자를 증오한 남자들』에서 하리에트 방예르의 진실이 무엇인지 알아야 한다. 『다빈치 코드』에서 시온 수도회가 감추고 있는 것이 무엇인지 알아야 한다. 타나 프렌치의 『살인의 숲』에서 제시카에게 무슨 일이 일어난 것인지 알아야 한다.

작가는 반드시 비밀을 흥미롭게 설정해야 한다.

보통 비밀은 작게 시작하지만 탐정이 사건을 더 깊이 파헤치고 더 많은 단서를 찾아낼수록 커진다. 『모든 것을 기억하는 남자』에서 우리는 학교 총기 난사 사건에 사용된 총이 데커의 가족을 살해한 총과 똑같다는 사실을 알게 된다. 하지만 작가가 카드를 능숙하게 돌려 가면서 비밀은 점점 커진다. 우리는 살인자가 노리는 대상은 사실 데커이며, 두 살인 사건을 통해 그에게 메시지를 보내려 한다는 것을 알게 된다.

『그리고 아무도 없었다』에서는 시체가 하나에서 3개, 7개로 늘어난다! 시체가 늘어날 때마다 플롯이(비밀도!) 더욱 복잡해진다.

하지만 비밀이 깊어질수록 사건을 해결하려는 탐정의 욕망도 커진다. 이것은 추리물의 세 번째 요소인 어두운 전환으로 이어진다. 어두운 전환은 주인공이 비밀이나 진실을 파헤치기 위해 자신이나 사회가 정한 규칙을 어기거나 포기하는 순간이다.

『모든 것을 기억하는 남자』의 에이머스 데커는 3막에서 새로운 정보를 다른 형사들에게 알리지도 않고 혼자 범인을 대면하러 간다. 이것은 경찰의 수사 규칙에 크게 어긋난다.

주인공이 어기는 규칙은 도덕 규칙이나 사회적 규칙일 수도 있고, 개인적인 규칙일 수도 있다. 어떤 규칙이든 간에 이는 사건이 탐정에게 어떤 영향을 끼쳤는지 보여 준다. 그들은 비밀을 파헤치기 위해 한 번도 해 본 적이 없는 일을 한다(가 본 적 없는 곳으로 가거나). 하지만 궁극적으로 주인공을 변화와 주제로 이끄는 것은 거의 항상 어두운 전환이다. 그것이 소설을 읽을 가치가 있도록 만든다.

많은 추리물에서 발견되는 또 다른 요소(필수는 아니지만)는 '사건 속의 사건'이다. 탐정은 처음에 어떤 사건을 조사하기 시작하지만 그것이 다른 사건과 복잡하게 연결되어 있음을 알게 된다. 이는 타나 프렌치의 『살인의 숲』에서 두드러지게 나타난다. 이 소설은 1984년 더블린의 작은 마을에서 시작한다. 세 명의 아이들이 숲으로 놀러 갔다가 한 명만 살아 돌아온다. 살아 돌아온 소년 롭 라이언은 나중에 자라서 형사가 되는데, 같은 마을에서 발생한 어린 소녀의 실종 사건을 조사하기 위해 파견된다. 작가 프렌치가 카드를 뒤집으면서 두 사건이 서로 얽히기 시작한다. 당연하겠지만 탐정이 과거 사건과 관련 있다는 사실은 새로운 사건에 대한 그의 관점을 흐려 놓는다. 해결되지 않은 과거의 사건이라도(『살인의 숲』처럼), 대개 사건 속의 사건은 소설의 주제를 밝히고 탐정이 자신에 대한 교훈을 깨우치게 해 준다.

결국, 탐정과 비밀, 어두운 전환은 모두 인간 본성의 어두운 면을 보여 주는 고유한 목적을 수행한다. 독자들은 『모든 것을 기억하는 남자』, 『살인의 숲』, 『그리고 아무도 없었다』, 『여자를 증오한 남자들』 같은 소설을 읽고 우리가 미스터리를 해결했고 그 덕분에 주인공이 변화했다는 것에 만족감을 느끼지만, 약간의 불안도 느낀다. 하지만 자신에 대한 진실을 마주해 불안감을 느끼게 한다는 점이 추리소설을 가장 고전적이고 널리 읽히는 장르의 하나로 만들었다.

요약하면, 추리물에는 다음의 3가지 요소가 꼭 들어가야 한다.

- 탐정: 프로나 아마추어 탐정 혹은 독자. 사건의 책임을 맡은 사람이면 된다. 사건에 전혀 준비가 되어 있지 않아야 한다. (알든 모르든!)
- 비밀: 모든 것을 풀어 줄 열쇠. 진실로 향하는 마지막 가장 어두운 방에는 뭐가 있을까? 그것은 인간의 어두운 면을 조명해야 한다. 사건이 시작되기 전에는 불가능하다고 생각했던 무언가여야 한다.
- 어두운 전환: 주인공이나 탐정이 사건에 깊이 빠져들어 자신의 규칙이나 도덕, 윤리를 깨뜨리거나 타협하게 되는 순간이다. 주인공은 (일반적으로 소설 후반부에) 어떻게든 규칙을 깨뜨리거나 자신의 진실성 혹은 무고함을 위협하는 일을 해야만 한다. 이 것은 재미있는 추리물에 꼭 필요한 위험 요소다. 그리고 어두운 전환은 독자들이 이 사건에 관심을 기울이는 이유이기도 하다. 주인공은 비밀을 풀려는 마음이 너무 강한 나머지 속절없이 끌려간다.

인기 추리물

- 아서 코난 도일, 『셜록 홈즈의 모험』
- 캐롤린 킨Carolyn Keene, 『오래된 시계의 비밀The Secret of the Old Clock』 (낸시 드류 시리즈)
- 대프니 듀 모리에, 『레베카』
- 애거서 크리스티, 『그리고 아무도 없었다』
- 엘렌 라스킨, 『웨스팅 게임』
- 마이클 코넬리, 『블랙 에코』(해리 보슈 시리즈)
- 제임스 패터슨, 『스파이더 게임Along Came a Spider』(알렉스 크로스 시리즈)
- 재닛 에바노비치Janet Evanovich, 『원 포 더 머니』(스테파니 플럼 시리즈)
- 댄 브라운, 『다빈치 코드』
- 스티그 라르손, 『여자를 증오한 남자들』
- 타나 프렌치, 『살인의 숲』(더블린 경찰서 살인 사건 전담반 시리즈)
- 길리언 플린, 『나를 찾아줘』
- 로버트 갤브레이스, 『쿠쿠스 콜링』(코모란 스트라이크 시리즈)
- 폴라 호킨스, 『걸 온 더 트레인』(다음 페이지에 비트 시트 소개)
- 데이비드 발다치, 『모든 것을 기억하는 남자』(에이머스 데커 시리즈)
- 루스 웨어, 『인 어 다크, 다크 우드』

『걸 온 더 트레인』

작가: 폴라 호킨스

세이브 더 캣 분류: 추리물

일반 분류: 미스터리 / 스릴러

폴라 호킨스의『걸 온 더 트레인』은 출간 즉시 인기를 얻었다. 〈뉴욕 타임스〉 베스트셀러 1위를 차지했고, 에밀리 블런트가 주연을 맡아 영화화되었다.

『걸 온 더 트레인』은 추리소설의 인기 장치인 '믿을 수 없는 화자'를 효과적으로 활용해 독자를 이야기로 끌어들이고 끝까지 추측하게 만든다. 하지만 훌륭한 추리소설이 그렇듯 이 소설의 가장 흥미로운 질문은 누가 메건 힙웰을 죽였느냐가 아니라 왜 죽였느냐다. 이 소설이 성공적인 추리소설인 이유도 그 때문이다.

1. 오프닝 이미지

제목을 충실히 반영하듯 이 소설은 기차 안에서 시작된다. 앞으로 기차가 배경으로 자주 등장하므로 적절한 오프닝 이미지라고 할 수 있겠다. 우리는 주요 등장인물인 세 여자 중 한 명이자 주인공인 레이첼, 즉 '기차에 탄 여자'를 만난다. 우리는 곧 레이첼이 다른 사람들의 삶에 집착하고 있다는 사실을 알게 된다. 이는 그녀의 결함으로, 전체적인 이야기를 이끌 것이다.

2. 주제 명시

소설의 첫 시작에서 레이첼은 말한다. "어머니는 내가 상상력이 지나치다고 말씀하시곤 했다. 톰도 그렇게 말했다." 이 소설의 주제는 현실이다. 현실이 얼마나 쉽게 조작될 수 있는지, 세 주인공 레이첼, 메건, 안나가 얼마나 현실을 받아들이려 하지 않는지를 보여 준다. 레이첼은 현실을 받아들여야 한다는 주제를 학습하고 가장 큰 진실을 마주하고 나서야 비로소 A 스토리 미스터리는 물론 B 스토리(내적) 미스터리를 풀게 된다.

3. 설정

레이첼의 현상 세계는 암울하다. 폴라 호킨스는 이야기의 약

12퍼센트에 걸쳐 레이첼이 바로잡아야 할 문제를 효과적으로 소개한다.

- 레이첼은 술을 너무 많이 마시는 (그리고 이로 인해 기억을 잃는) 알코올중독자다.
- 레이첼은 환상의 세계에서 살고 있으며 마음대로 '제스'와 '제이슨'이라 이름 붙인, 위트니의 블렌하임 로드 15번지에 사는 부부의 멋진 인생 이야기를 꾸며 낸다.
- 레이첼은 '제스'와 '제이슨'의 집에서 세 집 건너에 새 부인 안나와 함께 사는 전 남편 톰(레이첼과 부부였을 때 바람을 피웠다)에게 집착한다.
- 레이첼은 술을 마시고 자주 기억을 잃는데 그때마다 톰에게 전화하는 바람에 (집으로 찾아가기도 한다) 그와 그의 새 아내가 질려 하고 있다.
- 룸메이트는 레이첼의 알코올의존증에 점점 인내심을 잃어 가고 있다.
- 레이첼은 술 때문에 직장을 잃었지만 룸메이트에게 알리지 않고 매일 기차를 탄다.

설정에서 우리는 두 번째 주인공 메건(제스)을 처음 만난다. 메건이 등장하는 챕터는 모두 과거 회상 부분인데, 1년 전부터 시작해서

서서히 현재에 이른다. 우리는 단 몇 페이지를 통해 메건의 삶이 레이첼의 상상과 전혀 다르다는 것을 알게 된다. 그녀는 불안에 쫓기고 큰 곤경에 처했으며 심리치료를 받고 있고 결혼 생활 역시 완벽하지 않다. 메건의 첫 번째 챕터에서 수수께끼의 '남자'가 소개된다. 이 캐릭터는 계속해서 어떤 역할을 하고 정체를 추측하게 만든다.

폴라 호킨스는 엄청난 오해의 힘을 사용해 긴장감을 지속하는 한편 이 세계에서는 그 무엇도 보이는 그대로가 아니라는 것을 보여 준다.

4. 기폭제

레이첼이 제스(메건)가 다른 남자와 키스하는 것을 목격하는 작은 사건도 일어나지만(레이첼이 우상시하는 부부에 대한 동경심을 깨뜨림), 진짜 기폭제는 따로 있다. 일요일 아침에 일어난 레이첼은—술로 인해 기억을 잃은 뒤—머리의 혹과 피, 다리의 멍을 발견하고 전날 밤 블렌하임 로드에 갔던 일을 희미하게 떠올린다.

이제 이 소설의 진짜 재미가 시작된다. 그녀는 또 술에 취해 전 남편과 그의 새 아내를 찾아갔던 것일까? 아니면 제스가 다른 남자와 키스하는 걸 보고 '지금 눈앞에 있다면 얼굴에 침을 뱉고 미친 듯 따질 거야'라고 생각했는데 정말로 거길 찾아간 걸까?

레이첼은 기차에 함께 탔던 빨간 머리의 남자를 어렴풋이 기억해 낸다. 앞으로 그는 중요한 인물이 되지만, 지금은 그녀의 캄캄한 기억 속에서 잊히고 만 또 하나의 디테일일 뿐이다. 이 훌륭하게 짜인 스릴러소설에 나오는 다른 내용들도 마찬가지다.

5. 토론

이 소설의 토론 질문은 다음과 같다. 토요일 밤에 무슨 일이 있었고 레이첼은 그 일에 대해 어떤 조치를 취할 것인가? 레이첼은 그날 밤 뭔가 나쁜 일이 일어났고 자신에게도 책임이 있다는 느낌을 떨칠 수 없다. 한편 레이첼의 음주에 진저리가 난 룸메이트가 그녀를 아파트에서 쫓아내겠다고 위협한다(정체 혹은 죽음의 순간).

레이첼은 무슨 일이 있었는지 기억의 조각을 맞춰 보려고 한다. 하지만 메건이 토요일 밤에 실종되었다는 사실을 알고 나서야 그녀는 정신을 가다듬고 뭔가를 하기로 한다. 이 두 번째 기폭제(세이브 더 캣 작법에서는 '이중 충돌'이라고 한다)가 레이첼을 2막으로 밀어넣을 것이다.

한편, 우리는 더 많은 회상 장면을 통해 메건이 수수께끼의 인물인 '그'와 불륜 관계였음을 알게 된다. 호킨스의 영리한 문장 구조는 그 남자가 메건의 심리치료사인 카말 아브딕이라고 믿게 만든다.

우리는 메건의 남편인 스콧(제이슨)이 메건의 실종과 관련 있을지도 모른다고 의심하기 시작한다. "우린 싸웠다. 멍이 들 정도로"라는 미묘한 힌트 때문이다. 스콧이 정말 아내를 해쳤을까?

6. 2막 진입

레이첼은 메건의 실종 사건(혹은 더 중요한, 메건의 실종에 연루된 미스터리)을 해결하고자 행동을 취하기 시작하면서 1막의 현상 세계를 떠난다.

7. B 스토리

레이첼의 B 스토리는 그녀의 과거와 관련 있다. 그녀는 현재의 미스터리를 돌파하기 전에 과거를 직시해야만 한다. 그녀의 내적 이야기는 쌍둥이 B 스토리 캐릭터들로 표현된다. 바로 메건의 실종 이후 레이첼과 친구가 되는 메건의 남편 스콧 힙웰, 그리고 레이첼의 아픈 과거에 원인을 제공한 톰의 새 아내 안나 왓슨이다.

레이첼은 스콧 힙웰을 찾아가서 메건이 실종되기 전 어떤 남자와 키스하는 것을 보았다고 이야기한다. 나중에 스콧은 레이첼이 생각했던 것과 다른 사람(환상 vs 현실)으로 밝혀짐으로써 그녀의 주제 학습을 도울 것이다.

그런 다음 우리는 안나의 시점으로 진행되는 첫 챕터를 읽고 이 야기의 다른 면을 엿보게 된다. 이 소설은 이야기에 여러 관점이 존 재한다는 것을 보여 줌으로써 이렇게 묻는 듯하다. 우리는 무엇을 보지 못하고 있는가? 우리가 모르는 게 무엇인가? 믿을 수 없는 화 자가 말하기를 꺼리거나 말하지 못하는 것은 무엇인가?

8. 재미와 놀이

레이첼의 거꾸로 뒤집힌 새로운 세계는 그녀가 메건의 실종 사 건 수사에 개입하는 모습을 통해 드러난다. 그녀는 도서관에서 조 사를 하고 가설을 세우고 위트니를 방문하고(기억이 희미한 토요일 밤, 사건이 일어난 장소) 스콧을 만나고 경찰에 메건이 다른 남자와 키스 하는 것을 보았다고 말한다. (그 상대는 메건의 심리치료사인 카말 아브딕 으로 밝혀진다.) 그러는 동안 그녀는 술을 끊는다! 그 어느 때보다 컨 디션이 좋다(겉모습도). "실로 오랜만에 처음으로 나 자신의 불행이 아닌 다른 일에 관심이 생겼다. 목적이 생겼다. 적어도, 주의를 분산 시켜 주는 일이 생겼다."

레이첼은 분명히 '상향 경로'에 놓여 있다. 하지만 그녀가 화자로 직접 언급하는 것처럼 잠깐 주의가 분산되는 것뿐이다. 그녀가 알코올중독의 근본적인 원인(고통스러운 과거)을 성공적으로 처리했는가? 아니다. 대체품을 찾았을 뿐이다. 고통을 무디게 해 주는 새로운 방법 말이다. 그녀는 많은 주인공이 그러하듯 2막에서 문제를 잘못 해결하고 있다. 게다가 효과가 나타나고 있다! 카말 아브딕에 대한 그녀의 제보로 사건은 진척되고 있는 듯하다.

하지만 그녀는 자신의 현실을 직시하기(주제) 전까지 (자신과 메건의) 미스터리를 진정으로 풀 수 없을 것이다.

폴라 호킨스는 독자들을 레이첼과 같은 관점으로 몰아넣고 우리가 그녀의 이야기를 통해 보는 것을 그대로 믿게 만든다. 중간점에 다다랐을 때, 우리는 레이첼과 똑같은 결론에 도달한다. 카말 아브딕이 메건의 실종과 관련 있다고. 메건이 바람을 피우고 있던 상대는 (거의 확실히) 그였다고 말이다.

9. 중간점

승리다! 카말 아브딕이 체포되고 그의 집과 차에서 증거가 발견된다. 경찰은 (레이첼의 도움 덕분에) 메건 실종 사건의 진실에 가까워지고 있는 듯하다.

레이첼은 카말(A 스토리)의 존재에 대해 알게 된 후 스콧의 집을 나서면서 자신의 과거와 맞닥뜨린다. 바로 톰과 안나다(B 스토리). 이렇게 A와 B 스토리가 교차한다. 하지만 이번에는 레이첼이 다르게 반응한다. 그녀는 (가짜) 승리에 도취해 있는 까닭으로 그들에게 무관심하다(스스로 그렇게 생각한다).

하지만 보통 거짓 승리의 중간점이 그러하듯 더 큰 무언가가 다가오고 있다. 이야기를 새로운 방향으로 보낼 작은 폭탄이 기다리고 있다. 우리는 흔히 추리물의 중간점까지만 보고도 사건의 진상을 안다고 생각한다. 심지어 범인도 안다고 확신한다. 하지만 그렇지 않다. 중간점 반전은 진상이 생각보다 훨씬 크다는 것을 증명해 줄 것이다. 이 소설도 마찬가지다.

카말은 기소되지 않고 풀려난다. 숲속에서는 메건의 시신이 발견된다. 이로써 위험이 더 커졌다. 이제 실종 사건이 아니라 살인 사건이다. 그리고 주요 용의자가 방금 풀려났다.

10. 다가오는 악당

레이첼은 다시 술을 마시기 시작한다. 그것도 엄청 많이 마신다. 그녀가 재미와 놀이 비트에서 보여 준 변화가 진정한 변화가 아니었음이 증명된다. 일회용 반창고였다. 그녀의 내면에 자리한 내적 악당은 총력을 다해 그녀를 '절망의 순간'으로 몰고 갈 것이다. 이는

그녀가 기차에서 만난 빨간 머리 남자와 대화를 하지 않을 것이라는 사실에서 분명히 드러난다. 그녀는 그가 토요일 밤에 대해 뭔가를 알고 있음을 직감하지만 여전히 진실을 두려워하고 있다.

한편 메긴의 회상 시점에서는 그녀의 삶이 나아지고 있다. 그녀는 카말에게 과거의 비극적인 사건(욕조에서 아기를 우발적으로 살해한 것)을 털어놓았고, 점점 마음의 짐이 줄어들기 시작했다.

다시 현재 시점으로 돌아와 메긴의 사망에 대한 표면적인 디테일이 밝혀진다. 그녀는 머리에 입은 외상으로 사망했고 임신 중이었다. 스콧은 주요 용의자가 된다. 레이첼은 점점 그와 가까워지고 성관계까지 가지게 되면서 여전히 주제를 학습하지 못했음을 보여준다. 그녀는 독자들에게 "내가 원한 일이었다. 난 제이슨과 함께 있고 싶었다"라고 말한다. '제이슨'은 존재하지 않는다. 그녀의 환상 속 세계에 존재하는 인물일 뿐이다.

레이첼은 환자인 척하고 메긴의 심리치료사였던 카말 아브딕을 찾아간다. 처음에 그녀는 자신이 사건 해결에 꼭 필요한 존재라는 감각을 느끼고 싶은 잘못된 목표를 추구하지만, 나중에는 '욕망에서 필요로의 전환'이 일어난다. 심리 상담은 그녀가 톰과의 과거와 알코올중독 문제를 마주하도록 도와준다.

레이첼은 조금씩 기억이 떠오르기 시작한다. 누군가가 자신을 폭행하고 떠났다. 그녀는 그것이 안나였을 거라고 생각한다.

한편, 우리는 안나의 시점을 통해 안나의 상황이 악화되고 있음을 알게 된다. 레이첼 때문에 안나와 톰 사이가 틀어지고 있다. 싸우는 일이 잦아졌고 안나는 그가 또 바람을 피우고 있을지도 모른다고 의심하기 시작한다. 그녀는 레이첼과 똑같은 처지가 됨으로써 바닥을 친다. 술을 잔뜩 마시고 톰의 물건을 뒤진다.

11. 절망의 순간

스콧이 레이첼에게 메건의 아기가 자신의 아기도, 카말의 아기도 아니었다고 밝히면서 사건은 (레이첼의 내적 이야기도) 바닥을 친다. 다른 남자가 있다는 뜻이다. 이 전환점은 레이첼과 독자들에게 진실이 보이는 것과 다르다는 것을 알려 준다. 메건이 계속 언급했던 '그'는 카말이 아니었다. 다른 사람이었다. 하지만 대체 누구란 말인가?

이 소식을 전하는 스콧은 술에 취했고 화가 나 있다. 그는 레이첼이 그에게 수많은 거짓말을 했다는 사실도 알아냈다. 그는 레이첼이 카말에게 상담을 받는다는 것을 알고 그녀가 처음부터 자신을 노렸다고 생각한다. 그는 그녀의 머리채를 잡고 방에 가둔다. 죽이겠다고 위협한다(죽음의 냄새). 레이첼은 메건을 죽인 게 스콧이라고 확신한다.

이제 레이첼은 모든 것을 잃었다. 그녀는 거짓말과 오지랖 때문에 여기까지 왔다. 그러나 진실을 직시하지 않은 것도 그녀가 바닥을 치는 데 큰 역할을 했다. 만약 그녀가 과거를 좀 더 일찍 마주했다면 진짜 악당이 누구인지 깨달았을지도 모른다.

12. 어두운 영혼의 밤

스콧은 레이첼을 풀어 준다. 그녀는 인사불성이 될 때까지 술을 마신다. 경찰에 전화해 스콧이 자신을 위협했고 아내를 죽인 범인이 분명하다고 말하지만 믿어 주지 않는다.

레이첼은 알코올중독에 걸린 관음증 환자로 전락해 모든 신뢰를 잃었다. 많은 주인공이 영혼의 어두운 밤 비트에서 그러하듯 그녀는 포기한다. "나는 지금까지, 내가 놓치고 있었던, 뭔가 기억해 내야 할 게 있다고 생각했다. 하지만 그런 건 없다."

레이첼은 스스로 필요한 존재라고 생각하면서 사건에 끼어들려고 했지만 그건 답이 아니었다. 답은 처음부터 그녀 안에 있었다. 과거라는 기억의 블랙박스 안에 잠긴 채로.

레이첼은 마침내 빨간 머리 남자를 마주하고 토요일 밤에 대해 물으며 비로소 진정한 해결책으로 나아가기 시작한다. 빨간 머리 남자는 토요일 밤에 레이첼을 보았을 때, 그녀가 속상해하는 상태였다고 말한다. 한 남자가 그녀를 두고 가 버렸고 그 남자는 다른 여자와 함께였다고.

레이첼은 그게 톰과 안나였을 거라고 추측하고 톰에게 물어본다. 그런데 이야기가 맞지 않는다. 톰은 안나가 아기와 함께 집에 있었다고 말한다. 그렇다면 톰과 함께 있었던 여자는 누구일까?

그 다음에 톰은 그녀의 기억을 자극하는 말을 한다. "당신이 뭘 기억한다는 것 자체가 놀랍군, 레이첼. 완전히 술에 취해 있었는데." 레이첼은 예전에 톰이 그녀가 술을 너무 많이 마셔서 기억을 잃었을 때도 그런 말을 했던 것을 떠올린다. 그는 그녀가 끔찍한 일을 저질렀다고 했다. 레이첼이 토요일 밤 자신을 때린 사람이 톰이라는 사실을 깨달으면서 상황은 좀 더 분명해지기 시작한다(어두운 밤의 깨달음).

한편, 안나도 영혼의 어두운 밤을 보내고 있다. 술을 마시고 톰의 물건을 뒤지던 그녀는 그의 운동 가방에 숨겨진 핸드폰을 발견한다. 메건 힙웰의 핸드폰이다.

13. 3막 진입
- - - - - - - - - - - - - -

레이첼은 톰에 대한 진실을 깨달으면서 모든 기억을 떠올린다. 그는 오랫동안 거짓말로 그녀를 조종해 왔다. 레이첼은 주제를 배우고 과거를 마주한다. 그녀는 행동을 취하기로 하고 (제목에 걸맞게)

기차에 탄다. 어디로 가는 걸까? 곧 알게 된다.

14. 피날레

포인트 1: 팀 조직

레이첼은 안니와 단결하기 위해 톰과 안나의 집으로 간다. 혼자서는 할 수 없는 일이다. 거짓말쟁이 살인자 톰 왓슨의 두 아내가 한 팀이 되어 힘을 합쳐야만 한다.

포인트 2: 계획 실행

레이첼은 안나에게 자신과 함께 가자고 설득하지만 안나는 톰이 살인자라는 말을 믿지 않는다. 그녀는 단지 톰이 메건과 바람을 피웠을 뿐이라고 생각한다. 안나는 아직 주제를 배우지 못했다. 진실을 받아들이는 것을 두려워하며 여전히 자신만의 환상 속에서 살고 있다.

포인트 3: 높은 탑 서프라이즈

톰이 집에 돌아오면서 상황이 복잡해진다. 레이첼이 그에게 따지자 톰은 역시나 상황을 무마하기 위해 거짓말을 한다. 안나의 믿음을 얻으려는 두 사람의 싸움에서 톰이 이기고 있다. 레이첼은 안나에게 경찰에 신고하라고 하지만 안나는 거부한다. 톰은 메건을 죽였다고 진실을 밝힌다. 레이첼은 도망치다 그에게 병으로 맞고 쓰러진다.

포인트 4: 깊이 파고들다

레이첼과 안나는 모두 주제를 학습했고 승리의 조건을 갖추었음을 증명한다. 먼저 안나가 경찰에 신고하기 위해 몰래 복도로 나간다. 레이첼은 톰에게 넘어가는 척하면서 그가 여전히 그녀를 통제할 수 있다고 착각하게 만든다. 이제 그녀가 그를 조종한다.

포인트 5: 새로운 계획의 실행

레이첼은 톰에게 키스를 허락하는 척하면서 부엌 서랍에서 뭔가를 훔쳐 달아난다. 그녀는 뒤쫓아 오는 톰의 목을 코르크 따개로 찌른다. 코르크 따개가 최종 무기로 사용된 것은 우연이 아니다. 레이첼의 알코올중독과 그녀의 과거, 그리고 이제는 악당까지. 이 모든 것을 제거한 그녀의 승리를 상징한다.

15. 마지막 이미지

오프닝 이미지의 거울 이미지. 레이첼은 다시 기차에 오른다. 하지만 이번에는 상황이 매우 달라졌다. 그녀는 3주 동안 술을 마시지 않았고 기존의 세계와 과거를 뒤로하고 앞으로 나아가고 있다.

『걸 온 더 트레인』이 추리물인 이유는 무엇인가?

『걸 온 더 트레인』에는 성공적인 추리물의 3가지 요소가 모두 들어 있다.

- 탐정: 주인공 레이첼은 이 소설의 아마추어 탐정이다. 그녀는 한 번도 사건을 해결해 본 적이 없고 앞으로 펼쳐질 일에 전혀 준비되어 있지 않다.
- 비밀: 메건과 스콧의 관계가 모든 사건의 해결로 이어진다. 작가 폴라 호킨스는 이 카드를 마지막까지 쥐고 있다가 레이첼(그리고 독자)이 마지막 조각을 맞출 때 뒤집는다.
- 어두운 전환: 레이첼이 스콧 힙웰과 성관계를 가질 때 우리는 그녀가 너무 깊이 들어갔음을 알게 된다. 용의자일 뿐만 아니라 아내가 살해된 남편과 관계를 맺는 것이니까. 사건에 대한 집착이 그녀의 윤리 의식을 압도하는 순간이다.

『걸 온 더 트레인』
비트 시트 요약

---

1. **오프닝 이미지:** 레이첼은 기차에서 다른 사람들의 삶을 상상한다.

2. **주제 명시:** "어머니는 내가 상상력이 지나치다고 말씀하시곤 했다. 톰도 그렇게 말했다." 레이첼, 메건, 안나는 모두 현실을 마주하는 법을 배워야 한다.

3. **설정:** 술을 마시고 종종 기억을 잃는 알코올중독자 레이첼은 믿을 수 없는 화자다. 메건의 결혼 생활은 레이첼이 상상하는 것만큼 완벽하지 않다.

4. **기폭제:** 레이첼이 아침에 일어나 보니 온몸에 멍 자국이 있고 전날 밤의 일이 기억나지 않는다.

5. **토론:** 토요일 밤에 무슨 일이 있었고 레이첼은 앞으로 어떻게 할 것인가? 레이첼은 메건 힙웰이 실종됐다는 사실을 알게 된다.

6. **2막 진입:** 레이첼은 메건 힙웰의 실종 사건에 끼어들어 해결을 돕고자 한다.

7. **B 스토리:** 레이첼은 메건의 남편인 스콧 힙웰을 만난다.

안나의 이야기(쌍둥이 B 스토리)가 소개된다.

8. **재미와 놀이**: 레이첼은 술을 끊고 사건 해결에도 진척이 있는 듯하다(상향 경로).

9. **중간점**: 주요 용의자 카말 아브딕이 체포되지만(거짓 승리) 곧 풀려난다. 메건의 시신이 발견되면서 실종 사건이 실인 사건이 되고 사건 자체의 위험도도 커진다.

10. **다가오는 악당**: 레이첼은 다시 술을 마시기 시작한다. 메건의 심리치료사(카말)에게 상담을 받고 메건의 남편(스콧)과 성관계를 가진다. 그리고 드디어 토요일 밤의 기억이 떠오르기 시작한다. 안나는 톰의 외도를 의심한다.

11. **절망의 순간**: 레이첼의 거짓말을 알게 된 스콧은 그녀를 죽이겠다고 위협하며 가둔다(죽음의 냄새). 레이첼은 죽은 메건이 임신한 상태였고, 아이의 아빠가 스콧도 카말도 아니라는 사실을 알게 된다.

12. **영혼의 어두운 밤**: 레이첼은 인사불성이 될 때까지 술을 마시고 경찰에도 외면당한다. 그녀는 마침내 토요일 밤에 대한 중요한 정보를 주는 빨간 머리의 남자를 마주한다(어두운 밤의 깨달음).

13. **3막 진입**: 레이첼은 톰이 오랫동안 거짓말을 하면서 자신을 조종해 왔다는 것을 깨닫는다. 그녀는 기차에 탄다.

14. **피날레**: 레이첼은 안나와 함께 메건 힙웰을 살해한 톰에게 맞선다. 자신을 죽이려는 그를 코르크 따개로 찔러 죽인다.

15. **마지막 이미지**: 레이첼은 술을 마시지 않은 또렷한 정신으로 기차를 타고 새로운 삶을 향해 나아간다.

5.

두 번째 장르

통과의례

삶이 걸림돌로 작용할 때

어릴 적 밤마다 다리에 뭉근한 통증이 느껴지곤 했다. 부모님은 그게 '성장통'이라고 했다. 내 몸과 뼈, 근육이 변하고 있다는 뜻이었다. 하지만 성장과 변화가 마음속에서 일어날 때는 어떻게 될까? 그때도 정신적, 감정적 '성장통'을 느낄까?

당연하다.

통과의례 장르는 바로 그런 이야기를 다룬다.

죽음, 사춘기, 이별, 중년의 위기, 청소년기. 이것들은 모두 우리를 가로막고 자신이 어떤 사람인지 다시 살펴보게 만드는 삶의 장애물임과 동시에 독자들에게 공감을 불러일으키는 놀라운 이야기의 구성 요소이기도 하다. 왜냐하면, 누구나 한 번쯤 겪어 본 일이기 때문이다. 누구나 살면서 인생에 호되게 엉덩이를 걷어차였다. 성장과 변화가 꼭 필요한 '인생 문제'를 누구나 경험해 본 적 있다.

통과의례는 다양한 시대와 문화, 인종, 성별, 연령에 걸쳐 나타난다. 인생이 보편적인 만큼 통과의례도 보편적이다. 삶은 항상 우리가 원하는 대로 되지는 않는다. 종종 힘든 시련을 안겨 준다. 인생은 불친절하고 불공평하며 우리를 전혀 존중하지 않는 것만 같다. 통과의례가 대부분 고통과 실망, 고뇌, 시련의 이야기인 이유도 그 때문이다.

좀 우울해질 수도 있다.

하지만 이 장르에는 끔찍하고 자기성찰적인 드라마뿐만 아니라 코미디도 들어간다. 결국, 삶의 시련에 유머로 반응할지 침통하게 반응할지는 개인의 선택에 달려 있다.

통과의례에서 죽음을 탐구하든 (잰디 넬슨의 『하늘은 어디에나 있어』, 윌리엄 P. 영의 『오두막』), 청소년기의 고통(스티븐 크보스키의 『월플라워』, J. D. 샐린저의 『호밀밭의 파수꾼』), 중년 및 청년 위기(에밀리 기핀의 『러브 앤 프렌즈』, 닉 혼비의 『어바웃 어 보이』), 수십 년에 걸친 문제(할레드 호세이니의 『연을 쫓는 아이』)를 다루든 작가의 임무는 똑같다. 삶의 변화를 겪는 사람에 대한 이야기를 들려줘야 한다.

그러기 위해서는 3가지 재료가 꼭 필요하다. 인생 문제와 잘못된 문제 공략법, 그리고 주인공이 줄곧 회피해 왔던 문제를 제대로 마주하기 위한 해결책.

하나씩 자세히 살펴보자.

모든 위대한 이야기에는 주인공이 극복해야 할 어떤 문제(1막)와 잘못된 해결책(2막), 감당하기 버거운 진실을 받아들여야만 하는 문제의 진짜 해결책(3막)이 존재한다. 하지만 통과의례 이야기가 특별한 이유는 통과의례라는 것 자체가 단순히 인간이라는 이유로 생기는 문제이기 때문이다.

통과의례의 인생 문제는 대개 피할 수 없는 것들이다. 인간이기에 맞닥뜨리게 되는 인생의 자연스러운 굴곡이다. 인간은 모두 성장해야 한다. 누구나 그 과정에서 시련을 겪는데, 그 방식이 비슷할 때가 많다. 현대 영어덜트 소설의 다수가 이 장르에 속하는 것도 그 때문이다. 격동의 시기를 탐구하기 때문이다. 제니 한의『내가 예뻐진 여름The Summer I Turned Pretty』에서 문제는 제목에서 바로 드러나고(사춘기) 사라 데센Sarah Dessen의『영원에 대한 진실The Truth About Forever』에서 주인공 메이시는 아버지를 잃은 상실(죽음)과 10대 청소년기의 또 다른 시련을 극복해야 한다.

하지만 성장이 필요한 주인공이 꼭 10대일 필요는 없다. 제인 오스틴의『엠마』같은 통과의례 이야기가 이를 증명한다. 엠마는 사랑하는 가정교사를 떠나보내고(분리) 더 과거로 들어가 어머니를 잃은 상실감(죽음)도 다루어야 한다. 에밀리 기핀의『러브 앤 프렌즈』에서 레이첼은 힘든 서른 살을 맞이하고 있다(청년 위기).

하지만 알다시피 주인공들은 우선 잘못된 방향으로 일을 해결하려고 애쓴다. 특히 이 장르의 주인공이 그렇다. 그래서 통과의례 장르의 두 번째 필수 재료가 바로 잘못된 문제 공략법이다. 대개 고통을 피하려는 모습과 관계있다.『엠마』의 엠마는 문제와 정면으로 마주하지 않는다. 대신, 그녀는 절대 결혼하지 않겠다고 맹세하고 친구들을 좋은 짝과 이어 주려는 중매에 몰두한다.

『하늘은 어디에나 있어』의 레니는 언니의 죽음에 올바른 방법으로 대처하지 않는다. 그녀는 두 명의 남학생에게 빠진다. 그중 한 명은 죽은 언니의 남자 친구였다.『어바웃 어 보이』의 윌 프리먼은 청년 위기를 제대로 다루지 못하고 있다. 그의 잘못된 문제 공략법은 여자를 사귀려고 (실제로 자녀는 없지만) 편부모 모임에 가입하는 것이다. 잘못된 문제 공략법의 요점은 2가지다. 변화에 대한 주인공의 저항을 보여 주고 이야기에 목적을 부여한다. 만약 주인공이 문제에 우아함, 겸손함, 수용, 감사로 접근한다면 과연 소설이 존재할 필요가 있을까?

하지만 결국, 모든 통과의례는 세 번째 필수 요소인 '수용'에 관한 이야기다. 이는 대개 주인공이 그동안 피해 온 진실을 받아들이는 것을 말한다. 세인 오스틴의 엠마는 자신이 외롭다는 사실과 자기가 개입해야 할 연애는 자신의 연애라는 것을 깨닫는다. 『하늘은 어디에나 있어』의 레니는 평생 간직해야 할 슬픔을 도망치지 않고 받아들일 수 있게 되었다. 『러브 앤 프렌즈』의 레이첼은 마침내 어린 시절부터 가장 친한 친구였던 다아시에게서 벗어날 때라는 냉혹한 진실을 받아들인다.

'성장통' 이야기는 거의 항상 똑같은 깨달음으로 끝난다. 삶이 바뀌기를 바라지 말고 내가 바뀌어야 한다는 것. 하지만 통과의례 이야기의 백미는 주인공이 자신에 대한 무언가를 발견할 때 독자들도 자신에 대한 작은 깨달음을 얻게 된다는 데 있다. 사람은 나이와 상관없이 누구나 조금 더 성장할 수 있다.

요약하면, 통과의례 소설에는 다음의 3가지 요소가 꼭 들어가야 한다.

- 인생 문제: 그저 삶을 살아간다는 이유만으로 겪게 되는 보편적

인 시련(사춘기, 청소년기, 중년, 분리, 죽음 등)

- 잘못된 문제 공략법: 주인공은 시련에 정면으로 맞서지 못한다 (적어도 처음에는). 보통은 고통을 피하고자 회피하는 모습이 나온다.
- 진실의 수용: 이것이 진정한 해결책이다. 삶이 아니라 자신이 바뀌어야 한다는 깨달음과 함께 일어난다.

인기 통과의례 소설

- 제인 오스틴, 『엠마』
- 찰스 디킨스, 『위대한 유산』
- 루시 모드 몽고메리, 『빨간 머리 앤』
- 조라 닐 허스턴, 『그들의 눈은 신을 보고 있었다』
- J. D. 샐린저, 『호밀밭의 파수꾼』
- 주디 블룸, 『안녕하세요, 하느님? 저 마거릿이에요』
- 닉 혼비, 『어바웃 어 보이』
- 로리 할스 앤더슨, 『스피크』
- 스티븐 크보스키, 『월플라워』
- 할레드 호세이니, 『연을 쫓는 아이』(다음 페이지에 비트 시트 소개)
- 사라 데센, 『영원에 대한 진실』

- 에밀리 기핀, 『러브 앤 프렌즈』
- 윌리엄 P. 영, 『오두막』
- 제니 한, 『내가 예뻐진 여름』
- 니콜라스 스파크스, 『라스트 송』
- 엠마 도노휴, 『룸』
- 잰디 넬슨, 『하늘은 어디에나 있어』
- 레인보우 로웰, 『팬걸』
- 타마라 아일랜드 스톤, 『에브리 라스트 워드』

『연을 쫓는 아이』

작가: 할레드 호세이니

세이브 더 캣 분류: 통과의례

일반 분류: 일반 소설

아프가니스탄계 미국인 작가 할레드 호세이니의 데뷔 소설『연을 쫓는 아이』는 2003년에 출간되어 문학계에 큰 돌풍을 일으켰다. 이 소설은 속죄와 죄책감이라는 주제를 다루지만 궁극적으로 아버지와의 관계가 매우 복잡한 아들의 성장기(어린 시절부터 성인기까지)에 관한 이야기다. 이 복잡한 관계가 이 소설을 통과의례 이야기의 훌륭한 본보기로 만들었다.

1. 오프닝 이미지

주인공 아미르의 오프닝 이미지는 약간 아리송하지만 독자를 이야기 속으로 끌어당기기에 충분하므로 효과적인 맛보기 역할을 한다.

우리는 단 두 페이지 만에 1975년 겨울에 아미르의 삶을 영원히 바꾸어 놓은 어떤 사건이 일어났음을 알 수 있다. 그것은 앞으로 등장할 기폭제의 힌트이기도 하다. 라힘 칸이라는 사람의 전화가 아미르로 하여금 그의 삶을 바꾼 사건에 대한 기억을 불러일으킨다. 아미르는 전화기 속에 있는 게 라힘만은 아니었다고 말한다. "속죄하지 못한 것들로 가득한 내 과거가 거기 있었다"라고 말한다. 이것은 주인공의 변화 여정을 이끌어 줄 주제(용기)를 암시한다.

2. 설정

아미르는 아프가니스탄 카불에서 보낸 어린 시절을 회상한다. (아미르를 제외하고) 설정의 가장 중요한 두 캐릭터는 어린 시절 가장 친한 친구였던 하산과 아버지 바바(중동에서 '아빠'를 뜻함)이다.

아미르와 이 두 사람의 관계는 복잡하다.

바바는 부유한 파슈툰족(수니 무슬림)이고 큰 집에 살고 있다. 바바의 오랜 하인 알리는 하자라족(시아파를 믿는 소수민족 집단으로, 오랫동안 파슈툰족에게 억압받음)이다. 하산은 알리의 아들이다.

아미르와 하산은 형제처럼 자랐지만 그들 사이에는 형제와 거리가 먼 주종 관계가 존재한다. 예를 들어 하산은 아미르의 식사와 이부자리를 챙기고 구두를 닦는다. 아미르가 말썽을 부리면 대신 책임을 지고 싸움에서도 편을 들어준다. 하지만 하자라족이라는 이유로 하산이 아이들에게 괴롭힘을 당할 때 아미르는 하산을 위해 나서 주지 않는다. 오히려 아미르는 해롭지 않은 장난을 치며 하산에게 못되게 굴기까지 한다. 하지만 하산은 전혀 개의치 않는 듯하다.

두 소년에겐 엄마가 없다. 아미르의 엄마는 아미르를 낳다가 죽었고 하산의 엄마는 하산을 낳자마자 도망쳤다. 그래서인지 두 소년은 서로 유대감을 느낀다.

고아원을 짓는 등 지역사회를 위해 좋은 일을 많이 하는 바바는 아들 아미르에게 계속 실망한다. 아미르는 자신이 어머니를 죽였다는 생각에 죄책감을 느낀다.

설정 비트에서 아프가니스탄에 전쟁이 일어난다. 국가의 미래라는 측면에서는 엄청난 일이지만, 아미르의 이야기에서는 작은 기폭제다. 조금 더 뒤에 가서야 본격적인 기폭제가 등장해 엄청난 변화를 일으킨다.

한편 하산을 끈질기게 괴롭히는 아세프라는 소년이 있다. 그는 아프가니스탄에서 하자라족을 제거하고 싶어 한다. 하산이 새총과 돌로 위협하자 아세프는 가만두지 않겠다고 말하며 가 버린다.

또한 설정에서 우리는 이 책의 제목이 왜 『연을 쫓는 아이』인지 알게 된다. 아미르가 이 지역에서 겨울마다 열리는 연날리기 대회를 소개한다. 아이들이 직접 만든 연을 띄우고 서로의 연을 끊으려고 싸우는 시합이다. 그러고는 달려가서 끊어진 연을 모은다. 연 싸움을 잘하는 아미르와 연을 쫓는 일에 뛰어난 하산은 좋은 팀이 된다.

1975년에 열린 연날리기 대회가 나온다. 아미르가 마지막 남은 연을 끊어 우승하고 하산이 그 연을 주우러 달려간다.

3. 주제 명시

어린 시절, 아미르는 아버지와 라힘 칸(오프닝 이미지에서 언급된 인물)의 대화를 듣는다. 바바가 아들에 대한 실망감을 드러내며 라힘에게 말한다. "자신과 당당하게 맞설 수 없는 사람은 어떤 것에도 당당하게 맞설 수 없는 법이다."

이 순간 우리는 아버지가 아미르에게 너무하다는 생각이 들어 측은해진다. 하지만 이야기가 계속되면서 우리는(그리고 아미르는) 아버지의 말이 맞는다는 것을 깨닫기 시작한다. 아미르의 가장 큰 결함 중 하나는 바로 그가 겁쟁이라는 것이다. 그는 자신의 신념을 위해 당당하게 맞서지 못한다. 하산은 항상 아미르를 위해 나서고, 바바는 명예를 지키기 위해 죽음도 불사할 텐데 말이다.

4. 기폭제

끊어진 연을 주우러 달려간 하산이 실종되고 아미르는 그를 찾으러 간다. 아미르는 골목에서 아세프 패거리에 둘러싸인 하산을 발견한다. 아미르는 아세프가 하산을 강간하는 것을 몰래 지켜본다.

아미르는 하산을 구하러 나서는 대신, 자신의 결함인 비겁함을 드러내며 그냥 도망쳐 버린다. 나중에 하산을 만났을 때도 자신이 그 일을 목격했다는 사실을 말하지 않는다.

이것이 바로 아미르가 오프닝 이미지에서 언급한 사건이다. 하산을 지키지 못한 것에 대해 느끼는 죄책감과 수치심이 소설의 마지막까지 내내 그를 괴롭힐 것이다.

아미르가 주제를 학습하고 속죄를 위해 나서야만 비로소 그의 성장, 통과의례가 완료될 것이다.

5. 토론

이 소설의 토론 질문은 다음과 같다. 하산이 강간당하는 것을 보고도 그냥 도망쳐 버린 아미르는 이제 어떻게 할 것인가? 그는 이렇게 말한다. "하산, 널 어떻게 하면 좋지?"

아미르는 너무 비겁한 나머지, 누구에게도 말하지 못하고 커다란 죄책감에 홀로 시달린다. 불면증에 시달리고 웃음기가 사라지고 내성적으로 변한다. 아미르와 하산의 관계가 크게 변한다. 점점 멀어져 우정이 허물어진다. 아미르는 죄책감을 없애기 위해 온갖 잘못된 방법들을 시도한다.

우선 아미르는 아버지에게 새 하인을 구해 달라고 한다. 아버지는 그런 아들을 호통친다. 아미르는 하산이 자신에게 맞서 싸운다면 차라리 기분이 나아질 것 같아서 일부러 하산에게 싸움을 걸지만 하산은 맞서 싸우지 않는다. 좌절한 아미르는 도저히 견딜 수 없는 죄책감에서 벗어나고자 또 다른 잘못된 해결책을 생각해 낸다.

6. 2막 진입

아미르는 하산의 침대 밑에 새 손목시계와 돈을 숨겨 놓고 아버지에게 그것들이 없어졌다고 거짓말을 한다. 하산의 침대 밑에서 물건이 발견되자 바바는 하산에게 정말로 훔쳤는지 묻는다. 하산이 훔쳤다고 인정하자 아미르는 또다시 충격에 휩싸인다. 도둑질이 가장 나쁜 죄라고 했던 바바지만 하산을 용서해 주겠다고 한다.

그러나 바바의 만류에도 알리와 하산은 떠나기로 결심한다. 아미르는 사실대로 털어놓으려다가 마음을 바꿔 끝까지 겁쟁이로 남는다.

이렇듯 아미르는 잘못된 방향으로 문제를 해결하려는 모습을 보인다. 비겁함과 죄책감이 아미르로 하여금 하산을 제거하려는 2막 진입 비트로 나아가게 한다. 하산이 보이지 않으면 죄책감을 느끼지 않게 될 거라고 생각한다. 하지만 그게 아니었다.

7. 재미와 놀이

2막은 완전히 새로운 세계에서 일어난다. 바로 미국이다.

이야기는 5년 후로 넘어간다. 아프가니스탄이 위험해지자 아미르와 바바는 트럭 뒤 칸에 숨어 파키스탄으로 간다. 그렇게 중간점까지 '하향 경로'가 시작된다.

부자는 미국에 도착하지만 그곳에서의 삶은 생각한 것과 달라도 너무 달랐다. 그들은 정부의 지원을 받으며 살아야 한다. 아프가니스탄에서 부자였던 바바는 이제 캘리포니아 프레몬트에 있는 주유소에서 일한다. 고등학교를 졸업한 아미르는 대학에서 문예창작을 공부하기로 하면서 바바의 반대에 부딪힌다.

미국에서도 아미르는 여전히 잘못된 방향으로 일을 해결하려 한다. 이렇게 멀리 떨어져 있는 것이 과거와 하산을 잊는 데 도움이 되기를 바라고 있다. 그는 이렇게 말한다. "미국은 과거에 연연하지 않은 채 노호하며 흐르는 강과 같았다. 이 강물에 들어가서 내

죄를 바닥에 떨어뜨려 버리고 강물을 따라 먼 곳으로 실려 갈 수 있었다. 유령도, 추억도, 죄도 없는 곳으로." 하지만 하산에 대한 기억은 아미르가 가는 곳마다 따라다닌다. 그는 미국에서도 여전히 죄책감에 사로잡혀 있다.

한편 바바의 건강이 나빠진다. 암 진단을 받았는데 상태가 좋지 않다.

8. B 스토리

미국에서 아미르는 벼룩시장에서 소라야를 만나고 그녀를 "벼룩시장의 공주"라고 부르며 사랑에 빠진다. 그는 소라야가 불명예스러운 과거 때문에 구애하는 남자가 없다는 사실을 알게 된다. 하지만 아미르는 오히려 그녀의 그런 면이 좋았다. 그녀에게도 마음의 짐이 있다는 것. 그녀도 '죄'를 지었다는 것.

아미르의 구애로 두 사람은 사랑에 빠진다. 결국, 소라야는 훌륭한 B 스토리 캐릭터가 그렇듯 아미르가 과거의 죄와 마주하도록 도울 것이다.

결혼하기 전에 소라야는 자신의 과거에 대해 털어놓는다. 아미르는 자신에게도 그런 배짱이 있었으면 좋겠다고 생각한다. 하지만 그에게는 용기가 없다. 주제를 배우지 못했기 때문이다. 아직은.

9. 중간점

아미르와 소라야가 결혼한 지 한 달 후, 바바는 잠자는 동안 죽음을 맞이한다. 이것은 거짓 패배이고 심리적 위험도 커진다. 바바의 죽음으로 아미르는 속죄에 대한 압박감이 커진다. 인생은 짧다. 하산의 일이 양심에 걸린 채로 죽을 수는 없다.

10. 다가오는 악당

아버지의 죽음에도 불구하고 아미르의 삶은 전반적으로 상향 경로로 향한다. 아미르와 소라야는 대학에 입학하고 아미르는 첫 소설을 쓰고 출판 계약을 한다. (현실적으로 그렇게 쉬운 일이 아니지만!)

아미르와 소라야는 아이를 가지려고 노력하지만 소라야는 불임이다.

시간은 빠르게 흘러 10년이 지난다. 아미르는 라힘 칸으로부터 전화를 받는다(오프닝 이미지에서 걸려 온 바로 그 전화). 병이 깊은 라힘은 아미르에게 파키스탄으로 오라고 한다. 전화를 끊기 전에 이렇게 말한다. "오거라. 다시 착해질 수 있는 길이 있어."

라힘은 아미르가 아프가니스탄에서 했던 끔찍한 일을 알고 있는 걸까? 아미르는 파키스탄행 비행기에 오른다. 라힘은 아미르에게 자신이 죽어 가고 있다면서 죽기 전에 하산에 대한 이야기를 하고 싶어 한다. 과거가 아미르 앞에 펼쳐진다. 더 이상 숨길 수 없다.

라힘은 아미르와 바바가 아프가니스탄을 떠나고 몇 년 후에 하산을 찾았다고 말한다. 하산은 결혼했고 태어날 아기도 있었다. 하산의 아버지 알리는 지뢰를 밟고 죽었다. 라힘은 하산 부부에게 바바의 집(당시 라힘이 살고 있었음)에 살면서 집을 돌봐 달라고 했다. 하산의 아내는 아들을 낳았고, 그 아이에게 아미르가 하신에게 읽어 주던 책에 나오는 등장인물의 이름을 그대로 붙여 주었다. 카불에서 전쟁이 점점 심해지는 한편, 하산은 읽고 쓰기와 새총 쏘는 법, 연을 잡는 방법을(자신이 어릴 적에 했던 일들) 가르치며 아들 소랍을 잘 키운다.

11. 절망의 순간

라힘은 아미르에게 하산의 편지와 하산이 소랍과 함께 찍은 폴라로이드 사진을 준다. 편지에서 하산은 아미르에게 아직도 그를 생각한다고 말한다.

라힘은 하산 부부가 탈레반에 처형당했고(죽음의 냄새) 소랍이 카불의 고아원에 남겨졌다고 말한다. 라힘은 아미르에게 카불로 돌아가 고아원에서 소랍을 데려와 달라고 한다. 파키스탄에 소랍을 입양할 사람들이 있으니 데리고만 와 달라고. 라힘은 "왜 네가 가야만 하는지는 우리 둘 다 알고 있겠지"라며 아미르와 하산 사이에 무슨 일이 있었는지 알고 있음을 암시한다.

처음에 아미르는 거절한다. 그는 관여하고 싶지 않다. 그러자 라힘이 절망의 순간이라는 거대한 폭탄을 떨어뜨린다. 하산이 사실 아미르의 이복형제라는 것. 하산의 아버지 알리는 불임이었고 바바가 하산의 어머니와 관계를 가졌다. 바바가 하산을 편애해 아미르를 질투하게 만들었던 이유도 그 때문이었다.

그 말을 들은 아미르는 라힘의 아파트를 박차고 나간다.

12. 어두운 영혼의 밤

이 모든 사실을 알게 된 아미르는 어떻게 할 것인가? 조카로 밝혀진 소랍을 데리러 카불로 갈 것인가? 아니면 늘 그랬듯 겁쟁이처럼 행동할 것인가?

아미르가 박차고 나가기 전에 라힘은 그에게 주제를 상기시킨다. "자신과 당당하게 맞설 수 없는 사람은 어떤 것에도 당당하게 맞설 수 없는 법이다. 너는 그런 사람이 된 것이냐?"

아미르는 라힘이 전화로 "다시 착해질 수 있는 길이 있다"라고 말한 것도 떠올린다. 그 순간 그는 자신이 무엇을 해야 하는지 깨닫는다.

13. 3막 진입

아미르는 카불로 소랍을 데리러 가기로 한다. 과거를 만회할 수 있는 기회다. 무언가에 당당하게 맞설 기회다. 그는 주제를 배웠다. 마침내 실수로부터 숨거나 도망치지 않고 성장할 준비가 되었다.

14. 피날레

포인트 1: 팀 조직

아미르는 카불로 떠난다. 가는 길에 그는 운전기사의 집에 묵으며 굶주리는 아이들을 본다. 그의 운전기사 파리드는 아미르가 하자라 소년을 구하러 온 것을 알고 도와주겠다고 한다. 아미르에게 팀이 생겼다. 카불로 떠나기 전 아미르는 파리드의 가족을 위해 침대 밑에 돈뭉치를 남긴다. 이 속죄 행위는 그가 하산을 쫓아내려고 침대 밑에 돈을 숨겼던 2막 진입 비트(잘못된 문제 해결)와 직접적인 대조를 이룬다.

포인트 2: 계획 실행

아미르는 카불로 차를 몰고 가면서 그곳을 떠난 이후로 계속된 전쟁의 증거를 본다. 고아원에 도착한 그는 탈레반이 아니라는 것을 고아원 관계자에게 증명하지만 소랍이 그곳에 없다는 이야기를 듣는다. 소랍은 매우 어둡고 불길해 보이는 이유로 탈레반 장교에게 '팔려' 갔다. 고아원 관계자는 아미르에게 소랍을 '사들인' 탈레반 장교가 다음 날 가지Ghazi 스타디움에 있을 것이라고 말한다.

고아원을 나서며 파리드는 아미르에게 아프가니스탄에서 일어난 일을 전부 다 잊어버리는 편이 나을 것이라고 말한다. 그게 더 쉬운 일이기는 하다. 하지만 아미르는 "이제 더 이상은 잊고 싶지 않아요"라고 말함으로써 그가 주제를 배웠고 이제는 올바른 방법으로 문제를 바로잡으려 한다는 것을 증명한다.

다음 날 그들은 축구 경기가 열리는 스타디움에 간다. '간통을 저지른' 두 사람이 탈레반 성직자가 던진 돌에 맞아 죽는다.

포인트 3: 높은 탑 서프라이즈

경기 후 아미르는 탈레반 장교를 만나러 간다. 장교가 데리고 나온 소랍은 놀랄 만큼 하산을 닮았다. 아미르는 그 텔레반 장교가 하산을 강간한 아세프라는 것을 알게 된다. 아미르가 과거의 실수를 만회할 기회가 있다면 바로 지금이다!

포인트 4: 깊이 파고들다

아세프는 아미르에게 소랍을 데려가도 좋다고 말한다. 하지만 아미르가 아세프와 싸워야만 한다. 뒤이은 싸움에서 아미르는 심하게 두들겨 맞지만 웃는다. 아이러니하게도 골목에 하산을 남겨 두고 가 버린 1975년 이후 처음으로 평온함을 느낀다. "내 몸은 망가졌지만 (얼마나 심하게 망가졌는지 나중에야 알았다) 나는 치유된 것 같았다. 마침내 치유가 된 기분이었다."

소랍이 새총으로 아세프의 눈을 쏜 덕분에 아미르와 소랍은 간신히 도망친다.

포인트 5: 새로운 계획의 실행

심하게 다친 아미르는 병원에서 의식을 되찾고 라힘의 편지를 읽는다. 편지에서 라힘은 아미르에게 거짓말을 했다고 말한다. 파키스탄에 소랍을 입양할 가족이 있다는 것은 거짓말이었다.

아미르는 소랍에게 미국으로 가서 그와 그의 아내와 함께 살자고 한다. 소랍도 승낙한다. 미국 대사관을 방문하지만 아미르가 소랍을 입양해 미국으로 데려갈 수 있는 가능성은 희박하다는 것을 알게 된다.

그 말을 들은 소랍은 고아원으로 돌아가야 한다는 생각에 자살을 시도한다.

아미르는 병원에서 소랍이 깨어나기를 기다리며 15년 만에 처음으로 기도를 한다. 아미르는 깨어난 소랍에게 그의 아내가 미국 이민 변호사와 모든 문제를 해결해서 입양이 가능하게 되었다는 소식을 전한다.

하지만 소랍은 달라졌다. 말을 하지 않는다. 마치 마음이 죽은 것처럼. 아미르는 소랍을 캘리포니아로 데려온다. 소라야의 아버지가 소랍을 '하자라 아이'라고 부르며 모욕했을 때 아미르가 "다시는 내 앞에서 이 아이를 하자라 아이라고 부르지 마세요. 저 아이에게는 이름이 있습니다. 소랍이라고 합니다"라고 당당하게 맞섬으로써 그의 캐릭터 여정이 완성된다.

시간이 흘러도 소랍은 여전히 말을 하지 않는다. 잠만 자고 침묵만 지킬 뿐이다.

15. 마지막 이미지

어느 날 오후 아미르는 소라야와 소랍과 함께 공원에서 연날리는 사람들을 본다. 그는 소랍에게 연을 사 주고 그의 아버지가 카불 전역에서 연 잡는 실력이 최고였다고 말한다.

아미르는 소랍에게 연날리는 시범을 보여 주고 그들은 다른 연의 줄을 끊는다. 아미르는 소랍에게 연을 잡아다 주겠다고 한다. 소랍은 미국에 도착한 후 처음으로 미소를 짓는다. 아미르는 떨어진 연을 잡으러 달려간다. 연을 잡으러 달려감으로써 드디어 속죄한다.

『연을 쫓는 아이』가 통과의례 소설인 이유는 무엇인가?

『연을 쫓는 아이』에는 성공적인 통과의례 소설의 3가지 요소가
모두 들어 있다.

- 인생 문제: 이 이야기는 수십 년에 걸쳐 이루어지는 성장소설이
  다. 아미르는 어린 시절의 실수에서 벗어나지 못한 채로 어른이
  되기 위해 분투한다. 그는 아버지에게 사랑과 인정을 받지 못한
  다고 느끼며 결국은 인생에서 가장 크게 후회할 일을 하고 만다.
- 잘못된 문제 공략법: 아미르는 하산을 집에서 쫓아내려는 것을
  시작으로 연달아 잘못된 선택을 한다. 나중에 하산에 대한 진실
  을 알기 전까지, 일관적으로 회피 전략을 쓴다.
- 진실의 수용: 아미르는 하산의 아들을 찾아 파키스탄으로 데려
  오겠다고 했을 때 그리고 미국으로 데려오기로 결정했을 때, 하
  산과의 관계에 대한 냉혹한 진실을 받아들인다.

『연을 쫓는 아이』
비트 시트 요약

---

1. **오프닝 이미지:** 라힘에게 전화를 받은 아미르가 '속죄하지 못한 과거의 죄'를 언급한다. 아리송하지만 나중의 기폭제를 암시한다.

2. **설정:** 아미르와 하산은 가장 친한 친구 사이지만 하산이 하인의 아들인 까닭에 그렇게 단순한 관계는 아니다. 그들은 함께 연을 날린다. 하산은 '연을 잡아다 주는' 역할이다. 아미르는 하산을 편애하는 아버지와의 관계도 복잡하다. 아세프라는 동네 불량배가 끈질기게 하산을 괴롭힌다.

3. **주제 명시:** 아미르는 아버지가 "자신과 당당하게 맞설 수 없는 사람은 어떤 것에도 당당하게 맞설 수 없는 법이다"라고 말하는 것을 듣는다. 아미르는 자신을 (그리고 타인을) 위해 당당하게 맞서고 과거에 대해 속죄하는 법을 배워야만 한다.

4. **기폭제:** 아미르는 하산이 아세프에게 강간당하는 것을 목격하지만 결국 모른 체하고 아무것도 하지 않는다.

---

5. 토론: 이제 아미르는 어떻게 할까? 극심한 죄책감을 느끼지만 드러내지 않는다.

6. 2막 진입: 아미르는 잘못된 방법으로 문제를 해결하려고 한다. 하산에게 도둑 누명을 씌워 하산과 하산의 아버지가 집을 떠나게 만든다.

7. B 스토리: 아미르는 미국으로 건너간 뒤 아내가 되는 소라야를 만난다. 소라야는 아미르가 용기와 속죄의 주제를 학습하도록 도와줄 것이다.

8. 재미와 놀이: 아미르와 아버지는 미국으로 건너간다. 아버지는 주유소에서 일하고 아미르는 대학에서 문예창작을 공부한다. 아미르는 하산과의 과거를 잊으려고 하지만 잊히지 않는다.

9. 중간점: 아미르의 아버지가 암으로 죽는다(거짓 패배).

10. 다가오는 악당: 아미르는 첫 번째 소설을 완성하고 출간한다. 10년 후 라힘에게 파키스탄으로 와 달라는 전화가 온다(오프닝 이미지의 그 전화). 라힘은 아미르가 아프가니스탄을 떠난 후 하산이 어떻게 되었는지 알려 준다.

11. 절망의 순간: 라힘은 하산이 사실은 아미르의 형제이며 이미 세상을 떠났다고 말한다. 하산의 아들 소랍을 카불의 고아원에서 데려와 달라고 부탁한다.

12. **영혼의 어두운 밤**: 아미르는 쉽게 결정을 내리지 못하고 고민한다.

13. **3막 진입**: 아미르는 카불로 소랍(자신의 조카)을 데리러 가기로 결심하고 주제를 학습했음을 증명한다.

14. **피날레**: 아미르는 카불에서 소랍을 구하고 (탈레반 장교가 된) 아세프와 싸운 뒤, 소랍을 미국으로 데려온다.

15. **마지막 이미지**: 아미르는 소랍에게 연날리는 법을 알려주고 자신의 연을 잡아다 주었던 하산을 떠올리며 이번에는 자기가 하산의 아들을 위해 연을 잡아 주러 달려간다.

6.

세 번째 장르

집단 이야기

동참할 것인가, 떠날 것인가, 무너뜨릴 것인가

중학교에 입학한 첫날이다. 구명
뗏목이라도 되는 것처럼 식판을 꼭 쥐고 식당에서 자리를 찾아 두
리번거린다. 앉을 곳, 소속감을 느낄 수 있는 곳을 찾아서. 2가지 선
택지가 보인다. 소위 '인싸' 아이들이 앉은 테이블에 빈자리가 있고
아무도 앉지 않은 텅 빈 테이블이 있다. 당신은 이것이 남은 일 년
을, 어쩌면 평생을 좌우할 선택이라는 것을 알고 있다. 어떻게 해
야 할까? 집단에 합류할 것인가, 아니면 혼자만의 길을 갈 것인가?

이 무서운 시나리오가 어쩐지 익숙하게 들리는가?

나만 그런가?

좋다. 다음으로 넘어가자.

합류할 것인가 말 것인가? 이 질문은 모든 집단 이야기의 핵심
이다. 집단 이야기는 말 그대로 집단을 조명하는 이야기임과 동시
에 궁극적인 선택에 관한 이야기다. 어떤 집단에 합류해 열성적인
구성원이 될 것인지 아니면 자기만의 길을 갈 것인지.

그 질문의 답은 항상 쉬운 것은 아니다.

집단(또는 단체)은 크기도 형태도 다양하다. 루이자 메이 올콧의
『작은 아씨들』처럼 가족일 수도 있고 하퍼 리의 『앵무새 죽이기』처
럼 앨라배마의 작은 도시 메이콤일 수도, 캐스린 스토킷의 『헬프』
처럼 1960년대 미시시피 잭슨 같은 지역 전체일 수도 있다. 사회의
하위 부문이 될 수도 있다. 예를 들어 S. E. 힌튼의 『아웃사이더』에
나오는 부유층과 빈민층, F. 스콧 피츠제럴드의 『위대한 개츠비』에

나오는 1920년대 부유한 롱아일랜드 사람들의 세계, 앨리스 워커의 『컬러 퍼플』에 나오는 1930년대 조지아 가부장적 세계가 그렇다. 집단은 허구의 것일 수도 있다. 마거릿 애트우드의 『시녀 이야기』에 묘사된 신정주의 사회, 로이스 로리의 『기억 전달자』에 나오는 겉으로만 평화로워 보이는 공동체, 조지 오웰의 『1984』에 나오는 독재적인 디스토피아 세계처럼.

집단 이야기는 공동의 문제나 사건, 주제와 관련된 요소를 중심으로 돌아가기도 한다. 리안 모리아티의 『커져버린 사소한 거짓말』은 세 주인공을 통해 현대의 모성애라는 주제를, 필리파 그레고리의 『불린가의 유산』은 헨리 8세 치하의 삶을, 에이미 탄의 『조이 럭 클럽』은 8명의 등장인물을 통해 아메리칸드림을 조명한다.

집단 이야기의 가장 큰 특징은 많은 사람들에 관한 이야기라는 점이다. 『위대한 개츠비』나 『아웃사이더』, 『시녀 이야기』처럼 화자가 한 명이라도 주인공의 단독 여정이 아니라 주인공이 속한 집단과 그 집단과의 관계를 이야기한다.

『위대한 개츠비』에서 우리는 새로운 인물(닉 캐러웨이)의 눈을 통해 이야기 속 세계를 바라보지만 그의 삶은 그가 접촉하는 제이 개츠비나 데이지, 톰 뷰캐넌과 같은 사람들의 삶보다 훨씬 덜 흥미롭다. 그리고 『아웃사이더』에서 독자는 포니보이라는 인물을 통해 '빈민층'과 '부유층'으로 나뉜 집단을 만나지만, 원제The Outsiders가 단수가 아니라 복수인 데는 이유가 있다.

어떤 집단을 조명하든 성공적인 집단 이야기에 꼭 필요한 요소는 집단과 선택, 그리고 희생이다.

좀 더 자세히 살펴보자.

집단 이야기에 등장하는 집단은 우리가 태어나거나 들어가거나 (대개 원치 않는데도!) 가입 요청을 받은 집단이다. 집단은 규모에 관계없이 제대로만 설정한다면 그 안에 속한 사람들과 바깥의 인물들에게 그 집단이 세상의 전부인 것처럼 보이게 할 수 있다. 이 광범위한 장르에 어울리는 이야기는 보통 주인공(또는 주인공들)이 '패거리'에 속하는 것에 따른 장점과 단점을 숙고하게 만든다. 집단 이야기의 작가는 그 집단 자체를 탐구해야 한다. 어떤 세계인가? 구성원들은 누구인가? 규칙은 무엇인가? 이 집단 안에서 자신을 잃기가 얼마나 쉬운가?

독자들은 집단 이야기에 쉽게 공감할 수 있다. 인간은 태어나는 순간부터 집단에 소속되기 때문이다. 우리는 가정에서 태어나고 학교에서 패거리에 들어가고 회사에 취직하고 공동체의 일원이 된다. 우리는 매일 집단의 장단점을 따지며 살아간다. 인간이 무리 짓도록 만들어졌다는 점에서 집단 이야기는 원시적이다. 원시시대에 인간이 혼자 털북숭이 매머드와 맞서려고 했다가는 죽은 목숨이었다. 하지만 인간은 진화를 거치면서 '혼자 모험하고 자신만의 길을 개척하는 것이 더 나은 선택인 게 아닐까?' 하고 고민하기 시작했다.

그래서 우리는 집단 이야기를 읽을 때 인간 존재의 가장 핵심에 자리한 질문을 던지게 된다.

우리는 타인이 정말로 나를 위해 주리라는 걸 믿을 수 있을까? 아니면 언젠가 스스로에게 의지해야만 하는 시점이 오게 될까?

어느 쪽이 더 터무니없어 보이는가? 집단? 아니면 집단을 떠나려는 나?

'집단 이야기'라는 이 장르의 이름은 위와 같은 물음에서 기원한다. 독자들은 작가가 설정해 놓은 세계를 더 깊이 파고들면서 모든 집단과 가족 안에 광기가 자리한다는 것을 알게 된다. 집단 역학은 광기가 드러나거나 자기 파괴적일 때가 많기 때문이다. 군중심리는 모든 논리와 이치를 거스를 수 있다. 집단에 대한 충성은 상식과 모순되는 경우가 많은데도—때로는 생존을 위협하기까지 하는데도—우리는 집단에 충성한다. 우리는 집단에 합류할 때 자신을 잃어버리기 쉽다.

그래서 집단 이야기를 쓰는 작가는 상당히 까다로운 과제를 떠안게 된다. 독자에게 소개하는 집단을 존중하는 동시에 개인이 정체성을 잃는 문제를 드러내야 한다. 작가가 '기득권층'을 한 껍질 벗겨내 그들의 동기를 드러낼 때 독자는 이런 질문을 떠올릴 수 있어야 한다. 내가 주인공의 입장이라면 어떻게 할까? 머무를까, 떠날까?

이것은 모든 집단 이야기의 핵심에 자리하는 '선택'이며 이 장르의 성공에 필요한 두 번째 요소이기도 하다.

선택(그리고 그 구성 요소)을 이해하려면 집단 이야기에서 흔히 볼 수 있는 3가지 캐릭터 유형을 살펴볼 필요가 있다.

집단 이야기의 주인공(주인공이 여러 명이라면 그중 한 명)은 집단에 처음 들어온 사람인 경우가 많다. 애정을 담아 '애송이'라고 부르자. 애송이는 보통 경험이 더 많은 사람에 의해 집단에 소개된다. 누군가가 그들에게 세상의 구석에 숨겨진 새롭고 낯선 세계를 소개해 주고 정보를 준다. 예를 들어, 리안 모리아티의 『커져버린 사소한 거짓말』에서 주인공 중 한 명인 제인은 매들린의 인도로 호주 시드니의 부자 동네 초등학교 엄마들이라는 집단에 발을 들여놓는 애송이다.

캐스린 스토킷의 『헬프』에서 애송이 캐릭터는 스키터다. 그녀는 평생을 미시시피 잭슨에 살았는데도 아이빌린, 미니와 함께 '흑인 가정부'의 이야기를 담은 책을 쓰면서 비로소 자신이 어떤 집단에서 살아왔는지 진정으로 알게 된다.

애송이는 독자가 이야기 속의 세상을 바라보는 '눈'이다. 애송이가 집단의 규칙을 배우는 모습을 보면서 독자도 따라 배운다. 애송이 캐릭터가 있으면 너무 많은 설명을 늘어놓는 이른바 '정보 투하' 없이도 독자를 쉽게 집단 속으로 끌어들일 수 있다.

그러나 집단 이야기에 무조건 애송이 캐릭터가 나오는 것은 아니다. 어떤 소설은 '브란도Brando'라는 유형의 캐릭터 관점으로 전개되기도 한다. 브란도 캐릭터는 반항아 이미지로 유명한 할리우드 명배우 말론 브란도의 이름을 딴 것으로, 이 캐릭터는 집단의 기존 구성원들이다. 그들은 이미 시스템 안에 단단히 자리 잡았지만 의구심이 생기기 시작했다. 오랫동안 의심해 왔지만 딱히 할 수 있는 게 없다. 싫으나 좋으나 자신들의 세계이므로 떠난다는 것 자체가 처음에는 정신 나간 생각처럼 느껴질 것이다. 『1984』의 윈스턴이나 『헬프』의 아이빌린, 『기억 전달자』의 조너스, 『아웃사이더』의 포니보이, 제이슨 레이놀즈의 『롱 웨이 다운』 속 윌, 레이 브래드버리의 『화씨 451』 속 몬태그, 『컬러 퍼플』의 셀리 같은 캐릭터가 모두 브란도에 속한다.

이야기가 시작될 때부터 이 캐릭터들에게는 뭔가 다른 점이 있다. 그들은 자기 세계에 잘 어울리지 못한다. 시스템과 반대되는 성격을 타고났다. 하지만 이야기의 핵심으로 들어가고 나서야 우리는 그들이 실제로 의구심을 행동에 옮기는 것을 볼 수 있다.

애송이와 브란도는 외부자 혹은 반항적인 내부자로서, 집단의 결함을 드러내는 중요한 역할을 한다. 궁극적으로 이들은 집단 이야기에서 흔히 볼 수 있는 세 번째 캐릭터인 '컴퍼니 맨'에 도전함으로써 그 역할을 수행한다.

컴퍼니 맨은 시스템 또는 집단을 상징한다. 그들은 집단을 절대적으로 신뢰하는 열광적인 치어리더들이다. 단순한 구성원이 아니다. 보통은 목숨을 바쳐서라도 집단을 수호하려고 한다. 집단 이야기의 작가는 컴퍼니 맨을 통해 그 세계의 '광기'를 드러낸다. 아무런 의심 없이 집단을 맹신하면 그렇게 된다. 대표적인 컴퍼니 맨 캐릭터로는 『1984』의 오브라이언, 『시녀 이야기』의 리디아 아주머니, 『헬프』의 힐리 홀브룩이 있다.

이들은 기득권층에 대한 굳건한 충성심 때문에 미치광이나 기이한 로봇처럼 보이기도 한다. 그들은 시스템 안에서의 안전을 영혼과 맞바꾸었다. 이 캐릭터는 약간 이상해 보여야만 한다. 작가가 부조리를 드러내고자 하는 집단에 대해 강한 충성심을 가진 사람이니 당연히 그래야 하지 않을까?

컴퍼니 맨은 집단 이야기의 주인공이 내려야만 하는 운명적인 선택의 한 측면을 대표한다. 집단과 함께할 것인가, 아니면 떠날 것인가.

그 선택은 이야기가 진행됨에 따라 더 어려워진다. 브란도나 애송이는(혹은 둘 다!) 집단의 드라마와 광적인 규칙에 깊이 배어들수록 충성심과 결단력을 시험당한다.

하지만 궁극적으로 모든 집단 이야기는 세 번째 요소와 함께 마무리된다. 바로 '희생'이다. 주인공은 시스템에 합류하거나(『1984』) 불태워 버리거나(『헬프』, 『아웃사이더』, 『기억 전달자』) 탈출한다(『시녀 이야기』, 『위대한 개츠비』, 『컬러 퍼플』). 탈출은 자살이 될 수도 있다(문자 그대로의 자살이든 상징적인 죽음이든 간에).

결말이 어떻든 주인공의 희생은 그 집단에 들어가는 위험성에 대한 경고 역할을 한다. 결국 더 깊은 메시지는 내면의 목소리를 들으라는 것이다. 인간은 누구나 생존을 위해 어떤 종류의 집단에 속해야만 하지만, 결국 우리가 돌보고 지켜야 하는 것은 인간성—우리를 우리답게 만드는—임을 강조하면서 다음의 메시지를 전한다.

집단을 조심하라!

자신에게 충실하라!

요약하면, 집단 이야기 소설에는 다음의 3가지 요소가 꼭 들어가야 한다.

- 집단: 독특하고 흥미로운 가족, 단체, 사업체, 공동체 또는 공동의 문제
- 선택: 애송이 혹은 브란도 캐릭터와 컴퍼니 맨의 지속적인 갈등. 일반적으로 집단에 동참할지(애송이) 떠날지(브란도)와 관련 있다.
- 희생: 동참, 파괴, 탈출(자살 포함)이라는 3가지 결말 중 하나로 이어지는 희생

인기 집단 이야기 소설

- 나다니엘 호손, 『주홍글씨』
- 빅토르 위고, 『레 미제라블』
- 루이자 메이 올콧, 『작은 아씨들』

- F. 스콧 피츠제럴드, 『위대한 개츠비』
- 올더스 헉슬리, 『멋진 신세계』
- 조지 오웰, 『1984』
- 레이 브래드버리, 『화씨 451』
- 하퍼 리, 『앵무새 죽이기』
- S. E. 힌튼, 『아웃사이더』
- 마거릿 애트우드, 『시녀 이야기』
- 앨리스 워커, 『컬러 퍼플』
- 에이미 탄, 『조이 럭 클럽』
- 로이스 로리, 『기억 전달자』
- 노라 로버츠, 『몬태나 스카이』
- 앤 브래셔어스, 『청바지 돌려 입기』
- 조이 피코, 『마이 시스터스 키퍼』
- 필리파 그레고리, 『불린가의 유산』
- 캐스린 스토킷, 『헬프』(다음 페이지에 비트 시트 소개)
- 리안 모리아티, 『커져버린 사소한 거짓말』
- 피어스 브라운, 『레드 라이징』
- 로빈 벤웨이, 『아주 특별하게 평범한 가족에 대하여』
- 제이슨 레이놀즈, 『롱 웨이 다운』

『헬프』

작가: 캐스린 스토킷

세이브 더 캣 분류: 집단 이야기

일반 분류: 역사 소설

캐스린 스토킷의 이 가슴 아픈 역사 소설은 하나의 이야기 속에서 여러 주인공이 조화롭게 균형을 이루는 훌륭한 소설의 전형이다. 『헬프』는 세 명의 주인공—아이빌린, 미니, 스키터—을 중심으로 진행되는 이야기이며 다음 페이지에 나오는 비트 시트에서 볼 수 있듯 각 캐릭터마다 비트가 있다(일부는 중복되고 일부는 한 캐릭터만의 것). 그런 까닭으로 이번 장의 비트 시트는 오프닝 이미지에서부터 마지막 이미지까지 한 번에 이어지지 않는다. 각 캐릭터의 비트 사이사이에 다른 캐릭터들의 비트가 끼어들 것이라는 점을 미리 밝혀 둔다.

시점이 여러 개, 주인공이 여러 명, 혹은 둘 다에 해당하는 소설을 쓸 때 이 작품을 연구하면 큰 도움이 될 것이다. 하지만 캐스린 스토킷이 그런 것처럼, 이야기의 진짜 주인공이 누구인지 미리 결정해 두는 것이 중요하다. 앞으로 가장 큰 변화의 여정을 거치게 되는 인물은 누구인가? 『헬프』에서 미니와 스키터는 중요한 인물이고 저마다의 정서적 여정을 거치지만 가장 큰 변화를 겪게 되는 인물은 아이빌린이다. 그녀가 바로 인종차별이 만연한 1960년대 미시시피주 잭슨의 '흑인 가정부'라는 집단과 관련해 세 여성의 이야기를 그린 이 소설의 주인공이다.

1. 오프닝 이미지(아이빌린)

첫 번째 챕터에서는 세 주인공 중 한 명—브란도 캐릭터 중 한 명이기도 함—인 아이빌린이 소개된다. 그녀는 1962년 잭슨의 백인 가정에서 일하는 흑인 가정부다. 인종차별법이 시행되던 1960년대의 시대상과 그 시대를 살아가는 아이빌린의 삶, 백인 가정에서 일하는 '흑인 가정부'라는 집단을 엿볼 수 있다. 아이빌린은 지금까지 17명의 백인 아이를 키웠다. 현재 그녀의 고용주인 엘리자베스 리폴트는 딸 메이 모블리에게 무관심하지만 아이빌린은 '특별한 아이'라며 메이 모블린을 아낀다.

2. 주제 명시(아이빌린)

세 주인공 중 한 명이자 애송이 캐릭터인 스키터가 브리지 클럽 모임을 위해 엘리자베스 리폴트의 집에 왔다가 아이빌린에게 몰래 묻는다. "현실을 바꾸고 싶다는 생각을 해 본 적 있어요?"

이것이 이 소설의 진짜 주제이다. 부패하고 부당한 집단을 바꿀 용기를 찾는 것. 아이빌린은 세 주인공 가운데에서도 이 주제와 가장 동떨어져 보인다. 그녀는 속으로 '그렇게 바보 같은 질문은 처음 들어본다'라고 생각한다. 하지만 겉으로는 스키터에게 "아니요, 저는 지금 다 좋아요"라고 대답한다.

곧 알게 되겠지만, 사실은 다 좋지 못하다. 하지만 아이빌린은 아직 그런 현실을 바꿀 준비가 되어 있지 않다. 아직은.

3. 설정(아이빌린)

우리는 아이빌린의 아들 트리로어가 목공소 작업장에서 트랙터에 깔려 죽었다는 사실을 알게 된다. 그녀는 "그 후 내 안의 무언가가 변했다. 비통함의 씨앗이 내 안에 심어졌다. 더 이상 모든 것을 흔쾌히 받아들이지 않게 되었다"라고 말한다. 이 비통함은 아이빌린에게 '정체(죽음)'의 순간을 의미한다. 무언가 변해야만 한다. 그녀는 변해야만 한다. 그렇지 않으면 비통함이 그녀를 좀먹을 것이다.

여자들이 브리지 게임을 하는 동안, 우리는 이 소설의 체제 순응적 인물 미스 힐리 홀브룩을 만난다. 힐리 홀브룩은 흑인 가정부가 쓴다는 이유로 엘리자베스 리폴트의 집 화장실을 쓰지 않으려고 한다. 그리고 그녀는 자신이 추진하고 있는 법안에 대해 언급한다. 모든 백인 가정들이 흑인 가정부를 위해 별도의 화장실을 갖추어야 하는 '유색인 가정부 위생법'에 대해서.

그날 저녁, 아이빌린은 가장 친한 친구 미니(세 번째 주인공이자 또 다른 브란도 캐릭터)와 이야기를 나눈다. 그녀는 힐리가 미니에게 절도죄를 씌웠다는 사실을 알려 준다(브리지 카드 모임에서 들은 내용). 우리는 힐리가 아직 독자들에게 밝혀지지 않은 이유로 미니를 해고했음을 알게 된다.

4. 기폭제(미니)

아이빌린으로부터 힐리가 자신에게 도둑질 혐의를 씌울 것이라는 말을 전해 들은 게 미니에게 기폭제로 작용한다. 아이빌린의 시점으로 이야기되고 있지만.

5. 토론(미니)

다른 일자리를 구할 수 있을까? 이것이 미니의 토론 질문이다. 미니는 일자리를 구하려고 하지만 그녀를 고용하려는 사람이 없다. 이것은 이 집단의 또 다른 면을 드러낸다. 컴퍼니 맨에게 도둑으로 몰리면 모두의 신뢰를 잃는다.

미니가 새 일지리를 찾지 못할지도 모른다고 걱정할 때, 이 지역의 새로운 여성 셀리아 푸트가 엘리자베스 리폴트의 집에 전화를 걸어 가정부를 소개해 달라고 한다. 전화를 받은 아이빌린은 그녀에게 미니의 이름과 전화번호를 알려 주며 엘리자베스 리폴트가 추천했다고 거짓말을 한다.

6. 2막 진입(미니)

다시 미니의 시점으로 바뀌어 미니는 셀리아 푸트의 집으로 면접을 보러 간다. 그녀는 일자리가 꼭 필요하다. 미니는 힐리가 자신에 대한 나쁜 소문을 퍼뜨리는 진짜 이유가 자신이 힐리에게 저지른 '끔찍한 일' 때문이라는 것을 알고 있다. 하지만 그 일이 무엇인지는 밝히지 않는다.

우리는 셀리아 푸트가 힐리 홀브룩과 정반대이고 다른 백인 여성들과 다르다는 사실을 알게 된다. 무엇보다 셀리아는 미니에게 친절하게 대해 준다. 미니는 그게 진심이라고 믿지 않는다. 셀리아가 자신을 가지고 노는 것이라고 생각한다. 하지만 어쨌든 그녀는 셀리아의 가정부로 취직한다. 보수도 두 배나 많다. 유일한 단점이 하나 있다면? 셀리아는 그녀가 혼자 살림을 할 수 있다고 생각하는 남편 조니에게 가정부를 구한 사실을 비밀로 해 달라고 부탁한다. 미니는 동의하지만 크리스마스까지는 사실대로 밝히라고 한다.

7. B 스토리(미니)

미니의 B 스토리 캐릭터는 그녀의 새로운 고용주 셀리아 푸트다. 미니는 가정부로 일하는 동안 마음이 굳게 닫혀 백인 고용주와 거리를 두게 되었다. 그녀는 그들을 믿지 않는다. 하지만 셀리아 푸트는 다르다. 그녀는 미니에게 모든 고용주가 똑같지 않다는 것을 알려 줄 것이고 결국 미니는 점점 셀리아 푸트에게 마음을 쏟게 될 것이다.

미니는 열네 살이 되어 처음 가정부로 일하게 된 날을 회상한다. 어머니는 미니에게 '백인 부인의 집(집단)'에서 일할 때 지켜야 할 엄격한 규칙들을 이야기해 주었는데 그중 하나는 "백인은 네 친구가 아니다"라는 것이었다. 이것은 미니가 평생 믿어 온 생각이다. 그와 동시에 미니의 주제 명시 비트이기도 하다. 그녀는 집단의 규칙을 엄격하게 준수하며 살아간다. 그녀는 흑인과 백인은 친구가 아니라고 굳게 믿는다. 하지만 셀리아 푸트는 다르다. 그녀는 피부색에 전혀 신경 쓰지 않는다. 그녀는 미니에게 흑인과 백인을 가르는 선이 미니의 머릿속에만 존재한다는 것을 알려 줄 것이다.

8. 재미와 놀이(미니)

미니는 일을 시작하자마자 곧바로 셀리아를 의심한다. 셀리아는 아이도 없고 거대한 저택에 혼자뿐이며 여기저기 돌아다니고 항상 위층에서 슬쩍 내려온다. 미니는 셀리아의 부탁으로 그녀에게 요리를 가르치지만 별로 가망이 없어 보인다. 미니는 청소를 하려고 셀리아를 집에서 내보내려고 하지만 셀리아는 동네 여자들에게 전화해도 연락이 오지 않을 거라고 말한다.

3. 설정(스키터)

잠시 미니에게서 스키터의 이야기로 넘어간다. 스키터는 목화 농장을 하는 롱리프의 집으로 차를 몰고 간다. 그녀는 그날 브리지 클럽에서 있었던 일을 떠올린다. 그녀와 힐리, 엘리자베스 리폴트는

초등학교 때부터 친구지만 지금은 사이가 멀어지고 있다. 스키터와 힐리는 대학에 함께 다녔는데 힐리는 결혼을 위해 그만두었고 스키터는 학업을 끝마쳤다. 스키터는 그녀가 속한 집단—1960년대 남부의 젊은 백인 여성들의 집단—에 갇혀 있다. 젊은 여자는 직업을 가지는 게 아니라 결혼을 해야 한다는 게 당연시되는 세상이다. 하지만 스키터는 작가가 되고 싶다.

"학교에서 집으로 돌아온 이후 힐리와 나의 관계가 변했다는 생각이 계속 든다. 하지만 나와 힐리 중에 누가 변한 걸까?" 이는 거의 모든 집단 이야기에서 제기되는 질문이다. 누가 더 미쳤는가? 집단에 합류한 그들인가, 아니면 집단을 떠나고 싶은 나인가?

스키터는 집에 돌아오자마자 결혼할 남자를 찾는 데 힘쓰라고 어머니에게 잔소리를 듣는다. 이런 말은 그녀에게 정체(죽음의 순간)를 의미한다. "나는 3개월 전 대학을 졸업하고 느꼈던 나만 혼자 뒤처진 느낌에 몸서리를 친다. 나는 더 이상 내가 속하지 않는 곳에 떨어졌다."

어떻게든 글쓰기와 관련된 일자리를 찾으려는 스키터는 자신을 키워 준 흑인 가정부 콘스탄틴을 떠올린다. 엄마보다도 가까운 존재였던 콘스탄틴은 스키터가 대학에 다니느라 집을 떠나 있는 동안 알 수 없는 이유로 일을 그만두었다.

스키터는 콘스탄틴을 찾아가 보고 싶지만 콘스탄틴의 새 주소를 아무도 알려 주려고 하지 않는다.

우리는 이 비트에서 스키터의 현재 삶에 대해 더 많이 알게 된다. 그녀는 작가가 되고 싶어 하고 출판사에 지원했지만 아무런 연락이 오지 않았으며, 어머니는 스키터의 진정한 꿈이 무엇인지 알지 못한다.

2. 주제 명시(스키터)

스키터는 회상 장면에서 콘스탄틴이 해 준 말을 떠올린다. "사람은 죽어서 땅에 묻히기 전까지는 아침에 눈 뜨면 뭔가 결정을 해야 해요. 스스로 물어야 하죠. 오늘도 바보들이 나에게 하는 나쁜 말을 믿어야 하나?" 스키터가 해야만 하는 선택은 (그리고 그녀의 주제는) 다른 사람들의 말에 휘둘리지 않고 스스로 자신의 길을 개척하는 것이다.

4. 기폭제(스키터)

스키터는 하퍼&로 출판사의 일레인 스타인으로부터 편지를 받는다. 경력이 없어서 편집자로 채용할 수 없다는 내용이 적혀 있다. 일레인은 스키터에게 지역 신문사의 말단으로 입사하라고 조언한다. 하지만 가장 유익한 조언은 "다른 사람은 신경 쓰지 않는데 당신의 마음을 어지럽히는 것에 대한 글을 써 보라"는 것이다. 일레인 스타인은 스키터에게 집단에 의문을 던지라고 말하고 있다! 그녀는 손으로 직접 메모를 남기는데, 스키터의 아이디어를 읽고 피드백을 주겠다고 제안한다.

5. 토론(스키터)

제안을 받은 스키터는 앞으로 어떻게 할 것인가? 이게 바로 그녀의 토론 질문이다. 스키터는 즉시 몇 가지 아이디어를 담아 일레인에게 보낸다. 그러나 그것들은 일레인이 흥미를 느낄 것이라고 생각되는 아이디어이지, 자신이 관심 있는 아이디어는 아니라는 사실을 깨닫는다. 스키터는 일레인의 충고대로 〈잭슨 저널〉에 면접을 보러 가고, 잘 알지도 못하는 집 청소에 관한 '미스 미르나 칼럼'을 맡게 된다.

스키터는 엘리자베스 리폴트를 설득해 청소에 관한 조언을 구하고자 아이빌린을 인터뷰한다. 스키터는 첫 인터뷰에서 아이빌린에게 콘스탄틴에 대해 물어본다. 아이빌린은 콘스탄틴이 해고되었다고 말하지만 그 이상은 말하지 않는다. 스키터의 엄마는 콘스탄틴을 해고했다는 것은 인정하지만 이유를 밝히지 않는다.

스키터가 일레인 스타인의 편지에 대해 이야기하자 아이빌린은 죽은 아들의 꿈이 작가였다고 대답한다. 두 사람은 잠시 유대감을 느낀다.

예상대로, 스키터는 일레인 스타인으로부터 아이디어가 '시시하다'면서 좀 더 '독창적인' 것을 찾으면 연락하라고 답장을 받는다.

콘스탄틴이 해고된 것, 백인과 흑인이 화장실을 따로 사용하는 것, 죽은 아이빌린의 아들 이야기가 스키터에게 아이디어를 불어넣는다. 선을 넘는 위험한 생각이라는 것을 알면서도 머릿속에서 떨쳐 낼 수가 없다.

4. 기폭제(아이빌린)

아이빌린의 현상 세계에서는 작은 폭탄 같은 작은 기폭제가 연속으로 터진다. 우선, 아이빌린은 차고에 새로 지은 화장실에서 메이 모블리에게 볼일 보는 시범을 보여 준다. 메이 모블리는 기저귀 떼기 훈련을 하고 있는데 집 안의 화장실에서는 좀처럼 용변을 보려고 하지 않는다. 하지만 차고에 따로 마련된 화장실을 사용하는 아이빌린을 보고 그 화장실에서 볼일을 본다. 미스 리폴트는 가정부의 화장실을 썼다고 메이 모블리를 때린다. 그 화장실은 더러워서 병에 걸린다고 아이를 무섭게 혼낸다.

아이빌린의 아들이 사망한 지 3년째 되는 기일이 다가오고 있던 어느 날, 로버트 브라운(아이빌린 친구의 아들)이 백인용 화장실을 사용했다는 이유로 타이어 지렛대로 구타당하는 일이 벌어진다.

하지만 아이빌린이 변화를 위해 무언가를 하도록 압력을 가하는 커다란 기폭제는 따로 있다. 스키터가 미시시피 잭슨의 흑인 가정부들에 관한 책을 쓰려 한다고 아이빌린을 찾아와 인터뷰를 부탁한 것이다.

스키터는 다른 가정부들도 인터뷰해서 완전히 새로운 관점으로 글을 쓰고 싶다고 한다. 곤란해지는 일이 없도록 비밀로 하겠다고 맹세한다.

5. 토론(아이빌린)

아이빌린이 책 작업에 참여하겠다고 동의할까? 세 번째 토론 질문이 제시된다. 아이빌린은 너무 위험한 생각이라면서 즉시 거절한다.

하지만 이전의 사건들이 떠오른다. 아이빌린은 집단이 잘못되었다는 것을 알지만 과연 그녀가 집단을 바로잡을 수 있을 만큼 용감할까?

5. 토론(스키터)

스키터는 힘든 상황에 놓여 있다. 아이빌린이 인터뷰를 거절했지만 스키터는 이미 뉴욕의 일레인 스타인에게 편지를 보내 그 아이디어를 제안했고, 동참하려는 가정부들이 있다고 거짓말까지 했다. 일레인 스타인은 아이디어를 마음에 들어하면서 글을 써 보라고 하지만 인터뷰할 사람이 없다.

스키터는 브리지 클럽에서 힐리가 아이빌린에게 새 화장실이 생긴 것을 감사하라고 말하는 것을 본다. 스키터는 역겨워하면서 '아이빌린이 나와 이야기하고 싶어 하지 않는 것도 당연하다'라고 생각한다. 그녀는 새로운 시각으로 집단을 바라보기 시작한다.

한편 힐리는 스키터에게 남편의 친구인 스튜어트를 소개해 준다. 하지만 소개팅 결과는 끔찍하다. 스튜어트는 술에 취해 무례하게 굴고 틈만 나면 스키터를 모욕한다. 스키터가 속한 집단—여성과 결혼 제도—은 매우 부당해 보인다.

6. 2막 진입(아이빌린과 스키터)

아이빌린은 스키터에게 전화해 인터뷰를 하겠다고 말한다. 동참할 다른 가정부들도 있을 것이라고 말한다. 그들은 아이빌린의 집에서 만나기로 한다. 그게 가장 안전한 방법일 것이므로. 스키터가 마음이 바뀐 이유를 묻자 아이빌린은 간단히 "미스 힐리 때문"이라고 대답한다.

8. 재미와 놀이(미니)

미니는 셀리아의 남편 조니가 가정부를 고용한 사실을 알게 되면 자신을 죽이지 않을까 걱정해야 하는 것도 더 이상 참기가 힘들다. 그녀는 셀리아에게 약속한 날짜를 상기시키며(12월 25일) 남편에게 사실대로 말하라고 설득한다.

미니는 아이빌린이 스키터에게 이야기를 들려주기로 한 사실을 알고 미쳤다고 한다. 미니는 절대로 동참하고 싶은 마음이 없다.

어느 날 미니가 출근해 보니 셀리아는 무척 속상해하며 침실에 틀어박혀 있다. 그녀는 아무런 설명도 없이 미니를 곁에 오지 못하게 한다. 또 다른 날은 미니가 화장실을 청소하는데 조니가 도끼를 들고 집으로 돌아온다. 미니는 그가 자신을 죽일 거라고 생각한다. 하지만 오히려 조니는 매우 친절하다. 셀리아가 가정부를 고용한 사실도 알고 있었다. (미니의 훌륭한 요리 솜씨 때문에 눈치챘다.) 그는 셀리아가 걱정된다면서 그녀가 행복하기만을 바란다고 말한다. 셀리아가 앞으로도 가정부를 쓰지 않는 척하게 내버려 두라고 한다.

8. 재미와 놀이(아이빌린과 스키터)

아이빌린과 스키터가 첫 인터뷰를 한다. 아이빌린은 스키터에게 자신의 이야기를 들려주려고 하지만 긴장한 탓에 잘되지 않는다. 그녀는 지금 하는 일이 너무 두려워 구토까지 한다.

스키터는 집에 돌아오는 길에 애송이 캐릭터의 모습을 보여 준다. 간단하게 답을 얻을 수 있다고 생각한 자신이 어리석었음을 깨닫는다. 그녀가 앞으로 하려는 일은 스스로 생각했던 것보다 훨씬 더 위험하고 심각한 일이었다. 그녀는 점점 더 집단의 실체를 분명히 파악한다.

며칠 후 그들은 다시 인터뷰를 시도한다. 아이빌린은 이야기를 글로 써서 스키터에게 읽어 주겠다고 말한다. 그것이 더 쉬울 것이라고. 스키터는 전부 다 고쳐 써야 한다는 생각에 그다지 반갑지 않다. 그러나 스키터는 아이빌린이 써서 읽어 주는 첫 번째 이야기를 듣자마자 생각이 바뀐다. 그녀의 뛰어난 재능을 깨닫고 잘될지도 모른다고 생각한다.

아이빌린과 스키터는 2주 동안 아이빌린의 이야기를 작업하고 미스 리폴트의 집에서 만나면 서로 모르는 척한다. 인터뷰가 진행됨에 따라 스키터는 지금까지 소속되어 살아왔지만 제대로 알지 못했던 집단과 세상에 눈을 뜬다. 그녀는 말한다. "힐리는 흑인들에게 말할 때 목소리를 3옥타브 정도 높인다. 엘리자베스는 흑인들이 자신의 아이가 아닌데도 마치 어린아이에게 말하는 것처럼 미소 짓는다. 이런 것들이 보이기 시작했다." 스키터에게는 분명히 거꾸로 뒤집힌 세상이다.

아이빌린의 이야기가 끝난 후 스키터는 이를 일레인 스타인에게 보낸다. 일레인은 이야기를 마음에 들어하고 1월까지 12개의 이야기를 더 쓰라고 한다. 도저히 불가능한 일처럼 보인다. 스키터는 아이빌린에게 이야기를 들려줄 만한 가정부들을 찾아 달라고 부탁한다.

미니는 마침내 인터뷰에 동참하기로 한다. 세 여자는 정기적으로 만나 작업을 한다. 미니가 아이빌린에게 이야기를 들려주고 스키터가 전부 옮겨 적는다.

한편 스튜어트는 스키터의 집에 찾아와 무례한 행동을 사과하고 다시 데이트 신청을 한다. 스키터는 받아들인다. 두 번째 데이트는 처음보다 훨씬 순조롭게 흘러가고 두 사람은 가까워진다.

스키터는 도서관에서 남부의 짐 크로 법 사본을 발견한다. 그녀는 '인종 분리법'이 글로 인쇄된 것을 보고 경악한다. 그녀는 지금까지 실체를 알지 못했던 집단에 점점 눈을 떠 가고 있다. 그녀는 팸플릿을 훔쳐 가방에 넣는데 주니어 연맹 회의차 들린 힐리의 집에 깜빡하고 가방을 두고 온다. 가방 안에는 아이빌린, 미니와의 인터뷰 내용이 들어 있다. 힐리는 몰래 뒤지는 것을 좋아한다. 스키터는 기겁을 한다. 가방을 가지러 가니 힐리는 화가 나 있다. 스키터는 힐리가 원고를 봤는지 알 수 없다. 하지만 아이빌린은 책 작업을 그만두고 싶지 않다고 말한다. 다행히도 힐리가 스키터의 가방에서 본 것은 짐 크로 법 사본뿐이었다. 힐리는 스키터가 인종 분리법에 반대한다고 생각한 것이었다.

7. B 스토리(아이빌린과 스키터)

아이빌린과 스키터는 서로의 B 스토리 캐릭터다. 아이빌린은 자신의 이야기를 통해 스키터에게 흑인 가정부의 실상과 그 안에서 바라본 집단이 어떤 모습인지 가르쳐 주고, 스키터는 아이빌린이 제 목소리를 찾도록 도와주고 자신의 이야기를 하도록 격려한다. 스키터가 책을 내자고 하지 않았더라면 아이빌린에게는 절대로 불가능한 일이었을 것이다.

책 작업을 함께할수록 두 사람의 유대감도 커진다. 아이빌린은 스키터에게 점점 더 마음을 열기 시작한다.

8. 재미와 놀이(미니)

미니는 셀리아의 집을 청소하고 있다. 셀리아는 여전히 온종일 침대에 누워 이상하게 군다. 셀리아는 힐리와 어울리려고 계속 연락하지만 힐리는 계속 무시할 뿐이다. 미니는 안심한다. 만약 두 사람이 만난다면 힐리는 미니가 한 짓 때문에(미니가 여전히 밝히지 않은 '끔찍한 짓') 셀리아에게 그녀를 해고하라고 할 테니까.

집으로 돌아온 미니의 남편 르로이가 인권운동에 참여하지 말라고 미니와 아이들을 협박한다. 너무 위험하기 때문이다.

미니는 숨겨진 술을 발견하고 셀리아가 그동안 술을 마시고 있었다고 생각한다. 그녀는 자신이 셀리아에게 마음을 쓰기 시작했음을 깨닫는다. 그녀는 화가 난다. (미니의 아버지와 남편은 모두 알코올중독자이다.) 미니와 셀리아는 다투고 셀리아는 미니를 해고한다.

미니는 아이빌린을 통해 셀리아의 집에서 일한 것이 얼마나 좋았는지 깨닫고 다시 일하게 해 달라고 부탁하러 간다. 그녀는 화장실에서 피투성이가 된 셀리아를 발견한다. 셀리아는 유산을 했다(임신 5개월째). 벌써 네 번째 아기를 잃었다. 미니가 '술'이라고 생각했던 것은 셀리아가 유산을 막으려고 먹은 약이었다.

9. 중간점(스키터, 아이빌린, 미니)

스키터는 힐리의 가정부인 율 메이가 인터뷰에 관심이 있다는 것을 알게 된다. 하지만 얼마 지나지 않아 율 메이로부터 이야기를

들려줄 수 없게 된 이유가 담긴 편지를 받는다. 율 메이는 힐리 홀브룩 때문에 감옥에 가 있다. 그녀에겐 쌍둥이 아들이 있었는데, 이 둘을 모두 대학에 보낼 형편이 되지 않았다. 결국 그녀는 힐리의 반지를 훔쳤고, 힐리의 신고로 체포되었다.

그날 밤 아이빌린의 집에는 힐리가 율 메이에게 한 짓에 화가 난 가정부들이 너도나도 이야기를 들려주겠다며 잔뜩 모여 있었다. 스키터와 아이빌린이 책을 쓰기에 충분한 소재가 모였다.

스키터는 말한다. "율 메이가 감옥에 갇히고 나서야 이렇게 된 것이 안심되면서도 씁쓸하다."

모두가 돌아간 후 스키터는 구석에 있는 미니를 본다. "그녀의 입가가 살짝 씰룩거렸다. 분노가 조금은 누그러졌다는 신호였다. 미니가 이 일을 가능하게 한 것이었다."

중간점에서 세 캐릭터의 목표(책 출판)가 일치함에 따라 비트 시트도 합쳐진다. 이제 뉴욕의 일레인 스타인에게 보내기에 충분한 이야깃거리가 생길 것이다.

가정부들이 나서서 이야기를 들려주게 만들려는 목표는 달성했지만, 이것은 가짜 승리다. 그들은 승리를 성취함으로써 위험을 높였다. 힐리 홀브룩 같은 부류에게 들키면 얼마나 위험해질지 생각해 보라.

10. 다가오는 악당(스키터, 아이빌린, 미니)

스키터는 매일 밤 이야기를 들으러 아이빌린의 집으로 간다. 그녀는 가정부 한 명당 40달러를 주겠다고 제안한다. 가정부들은 그 돈으로 율 메이의 쌍둥이 아들의 대학 등록금을 내주기로 한다.

그러나 세 여인의 다가오는 악당 비트는 전부 '하향 경로'를 보인다.

스튜어트는 여전히 전 여자 친구를 사랑한다며 스키터와 헤어진다. 최근 몸이 좋지 않던 스키터의 엄마는 상태가 더 나빠진다. 스키터는 주니어 연맹 소식지에 가정 건강 위생법 발의안을 넣으라는 힐리의 요구를 거절한다. 힐리는 스키터를 연맹에서 쫓아내겠다고 위협한다. 또한, 힐리는 스키터에게 인종 분리 폐지론자처럼 보이면 "가난하고 굶주린 아프리카 사람들을 돕는" 주니어 연맹에 대한 후원도 끊기니 도서관에서 가져온 짐 크로 법 사본을 돌려주라고 한다.

힐리는 그녀의 말이 얼마나 모순적인지 전혀 모르고 있다.

스키터는 말한다. "나는 해외 유색인종에게는 돈을 보내지만 같은 지역에는 보내지 않는다는 모순을 힐리가 알아채기를 기다렸다." 이것은 전형적인 컴퍼니 맨의 행동이다. 힐리는 시스템에 너무 깊이 들어가 있고 규칙에 세뇌당해서 부조리를 전혀 알아보지 못한다.

스키터는 하는 수 없이 소식지에 가정 건강 위생법 발의안을 넣는다. 콘스탄틴이 타인의 압력에 굴복하는(주제) 그녀를 보면 어떻게 생각할까. 그러나 그녀는 '실수인 척' 위생 발의안의 장황한 설명과 외투를 기부해 달라는 광고를 섞어 버린다. 소식지에 "힐리의 집에 낡은 변기를 놓고 가세요"라는 문구가 인쇄되어 나온다. 며칠 후 힐리의 잔디밭은 중고 변기로 가득하다. 〈잭슨 저널〉과 〈뉴욕 타임스〉에도 기사가 실린다.

힐리는 스키터와 절교를 선언하고 다른 친구들에게도 그녀와 연락하지 말라고 한다. 아이빌린은 힐리가 어디까지 위험해질지, 스키터에게 또 어떤 복수를 할지(외적인 악당) 걱정이다. 미니가 엘리자베스 리폴트의 (가짜) 추천으로 셀리아 푸트의 집에서 일하고 있다는 사실을 힐리가 알게 되면서 불안이 고조된다. 아이빌린이 거짓말한 것을 힐리가 알게 되면 미니와 아이빌린 모두 심각한 곤경에 처할 것이다. 힐리가 셀리아의 집에 건 전화를 받은 미니는 거짓말을 한다. 미니는 일을 그만두었고 셀리아는 집에 없다고.

11. 절망의 순간(미니)

세 여자가 각자 주제를 깨우쳐야 하므로 비트는 다시 갈라진다. 미니는 '취하지 않고 멀쩡한' 르로이에게 심하게 구타를 당하게 되면서 바닥을 친다.

셀리아는 미니의 눈 위에 난 상처를 보고 무슨 일인지 묻는다. 그녀는 욕조에서 머리를 찧었다는 미니의 말을 믿지 않는다. 그녀는 미니를 친구처럼 대하며(미니의 주제) 사실대로 말하라고 한다. 그때 집 뒷마당에 침입한 변태를 함께 물리쳐야 하는 일이 생기면서 대화가 중단된다.

그 후 미니는 손을 씻으며 "어떻게 끔찍한 날이 더 끔찍해질 수 있을까. 어느 순간에는 끔찍한 일이 바닥난 것 같은 생각도 든다"라고 말한다.

12. 영혼의 어두운 밤(미니)

그날 밤 미니는 아이빌린에게 그날 있었던 일에 대해 이야기한다. 아이빌린은 셀리아에 대해 말하는 미니를 보면서 "네가 마음쓰는 것 같다"라고 한다. 하지만 미니는 셀리아가 흑인과 백인 사이에 그어진 선을 보지 못하는 것에 화가 날 뿐이라고 주장한다. 아이빌린은 미니가 깨우쳐야 할 주제를 상기해 주며 그런 선은 존재하지 않는다고 말한다. 집단은 미니가 실제로 존재하지 않는 무언가를 믿게 만들었다.

아이빌린이 미니에게 말한다. "친절에는 경계가 없어."

미니는 셀리아에게 힐리가 셀리아를 싫어하는 이유를 말해 준다. (힐리는 전에 조니와 사귀었다.) 셀리아는 곧 있을 주니어 연맹 자선 행사에서 힐리와 잘 이야기해 보겠다고 한다. 미니는 좋은 생각이 아니라고 말한다.

해마다 열리는 자선 행사에 모두가 모인다. 아이빌린과 미니는 서빙을 하고 스키터는 힐리의 요구로 여전히 친구들에게 외면당하지만 손님으로 참석한다.

제과제빵 경매 당첨자가 발표되고 힐리는 맛있기로 유명한 미니의 초콜릿 파이를 낙찰받는다. 그런데 무슨 이유에선지 힐리가 화를 낸다. 그녀는 술에 취한 셀리아가 파이 경매에 자신의 이름을 올렸다고 비난한다. 셀리아는 혼란스러워한다. 그녀는 조니가 힐리를 두고 자신과 바람을 피운 것이 아니라고 설명하려 하지만 술에 취해 실수로 힐리의 드레스를 찢고 카펫 위에 토한다.

13. 3막 진입(미니)

셀리아는 자선 행사에서 일어난 일을 속상해하는 한편, 힐리가 화난 이유를 여전히 이해하지 못한다. 미니는 주제를 배웠음을 증명한다. 진정한 우정의 표시로 힐리와의 사이에서 일어난 일을 셀리아에게 전부 말해 준다. 그녀는 자신을 도둑으로 몰아간 힐리에게 "내 똥이나 먹어라"라고 말했다고 설명한다. '화해의 선물'로 초

콜릿 파이를 구워 갔고 힐리가 두 조각을 먹은 후에야 자신의 똥을 파이에 넣었다는 사실을 밝혔다.

셀리아는 이야기를 들려준 미니에게 고마워하고 다음 날 기분이 좋아져 정원에서 일한다. 셀리아는 주니어 연맹에 기부하는 수표를 쓰면서 "두 조각 힐리에게"라고 적는다. 이렇게 미니와 셀리아의 우정이 맺어졌다.

10. 다가오는 악당(스키터)

일레인은 원고 마감일을 앞당기고 책에 스키터를 키워 준 가정부 콘스탄틴의 이야기를 넣으라고 한다. 스키터가 콘스탄틴에 대한 진실을 알아내야 한다는 것을 의미한다.

한편 스키터는 투표로 주니어 연맹 소식지의 편집자에서 쫓겨나고 힐리는 계속 그녀를 무시한다. 스키터는 신경 쓰지 말자고 생각하면서 대신 책 작업에 전념한다.

책이 거의 완성되어 가고 세 여자는 책의 제목을 『헬프』로 정한다.

11. 절망의 순간(스키터)

스키터는 아이빌린 덕분에 콘스탄틴에 대한 진실을 알게 된다. 스키터의 엄마는 콘스탄틴의 딸이 말대꾸를 하고 얼굴에 침을 뱉었다는 이유로 콘스탄틴을 해고했다. 콘스탄틴은 딸과 함께 떠났고, 3주 후에 죽었다(죽음의 냄새).

12. 영혼의 어두운 밤(스키터)

드디어 책이 완성되었다. 아이빌린, 스키터, 미니는 가명을 사용하고 지역도 나이스빌로 바꿨지만 잭슨에 관한 이야기라는 것이 밝혀질까 봐 걱정하고 있다. 미니는 초콜렛 파이 이야기를 보험으로 책에 넣자고 한다. 힐리는 책이 잭슨의 이야기라는 것을 자동으로 알게 되겠지만 자신의 비밀이 새어 나가지 않도록 입을 다물 것이다. 위험 부담이 크지만 감수해야만 한다.

스키터가 일레인 스타인에게 원고를 보내고 모두 결과를 기다린다.

나중에 스키터는 엄마가 위암에 걸렸다는 것을 알게 된다(또 다른 죽음의 냄새). 그러곤 스튜어트와 다시 만난다(익숙한 것으로의 회귀).

13. 3막 진입(스키터)

스튜어트가 청혼한다. 스키터는 그에게 진실을 말해야만 한다. 그녀는 스튜어트에게 책에 대해 이야기하면서 주제(사람들이 자신을 어떻게 생각하는지 신경 쓰지 않고 자신의 길로 나아가는 것)를 학습했음을 증명한다.

스튜어트는 경악한다. "이곳은 아무 문제도 없어. 그런데 왜 굳이 문제를 일으키려고 해?" 하지만 스키터는 문제가 없는 게 아니라고 말하며 뜻을 굽히지 않는다. 스튜어트는 청혼을 취소하고 반지를 들고 가 버린다.

13. 3막 진입(스키터, 아이빌린, 미니)

일레인 스타인이 전화를 걸어 책을 출판하고 싶다고 말한다. 세 주인공은 함께 축하하고 3막의 통합 세계로 들어간다. 그들은 더 이상 집단의 보이지 않는 선으로 나뉘지 않는다. 한배를 탔다. 책은 그들이 집단을 '불태워 버리기' 위한 '희생'을 상징한다.

14. 피날레(스키터, 아이빌린, 미니)

그들은 잭슨 사람들이 책을 읽으면 어떤 일이 일어날지 궁금하다. 아이빌린이 말한다. "지난 7개월 동안 보이지 않는 냄비의 물이 끓기를 기다리고 있었던 것 같다."

책이 출간된 뒤 아이빌린과 미니는 교회에서 모두에게 박수를 받는다. 목사는 아이빌린에게 신도들의 서명이 남긴 책을 건네준다. "당신들은 책에 이름을 넣을 수 없었죠. 그래서 우리가 모두의 이름을 넣었습니다." 목사는 포장된 책도 건네면서 말한다. "그 백인 아가씨에게 전해 줘요. 우리가 가족처럼 여기고 있다고, 사랑한다고 말해 주세요."

TV에도 책이 소개되자, 사람들은 잭슨에 관한 내용인지 의아해하기 시작한다. 힐리도 책을 읽고 있다. 세 여자는 힐리가 (초콜렛 파이가 나오는) 마지막 장을 읽기를 기다린다.

조니는 셀리아를 많이 위해 준 미니에게 감사를 표한다. "미니, 당신은 언제든 우리 집에서 일할 수 있어요. 원한다면 평생."

힐리는 책이 잭슨의 이야기라고 생각하기 시작했고 도대체 어떤 가정부들이 썼는지 알아내겠다고 이를 간다. 그녀는 모두에게 가정부를 해고하라고 말했지만 곧 태도를 싹 바꾸며 이 책이 잭슨의 이야기가 아니라고 주장하기 시작한다. (그녀가 초콜렛 파이가 나오는 부분을 읽었음을 알 수 있다.) 힐리는 스키터가 책에 관여했음을 알고 참여한 모든 가정부에게 복수하겠다고 위협한다. "앞으로 조심하는 게 좋을 거야."

스키터는 뉴욕에 있는 〈하퍼스〉 잡지사에서 스카우트 제의를 받지만 미니와 아이빌린만 남겨 두고 떠날 수 없어 거절한다. 하지만 아이빌린과 미니는 가서 그녀의 인생을 살라고 말한다.

책 5천 부가 추가로 인쇄되고 아이빌린은 '미스 미르나' 칼럼을 맡으며 작가라는 새로운 직업으로 입지를 굳힌다.

미니는 르로이가 집 안에 그녀를 가둔 채로 불을 지르겠다고 위협한 것을 계기로 마침내 그와 헤어진다.

15. 마지막 이미지(아이빌린)

아이빌린은 힐리가 도둑 누명을 씌우고 감옥에 보내겠다고 위협하는 장면에서 주제를 학습했다는 것을 증명한다. 아이빌린은 마침내 자신을 위해 당당히 맞선다. 시작 부분에서라면 절대로 하지 않았을 행동이다. "내가 당신에 대해 뭔가 알고 있다는 걸 잊지 마세요. 듣기로는 감옥에서는 편지 쓸 시간이 많다더군요."

아이빌린은 해고당하지만 우리는 그녀가 괜찮으리라는 걸 안다. 미스 미르나 칼럼을 쓰게 되었고 책 수입도 있으니까. 그녀는 버스 정류장으로 걸어가면서 생각한다. 모든 끝은 새로운 시작이라고.

사람은 변할 수 있다.

『헬프』는 왜 집단 이야기 소설일까?

『헬프』에는 성공적인 집단 이야기 소설의 3가지 요소가 모두 들어 있다.

- 집단: 이 책은 1960년대 초 미시시피주 잭슨의 백인 가정에서 일하는 흑인 가정부라는 집단에 관한 이야기다.
- 선택: 세 여성은 집단의 부당함과 마주해 어떻게 할 것인지 선택해야 한다. 그들은 모두 저마다의 방법으로 컴퍼니 맨—힐리 홀브룩—에 대항한다.
- 집단에 동참하거나 불태우거나 탈출하는 3가지 결말 중 하나로 이어지는 희생: 세 여성은 책을 통해 부당함을 폭로하는 방식으로 집단을 "불태운다". 스키터는 결국 집단을 떠나기로 한다.

『헬프』
비트 시트 요약

1. **오프닝 이미지(아이빌린)**: 우리는 메이 모블리를 포함해 지금까지 17명의 백인 아이를 키운 흑인 가정부의 눈을 통해 1960년대 잭슨의 '흑인 가정부'라는 집단을 처음 만난다. 아이빌린은 두 명의 브란도 캐릭터 중 첫 번째 캐릭터다.

2. **주제 명시(아이빌린)**: "현실을 바꾸고 싶다는 생각을 해 본 적 있어요?" 스키터가 아이빌린에게 묻는다. 아이빌린은 즉시 "아니요, 다 좋아요"라고 대답한다. 세 주인공을 위한 주제는 용기다. 아이빌린은 옳은 일을 하는 용기를 찾아야 한다.

3. **설정(아이빌린)**: 아이빌린은 힐리 홀브룩(컴퍼니 맨)이 모든 백인 가정에 흑인 가정부가 쓸 화장실을 따로 마련해야 한다는 법안을 건의하겠다고 말하는 것을 듣는다.

4. **기폭제(미니)**: 아이빌린은 가장 친한 친구이자 역시 가정부인 미니에게 힐리가 도둑질을 했다는 식으로(거짓) 미니를 비난하는 것을 들었다고 경고한다. 미니는 두 번째

브란도 캐릭터다.

5. **토론(미니):** 힐리가 나쁜 소문을 퍼뜨리고 있는 이 마당에, 미니는 과연 일자리를 구할 수 있을까? 여기저기 알아보지만 그녀를 써 주겠다는 곳은 없다.

6. **2막 진입(미니):** 미니는 아직 자신에 대한 소문을 듣지 못한 새로운 백인 여자 셀리아 푸트의 집에 취직한다. 셀리아는 힐리와 정반대다.

7. **B 스토리(미니):** 셀리아 푸트는 미니의 B 스토리 캐릭터다. 미니는 흑인과 백인 사이에 항상 선을 그어 왔지만(집단이 초래한 결과) 피부색을 구분하지 않는 셀리아는 그런 경계가 흐려질 수 있고 미니가 평생 믿어 온 생각이―"백인은 네 친구가 아니다."―사실이 아님을 가르쳐 줄 것이다.

8. **재미와 놀이(미니):** 미니는 일을 시작하고 셀리아에게 요리를 가르치지만 잘되지 않는다. 셀리아는 온종일 집 안에서 빈둥거려 미니를 짜증 나게 한다. 하지만 그녀가 또다시 남모르게 아이를 유산했기 때문에 그랬다는 걸 알게 된다.

3. **설정(스키터):** 힐리 홀브룩의 백인 친구 스키터는 이 소설의 애송이 캐릭터다. 스키터는 작가를 꿈꾸지만 엄마

는 딸이 결혼할 남자를 찾기만을 바란다. 스키터는 콘스탄틴이라는 이름의 흑인 가정부가 키웠다. 그녀는 콘스탄틴을 매우 사랑하지만 최근에 콘스탄틴은 자취를 감추었다.

2. 주제 명시(스키터): 콘스탄틴은 스키터에게 이렇게 말한 적이 있다. "사람은 죽어서 땅에 묻히기 전까지는 아침에 눈 뜨면 뭔가 결정을 해야 해요. 스스로 물어야 하죠. 오늘도 바보들이 나에게 하는 나쁜 말을 믿어야 하나?" 스키터가 해야 하는 선택은(그녀의 주제) 다른 사람들의 생각에 휘둘리지 않고 자신의 길을 나아가는 것이다.

4. 기폭제(스키터): 스키터는 뉴욕의 출판사로부터 회신을 받는다. 일레인 스타인은 그녀에게 편집자가 되고 싶다면 경험을 쌓고 신경 쓰이는 것에 대해 글을 쓰라고 조언한다.

5. 토론(스키터): 스키터는 일레인 스타인의 관심을 끌 만한 이야깃거리를 찾을 수 있을까? 지역신문의 가사 상담 칼럼을 맡게 된 그녀는 독자들의 질문에 답하기 위해 아이빌린의 도움이 필요하다. 아이빌린과의 대화를 통해 어떤 아이디어가 떠오르는데……

4. 기폭제(아이빌린): 스키터는 아이빌린에게 흑인 가정부

(집단)의 이야기가 담긴 책을 쓰려는 데 인터뷰를 할 수 있겠느냐고 묻는다.

5. **토론(아이빌린):** 아이빌린이 동의할까? 처음에는 어림도 없다. 하지만 인종차별 문제가 심해지고 도를 넘은 힐리 홀브룩의 행동을 보며 결국 아이빌린은 마음을 바꾼다.

6. **2막 진입(아이빌린과 스키터):** 아이빌린은 인터뷰에 응하기로 한다.

8. **재미와 놀이(아이빌린과 스키터):** 처음에 아이빌린은 좀처럼 긴장을 풀지 못한다. 결국 자신의 이야기를 직접 글로 쓰기로 한다. 스키터는 책 작업을 위해 아이빌린과 함께 보내는 시간이 길어질수록 집단의 실체에 눈을 뜬다. 일레인 스타인은 스키터가 보낸 소재를 마음에 들어하고 1월까지 12개의 이야기를 더 받고 싶다고 한다. 아이빌린이 미니를 참여시킨다.

7. **B 스토리(아이빌린과 스키터):** 아이빌린과 스키터는 서로의 B 스토리 캐릭터다. 아이빌린은 스키터가 집단의 실체에 눈을 뜨게 하고 스키터는 아이빌린이 자신의 목소리를 찾을 수 있도록 돕는다.

9. **중간점(스키터, 아이빌린, 미니):** 힐리 홀브룩 때문에 흑

인 가정부 한 명이 체포된다. 거짓 승리의 순간, 수많은 가정부가 힐리에 대한 저항의 뜻으로 너도나도 이야기를 들려주겠다고 나선다. 책에 넣을 충분한 이야깃거리를 찾는 데는 성공했지만 이 사실이 밝혀지면 어떻게 될지 뻔하므로 위험이 커진다.

10. **다가오는 악당(스키터, 아이빌린, 미니)**: 스키터, 아이빌린, 미니는 가정부들의 이야기를 모은다. 한편 스키터의 엄마는 점점 더 건강이 나빠지고 힐리와 스키터 사이에는 긴장감이 팽팽해지다가 결국 사이가 틀어진다. 힐리는 미니가 셀리아 푸트의 집에서 일한다는 사실을 알고 불쾌해한다.

11. **절망의 순간(미니)**: 미니는 남편에게 심하게 구타당한다. 셀리아는 미니의 상처를 보고 위로해 준다.

12. **영혼의 어두운 밤(미니)**: 아이빌린은 미니에게 그녀가 셀리아에게 마음을 쓰는 것 같다고 한다.

13. **3막 진입(미니)**: 미니는 진정한 우정의 표시로 힐리와 있었던 일을 셀리아에게 전부 말해 주며 주제를 학습했다는 것을 증명한다. 그녀는 도둑 누명을 씌운 힐리에게 대변을 넣은 초콜릿 파이를 구워 먹였다는 것을 털어놓는다.

11. **절망의 순간(스키터):** 마침내 아이빌린이 스키터에게 콘스탄틴이 어떻게 되었는지를 말해 준다. 스키터의 엄마가 콘스탄틴을 해고했고, 콘스탄틴은 얼마 후에 죽었다(죽음의 냄새).

12. **영혼의 어두운 밤(스키터):** 스키터는 완성된 원고를 일레인 스타인에게 보낸다. 이제 그들은 기다려야 한다. 스키터는 엄마가 위암에 걸렸다는 사실을 알게 되고(또 다른 죽음의 냄새) 전 남자 친구와 다시 만난다(익숙한 것으로의 회귀).

13. **3막 진입(스키터):** 스키터는 남자 친구에게 청혼을 받는다. 그녀는 책에 대해 사실대로 말함으로써 주제를 학습했다는 것을 증명한다. 스튜어트는 그녀가 문제를 자초한다는 사실에 경악하고 이별을 선언한다.

13. **3막 진입(스키터, 아이빌린, 미니):** 일레인 스타인이 책을 출판하고 싶다고 한다. 축하할 일이지만 세 여자는 불안하기도 하다. 그들의 이야기와 진실이 밝혀질 것이기 때문이다. 세 주인공이 선택하는 희생은 집단을 불태우는 것이다.

14. **마지막 이미지(스키터, 아이빌린, 미니):** 책이 익명으로 출판되어 성공을 거둔다. 힐리는 (당혹스러운 초콜릿 파

이 이야기가 실려서) 체면을 지키기 위해 책이 잭슨의 이야기가 아니라는 말을 퍼뜨린다. 스키터는 뉴욕에서 스카우트 제의를 받고 가사 칼럼을 아이빌린에게 맡긴다.

15. **마지막 이미지(아이빌린):** 힐리는 책에 대한 복수로 아이빌린에게 도둑 누명을 씌우고 감옥에 보내겠다고 위협한다. 아이빌린은 마침내 힐리에게 맞선다. 책에서 초콜릿 파이를 먹은 여자가 힐리라는 사실을 모두에게 말하겠다고 위협한다. 힐리는 뒤로 물러난다.

7.

슈퍼히어로

평범한 세상의 평범하지 않은 존재

인류 역사의 모든 시대와 문화, 신화를 통틀어 '선택받은 자'의 이야기가 발견된다. 그들은 어떤 면에서 남들보다 우월한 사람이고, 그들의 임무(운명)는 큰 장애물을 극복하고 거대한 악에 대적해 어쩌면 세상을 구하는 것이다!

예수나 부처, 헤라클레스, 해리 포터에 이르기까지 이런 주인공들은 우리 같은 평범한 사람들과 다르지만, 우리로 하여금 더 나은 사람이 되도록 영감을 준다.

세이브 더 캣 슈퍼히어로 장르는 평범한 세계에 존재하는 특별한 존재에 관한 이야기다. 분명 망토와 쫄바지 차림의 남녀가 떠오르겠지만 슈퍼히어로 이야기는 꼭 만화책에 나오는 '초인'만 해당하지는 않는다는 점을 분명히 밝힌다. (물론 그런 슈퍼히어로도 포함되지만!) 이 장르에는 좋든 싫든 위대해질 운명을 타고난 주인공이 나온다.

하지만 모든 위대한 슈퍼히어로 소설이 보여 주듯 특별한 사람의 삶은 절대로 순탄치 않다. 남들과 다른 위대한 존재라는 사실에는 종종 대가가 따른다. 보통 그 대가는 이렇게 저렇게 사람들에게 오해받는 것을 말한다. 실제로 세상은 남들과 다른 사람을 우러러보지만은 않으니까.

이 장르가 공감을 일으키는 이유는 그 때문이다. 비록 마법의 힘이나 특별한 재능, 탁월한 두뇌, 원대한 야망, 심지어 어떤 사명이나 운명에 대한 확고한 믿음이 없어도 인간은 누구나 한 번쯤 자신이 남들과 다르다고 느끼거나 그로 인해 비난받거나 오해받은 경험을 해 보았을 테니까.

이 장르의 주인공은 저마다 다양한 '능력'을 가졌다. 필리파 그레고리의 인기 역사 소설 『화이트 퀸』에 나오는 요크의 엘리자베스처럼 실제 역사 속의 영웅도 있고, J. K. 롤링의 『해리 포터』 시리즈와 릭 리어던의 『퍼시 잭슨』 시리즈 같은 판타지 소설처럼 마법 능력을 가진 슈퍼히어로도 있다. 베로니카 로스의 『다이버전트』 시리즈나 로알드 달의 인기 어린이 소설 『마틸다』처럼 사회의 정해진 '틀'을 깨뜨리는 주인공도 있다.

이 소설들은 기본적으로 똑같다(적어도 처음에는). 오해받고 존중받지 못하며 궁극적으로 세상 모든 사람들과 다른, 선택받은 자에 관한 이야기다.

그래서 슈퍼히어로 이야기는 대개 승리와 희생의 이야기다. 주인공은 위대해질 운명이지만, 위대함에 이르는 과정은 결코 쉽지 않다. 그들은 운명에 닿기 위해 커다란 도전과 장애물을 마주해야만 한다. 그런 뒤에야 비로소 인간의 범위를 넘어선 '슈퍼히어로'가 된다. 큰 시련이 닥쳤을 때 그냥 포기해 버리는 사람이 얼마나 많은가? 하지만 이들은 절대 포기하지 않는다. 영웅의 마음과 영혼은 이 길이 자신의 길임을 안다. 이들은 다른 길로 벗어나지 않을 것이다.

이 장르에 꼭 필요한 3가지 요소는 다음과 같다. 특별한 힘을 가진 주인공, 주인공과 맞서는 적, 주인공이 위대함을 대가로 받아야 하는 저주.

여기에서 힘이라는 말에 속지 말자. 모든 슈퍼히어로가 마법의 힘을 가진 것은 아니다. 슈퍼히어로의 힘은 선을 행하거나 위대해지는 사명을 뜻할 수도 있다. 대의를 향한 흔들리지 않는 믿음일 수도 있고. 한마디로 실제 마법의 힘일 수도 있고 주인공의 믿음이나 운명이 너무 강력한 나머지 그게 마치 마법처럼 느껴지는 것일 수도 있다는 말이다.

예를 들어 『다이버전트』의 주인공 트리스는 마법 능력은 없지만 타고난 '다이버전트(이 세계관에 존재하는 모든 분파에 속한다는 뜻)'라는 점에서 특별하며 현상 유지에 위협을 가하는 존재이기도 하다. 마리 루의 소설 『레전드』의 두 주인공 중 한 명인 데이는 정부로부터 도둑질을 하고 정부의 추격을 교묘하게 피하면서도 되레 그들을 우스운 꼴로 만드는 능력을 지녔다는 점에서 슈퍼히어로라고 할 수 있다.

해리 포터처럼 실제로 마법 능력을 가진 주인공들도 있다. 하지만 해리의 진짜 힘은 마법이 아니다. 모두가 마법 능력을 가진 세계니까. 해리는 볼드모트와 마주하고도 살아남은 유일한 사람이다. 해리는 그를 물리칠 수 있는 유일한 사람이라는 점에서 '선택받은 자'인 것이다.

사명이나 능력과 상관없이 힘은 주인공을 다른 사람들보다 더 돋보이는 존재로 만든다.

하지만 큰 힘에는 큰 적이 따르기 마련인 법.

그래서 슈퍼히어로 장르의 두 번째 필수 요소는 적이다. 적은 주인공과 완전히 반대되는 캐릭터다. 주인공과 맞먹는, 때로 더 큰 힘을 가진 존재이다. 하지만 그 힘은 스스로 만든 힘이라는 점에서 차이가 있다. 게다가 위대한 슈퍼히어로에게 있는 무언가가 적에게는 없다.

그것은 바로 믿음이다.

슈퍼히어로는 자신이 과연 특별한지 의문을 가질 필요가 없다. 자신이 특별하다는 것을 너무도 잘 알고 있다. (처음에는 아닐지라도 결국 알게 된다.) 반면 적은 자기 자신과 교묘한 전략, 스스로 매수한 사람들에게 의존하지 않으면 안 된다. 그들은 특별해 보이는 겉모습을 갖추고 절대로 무너지지 않도록 발버둥 친다. 자신이 가짜 영웅이라는 것을 속으로 알고 있기 때문이다. 그렇지 않으면 그렇게 발버둥 칠 필요가 없다!

『해리 포터』에서 볼드모트가 무시무시한 악당이 되기 위해 얼마나 큰 노력을 기울였는지 생각해 보자. 호크룩스를 만들고 마법사를 모으고 어둠의 마법을 익힌다. 그걸 다 하느라고 얼마나 피곤했을까!

반면 해리는 특별해지려고 애쓸 필요가 없다. 원래부터 특별하니까. 진정으로 선택받은 존재니까. 볼드모트에게 대적할 유일한 마법사라는 사실은 아기였을 때부터 그의 운명이었으니까. 과연 이게 해리가 원하는 길일까? 절대 아니다! 하지만 슈퍼히어로가 짊어져야 하는 짐이기에 어쩔 수 없다.

『화이트 퀸』의 워릭 경이나 『신더』에 나오는 레바나 여왕은 어떨까? 그들은 세상이 진짜 슈퍼히어로가 누구인지 깨닫지 못하도록 최선을 다한다. 전쟁을 일으키고 군대를 보내고 사람들을 세뇌시키고 정략결혼을 계획한다. 대단해 보이는 그 모습을 지키기까지 많은 수고가 필요하다.

적들의 마음속에 자리한 스스로에 대한 믿음의 부족은 그들로 하여금 주인공을 죽여야겠다는 욕망을 자라나게 만든다. 그러면 바로 내가 '선택받은 자'라는 사실이 증명되기 때문이다. (자신에게도, 세상에도!) 해리 포터가 죽으면 볼드모트는 더 이상 애쓰지 않아도 된다. 신더를 처리하면 레바나 여왕은 모두에게 인정받을 수 있다. 요크의 엘리자베스 여왕이 왕좌에서 물러나면 워릭 경은 마침내 원하는 방식으로 왕국을 통치할 수 있다.

적들의 문제는 바로 그 합리화에서 나온다.

만약 그들이 정말로 '선택받은 자'라면 선택받은 자를 죽이거나 그럼으로써 무언가를 증명할 필요가 없을 것이다. 이미 세상으로부터 인정받고 있을 테니까.

꼭 짚고 넘어가야 할 점은 슈퍼히어로가 이야기에서 살아남지 못할 수도 있다는 것이다. 보통 슈퍼히어로 소설(혹은 시리즈)의 끝부분에는 최후의 결전이 나온다. 슈퍼히어로와 적이 마침내 일대일로 정면 대결을 벌인다. 특히 현실의 슈퍼히어로 이야기라면 주인공이 죽음에 이르기도 한다. 하지만 이는 별로 문제가 되지 않는다. 지금까지 주인공이 지나온 여정이 다른 평범한 사람들, 즉 독자들을 변화시켰기 때문이다. 주인공이 궁극적으로 깨우친 보편적인 교훈이 우리에게도 영향을 준다. 믿음을 준다. 그럼으로써 주인공은 결국 승리를 거둔 것이나 마찬가지고 불사의 존재가 된다.

마지막으로 훌륭한 슈퍼히어로 이야기의 세 번째 요소는 저주다. 이것은 가장 중요한 요소라고 할 수 있다. 저주는 슈퍼히어로가 가진 힘의 효과를 줄여서 독자가 주인공을 경멸하지 않게 해 주기 때문이다.

마틸다가 얼간이 같은 부모님 밑에서 태어나 부모님과 오빠에게 끊임없이 괴롭힘과 놀림을 당하지 않았더라면 그렇게 성공적인 캐릭터가 될 수 있었을까? 만약 마틸다가 그녀를 사랑해 주고 그녀의 '천재성'을 적극적으로 지지하고 키워 주는 가족과 살고 있다고 해 보자. 독자 입장에서 그런 마틸다에게 감정을 이입하기란 쉬운 일은 아닐 것이다. 오히려 얼굴을 찌푸리며 '지가 그렇게 잘났어?'라고 생각할 테니까.

주인공의 자존감을 살짝 깎는 것이—말하자면 (특히 소설 혹은 시리즈의 첫머리에서) 핸디캡을 설정해 주는 것—이 장르의 이야기를 재미있게 만드는 비결이다.

슈퍼히어로 이야기의 주인공은 우리와 다른 사람이라는 걸 기억해야 한다. 공감하고 감정을 이입하기가 힘들 수밖에 없다. 그래서 특별한 존재라도 불리한 면이 있다는 것을 보여 줘야 한다. 저주를 설정해 줘야 한다.

특별하다는 것이 항상 좋은 것만은 아니다. 여러 골치 아픈 문제가 생긴다. 저주는 다양한 모습이 될 수 있지만 대부분 남들에게 오해받는 모습으로 표현될 때가 많다. 사람은 자신과 본질적으로 다른 (더 잘난!) 사람을 쉽게 받아들이지 못하니까.

신더는 사이보그다. 똑똑한 작가 마리사 마이어는 사이보그가 인간보다 열등하다고 생각하는 세상을 창조했다. 퍼시 잭슨은 여러 기숙사 학교에서 쫓겨났다. 마리 루가 쓴 『레전드』의 주인공 데이는 리퍼블릭에 쫓기는 범죄자다.

저주 설정은 이야기를 솜씨 좋게 다루는 최고의 스토리텔링 기술이다. 모든 위대한 작가들이 활용했고 당신도 그래야 한다. 독자가 응원하는 슈퍼히어로 주인공을 만들려면 연속적인 균형 잡기가 필요하다. 연민만 느껴지면 독자는 결국 주인공을 포기할 것이다. 비호감으로 다가오면 기막혀하다가 결국은 책을 덮어 버리고 정이 가는 주인공이 나오는 소설을 찾을 것이다. 따지고 보면 대부분의 사람은 슈퍼히어로의 심정을 결코 진정으로 이해할 수 없을 것이다. 하지만 나쁜 쪽으로 특별 취급당하고 오해와 놀림을 받는 기분이 어떤지는 이해할 수 있다. 인간이라면 살면서 언젠가는 이겨 내야 하는 저주니까. 따라서 당신의 슈퍼히어로 주인공에게도 이겨 내야 하는 저주를 꼭 설정해 주어야 한다.

슈퍼히어로 이야기에는 이 3가지 필수 요소 외에도 자주 활용되는 요소들이 있다.

첫째, 많은 슈퍼히어로 소설에는 '이름 바꾸기' 비트가 있다. 주인공은 (주로 2막에서 맡은) 새로운 역할을 위해 위장을 하거나 사람들에게 자신을 맞춘다. 『화이트 퀸』에서 엘리자베스 우드빌은 엘리자베스 여왕이 되고 『다이버전트』의 비어트리스는 트리스가 된다. 『레전드』의 영재이자 또 다른 슈퍼히어로 캐릭터인 준은 2막에서 길거리 거지로 위장한다.

슈퍼히어로 이야기에 자주 나오는 '마스코트'라는 유형의 캐릭터도 있다. 마스코트는 보통 주인공의 동반자나 조수이며 아무리 큰 혼란 속에서도 주인공에 대한 의리를 지키는 사람이다. (사람이 아닐 수도 있다.) 『해리 포터』 시리즈에는 해리의 부엉이 헤드위그가 있다. 『신더』에는 기발한 안드로이드 아이코가 나온다. 『화이트 퀸』의 경우에는 엘리자베스의 어머니 자케타가 바로 그렇다. 『레전드』에서는 테스(데이의 마스코트)와 개 올리(준의 마스코트)가 나온다. 이 캐릭터들은 보통 위대한 운명을 타고난 '초인'은 아니지만 슈퍼히어로가 보통 사람들과 얼마나 다른지 보여 주는 역할을 한다. 그들은 처음부터 주인공의 위대함을 알기 때문이다.

슈퍼히어로 장르는 확실히 독자와 영화 관람객들에게 인기가 많지만, 10대 이상을 대상으로 한 소설에서 가장 흔히 보이는 장르다. 다음 슈퍼히어로 소설의 목록에서 청소년 및 아동 도서가 얼마나 많은지 세어 보길 바란다. 우리는 특별한 존재가 되어 우리를 무시하는 사람들의 코를 납작하게 해 주는 환상을 품는다. 무엇보다 청소년기에 그런 상상에 매력을 느낀다. 내가 어떤 사람인지 고민하고 너무 튀지 않으면서도 당당하게 세상에 맞서는 방법을 찾으려는 시기이기 때문이다. 질풍노도의 시기일수록 슈퍼히어로 이야기가 주는 교훈이 강렬하게 다가온다. 슈퍼히어로들도 문제가 있고, 그들의 고민도 내 고민과 크게 다르지 않다는 사실을 확인할 수 있기 때문이다.

요약하면, 슈퍼히어로 소설에는 다음의 3가지 요소가 꼭 들어가야 한다.

- 힘: 주인공에게 특별한 힘이 있다. 선을 행하는 사명일 수도 있다.
- 적: 주인공과 정면으로 대립하는 인물. 비슷한 (혹은 더 큰!) 힘을 가졌지만 이는 스스로의 노력을 통해 얻은 것일 뿐, '선택받은 자'라는 믿음이 없다.
- 저주: 주인공이 특별한 존재라는 이유로 치러야 하는 대가. 평범한 독자로 하여금 특별한 주인공에게 공감하도록 해 준다.

인기 슈퍼히어로 소설

- 브램 스토커,『드라큘라』

- J. M. 배리,『피터 팬』

- 프랭크 허버트,『듄』

- 로버트 러들럼,『본 아이덴티티』

- C. S. 루이스,『사자와 마녀와 옷장』

- 로알드 달,『마틸다』

- 옥타비아 버틀러,『씨 뿌리는 자의 우화Parable of the Sower』

- J. K. 롤링,『해리 포터와 마법사의 돌』(다음 페이지에 비트 시트 수록)

- 릭 라이어던,『퍼시 잭슨과 번개 도둑』

- 크리스토퍼 파올리니,『에라곤』

- 카산드라 클레어,『섀도우 헌터스』

- 수잔 콜린스,『모킹제이』

- 베로니카 로스,『다이버전트』

- 마리 루,『레전드』

- 랜섬 릭스,『페러그린과 이상한 아이들의 집』

- 리 바두고,『섀도우 앤 본』

- 마리사 마이어,『신더』

- 제시카 코우리Jessica Khoury,『오리진』

- 토미 아데예미,『피와 뼈의 아이들』

『해리 포터와 마법사의 돌』

작가: J. K. 롤링

세이브 더 캣 분류: 슈퍼히어로

일반 분류: 아동문학 / 판타지

『해리 포터와 마법사의 돌』은 전 세계 흥행 신기록을 세운 영화 시리즈를 비롯해 연극, 굿즈, 심지어 테마파크까지 탄생시킨 J. K. 롤링의 거대한 판타지 시리즈의 첫 번째 책으로, 별다른 소개가 필요하지 않을 것이다. 하지만 완벽한 비트 시트로 구성된 소설이라는 점은 언급해야겠다.

과연 우연일까? 분명 아니다. 기발한 창의력과 흠잡을 데 없는 세계관, 흥미로운 캐릭터, 탄탄한 이야기 구조는 이 소설이 거둔 엄청난 성공에 분명히 한몫을 했다. (시리즈 내내) 볼드모트를 물리칠 '선택받은 자'라는 사실(힘이자 저주)을 받아들여야 하는 해리 포터의 투쟁을 보여 준다는 점에서 이 소설은 가장 대표적인 슈퍼히어로 소설이다.

1. 오프닝 이미지

마법사 사회가 사악한 마법사 볼드모트를 물리친 것을 자축한다. 놀랍게도 전투에서 한 아이가 살아남았다. 그의 이름은 해리 포터. 아직 아기인 해리는 볼드모트와의 대면 후 이마에 번개 모양의 상처가 생겼다.

덤블도어라는 이름의 마법사가 해리의 이모와 이모부인 더즐리 부부의 집인 프리벳가 4번지에 해리를 두고 간다.

이 챕터에서는 J. K. 롤링이 창조한 유명한 마법 세계가 소개된다. 독자들은 그 세계가 어떤 곳이고 핵심 인물이 누구인지 어렴풋하게나마 감을 잡지만, 아기 해리가 자라서 운명을 마주할 때가 와야만 제대로 알 수 있을 것이다.

2. 주제 명시

덤블도어가 (검은 고양이에서 막 변신한) 맥고나걸 교수에게 말한다. "걷고 말하기도 전에 유명해졌으니 말이오! 자신이 기억하지도 못하는 일로 유명해졌으니 말이오! 그러니 그 애가 받아들일 준비가 될 때까지 그 모든 것으로부터 떨어져 자라는 게 차라리 훨씬 더 낫다고 생각되지 않소?"

많은 슈퍼히어로 이야기가 그렇듯『해리 포터』시리즈의 제1권은 주인공이 자신이 특별한 존재임을 알고 받아들여야 하는 내용이다. '살아남은 아이'이자 선택받은 자인 해리가 그 사실을 받아들이는 것이 핵심이다.

3. 설정

10년의 세월이 흘러 해리는 이제 열한 살이 되었다. 그는 더즐리 부부의 집에서 '바로잡아야 할 문제'가 많은 불행한 삶을 살고 있다. 해리는 계단 아래 벽장에서 잔다. 친부모에 대해 거의 알지 못하는 고아이고 어디 하나 마음 붙일 곳 없어 외롭다. 더즐리 부부는 그를 심하게 구박한다. 정체(죽음의 순간)가 선명하게 드러난다. 삶이 나아지지 않는다면 해리는 시들어 죽을 것이다.

문제는 해리가 자신이 특별하다는 것도, 마법 능력이 있다는 것도 전혀 모른다는 것이다! 하지만 해리의 주변에서 이상한 일들이 일어난다. 동물원에 갔다가 (무의식적으로) 유리창을 없애 뱀을 풀어 준다.

4. 기폭제

의문의 편지가 도착하면서 해리의 1막 세계를 방해한다. 버논 이모부는 해리가 읽지 못하도록 편지를 태워 버린다. 하지만 그 후로도 편지가 계속 온다.

해리에게 온 편지로 집 안이 가득 찰 지경이다. 더즐리 부부는 편지를 피해 외딴 오두막에 숨는다. 그러나 문을 크게 두드리는 소리가 나더니 해그리드라는 이름의 거인이 와서 해리에게 그가 마법사이며 호그와트라는 마법 학교에 합격했다는 소식을 전한다.

현상 세계가 완전히 깨져 버린다!

해리는 부모가 어떻게 죽었고—이름을 말하면 안 되는 자에 의해—이마의 흉터가 어떻게 생겼는지에 대해서도 알게 된다. 해그리드는 해리를 데려가려고 하지만 더즐리 부부는 반대한다. 싸움에서 누가 이길까? 버논 이모부일까, 거인일까?

5. 토론

다음 날 아침, 잠에서 깬 해리는 모든 것이 꿈이었다고 생각한다. 그런데 거인이 아직 있었다. 이 소설의 토론 비트는 '머글'의 삶에서 마법사의 삶으로의 변화다. 해리는 마법 학교에 입학하는 데 필요한 준비물을 사야 한다.

해그리드는 해리를 다이애건 앨리로 데려간다. 이곳은 런던 시내의 비밀스러운 장소로, 마법사의 세계가 처음 소개되는 장면이다.

해리의 변화에는 물리적인 준비(마법서, 가마솥, 예복 등)뿐만 아니라 심리적인 준비(자신의 과거와 명성, 마법사 세계에서 중요한 존재라는 사실을 알게 되는 것)도 포함된다.

해리는 항상 혼자였고 외로움을 느끼며 살아왔다. 마법 학교에 가면 달라질 수 있을까? '살아남은 아이'라는 엄청난 기대에 부응할 수 있을까?

6. 2막 진입

1막에서 2막 진입은 매우 분명하고 확실하다. 해리는 호그와트로 가는 기차에 타게 되면서 한 세계(머글 세계)를 뒤로하고 다른 세계(완전히 새로운 마법사들의 세계)에 발을 들여놓는다.

옷도 있고 장비도 있고 부엉이(해리의 마스코트 캐릭터)도 있다! 준비는 다 끝났다. 이제 해리는 마법사다.

7. B 스토리

해리는 기차에서 가장 친한 친구이자 조력자가 될 두 사람을 만난다. 론과 헤르미온느는 이 소설의 '쌍둥이 B 스토리 캐릭터'다. 그들은 '살아남은 아이'라는 운명과 그에 따르는 모든 책임을 받아들여야 하는 해리의 주제 학습을 도울 것이다.

8. 재미와 놀이

이 소설은 뒤표지와 줄거리, 선전 포인트를 통해 독자들에게 전제를 약속한다. 마법사들이 다니는 학교에 관한 이야기를 말이다! 롤링은 그 약속을 철저하게 지킨다.

해리는 기차를 타자마자 완전히 다른 세계로 간다. 새로운 세계는 정말 재미있는 세계다. 이 세계에는 기숙사를 배정해 주는 마법의 분류 모자, 움직이는 계단, '어둠의 마법 방어'와 '마법 약', '일반 마법', 비행 수업이 있고 퀴디치라는 완전히 새로운 스포츠, 마법의 사탕도 있다!

새로운 세상은 해리가 알던 세상과 완전히 다르다. 그는 더 이상 무시당하는 하찮은 사람이 아니다. 이곳에서 그는 유명하고 친구들도 생겼다!

하지만 머지않아 우리는 해리에게 적이 있다는 사실을 알게 된다. 해리와 슬리데린 기숙사의 드레이코 말포이 사이에 경쟁의 불꽃이 튄다. 해리에게 앙심을 품은 듯한 심술궂고 수상쩍은 스네이프 교수도 있다.

적들은 있지만 해리의 재미와 놀이 비트는 확실히 '상향 경로'를 보인다. 해리는 새로운 세계가 마음에 들고 마침내 자신이 있을 곳을 찾은 듯하다. 게다가 1학년 학생으로서 퀴디치 팀에 들어가는 큰 성과도 올린다.

9. 중간점

첫 퀴디치 경기는 해리가 새로운 모습으로 맞이하는 첫 번째 '공개적 폭로'라고 할 수 있다. 그는 새로운 세계에 완전히 자리 잡았다. 관중석에 있는 모두에게도 그 사실이 보인다. 해리의 팀이 경기에서 우승하고 (처음에 해리가 빗자루를 제대로 제어하지 못하긴 했어도) 해리는 영웅이 된다.

이 시점에서 해리는 원하는 것을 모두 얻은 것처럼 보인다. 소속될 곳, 잘하는 일, 친구까지 모두 다. 하지만 이것은 '거짓 승리'다. 헤르미온느가 경기 도중에 해리의 빗자루에 주문을 건 사람이 스네이프 교수인 것 같다는 사실을 밝히며 곧 위험이 커진다. 더 이상 재미와 놀이 분위기가 아니다. 호그와트에서 뭔가 큰일이 벌어지고 있다. 해리와 친구들은 진상을 밝히기로 한다.

10. 다가오는 악당

해그리드는 차를 마시다가 실수로 해리와 론, 헤르미온느에게 우연히 마주친 머리 셋 달린 개가 니콜라스 플라멜이라는 사람과 관련되어 있다는 이야기를 한다. 머리 셋 달린 개는 무언가를 지키고 있다. 과연 무엇일까? 상황이 점점 복잡해진다!

해리는 크리스마스에 익명의 누군가로부터 아버지의 것이었던 투명 망토를 선물로 받는다.

얼마 후 해리는 소망을 보여 주는 소망의 거울을 보게 된다. 그 거울을 보자 호그와트에서 자신의 자리를 찾았음에도 불구하고 부모님이 보이고 외로움을 느낀다. 해리는 부모님의 죽음에 대한 악몽을 꾸기 시작한다(내적 악당).

나중에 해리와 헤르미온느, 론은 니콜라스 플라멜의 정체를 알게 된다. 그는 불멸의 존재로 만들어 주는 힘을 가진 마법사의 돌을 만드는 연금술사였다. 그들은 머리 셋 달린 개가 지키고 있는 것이 마법사의 돌이 틀림없다고 생각한다.

외적인 악당도 다가온다. 해리는 스네이프가 볼드모트와 한편임을 의심하기 시작하고 친구들과 밤에 나갔다가 징계를 받는다. 징계의 내용은 금지된 숲으로 가서 해그리드를 돕는 것이었는데, 그곳에서 두건을 쓴 사악한 형상이 유니콘의 피를 빨아먹는 것을 본다. 순간 이마의 흉터에 엄청난 고통이 느껴지기 시작한다. 해리는 그것이 볼드모트라고 확신한다. 그가 마법사의 돌을 손에 넣을 때까지 오래 살기 위해 유니콘의 피를 마시고 있는 거라고.

11. 절망의 순간

해리와 론, 헤르미온느는 볼드모트와 스네이프가 마법사의 돌을 지키는 머리 셋 달린 개를 지나치는 방법을 알고 있음을 확인한다. (해그리드의 입이 문제다!) 가만히 있으면 볼드모트가 곧 마법의 돌을 손에 넣어 불멸의 존재가 될 것이다. (반전된 죽음의 냄새!)

12. 영혼의 어두운 밤

그들은 어떻게 할 것인가?

해리, 론, 헤르미온느는 볼드모트가 돌을 손에 넣도록 놔둘 수 없다. 스네이프가 볼드모트의 하수인이라고 생각한 그들은 덤블도어에게 그 사실을 알리러 가지만 교장 선생님은 자리를 비웠다. 어쩔 수 없이 맥고나걸 교수에게 마법의 돌이 위험에 처했다고 알리지만 그녀는 돌이 안전하다면서 무시한다.

13. 3막 진입

아이들에게는 다른 선택의 여지가 없다. 직접 돌을 찾으러 가야만 한다. 해리, 론, 헤르미온느는 스네이프 교수가 볼드모트를 위해 돌을 가져가는 것을 막기 위해 몇 시간 후 기숙사에서 몰래 빠져나가기로 한다.

14. 피날레

포인트 1: 팀 조직

해리, 론, 헤르미온느는 진짜 성(호그와트 성!)을 습격할 준비를 하고자 모두가 잠든 후에 만난다. 그들은 피브스(폴터가이스트)와 네빌 롱보텀을 지나쳐야 한다. 네빌은 더 이상 말썽을 부리면 안 된다고 그들을 막아선다.

포인트 2: 계획 실행

아이들이 4층 복도에 도착해 보니 머리 셋 달린 개는 이미 잠들었고 바닥 문이 열려 있다. 스네이프가 이미 도착했고 너무 늦었을지도 모른다는 뜻이다! 그를 찾으러 바닥 문 아래로 내려간 아이들은 악마의 덫, 마법사 체스 판, 마법의 약 테스트와 마주한다. 새로운 도전 과제가 나올 때마다 팀원이 'B 스토리 희생'을 보여 주고, 주인공 해리는 끝까지 가 그곳에서 기다리고 있을 무언가를 혼자 마주한다. (론은 체스판에서, 헤르미온느는 마법의 약 테스트에서 희생한다.)

포인트 3: 높은 탑 서프라이즈

해리는 마지막 방에서 스네이프 교수가 아닌, 그동안 조금도 의심하지 않았던 퀴럴 교수를 마주치고 큰 충격을 받는다.

볼드모트를 위해 마법사의 돌을 손에 넣으려고 한 하수인은 다름 아닌 퀴럴이었다. 퀴럴은 해리를 마법의 밧줄로 묶는다. 해리는 어떻게 해야 할지 몰라 당황한다. 그는 퀴럴로부터 어떻게 자신을 지킬 것인가?

포인트 4: 깊이 파고들다

방에 소망의 거울이 있다. 퀴럴은 돌을 찾으려고 해리에게 거울을 들여다보라고 한다. 해리가 거울을 보자 주머니에 돌을 숨기는 자신이 보인다. 하지만 그는 퀴럴에게 우승컵을 들고 있는 모습이 보인다고 거짓말을 한다.

그때 소름 끼치는 목소리가 거짓말이라고 소리치며 해리와 직접 말하고 싶다고 한다. 퀴럴이 머리에 두른 터번을 벗자 퀴럴의 몸에 기생한 볼드모트가 보인다. 퀴럴(볼드모트)이 해리에게 손을 뻗어 만지자 해리의 흉터에서 극심한 통증이 느껴진다. 하지만 볼드모트도 비명을 지른다. 순간 해리는 어떻게 된 것인지 깨닫는다. '살아남은 아이'인 자신에게는 이미 볼드모트로부터 자신을 지킬 능력이 있다는 것을. 그 힘이 자기 안에 있다는 것을.

포인트 5: 새로운 계획의 실행

볼드모트는 퀴럴에게 해리를 죽이라고 명령한다. 하지만 자신의 힘을 알게 된 해리가 손을 뻗어 퀴럴의 얼굴을 잡는다. 순산 극심한 통증이 온몸을 관통한다. 해리는 기절하고 학교 의무실에서 깨어난다. 덤블도어는 퀴럴이 죽었고 볼드모트는 어디로 갔는지 모르고 (하지만 분명히 돌아올 것이다) 마법사의 돌은 파괴되었다고 말한다. 해리가 어떻게 자신이 돌을 얻을 수 있었느냐고 묻자 덤블도어는 사용하려는 목적이 없는 사람만이 돌을 얻을 수 있도록 마법을 써 놓았다고 설명한다. 그는 또한 해리가 볼드모트로부터 자신을 지킬 수 있었던 것은 어머니가 그에게 준 사랑 때문이라고 말한다. (어머니는 죽기 직전, 해리에게 보호 주문을 건다.) 볼드모트는 그 사랑을 뚫을 수 없었다.

해리는 퇴원한다. 우승컵은 그리핀도르 기숙사가 차지한다. 해리는 친구들과 함께 축하한다.

15. 마지막 이미지

해리와 헤르미온느, 론은 런던으로 돌아가는 호그와트 열차에 탄다. 기차역에서 해리는 언제나처럼 불쾌한 버논 이모부를 다시 만난다. 하지만 해리는 이제 완전히 다른 사람이다. 예전의 수줍고 소심한 고아가 아니다. 자신감이 생겼고 친구도 생겼다. 이제 혼자라고 느끼지 않는다.

해리가 친구들에게 작별 인사를 하고 여름 동안 마법을 이용해 사촌 더들리에게 복수할 것이라고 말하면서 마침내 판도가 바뀌었음을 보여 준다. 독자들이 처음 만난 오프닝 이미지의 거울 이미지다.

『해리 포터와 마법사의 돌』은 왜 슈퍼히어로 소설일까?

『해리 포터와 마법사의 돌』에는 성공적인 슈퍼히어로 소설의 3가지 요소가 모두 들어 있다.

• 힘: 해리는 그냥 마법사가 아니라 역사상 가장 위대한 마법사가 될 운명을 타고났다. 볼드모트를 물리친 '살아남은 아이'로, 다른 사람들보다 위대하다.

- 적: 해리에게는 두 명의 적수가 있다. 말포이(또래 앙숙)와 볼드모트(궁극의 적수)는 둘 다 스스로 만든 영웅 캐릭터다.
- 저주: 어렸을 때부터 해리를 따라다니는 '살아남은 아이'라는 꼬리표에는 단점이 있다. 주제 명시 비트에서 덤블도어가 말하듯 해리는 걷기도 전에 유명해졌다. 어린아이가 감당하기에는 벅찬 일이다.

『해리 포터와 마법사의 돌』
비트 시트 요약

---

1. **오프닝 이미지**: 볼드모트는 (현재로서는) 패배했고 그 공격에서 살아남은 아기는 덤블도어에 의해 친척 집에 맡겨진다.

2. **주제 명시**: "걷고 말하기도 전에 유명해졌으니 말이오! 자신이 기억하지도 못하는 일로 유명해졌으니 말이오! 그러니 그 애가 받아들일 준비가 될 때까지 그 모든 것으로부터 떨어져 자라는 게 차라리 훨씬 더 낫다고 생각되지 않소?" 해리가 이 소설에서 (나머지 시리즈에서도) 배워야 할 교훈은 '선택받은 자'라는 자신의 지위에 대처하는 방법이다.

3. **설정**: 해리는 친척 집에서 불행한 삶을 살고 있다. 더즐리 부부는 해리를 몹시 구박하고 계단 아래 벽장에서 자게 한다. 해리는 사람들에게 무시당하는 소심하고 외로운 아이다.

4. **기폭제**: 해리 앞으로 의문의 편지가 도착하지만 해리는 끝내 편지를 열어 보지 못한다. 마침내 해그리드라는 이

름의 거인이 찾아와 해리가 마법사이고 호그와트 마법

학교에 합격했다는 사실을 알려 준다.

5. **토론**: 해리는 호그와트에 갈 준비를 하기 위해 해그리드

와 함께 다이애건 앨리로 가고, 그곳에서 자신의 유명

세를 알게 된다.

6. **2막 진입**: 해리는 호그와드로 가는 기차에 탄다. 공식

적으로 머글 세계를 뒤로하고 새로운 마법 세계로 들

어간다.

7. **B 스토리**: 해리는 기차에서 앞으로 가장 친한 친구가 될

론과 헤르미온느(쌍둥이 B 스토리 캐릭터)를 만난다.

8. **재미와 놀이**: 해리는 마법 수업을 듣고, 하늘을 나는 법

을 배우고, 퀴디치 팀에 들어가는 등 호그와트에서 즐

겁게 생활한다.

9. **중간점**: 해리는 첫 퀴디치 시합에서 우승하지만 스네이

프 교수가 경기 도중에 자신을 죽이려 했다는 사실을 알

게 된다(커진 위험).

10. **다가오는 악당**: 해리, 론, 헤르미온느는 불로장생의 힘

을 가진 마법사의 돌의 존재와 볼드모트가 그것을 손

에 넣으려고 한다는 사실을 알게 된다.

11. **절망의 순간**: 해리, 론, 헤르미온느는 호그와트 성에 보

관 중인 마법사의 돌이 곧 볼드모트의 손에 들어갈 위험에 처했음을 알게 된다.

12. **영혼의 어두운 밤**: 아이들은 덤블도어에게 도움을 청하려고 하지만 자리에 없었고 맥고나걸 교수는 무시한다.

13. **3막 진입**: 해리와 친구들은 볼드모트로부터 돌을 지키기 위해 직접 돌을 찾기로 한다.

14. **피날레**: 여러 마법의 과제를 통과한 해리는 볼드모트의 하수인이 퀴럴 교수라는 사실을 알게 된다. 해리는 자기 안에 있는 힘을 깨닫고 볼드모트의 얼굴을 만져 그를 물리치고 돌을 구한다.

15. **마지막 이미지**: 1학년이 끝나고 해리는 예전과 달라진 모습으로 집에 간다. 이제 그는 자신감이 생겼고 외롭지 않으며 자신이 있을 곳을 찾았다.

8.

평범한 사람에게 닥친 문제

궁극적인 시험에서 살아남기

우리는 세상을 구할 운명을 타고난 '선택받은 자'에 대한 이야기를 좋아하지만 평범한 남녀가 특별한 난관에 맞서는 고무적인 이야기도 읽고 싶어 한다.

평범한 사람에게 닥친 문제가 바로 그런 장르의 이야기다.

우리는 모두 평범한 사람이기 때문에 이만큼 공감이 잘 되는 장르도 없다. 그리고 우리는 평범한 하루하루가 눈 깜짝할 사이에 특별해질 수 있다는 것을 잘 알고 있다.

슈퍼히어로 이야기와 달리, 이 장르의 주인공들은 특별하지도 않고 세상을 구할 운명을 타고난 것도 아니다. (적어도 시작 부분에서는 그렇다!) 그들은 평범한 일상을 보내는 평범한 사람들이다. 그러던 어느 날 갑자기 하늘이 두 쪽 날 만한 일이 터진다! 아무런 잘못도 하지 않았는데 전혀 예상하지도, 자초하지도 않은 거대한 소용돌이에 휘말린다.

그들은 갑작스럽게 닥친 고통에 마주할 준비가 되어 있는가? 아닌 듯하다. 평범한 사람에게 닥친 문제 이야기는 그래서 재미있다. 결국, 주인공은 상황에 맞서게 되고, 결코 가능하리라고 생각하지 못했던 것들을 (독자들에게도 불가능해 보였던 것들을!) 해낼 것이다.

'평범한 사람'은 성별이나 인종, 직업이 천차만별이다. 『마션』의 마크 와트니(평범한 우주비행사), 루이스 새커의 『구덩이』의 스탠리 옐네츠(평범한 소년), 『헝거 게임』의 캣니스 에버딘(판엠에 사는 평범한 10대 소녀), 『그래서 그들은 바다로 갔다』의 미치 맥디르(평범한 변호사) 그리고 잭 런던의 『야성의 부름』에 나오는 벅마저도 평범한 개다!

평범한 사람에게 닥친 문제 장르는 거대한 시련과 마주해 살아남기 위해, 정신을 놓지 않기 위해 투쟁해야만 하는 고독한 남자와 여자 혹은 집단(혹은 고독한 개!)의 이야기를 다룬다. 주인공들은 문제를 자초하지 않았다. 그들은 영문을 알지 못한 채로 끔찍한 상황에 휘말린다. 심각한 곤경에 빠진다. 문제가 크면 클수록 이야기가 더 재미있어진다!

하지만 문제는 상대적이라는 것을 기억해야 한다. 주인공의 배경과 특징, 기술 등을 고려해 잘 어울리는 시련을 설정해 주어야 한다. 인물에 걸맞은 시련(의 크기)이 이야기의 성공을 좌우한다.

예를 들어 『마션』의 마크 와트니는 숙련된 우주비행사이자 식물학자이므로 정글 같은 곳에서는 거뜬히 살아남을 수 있을 것이다. 하지만 그가 홀로 남겨지는 곳은 정글이 아니다. 그 많은 곳 중에서도 하필이면 화성에 홀로 남겨진다. 마크가 화성에서 해내는 일들은 우주비행사가 아닌 사람들에게는 '절대로' 불가능하다. 하지만 마크에게는 '어쩌면' 가능할 수도 있다. 거기에 큰 차이가 있다. 절대로 불가능한 경우라면 주인공의 죽음으로 시시하리만큼 금방 끝나겠지만 어쩌면 가능한 경우라면 훌륭한 이야깃거리가 된다.

또 하나 주목할 점은 이 장르는 외부적 악당이 존재하면 더 재미있다는 것이다. 외부적 악당은 은밀하게 움직이며 가엾은 주인공에게 새롭고 흥미진진한 시련을 계속 던진다. 『미저리』의 애니 월크 스처럼 개인일 수도 있다. 『그래서 그들은 바다로 갔다』의 벤디니나 램버트&로크, 『헝거 게임』의 캐피톨처럼 조직, 집단, 정부일 수도 있고 『마션』의 화성이나 『파이 이야기』의 바다처럼 자연일 수도 있다. 하지만 악당의 황금률은 똑같다. 악당이 나쁠수록 주인공이 위대해지고 이야기도 재미있어진다는 것.

악당을 나쁘게 설정하라. 이야기가 진행될수록 점점 악랄해진다면 더 좋다. 『헝거 게임』의 캣니스 에버딘은 게임이 진행될수록 캐피톨이 내던지는 점점 더 험난한 시련을 마주한다. 『마션』에서도 가엾은 마크 와트니가 탈출에 가까워질수록 점점 더 많은 장애물을 맞닥뜨린다.

악당이 누구든 혹은 무엇이든 이 장르의 소설은 주인공이 결국 자신이 가진 무언가를 활용해 적을 능가할 때 독자들에게 만족감을 준다. 주인공과 문제의 궁합이 완벽하게 들어맞아야만 가능하다. 『그래서 그들은 바다로 갔다』의 미치 맥디르는 화성에서 살아남을 수 없을지도 모르지만 부패한 법률 회사에서는 살아남을 수 있다. 영리하고 야심 찬 변호사이기 때문이다. 주인공에게 문제 해결에 필요한 능력을 미리 설정해 주는 것이 중요하다. 캐릭터의 DNA 속에 새겨진 능력 말이다. 하지만 주인공은 궁극적인 시련이 닥치기 전까지는 자신에게 어떤 잠재력이 있고 그것을 어떻게 활용할 수 있는지 깨닫지 못해야 한다. (이는 독자도 마찬가지다.)

주인공과 문제의 조합은 무궁무진하지만 이 장르의 기본적인 규칙은 똑같다. 죄 없는 주인공, 갑작스러운 사건, 생사가 걸린 싸움이 필요하다.

가장 먼저 죄 없는 주인공이 필요하다. 그들은 자초하지도 않은 문제에 휩쓸려야 한다. 마크 와트니는 헤르메스 3호에 탑승한 식물학자로, 평범한 일상을 보내다가 갑작스러운 모래 폭풍으로 인해 사람이 살 수 없는 행성에 홀로 남겨진다. 캣니스 에버딘은 게일과 사냥을 하면서 가족을 먹여 살리며 살아가던 도중, 동생 프림이 헝거 게임에 뽑히는 청천벽력 같은 사건을 맞이한다.

독자들이 이 장르를 사랑하는 이유는 바로 주인공의 무고함 때문이다. 저 사람이 나일 수도 있어! 나도 저렇게 도저히 불가능한 역경을 이겨 내야만 하는 상황에 처할지도 모른다고. 이 장르는 주인공이 저지른 죄에 대해 처벌을 받는 이야기가 아니라 생존을 위해 애쓰는 이야기다. 이 장르의 딜레마는 집 안의 괴물 장르(13장에서 설명)와 달리 왜 이런 곤경에 처했는지가 아니다. 어떻게 빠져나갈 것인지가 문제다.

둘째, 주인공을 고통스러운 상황으로 몰아넣는 급작스러운 사건이 필요하다. 여기에서는 '갑자기'가 중요하다. 기폭제가 겉으로 보기에는 난데없이 발생해 주인공이 상황에 대처할 수밖에 없도록 만든다. 그것도 최대한 빨리 움직여야 한다. 『당신이 남긴 증오』에서 스타 윌리엄스는 친구 칼릴이 갑자기 경찰이 쏜 총에 맞아 사망하는 일을 겪는다. 캣니스 에버딘은 동생 대신 헝거 게임에 자원하기로 했을 때 고민하고 자시고 할 시간이 없었다. 그 자리에서 곧바로 결정한다. 마크 와트니도 화성에 홀로 남겨진 상황에 대해 불평할 시간이 없다. 빠르게 행동하지 않으면 안 된다.

마지막으로, 이야기에 걸맞은 문제가 있어야 한다. 개인, 집단 또는 사회의 존속과 생사가 걸린 싸움이 반드시 필요하다.

마크 와트니는 화성에서 탈출하지 못하면 죽는다. 미치 맥디르는 회사에서 빠져나갈 방법을 찾지 못하면 죽는다. 캣니스 에버딘은 23명의 조공인을 죽이지 않으면 죽는다. 『당신이 남긴 증오』의 스타 윌리엄스가 마주하는 생사가 걸린 싸움은 그녀가 자란 공동체의 존립이 달린 싸움이다. 칼릴의 죽음이 일으킨 파장이 공동체를 허물어뜨리고 있다.

한마디로 문제는 거대해야만 한다.

당신이 설정한 문제가 충분히 거대한지 확인하고 싶다면 다른 사람에게 그 문제 이야기를 들려주면 된다. "와, 엄청나게 심각한 문제네"라는 반응이 나와야 한다. 그다음에 '나라면 그 상황에서 어떻게 할까?'라는 생각이 든다면 더 좋다.

이 테스트를 통과했다면 축하한다. 당신의 소설은 평범한 사람에게 닥친 문제 이야기로 훌륭하다.

이 장르에서 자주 등장하는 요소가 또 있는데 바로 '로맨스 상대'다. 이 캐릭터는 항상 존재하는 것은 아니지만 보통 주인공의 지지자나 치어리더로 활용된다. 『헝거 게임』의 피타 멜라크는 캣니스의 가장 든든한 지지자이자 친구다. 『당신이 남긴 증오』에서 크리스는 무슨 일이 있어도 스타의 편이 되어 준다. 이런 B 스토리 캐릭터들은 주인공이 결국 자신을 믿고 문제를 극복하는 데 필요한 힘을 찾도록 도와준다. 힘든 상황에 놓인 주인공에게 위안을 주기도 한다.

이른바 '태풍의 눈' 순간에 주인공과 로맨스 상대의 애정신scene이 발견된다. 액션의 속도가 잠깐 느려지고 주인공이 (그리고 독자도!) 긴장을 풀고 뒤돌아보는 시간을 가진다. 한마디로 한숨 돌리는 시간이다. 액션만 계속되면 효과가 떨어지고 독자들도 지칠 수 있다. 이럴 땐 잠시 정신없는 상황에서 벗어나 한숨 돌리는 것이 효과적이다. 사랑과 우정의 강도를 높이는 좋은 기회이기도 하다. 『헝거 게임』에서 피타와 캣니스가 키스하는 장면을 생각해 보라. 『당신이 남긴 증오』에는 학교 댄스파티 장면이 있다. 스타의 삶에 너무도 많은 일이 일어나고 있지만 작가는 잠시 속도를 늦추고 스타를 평범한 고등학교 댄스파티에 넣어 극적인 상황에서 잠시 한숨 돌리게 해 준다.

결국, 이 장르의 소설은 인간의 정신 승리에 관한 이야기라고 할 수 있다. 주인공은 결국 살아남는다! 만약 살아남지 못한다면 분명 그럴 만한 이유가 있을 것이다. 독자를 깊은 생각에 잠기게 하는 그런 이유 말이다. 평범한 사람에게 닥친 문제 이야기는 평범한 인간인 우리가 생각했던 것보다 훨씬 평범하지 않다는 사실을 상기시킨다. 우리에게 숨겨진 힘과 재능이 있다는 것을. 그리고 시험에 놓였을 때 인간은 끈기 있게 버티고 이겨 내고 승리한다는 것을!

이런 이야기를 읽으면 살아 있는 기분이 들고 힘이 샘솟는다.

정부에 저항하는 외로운 10대. 행성 전체와 싸우는 외로운 우주비행사. 마피아가 운영하는 회사에 맞서는 변호사. 이런 주인공들의 이야기만큼 힘과 용기를 북돋워 주는 것도 없다.

요약하면, 평범한 사람에게 닥친 문제 소설에는 다음의 3가지 요소가 꼭 들어가야 한다.

- 죄 없는 주인공: 자초하지도 않은 고통스러운 상황에 영문도 모른 채 끌려가지만 문제를 이겨 낼 기술을 가지고 있다(처음에는 드러나지 않더라도).
- 갑작스러운 사건: 죄 없는 주인공을 문제로 몰아넣는 사건. 예고 없이 확실하게 닥쳐야 한다.
- 생사가 걸린 싸움: 개인, 집단, 사회의 생존과 존립이 위협받는다.

인기 평범한 사람에게 닥친 문제 소설

- 대니얼 디포, 『로빈슨 크루소』
- 잭 런던, 『야성의 부름』
- 로알드 달, 『내 친구 꼬마 거인』
- 스티븐 킹, 『미저리』(다음 페이지에 비트 시트 수록)
- 존 그리샴, 『그래서 그들은 바다로 갔다』
- 루이 새커, 『구덩이』
- 얀 마텔, 『파이 이야기』
- 수잔 콜린스, 『헝거 게임』
- 앤디 위어, 『마션』
- 릭 얀시, 『제5침공』
- 에이미 카우프만Amie Kaufman과 제이 크리스토프Jay Kristoff, 『일루 미네이』
- 앤지 토머스, 『당신이 남긴 증오』

『미저리』

작가: 스티븐 킹

세이브 더 캣 분류: 평범한 사람에게 닥친 문제

일반 분류: 심리 스릴러

이 책에 스티븐 킹이 쓴 소설의 비트 시트가 들어가지 않는다면 말도 안 되는 일일 것이다. 스티븐 킹은 이 시대의 가장 유명한 소설가 중 한 명이다. 그의 소설은 세계적으로 3억 5천만 부 이상 팔렸다.

스티븐 킹의 고전은 다수가 세이브 더 캣 장르 중 하나인 집 안의 괴물 장르에 속한다. 하지만 여기에서는 평범한 사람에게 닥친 문제 장르의 훌륭한 표본인 심리 스릴러 『미저리』를 분석하기로 한다.

『미저리』를 선택한 이유는 다름이 아니라 그 소설이 최고의 소설을 쓰려고 애쓰는 작가의 이야기이기 때문이다! (그냥 지나치기엔 이 책과 너무 잘 어울리는 내용이다.) 게다가 스티븐 킹은 『미저리』의 주인공인 소설가—자신이 쓴 로맨스 소설 시리즈의 성공이 족쇄가 되어 버린—에 자기 자신을 투영한다. 스티븐 킹 역시 자신을 유명하게 만들어 준 공포 소설이 그에게 족쇄가 돼 버린 부분에 대해 어쩔 도리 없이 좌절감을 느낀 적이 있으며, 이 소설은 그에 대한 은유라고 밝힌 바 있다. 물론 『미저리』가 구성이 정말로 탄탄한 소설이라는 점은 말할 것도 없고!

소설 집필은 때때로 글을 끝까지 쓰지 않으면 죽이겠다고 협박하는 사이코패스와 한집에 간힌 듯한 기분을 자아내기도 한다. 그러나 스티븐 킹은 『미저리』를 통해 글쓰기가 불행에서 벗어나는 탈출구이자 때로는 목숨을 구해 주는 생명 줄이 되기도 한다는, 보다 고무적인 메시지를 전한다.

1. 오프닝 이미지

주인공 폴 셸던은 극심한 고통 속에서 깨어난다. 죽음의 문턱에 이르러 정신이 혼미하다. 누군가가 그의 입에 숨을 불어 넣으며 살리려고 애쓴다. 정신이 들어 보니, 그는 콜로라도 사이드와인더에 있는 그의 열성 팬 애니 윌크스라는 여자의 집에 있다.

2. 설정

폴의 의식이 오락가락하는 동안 우리는 그에 대해 더 많은 것을 알게 된다. 그는 빅토리아 시대를 배경으로 하는 유명 로맨스 소설

『미저리』 시리즈의 작가다. 새로운 장르에 도전하고 싶어서 최근에 주인공 미저리가 사망하는 것으로 시리즈를 완결했다. 그는 막 탈고한 새 작품『패스트 카Fast Cars』를 자랑스럽게 생각한다. 우리는 폴이 어쩌다 지금의 상황에 놓이게 되었는지도 알게 된다. 교통사고를 당한 그를 전직 간호사인 애니가 발견해 차에서 끌어내 구해 주었고 부러진 다리에 부목도 대 주었다. 애니는 폴에게 노브릴이라는 진통제를 계속 먹여 중독시킨다.

머지않아 폴은 애니가 제정신이 아니고 예측할 수 없는 위험한 인물임을 알게 된다. 그녀는 그가 고통스러워할 때 약을 주지 않는다. 시내에서 멀리 떨어져 있고 도로 사정이 나빠서 병원에 데려갈 수 없다고 주장한다. 폴은 그녀가 자신을 구해 주었지만 감금해 두고 있다는 사실을 서서히 깨닫는다.

애니는 폴이 최근에 탈고한 새 작품의 원고를 읽고는 분노한다. 『미저리』 시리즈도 아닐뿐더러 (그녀는 이 시리즈의 열성 팬이다) 그녀가 용납할 수 없는 욕지거리도 가득하다. 그녀는 욕을 한 벌로 폴에게 비눗물과 함께 약을 먹인다.

3. 주제 명시

자신에게 무슨 일이 일어났고 왜 여기 있는지를 헤아리려고 하는 폴에게 애니가 말한다. "폴, 당신은 나에게 목숨을 빚졌어요. 그걸 명심하도록 해요."

이 소설에는 흥미로운 주제가 많이 나오지만 폴이 깨우쳐야 할 교훈(주제)은 생존이다. 이 소설은 그가 겪는 끔찍한 시련과 생존과의 모순적인 연관성에 관한 이야기이기도 하다. 애니는 앞으로 약 550쪽에 걸쳐 그에게 끔찍한 공포를 선사하지만 그녀가 그를 교통사고에서 구해 준 것은 사실이다. 그리고 무엇보다 애니는 폴이 최고의 작품을 쓰도록 끔찍한 수단을 동원해 몰아붙일 것이다. 그 결과로 그가 쓰게 되는 책이 바로 『미저리의 귀환』인데, 결국 이 소설은 문자 그대로나 비유적으로나 폴의 목숨을 구하게 된다.

스티븐 킹은 이렇게 적었다. "그는 좋은 소설과 잘 팔리는 소설이라는 두 종류의 작품을 쓴 폴 셸던이었다." 이것이 소설의 첫머리에서 폴이 자신을 바라보는 시각이다. 그는 자신에게 성공을 가져다준 『미저리』 시리즈를 경멸했다. 하지만 결국 폴은 그가 훌륭한 작품으로 승화시키기만 한다면 상업적인 책도 훌륭한 책이 될 수 있다는 사실을 깨닫게 될 것이다. 그는 『미저리의 귀환』의 영감을 얻었을 때 마침내 현실의 고통에서 벗어나는 탈출구를 발견한다. 삶의 의지도 찾는다.

스티븐 킹만의 충격적이고도 탁월한 방법으로 애니 윌크스는 정말 폴 셸던의 목숨을 구한다.

4. 기폭제

애니 윌크스는 심리가 불안정하다. 독자들은 이미 그 사실을 깨닫기 시작했다. 폴은 (그리고 독자들은) 상황이 얼마나 더 나빠질 수 있는지 알게 된다. 『미저리의 아이』를 다 읽은 애니는 폴이 주인공을 죽이고 시리즈를 완결했다는 사실을 알고 침대 옆 테이블을 뒤집으며 분노한다. 그녀는 폴에게 '현명하지 못한' 행동을 하기 전에 나가겠다고 말하며 집을 나가 버린다.

몸을 움직이지 못하는 폴은 음식과 물, 약도 없이 애니가 언제 돌아올지 모르는 채로 혼자 남겨진다. 마침내 폴은 자신이 처한 상황에 대해 뭔가를 하지 않으면 안 되게 되었다.

5. 토론

어떻게 할 것인가? 이것이 폴의 토론 질문이다.

하루가 지나자 그는 애니가 죽은 건 아닌지 의아해지기 시작한다. 그렇다면 그는 이 방에서 죽음을 맞이하게 될 것이다. 하지만 애니가 돌아온다. 통증이 심한 폴은 약을 달라고 애원한다. 그녀는 신작 원고를 불태우면 약을 주겠다고 한다. 그러고는 바비큐 그릴을 가져온다. 폴은 심각한 갈등에 빠진다. 신작 원고는 원본뿐 사본이 없다. 불태우면 영영 사라진다. 하지만 그는 약이 필요하다.

결국, 원고를 불태운 그는 애니를 죽여 버리겠다고 다짐한다.

애니는 폴에게 낡은 로열 타자기를 가져다주면서 『미저리』 시리즈의 새 작품 『미저리의 귀환』을 쓰라고 강요한다. 그를 간호해 주는 대가로 오로지 그녀만을 위한 작품을 쓰라고 한다. 과연 폴은 그렇게 할까?

그는 책을 다 쓰면 보내 줄 것인지 묻는다. 애니는 애매하게 그러겠다고 한다. 폴은 그것이 거짓말임을 알지만 그녀가 원하는 책을 쓰는 것만이 당장 목숨을 부지하는 방법이라는 것도 알고 있다.

6. 2막 진입

폴은 자신의 토론 질문에 대해 주체적인 결정을 내린다. 그는 『미저리의 귀환』을 쓰기로 한다. 놀랍게도 다시 글을 쓴다는 것이 기대되기도 한다.

7. B 스토리

이 소설의 B 스토리는 폴과 『미저리의 귀환』이라는 책과의 관계다.『미저리』시리즈의 주인공 미저리 채스틴은 결국 폴이 주제를 학습하게 만든다는 점에서 B 스토리 캐릭터라고 할 수 있다.

애니의 집으로 오기 전 폴은 이미 그 캐릭터와 그 세계, 그 시리즈와 기꺼이 작별을 고했다. 하지만 그가 다시『미저리』시리즈를 쓸수록, 애니가 대충 쓰지 말고 '제대로' 쓰라고 몰아붙일수록 그 이야기에 점점 빠져든다. 플롯과 캐릭터에 깊이 몰두하게 되고 결국 인생 최고의 역작을 쓰게 된다.

"아이러니하게도 그는 그녀의 강요 덕분에『미저리』시리즈의 최고 편을 쓰게 되었다."

『미저리의 귀환』은 문자 그대로나 비유적으로나 폴의 목숨을 구한다. 그 소설의 완성은 폴이 미친 애니 윌크스와 맞서는 유일한 협상 카드가 되어 준다. 동시에 미완성인 상태의 소설은 그에게 삶의 의지를 불어넣는다. (소설가라면 쉽게 공감할 수 있는 부분일 것이다!)

8. 재미와 놀이

2막은『미저리의 귀환』집필에 초점이 맞춰진다. 그것이 폴의 2막 세계인 것이다. 그는 새로운 장소로 가지 않았다. 새로 등장하는 캐릭터도 없다. 하지만 그는 예상치 못한 곳으로 가고 있다. 이미 끝냈다고 생각했던 시리즈로 돌아간다.

소설 속에 등장하는 또 다른 소설. 우리는 폴이 계속 노력하는 모습을 그의 집필 작업을 통해 엿볼 수 있다. 하지만 글쓰기 작업은 시작부터 삐걱거린다. 타자기 종이를 잘못 사 왔다는 말에 애니는 불같이 화를 내며 폴의 부러진 무릎에 펀치를 날리고 또다시 나가 버린다.

그녀가 얼마 만에 돌아올지 모르는 폴은 이번에는 문의 자물쇠를 열고 휠체어로 나가 도움을 청하려고 한다. 하지만 전화가 끊겼다. 그는 욕실에서 노브릴 진통제를 발견한다. 가까스로 애니가 돌아오기 전에 방으로 돌아와 매트리스 밑에 약을 숨긴다.

폴은 소설의 몇 챕터를 쓴다. 마지막 책에서 죽인 미저리를 되살리는 방법을 찾아야만 한다. 초고를 읽은 애니는 자신을 '속였다'라면서 이런 식의 부활은 용납할 수 없다고 한다. 폴은 오로지 책을 끝낼 목적으로 대충 쓰는 방법은 통하지 않는다는 것을 깨닫는다. 애니에게 그 방법은 통하지 않는다. 글에 진정으로 노력을 쏟아부어야만 한다(주제).

그러던 중, 폴에게 새로운 아이디어가 떠오르고 영감이 샘솟는다. 글을 쓰기 시작하고 이내 완전히 몰두한다.

스티븐 킹은 이렇게 적는다. "폴은 그녀가 거기 있는지 전혀 알지 못했다. 사실 자신이 거기 있는지도 몰랐다. 그는 마침내 탈출했다."

애니는 소설의 첫 여섯 챕터를 읽고 마음에 들어한다.

"계속 쓸까요?" 폴이 묻자 애니는 "계속 쓰지 않으면 죽여 버리겠어!"라고 한다. 애니 윌크스는 어둡고 뒤틀린 방법이지만 폴 셸던이 최고의 역작을 쓰도록 몰아붙임으로써 아이러니하게도 그의 목숨을 구한다. 주제가 또다시 확인되는 순간이다.

몇 주 동안 폴은 하루에 평균 12쪽을 쓰면서 집필에 완전히 몰두한다. 폴과 애니에게는 규칙적인 일과가 생긴다. 그는 낮에 글을 쓰고 저녁 식사 후에 그녀와 함께 TV를 본다. 폴이 처한 상황은 끔찍하지만 그가 소설 작업에 점점 심취함에 따라 기이하게도 재미와 놀이 비트는 상향 경로를 그린다.

9. 중간점

집필 작업은 꽤 잘되어 가고 있다. 폴은 실제로 글쓰기를 즐기고 있다. 작품 중반부에 이런 내용이 나온다. "『미저리』 시리즈 1편 이후로 가장 내용이 풍성하고 캐릭터들도 생동감 넘쳤다." 『미저리의 귀환』은 폴이 지금까지 쓴 소설 중 최고의 소설이 되었다.

하지만 이것은 명백한 거짓 승리다. 왜냐하면 그가 여전히 사이코패스의 집에 감금되어 있기 때문이다. 이 점을 일깨워 주기라도 하듯 몇 페이지 뒤에 가서 비가 내리고 애니가 깊은 우울증에 빠지면서 위험이 커진다. 폴은 그녀가 정신적으로 불안한 미치광이라는 것을 진즉 알았지만 이 변화는 애니의 완전히 새로운 면을 드러내 주는 듯하다.

"그는 모든 가면이 벗겨진 진짜 애니, 내면의 애니를 보고 있음을 깨달았다." 폴은 그녀로부터 같이 자살하자는 말을 듣고 깨닫는다. "나는 살면서 그 어느 때보다 죽음에 가까워졌다."

마침내 애니는 지금까지 두 사람이 입 밖에 내지 않았던 말을 꺼낸다. 그녀가 결코 그를 보내 주지 않을 것이고 결국 죽일 거라고. 폴은 소설을 완성하기 전까지는 죽고 싶지 않다고 말하며 시간을 번다(시간제한 발생). 애니도 동의하고 잠시 나갔다 오겠다고 말한다. 미저리 채스틴이 또 한 번 폴의 목숨을 구한다.

10. 다가오는 악당

애니가 집을 비우자 폴은 다시 도망칠 방법을 찾아 방에서 나간다. 집 안의 문은 전부 빗장을 걸어 잠갔고 설령 나갈 수 있다고 해도 외딴곳이라 수 킬로미터를 이동해야 한다. 그의 몸 상태로는 절대로 불가능하다.

살아서 이곳을 나가는 것을 포기하라는(주제 거부) 내면의 목소리가 들리고 폴은 자기 자신과 싸운다(내적 악당). 그러나 그는 절대 포기하지 않겠다고 다짐한다. 부엌에서 음식을 챙겨 방으로 돌아가던 그는 '메모리 레인'이라는 제목의 스크랩북을 발견한다. 외적인 악당이 다가오는 순간이다. 폴은 스크랩북을 훑어보고 애니의 광기가 생각보다 훨씬 위험한 상태라는 것을 알게 된다. 그녀는 수많은 사람을 죽인 연쇄 살인마였다. 가족, 아이들, 심지어 아기들까지 죽인 범죄자였다! 그런데도 벌을 받지 않았다. 덴버에서 열린 마지막 재판에서 그녀는 증거 부족으로 풀려났다.

폴은 살아서 나가려면 애니 윌크스를 죽여야만 한다는 것을 깨닫는다. 방법을 궁리하던 그는 그녀의 목을 찌르기로 한다. 부엌에서 칼을 가져와 매트리스 밑에 숨긴다.

집으로 돌아온 애니가 폴에게 무언가를 주사한다. 의식을 잃었다 깨어나자 애니는 그가 자물쇠를 열고 방을 나간 사실을 다 알고 있었다고 밝힌다. 그가 스크랩북을 봤다는 것도 알고 있으며 매트리스 밑에 숨겨 둔 칼도 가져갔다. 맞서 싸우겠다는 폴의 희망이 무너진다. 애니는 그에게 투여한 것이 "수술 전 주사"라고 말한다. 폴은 수술 전 주사가 무엇인지 의아해하며 기겁한다. 애니는 폴이 다시는 도망치지 못하도록 한쪽 발목을 자르고 산소 용접기로 상처 부위를 지진다.

폴의 상태가 나빠짐에 따라 (엄지손가락도 잃는다) 그가 써 온 타자기의 상태도 나빠진다. 이미 N이 없고 R과 E도 빠져서 책을 완성하기가 더욱더 힘들어진다. 그는 결국 손으로 쓰기로 한다. 이것은 또 다른 하향 경로의 징조일 뿐만 아니라 일반적인 글쓰기 작업을 상징한다. 뒤로 갈수록 더 힘들어진다는 것 말이다.

애니의 정신 상태가 악화되고 폴도 계속 흔들린다. 그는 미저리

채스틴(B 스토리 캐릭터)이 자신의 목숨을 붙잡아 두고 있음을 깨닫는다. "그는 더 이상 아무것도 확신할 수 없었다. 딱 한 가지만 빼고. 그의 목숨이 전적으로 미저리에게 달려 있다는 것. 그는 죽어야 했지만 죽을 수 없었다. 소설이 완성되기 전까지는."

책의 결말을 알고 싶다는 바람이 폴과 애니 둘 다를 살려 놓고 있었다.

11. 절망의 순간
- - - - - - - - - - - - - - - - - - -

경찰차가 애니의 집으로 찾아온다. 처음에 폴은 애니의 보복이 두려워 소리조차 지르지 못하고 얼어붙는다. 드디어 도와 달라고 소리치고 재떨이를 던져 창문을 깨뜨려서 경찰의 주의를 끄는 데 성공한다. 하지만 경찰이 그가 실종된 작가임을 알아보는 순간, 애니가 경찰을 죽인다(죽음의 냄새). 여러 번 찌르고 잔디깎이로 갈아 버린다.

그녀는 폴에게 "당신은 나중에 처리하겠어"라고 말한다.

12. 영혼의 어두운 밤
- -

폴은 애니에게 차라리 자신을 죽여서 모든 걸 끝내 달라고 애원한다(생존과 탈고의 희망이 완전히 사라짐). 애니는 그를 지하 저장고로 데려간다. 폴은 그녀가 이번에는 다른 신체 부위를 자를 것이라고 생각한다. 하지만 그녀는 그를 그곳에 가둔 채 경찰의 시체를 처리하러 간다.

애니는 가기 전에 이 소설의 주제를 다시 명시한다. "난 당신이 얼어 죽지 않도록 망가진 차에서 빼내 부러진 다리에 부목을 대 주고 진통제를 주고 간호해 주고 끔찍한 원고를 버리고 최고의 작품을 쓰게 해 준 것밖에 없어. 그게 미친 짓이라면 날 정신병원에 넣어."

미친 생각이다. 하지만 사실이기도 하다.

폴은 탈출구가 없다는 것을 안다. 그는 소설이 완성되는 대로 죽은 목숨이다. 확실하다. 생존의 희망이 전부 사라졌다. 애니가 그를 쥐가 득실거리는 어두운 지하 저장고에 가두고 폴은 문자 그대로 영혼의 어두운 밤에 놓인다.

13. 3막 진입

정신이 들었다가 깼다가 하면서 애니가 돌아오기를 기다리던 폴은 바비큐 그릴을 발견한다. 애니가 그의 신작 원고를 태운 바로 그 그릴이다. 순간 좋은 생각이 떠오르고 희망이 다시 샘솟는다. 마침내 이곳에서 벗어날 방법을 찾았다.

그는 애니가 돌아오기 전에 그릴에서 연료통을 훔친다.

14. 피날레

포인트 1: 팀 조직

폴은 피날레 계획을 준비하기 위해 애니에게 일주일 안에 책을 끝낼 것이라면서 끝날 때까지 읽지 말라는 약속을 받아 낸다. 그릴에서 빼낸 연료통을 굽도리 아래에 숨긴다.

포인트 2: 계획 실행

폴은 소설을 완성하기 위해 미친 듯 집필에 몰두한다. 다른 경찰이 찾아오지만 폴은 소리 지르거나 주의를 끌지도 않는다. 그는 자신의 손으로 직접 애니를 끝장내고 싶다. 집필을 끝내고 싶은 마음도 간절하다. 자신을 위해서(주제).

폴은 집필을 끝낸다. 탈고를 자축하는 평소 습관대로 애니에게 담배 한 개비를 요청하고 그녀가 성냥을 가져다준다. 그는 그녀가 다른 곳에 가 있는 동안 굽도리 아래에서 연료통의 오일을 꺼낸다. 그는 원고에 오일을 붓고 결말을 읽을 생각으로 들뜬 애니가 돌아오자 원고에 불을 지른다. "이건 정말 훌륭해, 애니. 당신 말이 맞아. 『미저리』 시리즈 중 최고야. 어쩌면 내 인생 최고의 역작이지. 안됐

군. 당신은 절대 읽지 못할 테니까."

애니가 불타는 원고로 달려드는 순간 폴은 그녀를 타자기로 뒤에서 내리치고 불타는 종이를 입에 쑤셔 넣는다. 그녀는 일어나지만 타자기에 걸려 넘어지면서 벽난로 선반에 머리를 부딪혀 죽는다.

포인트 3: 높은 탑 서프라이즈

아니, 그녀는 죽지 않았다! 애니는 눈을 뜨고 폴을 향해 기어간다. 그에게 다가가 목을 조르다가 기절한다. 폴은 그녀가 죽었다고 생각하며 방에서 기어 나와 문을 닫는다. 문 아래로 그녀의 손이 뻗어 나오지만 이내 움직임이 멎는다.

포인트 4: 깊이 파고들다

폴은 화장실에 가서 노브릴을 찾아 세 알을 먹는다. 잠이 쏟아지는 가운데 그는 여전히 그녀가 죽었다는 사실이 믿기지 않는다. 그는 또다시 자신과 싸운다. 계속 무슨 소리가 들리는 것 같지만 상상이 아닐까?

그는 두렵지만 다시 방으로 들어가야만 한다. 진짜 원고를 가져와야 한다. (그가 태운 것은 가짜였다.) 자신을 구해 준 책을 구해야 한다.

방문을 연 폴은 살아 있는 애니를 보지만 이는 그의 상상일 뿐이다. 경찰이 들이닥치고 폴은 마지막 힘까지 쥐어짜 내어 소리를 지른다.

포인트 5: 새로운 계획의 실행

폴은 경찰에 무슨 일이 있었는지 말하고 방을 가리킨다. 경찰이 가 보니 안에 아무도 없다.

9개월 후 폴은 거의 회복된다. 애니가 잘라 낸 발목 대신 의족을 했다. 『미저리의 귀환』이 출간을 앞두고 있다. 출판사는 전례 없이 100만 부 인쇄를 계획했다. 그 소설은 대대적인 성공을 앞두고 있다.

하지만 폴은 여전히 어둠 속에서 애니를 보고 여전히 '애니라는 마약'을 그리워한다. 그는 노브릴만큼이나 그녀에게 중독된 듯하다.

우리는 타자기에 걸려 넘어지며 머리를 다친 애니가 창고로 기어갔다가 거기에서 죽었음을 알게 된다. 폴의 목숨을 구한 타자기가 그녀를 죽였다. 하지만 폴의 마음속에서 그녀는 죽지 않았다. 그는 계속 악몽 속에서, 그리고 글을 쓸 때 그녀를 볼 것이다. 좋든 싫든 애니 윌크스는 영원히 그의 참혹한 뮤즈가 될 것이다.

15. 마지막 이미지

폴은 전기톱을 들고 달려드는 애니를 보고 영감을 받아 새로운 작품을 쓰기 시작한다. 그는 글을 쓸 때 공포를 느끼지만 충격적인 고마움의 감정도 자리한다.

『미저리』가 평범한 사람에게 닥친 문제 소설인 이유는 무엇인가?

『미저리』에는 성공적인 평범한 사람에게 닥친 문제 소설의 3가지 요소가 모두 들어 있다.

- 죄 없는 주인공: 폴 셸던은 애니 윌크스의 집에 감금되어 온갖 끔찍한 일을 당할 만한 잘못을 저지르지 않았다. 자기 소설의 주인공을 죽인 것밖에는(사이코패스인 열성 팬 애니에게는 심각한 죄).
- 갑작스러운 사건: 폴은 갑작스러운 자동차 사고로 몸을 움직일 수 없는 상태가 되어 끔찍한 고통 속으로 끌려간다.
- 생사가 걸린 싸움: 애니가 언제 함께 죽자고 할지 모르는 상황에서 폴은 자신의 목숨을 지키기 위해 싸워야 (글을 써야) 한다.

『미저리』
비트 시트 요약

---

1. **오프닝 이미지**: 폴 셸던은 콜로라도주 사이드와인더에 있는 애니 윌크스의 집에서 눈을 뜬다. 그는 위중한 상태이고 통증이 심하다.

2. **설정**: 폴은 미저리라는 주인공이 나오는 유명 로맨스 소설 시리즈를 쓴 소설가이고, 제정신이 아닌 게 분명한 전직 간호사 애니는 그의 '열성 팬'이다. 애니는 교통사고를 당한 폴을 구조해 자신의 외딴집으로 데려와 치료해 준다.

3. **주제 명시**: "당신은 나에게 목숨을 빚졌어요, 폴. 그걸 명심해요." 경악스럽지만 애니 윌크스는 폴에게 인생 최고의 역작 『미저리의 귀환』을 쓰라고 강요함으로써 문자 그대로 그리고 비유적으로 폴의 목숨을 구하게 될 것이다. 따라서 이 소설의 주제는 생존이다. 가장 끔찍한 상황에서도 삶의 의지를 찾는 것이다.

4. **기폭제**: 애니는 최근에 출간된 시리즈의 마지막 책 『미저리의 아이』를 읽고 폴이 주인공을 죽였다는 사실에 광

분한다. 그녀는 혼자서 아무것도 할 수 없는 그를 남겨 두고 집을 나가 버린다.

5. **토론:** 이제 폴은 어떻게 할 것인가? 어떻게 이 사이코패스로부터 탈출할 수 있을까? 애니는 타자기를 가지고 돌아와 주인공을 살려 내『미저리』시리즈의 새 소설을 쓰면 보내 주겠다고 한다.

6. **2막 진입:** 폴은 애니가 약속을 지킬 거라고 믿지 않지만 『미저리의 귀환』이라는 소설을 쓰기 시작한다.

7. **B 스토리:** 폴의 베스트셀러 시리즈의 주인공 미저리 채스틴이 B 스토리 캐릭터다. 폴과 미저리, 그가 쓰는 새로운 소설과의 관계는 궁극적으로 그에게 생존이라는 주제를 가르쳐 주고 그의 목숨을 구할 것이다.

8. **재미와 놀이:** 폴은 예상치 못하게『미저리』시리즈의 세계로 돌아간다. 그가 집필하는 소설의 내용이 조금씩 나오고 그의 탈출 시도가 실패하기도 한다. 폴이 건성으로 쓴 소설을 보여 주자 애니는 용납할 수 없다면서 다시 쓰라고 한다.

9. **중간점:** 폴은 여전히 감금되어 있지만 중간점 비트는 거짓 승리를 보여 준다.『미저리의 귀환』집필은 순조롭게 진행된다. 하지만 애니가 깊은 우울증에 빠지고 폴이 그

녀가 결국 자신을 죽일 것이라는 사실을 깨달으며 위험이 커진다.

10. **다가오는 악당:** 폴은 애니가 집을 비운 사이에 그녀가 죽인 사람들이 전부 기록된 스크랩북을 발견한다(외적인 악당). 삶의 의지를 잃어버린 그는 온전한 정신을 지키기 위해 자신과 싸운다(내적 악당). 애니는 그가 방에서 나간 것을 알고는 한쪽 발목을 잘라 버린다.

11. **절망의 순간:** 실종된 소설가 폴 셸던을 찾는 경찰차가 찾아온다. 폴은 창밖으로 도움을 요청하지만 애니가 경찰을 죽인다.

12. **영혼의 어두운 밤:** 폴은 애니에게 제발 자신을 죽이고 모든 것을 끝내 달라고 애원한다. 그가 주제 학습과 얼마나 동떨어져 있는지를 보여 준다. 애니는 쥐가 득실거리는 어두운 지하실에 그를 가두고 경찰의 시체를 처리하러 간다.

13. **3막 진입:** 폴은 지하실에서 바비큐 그릴을 발견하고 새로운 아이디어를 떠올린다. 삶의 의욕이 다시 샘솟는다.

14. **피날레:** 폴은 인생 최고의 역작을 완성하고 애니 앞에서 원고를 불태운다. 막으려고 달려드는 그녀를 타자기로 내리친다. 몸싸움 끝에 폴은 살아남는다. 그가 불

태운 것은 가짜 원고였다. 경찰이 와서 그를 구조하고 애니는 죽은 채로 발견된다. 9개월 후 그 소설이 대대적인 베스트셀러가 된다(애니 덕분).

15. 마지막 이미지: 폴은 전기톱을 들고 달려드는 애니의 모습에서 영감을 얻어 새로운 작품을 쓰기 시작한다. 그녀는 영원히 그의 참혹한 뮤즈가 될 것이다.

9.

이 책의 제목에는 고양이가 들어가지만 잠깐 개에 대해 생각해 보자. 그것도 아주 특별한 종류의 개.

바로 언더독Underdog이다.

약자의 승리에 관한 이야기를 좋아하지 않을 사람이 있을까? 이기거나 성공할 가능성이 적은 약체, 항상 무시만 당하던 안쓰러운 주인공이 세상에 (무엇보다 스스로에게) 자신의 가치를 증명한다. 젠장, 나도 중요한 사람이야. 나도 할 수 있다고!

이번에 소개할 장르가 바로 그런 이야기다.

바보의 승리.

이 장르에 속하는 이야기의 주인공은 '바보(무시당하는 언더독)'다. 어떤 기득권이나 집단에 계속 무시당하는 것이 그들의 가장 큰 약점(동시에 가장 큰 강점)이다.

제프 키니의 『윔피 키드』를 생각해 보자. 아무도 그 아이가 중학교에서 잘해 내리라고 생각하지 않는다. 소피 킨셀라의 『쇼퍼홀릭』은 어떨까? 쇼핑 하나 자제할 줄 모르는 여자가 금융 저널리즘의 세계에서 뛰어난 능력을 발휘할 수 있을까? 『제인 에어』에 나오는 제인도 마찬가지다. 그녀는 어딜 가든 냉대와 무시를 받는다. 누구도 그녀가 성공해 행복과 자립을 얻으리라고 생각하지 않는다.

하지만 그녀는 성공한다.

이 주인공들은 전부 해낸다.

결국, 이 이야기 속의 바보는 항상 승리한다. 약자가 이긴다. 그

과정에서 그들은 (대부분 우연에 의해) 기득권층의 우스꽝스러움을 폭
로한다. 끝에서 우스운 꼴이 되는 것은 감히 주인공을 얕잡아 본 기
득권층이다.

이 장르의 소설이 성공하려면 3가지 중요한 요소가 필요하다.
사회에서 무시당하고 자신의 잠재력을 모르는 바보, 바보가 어떤 식
으로든 맞서는 기득권층, 주인공이 새로운 이름이나 새로운 임무를
얻으며 새로운 사람이 되는 변신. 하나씩 자세히 살펴보자.

바보의 나이는 상관없다. 『윔피 키드』의 그레그 헤플리 같은 중
학생 소년에서부터 맥 캐봇의 『프린세스 다이어리』의 미아 서모폴
리스 같은 10대 소녀, 『쇼퍼홀릭』의 베키 블룸우드 같은 성인 여성
까지 다양하다. 처음에 주변에서 무시당해야 한다는 것이 유일한 조
건이다. 무시당하는 이유가 작품 초반에는 주인공의 약점처럼 보이
지만 궁극적으로 가장 큰 강점이라는 사실이 증명될 것이다.

바보의 승리는 아무도 (자기 자신마저!) 주인공이 특별하다는 것
을 알지 못한다는 점에서 슈퍼히어로 이야기와 다르다. 슈퍼히어로
이야기에서는 주인공이 '선택받은 자'라는 것을 거의 모두가 알지
만 바보의 승리 이야기에서는 처음에 주인공을 진지하게 받아들이
거나 위협으로 여기는 사람이 거의 없다.

보통은 기득권층에서 바보의 잠재력을 알아보고 그것을 감추려
고 애쓰는 사람이 한 명 정도 있기는 하다. 바보의 승리 이야기에서

흔히 볼 수 있는 이른바 '질투하는 내부자'라는 캐릭터다. 이 캐릭터는 바보의 진정한 잠재력을 알아보고 (아마도 유일하게!) 위협을 느껴서 어떻게든 바보의 힘을 막으려고 한다.

기득권층은 바보가 대결을 위해 새롭게 들어가거나 이미 구성원으로서 대립하는 집단이나 사회의 단면을 말한다. 줄리 머피의 『덤플링』에 나오는 미인 대회 세계, 『악마는 프라다를 입는다』의 패션 세계, 『윔피 키드』의 평범한 중학교는 전자에 속하고 『제인 에어』나 『올리버 트위스트』의 19세기 사회는 후자에 속한다.

하지만 집단이 등장한다고 속지 말자. 바보의 승리 이야기는 주인공이 특정 집단에 합류하거나 파괴하는 집단 이야기와 같지 않다. 일반적으로 바보는 그냥 자기 할 일을 하며 살아간다. 무언가를 파괴하려고 하지 않는다. 순수함과 진짜 자신을 내보이는 능력이야말로 바보의 가장 큰 힘이자 (아직 모르고 있더라도) 초능력이다. 바보는 시스템이 상징하는 바나 결함과 멀리 떨어져 있음으로써 시스템에 구멍을 뚫어 그 우스꽝스러움을 폭로한다. 그 과정에서 결국 마지막에 웃는 건 바보다.

세 번째 요소인 변신은 바보가 우연히 또는 위장을 통해 다른 사람이 되는 순간이다. 모든 이야기에는 은유적인 변화가 나오지만 이 장르의 변화는 물리적인 것도 포함된다. 비록 몇 페이지에 불과하더라도 주인공이 이름을 바꾸고 변장을 하고 멋지게 옷을 차려입고 새로운 사람이 되는 순간이 나온다.

제인 에어는 가정교사가 되고 『프린세스 다이어리』의 미아 서모 폴리스는 드레스를 입고 티아라를 쓰고 미아 공주가 된다. 『브리짓 존스의 일기』에서 브리짓 존스는 출판사 홍보 업무를 그만두고 TV 방송국 기자로 변신한다.

변신은 기득권층이 주인공을 예전 같은 바보로 보지 않기 시작 하는 순간이므로 이야기의 핵심 요소다. 가면을 벗고 진짜 모습이 드러나는 반전의 순간이다. 주인공은 자신을 무시한 사람들을 속이 기 위해 그동안 진짜 모습을 숨기고 있었다! 하지만 걱정하지 마라. 주인공이 변신 가면을 오래 쓰고 있진 않으니까. 결국, 바보의 승리 이야기는 남들이 어떻게 생각하든 간에 나는 나일 때 가장 강인하 다는 것을 찬미하는 소설이다.

바보의 승리는 누구나 경험해 본 적 있는 일이라는 점에서 독자 들에게 큰 공감을 일으킨다. 누구에게나 사람들에게 맞추려고 애쓰 고 자신을 의심해 본 경험이 있을 것이다. 다른 이로부터 혹은 어떤 집단으로부터 "넌 잘못됐어!"라는 말을 들어 본 적이 있을 것이다. 하지만 바보의 승리 이야기가 공감을 일으키는 이유는 단 한 사람 이 세상을 바꿀 수 있다는 것을 믿고 싶기 때문이다. 우리는 우리 모 두의 마음에 자리하는 약자를 대신해 승리하는 '바보 같은' 주인공 을 사랑한다. 그들은 자기 자신을 믿는 것만이 우리에게 필요한 무 기라는 사실을 가르쳐 준다.

요약하면, 바보의 승리 소설에는 다음의 3가지 요소가 꼭 들어가야 한다.

- 바보: 순수함이라는 큰 힘을 가졌지만 온화한 성격 때문에 모두에게 무시당하는 사람. 하지만 바보의 잠재력을 알아차리고는 이를 질투하는 내부자가 있다.
- 기득권층: 바보가 자신의 환경 안에서 또는 어울리지 않는 새로운 환경으로 보내져서 마주치는 사람이나 집단. 어느 쪽이든 서로 불꽃 튀는 대결이 펼쳐진다.
- 변신: 바보가 우연히 또는 위장으로 이름을 바꾸는 등 전혀 새로운 사람이 된다.

인기 바보의 승리 소설

- 볼테르, 『캉디드』

- 찰스 디킨스, 『올리버 트위스트』

- 샬럿 브론테, 『제인 에어』

- 헬렌 필딩, 『브리짓 존스의 일기』(다음 페이지에 비트 시트 수록)

- 멕 캐봇, 『프린세스 다이어리』

- 필리파 그레고리, 『천일의 스캔들』

- 제프 키니, 『윔피 키드』

- 레이첼 르네 러셀, 『니키의 도크 다이어리』

- R. J. 팔라시오, 『원더』

- 줄리 머피, 『덤플링』

- 조나 리사 다이어 Jonah Lisa Dyer와 스티븐 다이어 Stephen Dyer, 『더 시즌』

『브리짓 존스의 일기』

작가: 헬렌 필딩

세이브 더 캣 분류: 바보의 승리

일반 분류: 일반 소설

헬렌 필딩이 쓴 이 인기 소설은 버디 러브 스토리에 속하는 고전(『오만과 편견』)을 토대로 하지만 바보의 승리 장르에 딱 들어맞는다. 우리의 바보 브리짓 존스는 30대 미혼 여성을 깔보는 '잘난 척하는 기혼자들(그녀가 이렇게 부른다)'이라는 기득권층에 맞서는 30대 미혼 여성이다. 그러나 브리짓의 순수함(그리고 자기비판에 관련된 주제)이 결국 그녀를 승리로 이끈다.

1. 오프닝 이미지

우리의 바보 브리짓 존스는 일기를 쓰기 시작한다. 새해 결심 리스트가 적힌 첫 두 페이지는 그녀의 '비포' 사진이다.

이 새해 결심을 통해 처음부터 브리짓이 어떤 사람인지 완벽하

게 소개된다. 우리는 그녀가 고치고 싶어 하는 것들을 바탕으로 그
녀의 결함에 대해, 그녀가 삶에서 바로잡아야 할 것들에 대해 많은
것을 알게 된다. 그녀는 술을 줄이고 담배를 끊고 살을 빼고 더 자신
감 있게 행동하고 VCR 프로그래밍을 배우고 남자 친구가 없다는
사실에 대한 집착을 버리겠다고 다짐한다. 브리짓의 자기비판이 심
하다는 것을 추측할 수 있다. 이는 그 자체로 결함이다.

하지만 그녀는 더 나은 삶을 위해 원했던 것들이 아니라 있는 그
대로의 자신을 받아들이게 됨으로써 소설이 끝날 무렵 성장을 이
뤄 낼 수 있을 것이다.

2. 주제 명시

해마다 새해 첫날에 열리는 (브리짓 부모님 친구가 여는) 칠면조 카
레 파티에서 한 손님이 브리짓에게 "어떻게 그 나이가 되도록 결혼
을 안 하고 있을 수가 있지?"라고 묻는다.

이것은 주제 명시이자 브리짓(무시당하는 바보)이 맞선 기득권층
에 대한 소개이기도 하다. 그녀는 잘난 척하는 기혼자들로 가득한
세상의 외로운 미혼이다.

이 질문은 1990년대 런던 사회가 30대 미혼 여성에게 가하는
사회적 압력을 나타냄과 동시에 브리짓이 미혼인 것은 어찌 되었

든 그녀의 탓임을 암시한다. 그녀에게 뭔가 문제가 있는 게 틀림없다고 말이다.

그리고 이것은 브리짓이 깨우쳐야 하는 교훈인 자기 수용과 관련 있다. (오프닝 이미지와 시작 부분의 일기에서 증명되었듯) 브리짓이 그렇게 자기 개선에 집착하는 것은 그녀 역시 자신에게 문제가 있다고 생각하기 때문이다. 그녀는 자신을 바꾸면—체중 감량, 금연, 금주, 복권 구매 줄이기 등—남자 친구와 남편을 찾는 데 도움이 될 것이라고 생각한다. 그러나 결국 브리짓은 있는 그대로의 부족한 자신을 받아들여야만—기득권층에 대한 저항—비로소 진정한 사랑을 찾을 수 있다는 것을 알게 된다. 그리고 브리짓과 맺어지는 남자는 그녀의 부족함과 상관없이 그녀를 사랑하게 될 것이다.

3. 설정

1월이다. 브리짓의 새해 결심은 순조롭게 지켜지지 않는다. 이는 그녀에 대해 많은 것을 알려 준다. 그녀는 좀 더 나은 사람이 되려고 끊임없이 노력한다. (그리고 실패한다.) 자기 개선은 좋은 일이고 모든 좋은 플롯의 좋은 목표가 되지만 '결함 있는 주인공' 브리짓의 경우는 사랑을 얻기 위해 자기 자신을 바꿀 필요가 없다는 사실을 배워야만 한다는 반전이 있다. 그녀는 자신이 있는 그대로 완벽하다는 것을 알아야 한다. 그래야 더 나은 사람이 될 수 있다.

얼마나 큰 모순인가!

설정 비트에서 우리는 브리짓의 A 스토리를 이루는 재미있는 캐릭터들을 만난다. 우선 브리짓에게 시집을 가려면 변해야 한다고 잔소리하는 엄마가 있다. (브리짓이 이렇게 된 것도 놀라운 일은 아닌 듯하다!) 그리고 브리짓의 가장 친한 친구인 주드와 샤론(샤저), 톰이 있다. 세 사람 모두 서로 다른 방식으로 기득권층을 상징한다. 주드는 자신을 학대하는 '나쁜' 남자 친구에게 필사적으로 매달리는 모습으로 기득권층에 기여한다. 샤론은 모든 남자를 '편협한 얼간이'라고 부르고 여자들이 결국 남자가 필요 없는 세상에서 살게 될 것이라고 주장하면서 기득권층을 거부한다. 톰은 기득권층을 약간 비틀어 놓은 캐릭터다. 미혼의 동성애자인 그는 좋은 남자를 찾으려고 애쓴다.

브리짓의 상사이자 그녀가 반한 '나쁜 남자' 다니엘 클리버도 있다. 사실 그녀의 새해 결심 중 하나는 다니엘을 멀리하는 것이지만, 이미 눈치챘듯이 결심을 잘 지키는 것은 브리짓의 특기가 아니다. 이는 기폭제 비트에서도 증명된다.

4. B 스토리

하지만 기폭제로 넘어가기 전에, 브리짓의 궁극적인 로맨스 상대이자 이 소설의 B 스토리 캐릭터인 마크 다시가 등장한다. (하지만 B 스토리 캐릭터로서 그의 역할은 좀 더 나중에 가서야 분명히 드러난다.)

마크 다시는 『오만과 편견』에서 영감을 받아 탄생한 캐릭터인 만큼 브리짓은 그를 오만하고 상종 못 할 인간이라고 생각한다. 그가 자신에게 완벽한 남자라는 사실을 꿈에도 알지 못한 채.

다니엘 클리버는 A 스토리를 대표하는 반면—남자를 사귀기 위해 필사적으로 자신을 바꾸려는 브리짓의 모습—마크는 B 스토리를 대표한다. 브리짓은 다른 사람이 되려고 애쓰느라 자신의 진짜 모습과 사랑에 빠진 사람이 있다는 것을 깨닫지 못한다.

브리짓이 마크를 두 번 다시 연애 대상으로 고려조차 하지 않는데도 마크가 결국 브리짓을 사랑하게 된다는 사실은 브리짓이 '완벽한 사람'이 되기 위해 애쓸 필요가 없었음을 보여 줄 것이다. 그냥 있는 그대로의 모습을 보여 주기만 하면 되었다.

하지만 전부 좀 더 나중의 일이다.

5. 기폭제

직장 상사 다니엘이 야릇한 메시지를 보내면서 브리짓의 삶은 흥미롭게 변한다. 그녀는 즉시 답장을 한다. 두 사람은 즐겁고 흥분되는 분위기 속에서 서로 추파를 주고받는다.

6. 토론

하지만 야릇한 메시지를 주고받는 게 과연 무슨 의미일까? 브리짓은 간절히 알고 싶다. 이것은 이 작품의 토론 질문이기도 하다.

두 사람의 관계는 어떻게 될까?

다니엘은 브리짓이 (다이어트를 해 가며) 기다려 온 미래의 남편감일까? 아니면 브리짓의 마음을 가지고 노는 '편협한 얼간이'임이 밝혀질 것인가?

그 답은 쉽게 나오지 않는다. 다니엘은 브리짓에게 전화번호를 물어보지만 전화를 하지 않고 데이트 신청을 해 놓고서 바람을 맞힌다. (브리짓은 준비하느라 몇 시간이나 걸렸다!) 그녀는 이 모든 것을 어떻게 받아들여야 할지 혼란스럽기만 하다.

다니엘이 그녀를 섹스 상대로만 원한다는 점을 분명히 밝히자 브리짓은 거절한다. 하지만 다니엘에 대한 브리짓의 토론은 거기서 끝나지 않는다. 야릇한 메시지가 계속되고 브리짓은 또 응하고 만다. 그녀는 이제 다니엘을 '차갑게' 대하기로 다짐한다.

한편, 브리짓의 부모는 결혼 생활에 위기를 맞이한다. 브리짓은 저녁 식사 모임에서 왜 결혼을 하지 않았느냐고 묻는 잘난 척하는 기혼자들의 질문을 받으며 여전히 바보 취급을 당하고 있다.

·

7. 2막 진입

브리짓의 차가운 태도가 통했는지 다니엘이 다시 데이트 신청을 한다. 그들은 데이트를 하고 성관계도 가진다. 그와의 관계에 대한 토론 질문은 이렇게 끝난다. 브리짓은 다니엘과의 관계를 다음 단계로 발전시키기로 한다. 하지만 실수하는 게 아닐까? 다니엘의 마음도 그녀와 같을까? 브리짓 존스가 다니엘 클리버와 잠자리를 한 뒤부터가 2막 세계의 시작이고, 앞으로도 이 둘의 밀고 당기는 관계는 계속될 것이다.

8. 재미와 놀이

브리짓이 다니엘 클리버와 확실한 관계가 되기 위해 혼자 고군분투하는 모습이 이 소설의 재미와 놀이 비트를 이룬다. 그는 그녀의 남자 친구인가, 아닌가? 이것이 중간점으로 나아가는 중요한 질문이다.

작가 헬렌 필딩은 소설 전반에 걸쳐 (특히 이 비트에서) '튀는 공'을 훌륭하게 설정했다. "그는 날 사랑해! 아니, 그는 날 사랑하지 않아!" 끊임없는 고민의 연속이다. 다니엘은 관계를 가진 후 연락이 없다. 브리짓은 그를 무시하려고 애쓴다. 속으로는 그가 돌아오기를 바라면서. 그 방법이 효과가 있는 듯 다니엘은 같이 프라하에 가자고 한다. 그러나 곧 취소한다.

한편 마크 다시(B 스토리 캐릭터)는 여전히 가끔 등장한다. 그는 소설의 시작 부분에서 처음 등장하고는 이야기가 시작된 후 3분의 1 지점에 이르러서야 다시 등장해 (그와 다니엘 사이에 적대감이 엿보인다) B 스토리 캐릭터의 역할을 본격적으로 시작한다.

기득귄층의 화려한 겉모습에 구멍이 보이기 시작한다. 먼저 브리짓의 어머니가 아내의 역할에 진절머리가 났다면서 남편을 떠난다. 브리짓의 잘난 척하는 기혼자 친구 한 명은 남편이 바람을 피우고 있음을 알게 된다. 브리짓과 대립하는 기득권층의 단점을 보여 주는 분명한 사례들이다. 결혼이 무조건 좋은 것은 아니다. 기득권층은 결혼이 영원한 행복의 '전부'인 것처럼 행동하지만 사실은 그렇지 않다.

그래도 브리짓은 여전히 자기 개선(내면의 평정에 이르는 방법) 목표에 집중하고 다니엘을 남자 친구로 만들려고 애쓴다. 성과가 보이는 듯하다! 그녀는 목표 체중을 달성하고 (친구들은 살 빼기 전이 더 낫다고 한다) 담배도 거의 끊었다(담배 대신 복권에 중독되었지만). 다니엘이 술에 취해 찾아와 사랑을 고백한다. 두 사람은 마침내 정식으로 연애를 시작한다!

아직 기뻐하기는 이르다. 튀는 공이 아직 멈추지 않았으니까.

브리짓이 임신했을지도 모른다고 생각하는 동안 다니엘은 갑자기 또 그녀를 무시하기 시작한다. 임신이 아닌 것으로 밝혀지고, 다니엘은 다시 데이트 신청을 한다. 브리짓은 다니엘과 짧은 여행을 떠나지만 다니엘이 이전에 잔 적 있는 여자와 마주치며 여행은 엉망이 된다. 공이 계속 튄다!

이 관계는 어떻게 될 것인가? 다니엘과 브리짓 사이에 앞으로도 공이 계속 튈까?

9. 중간점

브리짓과 다니엘은 섹시한 콘셉트의 코스튬 파티(중간점 파티)에 초대받지만 막판에 다니엘이 일 때문에 참석하지 못하게 된다. 브리짓은 섹시한 토끼 복장을 하고 혼자 파티에 간다. 알고 보니 '섹시 콘셉트'는 취소되었고 그녀는 미처 연락을 받지 못했다. 섹시한 코스튬을 입은 사람은 그녀뿐이다. (우리 모두 바보를 비웃어 주자!)

마크가 그를 좋아하는 게 분명한 세련되고 따분한 동료 나타샤와 함께 파티에 나타나면서 A 스토리와 B 스토리가 교차한다. 나타샤는 이 장르를 소개하면서 언급한 질투하는 내부자 캐릭터다. 그녀는 어떻게든 브리짓을 헐뜯으려고 한다. 파티에서 마크는 다니엘에 대한 부정적인 감정을 드러내며 브리짓에게 조심하라고 경고한다.

그러고는 몇 페이지 뒤에 거짓 패배가 닥치며 마크가 옳았음이 밝혀진다. 브리짓은 파티가 끝난 후 다니엘을 깜짝 놀라게 해 주려고 몰래 찾아갔다가 옥상 발코니에서 벌거벗은 여자를 발견한다(중간점 반전).

10. 다가오는 악당

남자 친구의 바람을 알게 된 후에는 (처음부터 남자 친구라고 할 수 없었을지도!) 잘될 일밖에 없을 것이다.

브리짓도 마찬가지다! 그녀는 친구들을 만나 즐거운 시간을 보내며 위로받고 어머니의 도움으로 TV 방송국 면접을 보게 된다.

브리짓은 취직에 성공한다(변신). 다니엘과 한 직장에서 일하지 않아도 되니 잘된 일이다. (옥상의 벌거벗은 여자는 그의 약혼녀였다!) 브리짓은 몇 번 실수도 하지만 새 직장에 잘 적응한다.

브리짓은 마크 부모님의 금혼식 파티에 초대받는데, 갑자기 마크가 데이트 신청을 한다! 브리짓은 혼란스럽다. 그녀는 맨 처음 말고는 마크를 데이트 상대로 생각해 본 적이 없었다. 마크가 말한다. "브리짓, 내가 아는 다른 여자들은 전부 거짓으로 자신을 꾸며요. 바지에 토끼 꼬리를 달 여자는 당신 말고 없을 거예요." 한 해 중 가장 당황스럽고 바보 같은 일이었는데 마크는 오히려 그것 때문에 브리짓을 좋아하게 된 것이다! 그는 그녀가 일 년 내내 되려고 애쓴 (그리고 실패한) 완벽하고 화려한 모습이 아니라 있는 그대로의 진짜 그녀를 좋아한다.

하지만 데이트하기로 한 날 저녁에 마크는 그녀를 바람맞히는 듯하다. 다행히 브리짓은 중요한 일에 정신이 팔려 있다. 상사가 큰 소송 사건의 취재를 그녀에게 맡긴다. 알고 보니 마크 다시는 그 사건의 변호사였고 그녀에게 단독 인터뷰를 허락한다. 게다가, 그는 그녀를 바람맞힌 게 아니었다. 사소한 오해가 있었을 뿐이다. 공이 계속 튄다!

브리짓이 연 저녁 파티가 끔찍한 결과로 이어지지만 마크와 절친 주드가 나서서 해결해 준다.

마침내 브리짓의 삶은 순탄하게 굴러가는 듯하다!

11. 절망의 순간

그러나 사건이 터진다. 아버지가 전화를 걸어 어머니와 어머니의 애인이 경찰에 지명수배되었다는 소식을 전한다. 그 둘은 많은 사람에게 사기를 치고 종적을 감추었다.

12. 영혼의 어두운 밤

변호사 마크 다시는 브리짓의 어머니를 찾기 위해 포르투갈로 날아간다. 그곳에서 경찰이 사건을 수습하는 것을 도와주고 브리짓의 어머니를 집으로 데려온다. 하지만 그러고는 연락이 끊긴다!

12월인데도 소식이 없고 브리짓은 시름에 잠긴다. "왜? 왜? 그렇게 노력했는데 결국 독신으로 살다가 죽어 셰퍼드에게 먹히는 걸까?"라고 말하는 브리짓은 여전히 주제를 배우지 못했음을 증명한다. 마크는 있는 그대로의 그녀를 좋아하는데도 그녀는 자신이 더 나은 사람이 되는 데 '실패'했기 때문에 마크에게 연락이 오지 않는 것이라고 생각한다. 브리짓이 영혼의 어두운 밤을 보낼 때 술에 취한 다니엘에게 전화가 걸려 온다. 그녀는 무척 기뻐하며 '크리스마스의 기적'이라고 생각한다(익숙한 것으로의 회귀).

13. 3막 진입

크리스마스 날, 마크가 경찰에 체포된 브리짓의 어머니와 그녀의 옛 애인이 얽힌 복잡한 사건을 처리한 뒤 브리짓을 찾아온다. 그는 저녁을 사 주고 싶다고 한다. 브리짓은 승낙한다.

14. 피날레

이 책의 피날레는 확실히 짧다. 영화가 원작 소설과 가장 다른 점은 드라마와 서스펜스를 추가해 (파이브 포인트 피날레를 더한 것이라고 할 수 있다) 3막의 분량을 늘렸다는 것이다.

소설의 피날레에서 마크와 브리짓의 데이트는 매우 성공적이다. 마크는 브리짓 어머니의 전 애인을 영국으로 돌려보내느라 바빠서 연락하지 못했다고 말한다. 브리짓이 왜 자신을 위해 그렇게까지 해 주느냐고 묻자 그는 이렇게 말한다. "보면 모르겠어요?"

브리짓은 몰랐다. 이제야 알았다.

15. 마지막 이미지

이제 한 해가 끝났다. 브리짓의 일기는 한 해를 요약하는 내용으로 끝나며 오프닝의 거울 이미지를 보여 준다. 그녀는 한 해 동안 마신 술과 피운 담배, 소비한 칼로리를 열거한다. 하지만 그래도 "훌륭한 발전이 있었던 해"라고 말한다.

브리짓은 마침내 주제를 배웠다. 우리는 자신을 바꾸려고 몸부림칠 수도 있지만 있는 그대로의 자신이 '훌륭하다'는 사실을 받아들일 수도 있다는 것을.

『브리짓 존스의 일기』가 바보의 승리 소설인 이유는 무엇인가?

『브리짓 존스의 일기』에는 성공적인 바보의 승리 소설의 3가지 요소가 모두 들어 있다.

- 바보: 런던에 사는 30대 미혼 여성 브리짓은 모든 면에서 세상으로부터 바보 취급을 받는다. 왜 아직끼지 결혼을 하지 않았느냐고 놀림과 비웃음을 산다. 그녀는 따돌림당하는 약자지만 진정한 자신을 받아들임으로써 마지막에 승리자가 된다.
- 기득권층: (브리짓의 표현대로) 잘난 척하는 기혼자들. 이들은 30대 '노처녀(기득권층이 그녀를 부르는 말)' 브리짓이 끊임없이 대립하는 집단이며 그녀가 필사적으로 자신을 바꾸려고 하는 이유이기도 하다.
- 변신: 브리짓은 남자 친구의 바람을 목격한 후 엄청난 변화를 겪는다. 직장을 그만두고 TV 방송국에 취직해 새로운 사람으로 태어난다.

『브리짓 존스의 일기』
비트 시트 요약

1. **오프닝 이미지**: 첫 번째 일기에서 브리짓은 새해 결심을 다진다(올해 자신을 어떻게 바꿀 것인지).

2. **주제 명시**: "어떻게 그 나이가 되도록 결혼을 안 하고 있을 수가 있지?" 브리짓이 파티에서 받는 이 질문은 미혼이라는 사실이 그녀의 잘못이라는 것을 암시한다. 이 질문은 소설 속 기득권층을 소개하고 브리짓이 궁극적으로 배워야 할 교훈도 알려 준다. 그녀가 남편감을 만나기 위해 자신을 바꿀 필요가 없다는 주제를 말이다.

3. **설정**: 브리짓의 새해 결심이 순탄하게 지켜지지 않는 가운데 A 스토리 캐릭터들이 소개된다. 그녀의 친구들, 브리짓이 짝사랑하는 상사이자 '나쁜 남자' 다니엘 클리버.

4. **기폭제**: 다니엘 클리버가 직장에서 브리짓에게 야릇한 메시지를 보내며 추파를 던진다.

5. **토론**: 대체 무슨 의미일까? 다니엘은 브리짓의 남자 친구가 되고 싶은 것일까? 아니면 그냥 잠만 자고 싶은

것일까?

6. **2막 진입:** 브리짓은 다니엘이 (연애가 아니라) 잠자리만 원한다는 사실을 알고도 그와 자기로 한다.

7. **B 스토리:** 마크 다시(설정 비트에서 처음 등장)는 있는 그 대로의 브리짓을 사랑하게 된다(브리짓이 알아차리지도 못한 사이에). 그는 그녀가 사랑을 얻기 위해 굳이 자신을 바꿀 필요가 없음을 알려 줌으로써 주제를 상징한다.

8. **재미와 놀이:** 과연 사귀는 사이가 맞는지 계속 고민하게 만드는 브리짓과 다니엘의 애매모호한 관계는 이 소설의 전제를 충실하게 이행한다. 한편 브리짓의 부모님이 헤어진다.

9. **중간점:** 브리짓은 다니엘이 다른 여자와 함께 있는 모습을 본다. 결국, 그는 그녀의 남자 친구가 아니었다(거짓 패배).

10. **다가오는 악당:** 브리짓은 직장을 그만두고 TV 방송국에 취직하며 자신을 추스른다. 놀랍게도 마크 다시는 그녀가 다른 여자들과 달라서 좋다며 데이트를 신청하지만 데이트 당일 그녀를 바람맞힌다. 나중에 가서야 브리짓은 그것이 오해였음을 알게 된다.

11. **절망의 순간:** 브리짓의 어머니와 애인이 사기죄로 체

포된다.

12. 영혼의 어두운 밤: 마크 다시는 브리짓의 어머니를 데려오려고 포르투갈로 날아간 뒤 연락이 끊긴다. 괴로워하던 브리짓은 술에 취한 다니엘이 전화로 사과하자 기뻐하면서 익숙한 것으로 되돌아간다.

13. 3막 진입: 마크가 크리스마스에 나타나 다시 데이트 신청을 하고 브리짓도 승낙한다.

14. 피날레: 브리짓과 마크는 멋진 첫 데이트를 한다. 브리짓은 그가 정말로 있는 그대로의 그녀를 사랑한다는 사실을 깨닫는다.

15. 마지막 이미지: 브리짓이 일기에 한 해를 요약하면서 오프닝 이미지의 거울 이미지를 보여 준다. 그녀는 자신을 바꾸겠다는 새해 결심이 하나도 지켜지지 않았지만 그래도 '멋진' 해였다고 말한다.

10

일곱 번째 장르

버디 러브 스토리

사랑과 우정에 깃든 변화의 힘

사랑 이야기만큼 원시적인 것도 없다. 못 믿겠다고? 로맨스 소설의 매출이 연간 10억 달러에 이른다. 이는 현재 미국 출판 시장의 33퍼센트 이상을 차지한다. 왜일까? 교류에 대한 욕구만큼 인간의 마음에 깊이 와닿는 것은 없기 때문이다.

하지만 사랑 이야기가 항상 로맨스를 다루는 것은 아니다. 물론 대부분의 로맨스 소설이 이 버디 러브 스토리 장르에 속한다. 하지만 세이브 더 캣 버디 러브 스토리 장르는 단순한 성애적 사랑을 넘어 로맨스에서 우정, 심지어 반려동물에 대한 사랑까지 모든 종류의 사랑을 아우른다.

이 장르의 결정적인 특징은 주인공이 누군가에 의해 변화하는 이야기라는 것이다.

사실 모든 이야기는 변화에 관한 것이다. (그래야만 하고!) 플롯은 주인공의 궁극적인 변화를 이끄는 핵심적인 순간이나 사건(기폭제)에 의해 움직인다. 그러나 버디 러브 스토리에서 주인공의 변화로 이어지는 플롯은 사건이 아닌 어떤 존재에 의해 움직인다.

그래서 버디 러브 스토리의 기폭제는 대부분 그 특별한 친구(버디)와의 만남이다. 그 존재는—로맨스 상대, 새로운 친구, 반려동물, 심지어 무생물일 수도 있다!—주인공의 삶으로 들어와 변화를 일으킨다.

『오만과 편견』의 엘리자베스 베넷의 삶은 오만하고 불쾌한 다아시 씨를 만나기 전까지 크게 바뀌지 않는다. 마찬가지로 『내 친구 윈딕시』의 오팔 불로니의 세계는 지저분한 잡종 개 윈딕시를 만나기 전까지는 뒤집히지 않는다. 수잔 엘리자베스 필립스의 『그들만의 축제』에서 피비 서머빌과 케일보우 코치의 삶은 피비가 NFL 축구팀 시카고 스타즈를 물려받으면서 변화한다.

친구가 누구이든 이야기의 역학 관계는 똑같다. 버디 러브 스토리는 완성에 관한 것이다. 한 사람이 다른 사람에 의해 온전해진다. 누군가가 (혹은 개가!) 주인공에게 절실히 필요한 변화를 가져다주는 기폭제 역할을 한다.

『내 친구 윈딕시』에서 엄마 없는 열한 살 소녀 오팔은 새로 이사 온 동네에서 무척 외롭다. 오팔은 친구를 원한다. 그때 윈딕시를 만난다. 그 개는 오팔의 첫 번째 친구가 되어 줄 뿐만 아니라, 오팔이 나중에 친해지는 흥미로운 캐릭터들과 만나도록 이끌어 준다. 결국, 윈딕시는 오팔에게 필요한 궁극적인 변화를 가져온다. 오팔은 마침내 아빠와 화해하고 아빠의 사랑만으로 충분하다는 사실을 깨닫게 된다.

『오만과 편견』에서 엘리자베스는 다른 사람에 대한 편견을 극복하는 법을 배워야 한다. 그녀가 생각했던 것과 전혀 다른 사람이라는 사실이 밝혀지는 오만한 다아시 씨보다 그것을 더 잘 가르쳐 줄 사람이 있을까?

키스 장면이 있든 없든 본질적으로 같은 이야기다.

엘리자베스와 오팔 둘 다 다른 존재로 인해 더 나은 사람이 된다.

끝내 함께하지 못하는 경우라도(레인보우 로웰의 『엘리노어&파크』나 존 그린의 『잘못은 우리 별에 있어』처럼) 이 이야기의 친구들은 서로를 더 좋은 쪽으로 변화시킨다.

하지만 '러브 스토리'라는 말에 속으면 안 된다. 당신의 소설에 러브 스토리가 포함되어 있다고 자동으로 버디 러브 스토리 장르가 되는 것은 아니다. 정말로 버디 러브 스토리가 맞는지에 대한 질문은 당신이 A 스토리와 B 스토리를 어떻게 정의하느냐에 달려 있다.

알다시피 A 스토리는 외적으로 어떤 일이 일어났는가, 소설의 '선전 포인트'가 무엇인가, 무엇이 플롯을 진전시키는가 같은 주요 스토리라인이다. 반면 B 스토리는 어떤 식으로든 주인공의 영적 혹은 내적 여정을 상징하는 캐릭터(들)를 둘러싼 이야기인 경우가 많다.

버디 러브 스토리에서 사랑 이야기는 주로 A 스토리에서 볼 수 있다. 독자들의 관심을 잡아끄는 선전 포인트로서 말이다. 우리가 『그들만의 축제』를 읽는 이유는 마음 약한 (동시에 미식 축구에 관해 하나도 모르는) 피비 서머빌이 시카고 스타즈의 완고한 마초 감독과 부딪히는 이야기가 궁금하기 때문이다. 이것이 이 소설의 '전제 약속'이다. 피비와 선수들, 매니저들과의 관계, 그녀가 프로 미식 축구팀 구단장으로서 배워 나가는 과정은 부차적인 플롯이다. 그녀의 여정을 추진하는 것은 B 스토리다.

마찬가지로 우리가 『미 비포 유』에 흥미를 느끼는 이유는 평범한 루이자 클라크가 평범하지 않은 사지 마비 환자 윌 트레이너와 사랑에 빠지는 이야기(A 스토리)가 가슴에 와닿기 때문이다. 물론 윌과의 관계는 결국 루이자가 좋은 삶이라는 주제를 깨우치도록 밀어붙이지만(모든 A 스토리가 이런 식으로 주인공을 변화로 이끈다), 그 주제는 루이자와 윌의 냉정한 어머니 카밀라 트레이너(B 스토리)와의 긴장된 관계로 표현된다. 카밀라는 부유하지만 역시 교착 상태에 빠져 있다.

반면에 버디 러브 스토리가 아닌 소설에서 사랑이나 우정 이야기는 보통 B 스토리에서 발견된다. 대개는 플롯에서 중요한 초점이 아니다.

하지만 당신의 소설이 버디 러브 스토리인지 아닌지에 대한 궁극적인 테스트는 기폭제 비트에서 나타난다. 주인공을 변화시키는 것이 다른 사람의 존재인가? 그렇다면 버디 러브 스토리 소설이라고 할 수 있을 것이다.

그렇다면 훌륭한 버디 러브 스토리에 필수적으로 들어가는 세 가지 요소란 무엇일까? 이는 바로 불완전한 주인공, 상대역, 복잡한 상황이다.

먼저 불완전한 주인공을 살펴보자. 누구의 이야기인가? 버디 러브 스토리는 본질적으로 두 사람의 이야기지만 순탄한 삶을 위해 커다란 노력이 필요한 한쪽이 있기 마련이다. 가장 큰 여정을 앞두고 있고, 가장 많은 변화가 필요한 (나중에 실제로 변한다!) 사람이다.

버디 러브 스토리를 연구할 때의 요령은 화자가 누구인지 살펴보는 것이다. 『미 비포 유』(루이자 클라크의 관점) 같은 1인칭이나 제한적 3인칭 시점은—제니퍼 E. 스미스의 『첫눈에 반할 통계적 확률』(헤일리 설리번의 관점)처럼 한 캐릭터만의 시점이 나온다는 뜻—작가가 선택한 주인공일 확률이 높다. 작가는 독자가 그 사람의 머릿속을 볼 수 있기를 바란다. 당신이 소설을 쓸 때도 마찬가지다. 화자를 누구로 선택하느냐가 그 소설이 누구의 이야기인지에 대해 많은 것을 말해 준다.

『잘못은 우리 별에 있어』, 『트와일라잇』 같은 영어덜트 베스트셀러를 살펴보자. 여성 캐릭터들이 이야기의 주인공이다. 그들의 관점으로 이야기가 진행되고 그들의 로맨스 상대(어거스터스와 에드워드)는 변화의 동인動因이다. 물론 어거스터스와 에드워드도 그들만의 작은 여정이 있지만 헤이즐과 벨라의 급격한 변화에 비하면 아무것도 아니다. 어거스터스는 절망의 순간 비트에서 죽음을 맞이하고 남겨진 헤이즐은 혼자 여정을 끝내야 한다. 뱀파이어 에드워드는 여러 번의 생을 살면서 이미 변화를 했다. 소설은 벨라의 이야기다.

하지만 두 친구 모두 서로의 영향으로 변해서 결과적으로 주인공이 두 명인 경우도 있다. 이것을 '2인극'이라고 부른다. 이런 상황에서 작가는 보통 2가지 시점을 제시한다. 피비와 케일보우 코치의 3인칭 시점이 나오는 『그들만의 축제』나 인기 영어덜트 소설 『엘리노어&파크』가 그렇다. 레인보우 로웰은 그 특별한 사랑 이야기를 엘레노어와 파크의 시점에서 전개하기로 했다. 따라서 두 사람에게 똑같이 설득력 있는 변신을 설정해 주어야 했다. 제목에도 나란히 넣었고!

화자나 주인공이 몇 명인지와 상관없이 앞에서 예로 든 모든 소설에는 불완전한 주인공(들)이 나온다. 그들에게는 변화가 절실하게 필요하다. 그 변화는 버디 러브 스토리의 두 번째 필수 요소인 상대역을 통해 가능하다. 상대역은 주인공의 삶을 완성해 주거나 절실하게 필요한 변화를 가져다줄 유일한 사람(또는 존재)이다.

상대역 혹은 친구는 다소 특이한 캐릭터인 경우가 많다. 주인공을 흔들어 놓을 흥미로운 부분이 있는 존재여야 한다. 다시 말해서 따분하거나 평범해서는 안 된다. 상대역은 기폭제 전체를 이루어야 한다. 그들의 등장이 주인공을 정체(죽음의 슬럼프)에서 꺼내 2막으로 밀어 넣어야 한다!

『잘못은 우리 별에 있어』에서 어거스터스 워터스는 재치 있는 말과 독특한 인생관으로 헤이즐 그레이스를 흔들어 놓는다. 그가 없었다면 헤이즐은 사랑을 알지 못했을 것이다. 우울증에 빠진 채로 그저 죽을 날만 기다렸을 것이다.

『내 친구 윈딕시』의 개 윈딕시를 생각해 보자. 윈딕시는 평범한 개가 아니다. 케이트 디카밀로는 그 부분을 확실하게 설정했다. 이 개에게는 투지와 개성이 있다. 사람들을 보고 웃는다. 윈딕시가 없었다면 과연 오팔과 목사인 아빠가 서로에게 필요한 것을 찾을 수 있었을까?

훌륭한 버디 러브 스토리의 마지막 세 번째 요소는 복잡한 상황이다. 이것은 (적어도 지금은!) 두 친구를 떼어 놓는 무언가를 말한다. 다른 사람이 연루되어 삼각관계를 이루기도 하는데 이것을 '3인극' 이라고 한다. 복잡한 상황은『미 비포 유』에서 윌의 상태처럼 육체적 혹은 감정적인 문제일 수 있다. 처음에 두 친구가 서로를 싫어하게 만드는 오해나 성격 충돌일 수도 있다(『오만과 편견』이나『그들만의 축제』처럼). 또 다른 복잡한 상황으로는 개인적인 신조나 도덕관의 충돌, 거대한 역사적 사건, 사회 전체의 반대(니콜라스 스파크스의 소설『노트북』의 불운한 연인처럼)가 있다. 물론『트와일라잇』처럼 상대가 인간이 아니라는 점이 문제일 수도 있고! 진정으로 사랑하는 상대가 나를 죽이려고 하거나 내 피를 마시고 싶어 한다면 그것이야 말로 정말 복잡한 상황인 게 아닐까?

무엇이 되었든 복잡한 상황은 중요한 갈등을 제공하므로 꼭 필요하다. 갈등 요소가 빠져 버리면 연인들이 단 10쪽 만에 맺어져 함께 사랑의 도피를 떠나지 않을까? 그러면 이야기가 너무 시시해지고 금방 끝난다.

분명히 말한다. 갈등은 버디 러브 스토리의 성패를 좌우한다. 갈등 요소가 충분하지 않으면 이야기가 '너무 간단하고' 사랑(또는 우정)을 힘들게 손에 넣은 느낌이 들지 않아서 독자가 중간에 포기할 것이다. '연인들'을 떼어 놓는 시간이 길어질수록, 사이가 더 멀어질수록, 이야기는 재미있어지고 독자도 더 잘 몰입할 수 있다. 일찍 이어지는 관계일지라도 뭔가 불안한 부분이 있을 것이다. 왜 아직 해피 엔딩을 맞이하지 못할까? 복잡한 상황은 두 사람 사이의 작은 폭탄과도 같아 언제 터져 그들을 갈라놓을지 모른다.

하지만 아이러니하게도 복잡한 상황은 두 친구를 이어 주는 역할도 한다.『잘못은 우리 별에 있어』의 헤이즐과 어거스터스는 둘 다 끔찍한 암 환자라는 공통점으로 긴밀한 유대감을 느낀다. 하지만 그것은 처음에 헤이즐이 어거스터스에게 거리를 두는 이유이기도 하다.『노트북』의 앨리와 노아를 떼어 놓는 것은 사회와 앨리네 가족의 편견이다. 하지만 갈등은 두 사람이 끝까지 싸우고 함께하도록 만들어 주기도 한다.『미 비포 유』에서 윌의 상태는 애초에 루이자가 그를 만나게 되는 이유이기도 하지만(간병인으로) 끝까지 두 사람 사이에 (신체적으로나 감정적으로나) 가장 큰 갈등을 제공하는 원인이기도 하다.

복잡한 상황은 교묘하다. 친구들을 하나로 이어 주기도 하고 떼어 놓기도 한다. 복잡한 상황 때문에 절망의 순간 비트로 넘어간 연인이나 친구들이 실제로 헤어지거나 떨어지거나 크게 싸운다. 절망의 순간은 이야기의 가장 낮은 지점이므로 버디 러브 스토리에서는 이별 비트가 자주 나온다. 사랑하는 사람을 잃는 것이야말로 바닥을 치는 게 아니고 무엇이겠는가? 관계를 (혹은 자신을) 바로잡으려면 자신에 대해 알고 결함을 고칠 방법을 찾아야 하므로(주제 학습!) 이 비트가 꼭 필요하다.

결국, 거의 모든 버디 러브 스토리에는 비슷한 메시지가 들어 있다. 누군가로 인해 삶이 바뀌었다는 것이다. 독자들을 잡아끄는 매력도 바로 그것이다. 사랑 이야기는 (로맨스든 아니든) 그런 식으로 우리에게 삶에 대한 교훈을 가르쳐 준다. 그리고 우리는 흥미롭게도 비슷한 교훈이 담긴 이 장르의 이야기를 계속 찾게 된다.

그만큼 많이 공감하게 되기 때문이다.

요약하면, 버디 러브 스토리 소설에는 다음의 3가지 요소가 꼭 들어가야 한다.

- 불완전한 주인공: 육체적, 윤리적 또는 정신적으로 무언가가 부족한 사람. 완전해지기 위해 다른 누군가가 필요하다.
- 상대역: 주인공을 완성해 주거나 주인공에게 필요한 자질을 가진 사람.
- 복잡한 상황: 오해, 개인적 또는 윤리적 관점의 차이, 신체적 또는 정서적 난관, 거대한 역사적 사건, 고상한 척하는 세상의 반대 등. 갈등의 가장 큰 원인으로써 친구들을 떼어 놓지만 붙여 놓기도 한다.

인기 버디 러브 스토리 소설

- 미겔 데 세르반테스 사아베드라, 『돈키호테』
- 제인 오스틴, 『오만과 편견』
- 에밀리 브론테, 『폭풍의 언덕』
- 레프 톨스토이, 『안나 카레니나』
- 마조리 키난 롤링스Marjorie Kinnan Rawlings, 『아기 사슴 이야기The Yearling』
- 수잔 엘리자베스 필립스, 『그들만의 축제』
- 니콜라스 스파크스, 『노트북』
- 케이트 디카밀로, 『내 친구 윈딕시』
- 다니엘 스틸, 『세이프 하버』
- 스테파니 메이어, 『트와일라잇』
- 브렌다 잭슨, 『거부할 수 없는 힘Irresistible Forces』
- 노라 로버츠, 『비전 인 화이트』
- 스테파니 퍼킨스, 『안나와 프렌치 키스Anna and the French Kiss』
- 레인보우 로웰, 『엘리노어&파크』
- 존 그린, 『잘못은 우리 별에 있어』
- 조조 모예스, 『미 비포 유』
- 제니퍼 E. 스미스, 『첫눈에 반할 통계적 확률』
- 벤하민 알리레 사엔스, 『아리스토텔레스와 단테, 우주의 비밀

을 발견하다』

◆ 니콜라 윤, 『에브리씽 에브리씽』(다음 페이지에서 비트 시트 소개)

◆ 산디야 메논Sandhya Menon, 『딤플이 리시를 만났을 때When Dimple Met Rishi』

·

『에브리씽 에브리씽』

작가: 니콜라 윤

세이브 더 캣 분류: 버디 러브 스토리

일반 분류: 영어덜트 로맨스

『에브리씽 에브리씽』은 '중증복합면역결핍증'으로 인해 집 안에만 갇혀 지내는 소녀의 이야기를 그린 영어덜트 소설로, 작가 니콜라 윤은 2015년, 이 훌륭한 소설을 통해 데뷔했다. 소년이 옆집으로 이사 오면서 두 사람의 모든 것이 바뀐다. 그래픽, 차트, 삽화, 이메일, 인스턴트 메시지 같은 창의적인 장치와 전통적인 서사가 결합한 이 소설은 〈뉴욕 타임스〉 베스트셀러 1위에 오르기도 했으며, 2017년에 아만다 스텐버그와 닉 로빈슨 주연의 영화로도 만들어졌다.

1. 오프닝 이미지

주인공 매들린(이하 매디)은 독자들에게 "하얀색 선반과 반짝이는 하얀색 책장"이 있는 그녀의 하얀색 방을 소개한다. 그녀의 책은

"말끔히 세척되어 비닐 랩에 진공포장되어" 도착한다.

이유가 무엇일까? 곧 알게 된다. 하지만 지금 매들린은 그녀가
책을 많이 읽는다는 사실만 알려 줄 뿐이다.

2. 설정

우리는 곧 매디의 상태에 대해 알게 된다. 매디는 사실상 세상
모든 것에 알레르기가 있다. 중증복합면역결핍증 SCID을 앓고 있어
서 밖에 나갈 수 없다. 그녀의 1막 세계는 정말로 집밖에 없다. 그렇
게 책을 많이 읽는 것도 당연하다!

매디가 만나는 유일한 사람은 의사인 엄마와 엄마가 출근한 동
안 그녀를 돌봐 주는 간호사 칼라뿐이다.

설정 비트에서 매디와 그녀의 특이한 세계가 좀 더 자세히 소개
된다. 매디는 창의성이 뛰어나지만 심심하고 외롭다(바로잡아야 할
문제). 그녀의 가장 큰 소망은 바깥세상을 보는 것이다. "내 소원은
하나밖에 없다. 야생동물처럼 바깥세상을 마음껏 뛰어다니게 해 줄
마법의 치료제." 하지만 몸 상태 때문에 절대 집 밖으로 나갈 수 없
을 것이다.

그녀는 온라인으로 학교에 다니고 책을 읽고 '스포일러 가득한'
소설 서평을 올리며 하루를 보낸다. 저녁에는 영화를 보거나 보드

게임을 하면서 엄마와 시간을 보낸다. 한마디로 매디의 삶은 전적으로 예측 가능하다.

이런 그녀의 세계를 흔들어 새로운 방향으로 나아가게 해 줄 친구로 전혀 예측 불가능한 성격의 캐릭터보다 더 알맞은 사람이 있을까?

3. 기폭제

옆집에 이삿짐 트럭이 멈춰 선다. 매디는 창가에서 온통 검은색 옷을 입은(온통 새하얀 그녀의 세계와 대조적) 10대 소년이 트럭에서 내리는 모습을 바라본다.

처음 본 순간부터 올리는 내내 움직이고 있다. 점프하고 '야생 동물처럼' 뛰어다니면서 끊임없이 움직인다. 올리는 한 곳에 갇혀 있는 매디와 완전히 정반대다. 하지만 모든 버디 러브 스토리가 그렇듯 그는 그녀에게 꼭 필요한 사람이다. 그녀를 외롭고 예측 가능한 세계에서 끌어내 진짜로 사는 법을 가르쳐 줄 수 있는 사람이다.

창문을 통해 눈이 마주치는 순간부터 두 사람의 인생은 영원히 바뀐다.

4. 토론

대체 이 소년은 누구이며 이 만남은 과연 어떻게 될 것인가? 이것이 토론 질문이다. 매디는 앞으로 수 페이지 동안 창가에서 올리를 몰래 지켜보며 질문에 답하려고 한다.

소년에게 매료된 매디는 옆집 가족이 왔다 갔다 하는 모습을 전부 기록한다. 그녀는 올리의 생활을 "예측 불가능"으로 결론 내린다. (그녀의 예측 가능한 생활과 대조를 이룬다.)

매디는 몰래 지켜보던 올리가 그녀의 생활 방식과 완전히 대조를 이루는 파쿠르Parkour(안전장치 없이 주위 지형이나 건물, 사물을 이용해 한 지점에서 다른 지점으로 이동하는 곡예 활동-옮긴이)에 빠져 있다는 사실을 알게 된다. 올리 아버지가 올리와 올리의 엄마, 여동생을 학대하는 매우 화가 많은 사람이라는 것도.

올리와 여동생이 어머니가 구운 번트 케이크를 들고 찾아오지만 매디의 어머니는 정중하게 거절해야만 한다. 집 안을 오염시켜 매디를 아프게 할 만한 그 어떤 것도 들여올 수 없다. 이 일을 계기로 올리는 마주 보는 침실 창문을 통해 매디와 소통한다. 서로 말을 할 수 없으므로 올리가 창가에서 우스꽝스러운 몸짓으로 매디를 웃게 한다.

올리가 창문에 이메일 주소를 써 주면서 매디의 토론 질문도 끝난다.

5. 2막 진입

매디는 망설이지 않고 올리에게 이메일을 보낸다. 그들의 관계가 본격적으로 시작된다.

6-7. 주제 명시 / B 스토리

매디를 돌봐 주는 간호사 칼라는 이렇게 말한다. "생각해 보면 모든 게 리스크 아닐까. 아무것도 안 하는 것도 리스크거든. 모두 네가 하기에 달렸어." 바로 이 말이 소설의 주제를 명시한다.

소설의 첫머리에서 매디는 극도로 위험을 회피하는 모습을 보인다. 건강 상태 때문에 그래야만 한다. 하지만 그녀가 정말로 삶을 살고 싶다면—그냥 살아 있기만 하는 것이 아니라—목숨을 거는 것을 포함해 위험을 감수하는 용기를 내야만 한다. 삶이란 그냥 하루하루 살아만 있는 게 아니라는 것. 이는 매디가 이야기의 끝에서 배우게 되는 교훈이다.

주제를 명시하는 칼라는 B 스토리 캐릭터이기도 하다. 올리와의 만남은 매디를 안전지대 밖으로 밀어내고 칼라는 옆에서 계속 그녀를 도와준다.

8. 재미와 놀이

2막 세계는 올리가 들어온 매디의 삶이다. 이 삶은 그가 없는 세상과 천지 차이다.

재미있고 재치 넘치는 이메일 교환이 시작되고 순식간에 인스턴트 메시지 대화로 바뀐다. 재미와 놀이 비트는 매디와 올리가 작은 것에서부터 시작해(좋아하는 책, 영화, 음식) 서서히 서로를 알아 가는 상향 경로를 보인다. 서로에 대한 믿음이 생기면서 좀 더 심각한 대화로 옮겨 간다(매디의 병, 올리 아빠의 학대). 올리는 아무리 어두운 상황에 놓여도 매디 덕분에 웃을 수 있다. 매디가 올리를 필요로 하는 것만큼 올리도 매디를 필요로 하고 있음이 증명된다.

칼라가 (매디가) 올리와 연락하는 사실을 알고 있다고 하자, 매디는 엄마에게 비밀로 하고(엄마는 절대로 허락하지 않을 테니까) 올리를 직접 만날 수 있을지 묻는다. 물론, 칼라는 안 된다고 하지만 이내 생각을 바꾼다. 세상에는 위험을 감수할 정도로 가치 있는 것도 있다는 칼라의 믿음은 주제를 상징한다.

올리가 에어록 시스템에서 살균 소독을 하고 두 사람은 일광욕실에서 만난다. 신체 접촉은 금지된다. 첫 만남에서부터 매디와 올리는 서로 깊이 빠져든다.

하지만 튀는 공이 매디를 다시 현실로 돌아오게 한다. 올리와의 관계가 자신의 건강은 물론 심장에도 너무 위험하다는 사실을 깨달는다. "오랜만에 처음으로 내가 가질 수 있는 것보다 더 많은 것을 원한다." 매디는 자신의 욕망이 걱정스럽다. 절대로 가질 수 없음을 알기에 그를 멀리하려고 한다.

하지만 B 스토리 캐릭터 칼라가 올리와의 관계를 끊지 말라고 설득하면서 다시 한번 주제를 명시한다. "심장이 조금 아프다고 처음 사귄 친구를 잃을 거야?" 매디는 칼라가 옳다는 것을 깨닫고 올리를 다시 만나기 위해 또 한 번 위험을 무릅쓴다. 그냥 친구로만 지내겠다고 다짐하면서.

하지만 매디는 올리를 만날수록 그를 사랑할 수밖에 없음을 깨닫는다. 어쩔 수 없는 일이다. 올리와 매디는 서로에게 마음을 연다. 매디는 올리에게 아빠와 오빠가 어떻게 죽었는지 말한다. 그들은 매디가 병을 진단을 받기 전에 졸음운전 트럭에 치였다.

한편 엄마는 매디의 달라진 행동이 의심스럽다. 매디는 평소보다 더 피곤해하며 저녁 일과를 생략하고 있다(올리와의 만남을 위해).

매디는 엄마에게 거짓말하는 것에 죄책감을 느낀다. 하지만 점점 더 큰 위험을 감수한다. 올리와 매디가 몰래 만난 어느 날, 처음으로 신체 접촉을 하고 곧바로 키스에 대한 대화로 이어진다. 매디는 자꾸만 올리와 키스하는 상상을 하게 된다. 할 수 있을까? 첫 키스는 상상만으로 짜릿하다.

9. 중간점

올리와 매디는 거짓 승리로 구성된 중간점에서 마침내 첫 키스를 한다. 매디는 이렇게 말한다. "그렇게 모든 것이 변한다."

하지만 몇 페이지 뒤에서 올리가 집 밖에서 아빠와 크게 싸우면서 위험이 커진다. 올리의 아빠가 올리의 배를 때리는 순간 매디는 생각할 겨를도 없이 반응한다. 그녀는 올리에게 가기 위해 현관문을 뛰쳐나가고 엄마는 멈추라고 소리친다.

매디가 집 밖으로 나가는 가장 큰 위험을 감수함으로써 '욕망에서 필요로의 전환'이 이루어진다. 올리를 위해 자신의 목숨을 감수한 것이다.

엄마는 매디와 올리가 서로 잘 아는 사이임을 알게 된다. 매디는 그냥 온라인 친구일 뿐이라고 거짓말을 한다.

10. 다가오는 악당

매디의 엄마가 올리가 손목에 차고 있던 고무줄을 집 안에서 발견하면서 곧장 하향 경로가 시작된다. 엄마는 두 사람이 만났다는 것을 알게 된다. 즉시 매디가 인터넷을 사용하지 못하도록 하고 칼라를 해고한다. 그러고는 끔찍할 정도로 엄격한 독재자 재닛을 매

디의 간호사로 고용한다. 올리와 대화를 나누지 못하게 된 매디는 절망에 빠진다.

여름이 끝나고 올리의 학교생활이 시작되면서 두 사람이 서로를 보는 시간도 줄어든다. 그러던 어느 날 올리가 한 여학생을 집에 데려온다. 매디는 그 여학생이 올리와 수업 시간에 같은 조일 뿐이라는 사실을 알게 되지만 이내 깨닫는다. 자신은 그 어떤 여학생과도 경쟁이 되지 못한다는 것을.

"여자애가 예쁘건 말건 그건 상관없어. 햇빛을 피부로 느끼고 공기를 직접 마실 수 있다는 게 중요하지. 올리랑 같은 세상에 사는 여자애라는 게 중요해. 난 그렇지 못해. 절대 그럴 수 없을 거야."

올리와 아버지의 싸움을 또다시 목격한 매디는 결정을 내린다. 하와이행 비행기표 두 장을 예매해서 올리와 몰래 집을 나가기로. 엄마에게는 작별 편지를 남길 것이다. "엄마 덕분에 이렇게 오래 살았고 세상의 작은 부분이나마 볼 수 있었어. 하지만 그것만으로는 충분하지 않아."

매디는 올리 덕분에 행복을 한 모금 맛보았고 다시 예전으로 돌아갈 수 없게 됐다. 그가 없으면 행복해질 수 없다. "이젠 예전처럼 세상을 볼 수는 없게 됐어."

매디는 실험용 신약이 있어서 아프지 않을 것이라는 거짓말로 올리를 설득한다. 그들은 이틀간의 행복을 위해 하와이로 떠난다. 매디는 태어나 처음으로 바다를 보고 수영을 한다. 두 사람은 맛있는 음식을 먹고 로맨틱한 밤을 함께 보낸다.

매디는 이 모든 것을 통해 점점 주제에 가까워진다. 그녀는 이렇게 말한다. "숨 쉬는 순간마다 내가 그냥 살아만 있는 게 아니라는 확신이 들어. 난 진짜 삶을 살고 있다고."

11. 절망의 순간

하지만 매디가 호텔 방에서 쓰러지면서 모든 것이 멈춘다. 그리고 죽음의 냄새와 함께 매디의 심장이 멎고……

12. 영혼의 어두운 밤

……다시 뛴다.

엄마가 하와이로 와서 매디를 퇴원시키고 집으로 데려간다. 매디의 방은 병실로 바뀌었고 매디는 앞으로 영원히 집 안에 갇혀서 지내야 한다는 사실을 깨달으며 그 어느 때보다도 깊은 절망에 빠진다. "내가 뭘 놓치고 있는지 알았는데 어떻게 이 안에서 평생을 살 수 있을까?"

매디는 메시지를 보내 올리와 이별한다. "난 교훈을 배웠어. 사람은 사랑 때문에 죽을 수도 있어. 난 저 밖에서 살 수 없으니 이런 식으로라도 살아 있어야 해."

영혼의 어두운 밤에 매디는 "슬픔의 사막"과 "후회의 바다"가 있는 "절망의 지도"를 그린다. 그녀는 올리의 이메일에 답장하지 않는다. 결국 올리에게서 더 이상 이메일이 오지 않게 된다.

엄마는 매디가 힘내도록 칼라를 다시 고용한다. 매디와 엄마는 조금씩 예전의 일상으로 돌아간다. 매디는 스포일러 서평도 다시 올리기 시작한다(익숙한 것으로의 회귀).

올리와 엄마, 여동생은 아버지가 일하러 간 사이에 서둘러 다른 곳으로 이사 간다. 올리가 매디의 창문을 올려다보는 순간, 두 사람의 눈이 어쩌면 마지막으로 마주친다. 이것은 기폭제 비트의 거울 이미지다.

매디는 마침내 올리의 이메일을 열어 본다. 올리가 엄마에게 매디가 하와이에서 보여 준 용기를 이야기하며 아버지와 헤어지라고 설득한 것이었다. 매디가 위험에 맞서는 모습이 다른 누군가에게 용기를 불어넣어 준 것이다.

그 후 하와이에서 매디를 치료했던 의사로부터 이메일이 도착하면서 매디의 세상이 통째로 흔들린다. 혈액검사 결과로 봐서는 매디가 SCID에 걸리지 않았고, 걸린 적도 없다고 생각한다는 내용이다(어두운 밤의 깨달음).

엄마는 워낙 희귀하고 복잡한 병이라 그 의사가 잘 알지 못하는 것이라며 부인한다. 그러나 매디는 엄마의 말을 백 퍼센트 다 믿을 수 없다. 칼라도 매디에게 말한다. "가끔 네 엄마 말이 다 맞는 건 아니라는 생각을 한 적은 있어. 어쩌면 너희 엄마가 너희 아빠와 남동생에게 일어난 사고에서 아직 회복되지 않았다는 생각을."

13. 3막 진입

매디는 자신에 대한 진실을 알아내기 위해 가장 큰 위험을 감수하기로 한다. 그녀는 칼라(B 스토리)에게 도움을 청하고 칼라가 대신 혈액검사를 신청한다.

14. 피날레

포인트 1: 팀 조직

매디는 혈액검사 결과를 기다리는 동안 엄마가 모아 놓은 파일을 뒤져 보기로 한다. 거기에는 매디에 대한 모든 기록이 다 있지만 공식적으로 SCID임을 진단한 기록은 없다. "내가 살아온 인생의 증거가 어디에 있지?" 하나도 없는 듯하다.

포인트 2: 계획 실행

매디는 엄마에게 진단 기록을 찾아 달라고 한다. 엄마는 분명히 어딘가에서 진단을 받았다고 주장하지만 그런 자료는 없다. 매디는 칼라의 말이 맞는다는 것을 깨닫는다. 엄마는 제정신이 아니다. "그때 확실히 알았다. 나는 아프지 않고 아픈 적도 없다."

포인트 3: 높은 탑 서프라이즈

매디는 엄마가 아빠와 오빠의 죽음에서 회복되지 않았다는 사실을 알게 된다. 아빠와 오빠가 사고로 떠나고 얼마 후 아기였던 매디가 무척 아팠는데 엄마는 매디가 SCID에 걸렸다고 확신한 것이었다. 세상으로부터 보호하기 위해 매디를 숨겼다. 매디의 "삶 전체가 거짓이었다."

매디는 새 의사로부터 SCID에 걸리지 않았다는 공식 진단을 받는다. 하지만 평생 실내에서 생활한 탓에 면역력이 약해서 앞으로 천천히 적응해 나가야만 한다.

엄마와의 관계는 영영 변해 버렸다. B 스토리 캐릭터 칼라는 엄마를 용서하라고 조언하지만 매디는 과연 그럴 수 있을지 자신이 없다.

포인트 4: 깊이 파고들다

매디는 올리에게 가기 위해 뉴욕행 비행기표를 산다. 뉴욕으로 향하며 "언제든지, 어떤 일이든지 일어날 수 있다. 안전이 전부는 아니다. 삶은 그저 살아만 있는 것 이상이어야 한다"라고 말하며 마침내 주제를 학습했다는 것을 증명한다. 이는 매디가 쓰는 『어린 왕자』의 스포일러 서평에서도 확인할 수 있다. "사랑은 모든 것을 걸 만한 가치가 있다. 모든 것을."

또한, 매디는 올리를 찾아가기로 하면서 엄마를 이해하고 용서하게 된다. "사랑은 사람을 미치게 만들기도 한다. 사랑을 잃는 건 사람을 미치게 만들기도 한다."

포인트 5: 새로운 계획의 실행

매디는 올리에게 뉴욕의 중고 서점에 가 보면 선물이 기다리고 있을 거라고 문자메시지를 보낸다. 그녀는 책 더미 속에 숨어 서점으로 들어오는 올리를 지켜본다. 매디는 올리가 더 이상 검은 옷을 입고 있지 않다는 사실을 알아차린다. 그 역시 매디로 인해 많이 변한 것이다.

15. 마지막 이미지

마지막 페이지를 넘기면 매디가 올리에게 남긴 선물이 그려져 있다(매디가 그린 그림). 바로 『어린 왕자』다. 책 안에 그녀는 "(나를)

찾아 주면 보상해 드림"이라고 적어 놓는다.

그들은 서로를 (다시) 찾았다.

『에브리씽 에브리씽』이 버디 러브 스토리 소설인 이유는 무엇인가?

『에브리씽 에브리씽』에는 성공적인 버디 러브 스토리 소설의 3가지 요소가 모두 들어 있다.

- 불완전한 주인공: 집 안에서만 갇혀 지내는 매디는 너무 심심하고 외롭다. 하루하루 열심히 살아가려고 애쓰지만 뭔가 허전하다.
- 상대역: 올리는 처음 등장하자마자 매디와 완전한 대조를 이룬다. 매디는 갇혀 있지만 올리는 자유롭다.
- 복잡한 상황: 매디의 희귀한 질병이 두 사람을 함께하지 못하게 한다. 소설 전반에 걸쳐 갈등의 주요 원인으로 작용한다.

『에브리씽 에브리씽』
비트 시트 요약

---

1. **오프닝 이미지**: 온통 새하얀 매디의 방이 나온다. 그곳에는 살균 소독을 거쳐 비닐 랩으로 진공포장된 책들이 가득하다.

2. **설정**: 매디는 중증복합면역결핍증SCID를 앓고 있어서—세상의 모든 것에 알레르기를 일으킬 수 있음—집 밖으로 나가지 못한다. 그녀는 밖으로 나가고 싶지만 절대 그럴 수 없을 것이다. 그녀의 삶은 지루하고 예측 가능하다.

3. **기폭제**: 옆집에 올리라는 소년이 이사 온다.

4. **토론**: 이 소년은 누구이며 둘의 관계는 어떻게 될 것인가? 매디는 올리를 관찰하고 올리는 창문을 통해 우스꽝스럽게 말을 건다.

5. **2막 진입**: 올리가 창문에 이메일 주소를 써서 알려 준다. 매디가 이메일을 보낸 것을 계기로 공식적으로 두 사람의 관계가 시작된다. 이로써 그녀는 2막의 세계로 들어간다(올리가 있는 예측 불가능한 세계).

6-7. 주제 명시 / B 스토리: "생각해 보면 모든 게 리스크 아닐까. 아무것도 안 하는 것도 리스크거든. 모두 네가 하기에 달렸어." 매디의 간호사 칼라(B 스토리 캐릭터)가 주제를 명시한다. 매디는 자신이 원하는 삶을 위해서는 위험을 무릅쓰는 용기가 필요하다는 교훈을 배워야만 한다.

8. 재미와 놀이: 매디와 올리는 재미있고 재치 넘치는 이메일과 메시지를 주고받고 결국 칼라의 도움으로 몰래 만나기까지 한다. 매디는 얼마나 위험한 관계인지 알면서도 올리와 사랑에 빠지는 걸 멈출 수 없다.

9. 중간점: 매디와 올리가 (황홀한) 첫 키스를 나누며 거짓 승리를 보여 준다. 매디는 올리가 아빠와 싸우는 모습을 보고 처음으로 집 밖으로 뛰쳐나간다(커진 위험).

10. 다가오는 악당: 매디와 올리의 비밀 만남을 알게 된 엄마가 매디의 인터넷 사용을 금지시키고 칼라를 해고한다. 올리가 아빠와 또 싸우는 것을 본 후 매디는 하와이행 비행기표를 산다. 두 사람은 몰래 하와이로 떠난다.

11. 절망의 순간: 매디가 쓰러지면서 여행도 중단된다. 매디의 심장이 잠깐 동안 멈춘다(죽음의 냄새).

12. 영혼의 어두운 밤: 매디는 집으로 돌아온다. 그녀는 올

리와 헤어지고 그와의 대화를 거부하면서 아직 온전히 주제를 배우지 못했음을 보여 준다. 올리는 이사를 가고, 매디는 하와이의 의사로부터 그녀가 SCID에 걸리지 않았다는 내용의 이메일을 받는다.

13. **3막 진입**: 매디는 가장 큰 위험을 무릅쓴다. 자신에 대한 진실을 파헤쳐 보기로 한다. 그녀는 칼라(B 스토리 캐릭터)에게 혈액검사를 부탁한다.

14. **피날레**: 매디는 엄마의 파일을 훑어보지만 SCID 진단이 내려진 혈액검사 기록은 찾지 못한다. 엄마는 아빠와 오빠의 사망 후(자동차 사고) 매디를 지키려고 SCID에 걸렸다고 생각한 것이었다. 이 모든 것을 알게 된 매디는 올리를 만나기 위해 뉴욕행 비행기표를 산다. 그녀는 올리에게 문자메시지를 보내고 둘은 중고 서점에서 만난다.

15. **마지막 이미지**: 매디는 올리에게 "찾아 주면 보상해 드림"이라고 적힌 책을 남긴다. 선물은 바로 매디다.

11.

요술 램프

커다란 변화를 만드는 작은 마법

누구나 살면서 소원을 빌어 본 적이 있을 것이다. 별똥별을 보면서, 생일 케이크의 촛불을 끄면서, V자 모양의 닭 뼈를 발견했을 때, 혹은 잠들기 전에. '소원이 정말로 이루어지면 어떡하지?' 하고 상상해 본 적도 있을 것이다. 소원을 들어주는 알라딘의 요술 램프를 본 따 '요술 램프'라고 이름 붙은 이 장르가 인기 많은 이유도 그래서다. 이 장르의 이야기는 쉬지 않고 만들어진다. 주인공은 모든 문제를 사라지게 해 줄 무언가를 바라고 소원이 진짜로 실현된다!

하지만 이 마법의 장르는 단순히 소원을 들어주는 이야기가 아니다. 저주가 내려지고 수호천사가 출동하고 몸이 바뀌고 심지어 주인공이 이상한 차원이나 평행 우주로 넘어가기도 한다.

선택된 마법이 무엇이든 요술 램프 장르는 결국 다 똑같다. 주인공에게 마법이 주어지고 결국 '현실'이 그렇게 나쁜 것이 아니라는 사실을 깨닫고 새로운 사람이 된다.

짠!

요술 램프 이야기에서 마법은 우리 모두가 배울 수 있는 보편적인 진리를 설명하는 편리하고 영리하고 생각을 자극하는 수단으로 활용된다. 사람은 누구나 있는 그대로 훌륭한 존재라는 사실 말이다. 마법 같은 건 필요하지 않다고!

주인공은 이 사실을 깨달아야 한다. 그래서 이 장르에서는 판타지나 SF소설을 좀처럼 볼 수 없다. 요술 램프 장르는 『해리 포터』나

『반지의 제왕』시리즈,『나니아 연대기』,『얼음과 불의 노래』시리즈 (드라마 〈왕좌의 게임〉 원작 소설)처럼 새롭고 환상적인 세계를 탐험하는 이야기가 아니다. 이 장르의 주인공은 대부분 현실 세계에서 일시적으로 마법을 선물 받는(혹은 저주!) 사람들이다. 우리와 똑같은 사람들이다! 그래서 더욱더 재미있다.

이렇게 주인공이 '마법에 닿는' 이야기는 책보다 영화에서 자주 볼 수 있지만 (대표적으로 〈너티 프로페서〉, 〈빅〉, 〈완벽한 그녀에게 딱 한 가지 없는 것〉, 〈프리키 프라이데이〉, 〈브루스 올마이티〉, 〈마스크〉, 〈라이어 라이어〉, 〈내겐 너무 가벼운 그녀〉, 〈사랑의 블랙홀〉 등) 소설에서도 성공적으로 활용된다. 흥미롭게도 이 장르는 어린 독자를 대상으로 하는 책에서 더 인기 있는데(린 리드 뱅크스의『수납장 속의 인디언』, 메건 슐Megan Shull의『스왑』, 웬디 매스Wendy Mass의『열한 번째 생일11 Birthdays』, 로렌 올리버의『7번째 내가 죽던 날』, 게일 포면의『네가 있어준다면』등) 마법과 소원 성취라는 소재가 특히 아이들과 10대들을 끌어당기기 때문이다. 하지만 어른들도 예외는 아니다. 마법, 규칙 어기기, "만약에 ~라면?"이라는 질문의 답에 흥미를 느끼지 않을 사람은 없을 테니 말이다.

이 장르에 속하는 인기 소설로는 소피 킨셀라의『트웬티즈 걸』, 레인보우 로웰의『랜드라인』, 찰스 디킨스의 사랑받는 고전『크리스마스 캐럴』이 있다. 심지어 오스카 와일드가 쓴 고전『도리언 그레이의 초상』에도 요술 램프의 요소가 약간 들어 있다.

대상 독자와 관계없이 요술 램프 이야기에는 3가지 공통점이 있다. 마법을 얻을 만한 주인공, 마법의 주문(또는 마법의 터치), 그리고 교훈. 그러면 좀 더 자세히 살펴보자.

주인공은 마법을 얻을 만한 사람이어야 한다. 『트웬티즈 걸』처럼 마법의 힘이 절실하게 필요한 약자이든 『크리스마스 캐럴』처럼 고마운 저주를 통해 교훈을 깨우칠 필요가 있는 오만한 얼간이든. 그리고 요술 램프 이야기의 주인공은 해당 마법과 잘 어울려야 한다.

주인공이 왜 그런 마법을 얻게 되는지 독자들이 즉시 이해할 수 있어야 한다. 이해도 되고 응원까지 하게 되어야 한다! 찰스 디킨스는 『크리스마스 캐럴』에서 끔찍한 구두쇠 에비니저 스크루지라는 캐릭터를 훌륭하게 설정한다. 그래서 세 명의 크리스마스 유령이 나타나 그에게 과거와 현재, 미래를 보여 줄 때 독자들은 전적으로 맞장구를 치게 된다. 남자 친구에게 차인 『트웬티즈 걸』의 라라 링턴이 105세 세이디 할머니의 유령을 만나 도움받는 모습도 고개를 끄덕이게 한다. 우리는 그녀를 응원하게 된다. 라라만큼이나 독자도 그녀에게 마법이 일어나기를 원한다.

따라서 요술 램프 이야기의 첫 번째 질문은 이것이다. 주인공은 왜 이 마법을 얻을 자격이 있는 걸까? 그들은 잠시도 쉬지 못하는 가엾은 신데렐라인가(권한 부여 이야기)? 아니면 현실 파악이 필요한 사악한 의붓언니에 더 가까운가(자업자득 이야기)? 어느 쪽이든 독자가 선뜻 이해할 수 있어야 한다. 주인공에게 마법이 주어졌을 때 (보통 기폭제 비트에서 발생) "그래, 그래도 돼!"라는 반응이 나오도록 설정해야 한다.

하지만 한 가지 주의할 점이 있다. 자업자득 이야기는 권한부여 이야기보다 재미있게 풀어내기가 힘들다. 주인공이 호감 가지 않는 캐릭터인 탓에 재미있는 이야기가 시작되기도 전에 독자는 마음이 식어 책을 내려놓기 쉽다. 물론 못된 캐릭터는 결국 벌을 받게 되겠지만 인과응보가 주어지기도 전에 독자를 잃어서는 안 된다.

이때 '고양이 구하기'가 당신의 소설을 구해 줄 수 있다. 주인공에게 '구원의 여지'를 미리 설정해 주는 것이다. 기폭제 이전에, 소설의 10~20쪽 이내라면 더 좋다. 아무리 세상에서 제일가는 얼간이라도 구원받을 만한 가치가 아주 조금은 있을 것이다. 독자가 굳이 소중한 시간을 내어 이 주인공의 변화를 지켜볼 가치가 있다는 것을 보여 주어야 한다. 비록 지금은 영 아니지만 지켜볼 필요가 있다는 것을 일찍부터 증명해야 한다. 이 캐릭터에 숨겨진 깊이가 있으니 읽어 볼 가치가 있다고 말이다.

다음으로 요술 램프 이야기에는 당연히 약간의 마법이 필요하다! 마법의 주문 또는 마법의 터치라고 한다. 이 이야기의 마법이 정확히 무엇인가? 1920년대 신여성 스타일의 옷을 입고 찰스턴 춤(미국의 재즈피아니스트 제임스 프라이스 존슨이 작곡한 뮤지컬 재즈곡 〈The Charleston〉에서 유래된 춤-옮긴이)을 추는 유령인가?(『트웬티즈 걸』) 유체 이탈인가?(『네가 있어준다면』) 과거로 연결되는 전화?(『랜드라인』) 똑같은 날이 계속 반복될 수도 있다(『열한 번의 생일』과 『7번째 내가 죽던 날』). 마법이 무엇이든 2막의 중심을 차지해야 한다. 결국, 마법이 소설의 전제이니까. 이 마법 같은 일은 아마도 책 뒤표지나 온라인 책 소개에서 독자들에게 약속된 내용일 것이다. 그러니 약속을 꼭 지켜야 한다!

주인공이 소원을 빈 것이든 마법이 갑자기 주인공에게 뛰어든 것이든 마법은 자체로 독특해야 한다. 흥미롭고 재미있게 만들어야 한다. 마법이 독자를 잡아당기는 선전 포인트 역할을 하니까.

주의할 점은 마법의 원리를 자세하게 설명하지 않아도 된다는 것이다. '왜(주인공이 마법을 얻은 이유)'는 중요하지만 '어떻게(마법의 원리)'는 그만큼 중요하지 않다. 요술 램프 소설은 마법 자체에 관한 이야기가 아니라 주인공이 그 마법을 통해 무엇을 얻는지에 관한 이야기다. 그러니 독자들에게 마법의 작동 원리를 장황하게 설명하느라 페이지를 낭비하지 마라. 『트웬티즈 걸』은 마법의 원리를 간단하게 소개하고 신속하게 처리한다. "뭐가 뭔지 모르겠어." 세이디 할머니가 말한다. "있고 싶은 곳을 생각하는 순간 거기로 가 있어." 『수납장 속의 인디언』에서는 수납장에 마법이 깃들어 있어서 옴리의 인디언 인형 리틀 베어가 진짜 살아 움직인다. 작가 린 리드 뱅크스는 그냥 그 정도로만 이야기한다!

마법의 원리보다 중요한 게 바로 마법의 규칙이다. 아무리 마법이 자연의 법칙에 어긋나도 규칙은 있어야 한다. 플롯에 따라 마음대로 바꾸고 싶은 유혹이 들더라도 정해진 규칙을 잘 지켜야 한다. 독자들은 환상적인 이야기에 빠져들기 위해 아무리 믿기지 않아도 기꺼이 불신을 보류할 것이라는 사실을 기억하라. 독자들은 이렇게 생각할 것이다. "음, 불가능한 일이지만 뭐 어때! 재미있어 보이는 걸!" 하지만 기회는 딱 한 번뿐이다. 만약 처음에 마법의 규칙을 설정해 놓고 이야기가 전개될수록 마음대로 바꿔 독자들을 속인다면 배신감이 들 것이다. 최악의 경우, 독자를 잃게 된다. 요술 램프 장르의 독자들은 처음부터 자연의 법칙에 어긋나는 일인 줄 알고도 소설에 빠져들지만 이는 작가가 알아서 잘 설정했으리라는 믿음이 있기 때문이다. 그 믿음을 배신해서는 안 된다.

마지막으로, 요술 램프 소설에 필요한 세 번째 요소는 교훈이다. 주인공은 이 마법 때문에 어떻게 변하는가?

이야기의 끝에서 이 장르의 주인공은 무언가 매우 중요한 것을 깨달아야만 한다. 삶을 바로잡아 주는 것은 마법이 아니며, 자기 스스로가 해야만 한다는 것을. 마법은 그저 바로잡아야 할 것을 보여 줄 뿐이다. 그것이 요술 램프 장르의 본질이다.

지름길이 생기면 당연히 좋지만—마법으로 인생의 모든 문제를 고치는 것—우리는 그게 속임수에 불과하다는 것을 알고 있다. 마법이 문제에 대한 궁극적인 해결책이라면 독자들이 과연 공감할 수 있을까? 현실에서 마법을 얻는 일 따위는 절대 없을 텐데 말이다. 그래서 대부분의 요술 램프 이야기에는 현실과 인간에 대한 도덕이나 교훈이 포함된다. 주인공이 사실은 매우 멋진 사람이고 평범한 인간에게도 특별한 힘이 있다는 것을 말이다. 마법은 현실의 문제를 해결해 주지는 못한다. 잠시 주의를 흩트려 놓는 것일 뿐.

그래서 요술 램프 장르에는 주인공이 '마법의 도움 없이' 직접 나서는 3막 비트가 존재한다. 이는 대개 주인공이 마법 따위가 없어도 스스로 변신을 완료할 수 있음을 마침내 증명하는 거대한 피날레의 순간이다. 드디어 혼자 힘으로 헤쳐 나간다.

결국 진정한 마법은 우리 안에 있다.

요약하면, 요술 램프 소설에는 다음의 3가지 요소가 꼭 들어가야 한다.

- 마법을 얻을 만한 주인공: 약자에게 힘을 실어 주든 자업자득의 이야기이든 초자연적인 힘이 필요한 사람이어야 한다.
- 마법의 주문 또는 마법의 터치: 마법이 어떤 식으로 표현되든(사람, 장소, 물건 등) 독자의 믿음을 저버리지 않도록 비현실적인 마법에 현실적인 법칙을 설정해야 한다.
- 교훈: 주인공은 이 마법을 통해 무엇을 배우고 결국 (마법 없이) 어떻게 문제를 올바로 해결하는가?

인기 요술 램프 소설

- 찰스 디킨스,『크리스마스 캐럴』
- 오스카 와일드,『도리언 그레이의 초상』
- P. L. 트래버스,『메리 포핀스』
- 메리 로저스Mary Rodgers,『프리키 프라이데이』
- 린 리드 뱅크스,『수납장 속의 인디언』
- 맥 캐봇,『에어헤드』
- 게일 포먼,『네가 있어준다면』
- 소피 킨셀라,『트웬티즈 걸』(다음 페이지에 비트 시트 수록)
- 웬디 매스,『열한 번의 생일11 Birthdays』
- 무라카미 하루키,『IQ84』
- 로렌 올리버,『7번째 내가 죽던 날』
- 닐 게이먼,『오솔길 끝 바다The Ocean at the End of the Lane』
- 레인보우 로웰,『랜드라인』
- 메건 슐,『스왑』
- 로렌 밀러,『패럴렐』

『트웬티즈 걸』

작가: 소피 킨셀라

세이브 더 캣 분류: 요술 램프

일반 분류: 일반 소설

유쾌한 베스트셀러『쇼퍼홀릭』시리즈로 유명해진 소피 킨셀라는 현대 코미디 소설의 여왕이다. 그녀의 책은 30개가 넘는 언어로 번역되었다. 『트웬티즈 걸』은 1920년대에 20대였던, 지금 살아 있다면 100세가 넘었을 세이디 할머니의 유령을 만나는 20대 여성의 이야기를 그린다. (세이디 할머니는 여기서 20대의 모습으로 나온다.) 소피 킨셀라로서는 처음으로 초자연적인 요소가 들어간 이야기를 선보이는 셈이다. 주인공 라라가 유령을 보는 '저주'에 걸리고 그 저주에서 뜻밖의 교훈을 얻는다는 점에서 요술 램프 장르라고 할 수 있다.

1. 오프닝 이미지

라라 링턴과 부모는 잘 알지 못하는 105세 친척 할머니의 장례식에 갈 준비를 한다. 하지만 라라는 최근 부모님께 한 거짓말들에 더 정신이 쏠려 있다. 새로 시작한 사업이 엄청나게 잘되고 있고, 동업자가 정말로 믿음직하다고 거짓말을 했다. 사실은 완전히 반대다.

이 거짓말 목록은 라라가 바로잡아야 할 것들에 대해 많은 것을 말해 준다. 최근 그녀는 남자 친구 조시에게 차이기도 했는데, 부모님에게 그를 완전히 잊었다는 거짓말도 했다. 사실은 남자 친구가 돌아오기를 바라고 있다(욕망).

거짓말은 우리의 주인공 라라와 그녀의 결함에 대해 알려 준다. 그녀는 실수를 털어 버리고 앞으로 나아가는 것이 아니라 숨기려 하는 사람이다.

2. 주제 명시

라라가 헤어진 남자 친구에 대해 거짓으로 이야기할 때 그녀의 아버지는 상냥하게도 이렇게 말해 준다. "헤어진 사람에게 미련을 두고 다시 합치면 인생이 완벽해질 거라고 생각하기 쉽다."

라라의 변화 여정은 과거를 털어 내고 앞으로 나아가는 것과 관련 있다. 그녀는 자신의 인생이 어때야 하는지에 대한 망상을 버리고 있는 그대로의 인생을 즐기는 법을 배워야 한다. 그러기 위해서는 자신감이 필요하다. 더 대담해지고 더 용감해질 필요가 있다.

3. 설정

라라는 105세로 세상을 떠난 친척 할머니 세이디 랭커스터의 장례식에 참석한다. 그녀는 장례식장 밖에서 단돈 20펜스로 링턴스 커피 회사를 차려 엄청나게 성공시킨 빌 삼촌과 마주친다. 현재 그는 '두 개의 작은 동전'이라는 세미나를 진행하면서 기업가들에게 성공 비결을 가르친다.

헤드헌팅 업체를 차린 라라는 삼촌에게 도움을 구하려고 하지만(동업자 나탈리가 떠난 후 회사가 휘청거리고 있다) 삼촌은 거절한다.

그녀는 다른 장례식장에 잘못 들어가기도 하지만, 이내 제대로 찾아간다. 그러나 장례식장에는 사람이 거의 없었고, 심지어 세이디 할머니의 사진을 가져온 이도 없었다. 다들 세이디 랭커스터를 잘 모르는 듯하다.

4. 기폭제

장례식이 진행되는 동안 라라는 목걸이가 어디 있느냐는 낯선 목소리를 듣는다. 앞쪽 의자에 앉아 있는 비슷한 또래의 여자가 보인다. 누구일까?

여자는 라라를 손으로 쿡쿡 찌르지만 손가락이 라라의 몸을 그냥 통과한다. 세상에 이런 일이! 여자는 자신이 라라의 죽은 친척 할머니인 세이디 랭커스터라고 소개한다.

5. 토론

요술 램프 장르가 거의 그러하듯 이 소설의 토론 비트도 현실 점검이다. 꿈을 꾸는 걸까? 이게 현실인가? 라라는 20대 시절의 모습으로 나타난 친척 할머니가 환영일 뿐이라고 확신한다. 하지만 아무리 환영을 없애려고 해도 세이디는 사라지지 않는다. 세이디는 정말 짜증 나게 군다. 그녀는 계속 라라에게 장례식을 중단하라고 소리친다. 잃어버린 목걸이를 찾기 전까지는 묻힐 수 없다고. 결국, 라라는 장례식을 연기할 핑곗거리를 생각해 낸다. 세이디가 살해되었다고 생각될 만한 이유가 있으니 경찰 조사가 필요하다고 말이다. 다들 라라가 미쳤다고 생각한다. 라라 자신도 포함해서.

다음 날 라라는 세이디가 잠재의식의 산물일 뿐이라고 자신을 안심시킨다. 하지만 점심시간에 세이디는 라라에게 굴을 제대로 먹는 법을 가르친다. 라라는 자신이 굴을 제대로 먹는 방법을 몰랐다는 것을 깨닫는다. 세이디는 진짜 유령일지도 모른다!

6. 2막 진입

세이디는 잃어버린 목걸이를 찾기 전까지는 "영면하지" 못하니 목걸이를 찾을 수 있도록 도와줘야 한다고 주장하며 계속 라라를 괴롭힌다. 라라는 그런 세이디에게 거래를 제안한다. "목걸이를 찾아 주면 날 내버려 둘 거예요?"

세이디가 그러겠다고 하면서 공식적으로 2막이 시작된다. 2막은 라라와 1920년대 소녀 유령의 세계다.

7. 재미와 놀이

라라는 목걸이를 찾기 위해 세이디가 생전에 지냈던 요양원을 찾아간다. 그곳 직원들은 목걸이가 실수로 모금 행사에서 팔린 것 같다고 말한다. 라라는 목걸이를 가지고 있을지 모르는 사람들의 이름과 전화번호 목록을 얻어 돌아온다.

양로원에서 라라는 세이디가 죽기 전에 찰스 리스라는 이름의 남자가 찾아왔다는 사실을 알게 된다. 세이디는 찰스 리스를 기억하지 못한다. 라라는 세이디가 죽기 몇 년 전에 일으킨 뇌졸중 때문에 기억력이 심하게 나빠졌을 거라고 생각한다. 나중에 그들은 찰스 리스가 라라의 유명한 삼촌 빌 링턴이라는 것과 그가 세이디의 목걸이를 가져갔다는 사실을 알게 된다. 하지만 돈 많은 빌 삼촌에게 늙은 여자의 싸구려 목걸이 따위가 왜 필요할까?

이 소설의 전제 약속은 사건 중간중간에 나타나는 세이디와 라라의 배꼽 잡는 관계다. 세이디는 라라와 전혀 다르다. 투지가 넘치고 대담하다. 그에 비해 라라는 재미없고 따분하다. 세이디는 틈만 나면 라라에게 그 점을 지적한다. 요술 램프 장르가 대부분 그렇듯 세이디는 라라가 결함을 깨닫고 스스로 고치도록 도와줄 것이다.

목걸이를 찾아 나서는 동안 두 사람은 서로의 신경을 긁지만 결국 이 둘 사이에는 우정이 싹튼다. 세이디와 라라의 문화가 충돌하는 모습이 웃음과 유쾌함을 자아낸다. 둘 다 20대 여성이지만 연애 스타일이나 삶의 방식 등이 달라도 너무 다른 시대 출신이니까.

세이디는 라라에게 조시와의 이별을 한탄하지 말고 다시 세상으로 나가 삶을 꾸려 나가야 한다고 조언한다. 여러 측면에서 세이디는 오히려 라라보다 훨씬 더 현대적이다. 다음과 같은 세이디의 대사는 소설의 주제를 명시한다. "달링, 살면서 뭐가 잘못되면 이렇게 하는 거야. 턱을 치켜들고 기가 막히게 예쁜 미소를 지으며 칵테일을 한잔 마신 다음 밖으로 나가."

재미와 놀이 비트에서 우리는 소피 킨셀라가 플롯 확장을 위해 효과적으로 설정한 마법의 규칙을 알게 된다. 이를테면 유령 세이디는 오직 라라에게만 보인다. 세이디는 원하는 곳은 어디든 갈 수 있고 원하는 것은 무엇이든 입을 수 있다. 그리고 이 초자연적인 이야기에서 가장 독특하고 창의적인 규칙은 유령 세이디가 사람들의 귀에 대고 고래고래 고함을 지르는 우스꽝스러운 방법으로 그들을 '설득해서' 말과 행동을 교묘하게 조종할 수 있다는 것이다. 규칙을 알게 된 라라는 어떤 아이디어를 떠올린다. 그녀는 세이디를 보내 전 남자 친구 조시를 염탐하라고 시킨다. 그가 그녀를 차 버린 이유를 알아내 다시 합치기 위해서. 세이디는 마지못해 승낙한다.

이것은 라라가 잘못된 방법으로 문제를 바로잡는 모습이다. 그녀는 주제를 배우고 앞으로 나아가 올바른 방법으로 문제를 바로잡는 대신, 마법의 '저주'로 삶을 개선하려고 한다. 라라가 원하는 것은 조시와의 재결합이다. 2막의 전반부는 이 같은 그녀의 욕망에 따라 진행된다. 라라는 세이디에게 능력을 이용해 조시를 설득해 달라고 부탁한다. 조시가 여전히 자신을 사랑한다면서 그걸 깨닫도록 조금만 힌트를 주라는 것이다. 이야기는 중간점까지 계속 상향 경로를 그린다. 역시나 조시가 라라와 헤어진 것은 큰 실수였다며 여전히 그녀를 사랑한다고 고백한다. 라라는 행복해한다. 그녀가 원했던 일이니까.

라라는 조금씩 세이디에 대해 잘 알게 된다. 세이디에게도 비록 이루어지지 않았지만 특별한 사랑이 있었다. 스티븐 네틀튼이라는 이름의 화가로, 젊은 나이에 죽었다. 그는 죽기 전에 세이디에게 아름다운 초상화를 그려 주었지만 화재로 불타고 말았다. 세이디는 그 이후 누구도 사랑하지 않았다.

라라는 망해 가는 사업에도 세이디의 도움을 받는다. 세이디를 사무실로 보내 고객과의 문제를 해결한다. 세이디는 사무실 건물에서 에드라는 잘생긴 남자를 보고 반해 버린다. 하지만 유령인 그녀는 에드와 데이트를 할 수가 없다. 그래서 대신……

8. B 스토리

에드는 이 소설의 B 스토리 캐릭터이자 로맨스 상대다. 세이디는 라라에게 에드에게 데이트 신청을 하라고 시킨다. 두 사람의 데이트 자리에 자신도 껴서 대리만족을 하겠다는 것이다. 라라는 정신 나간 짓이라고 생각하지만 어쩔 수 없이 동의한다.

그 후 라라가 에드의 직장으로 가 전 직원이 보는 데서 데이트 신청을 하는 장면이 펼쳐진다. 세이디가 에드의 귀에 대고 소리를 질러서 에드는 영문도 모른 채 데이트 신청을 받아들이게 된다.

라라는 세이디가 시키는 대로 1920년대의 신여성처럼 차려입고 데이트에 나가고, 역시 세이디가 시키는 대로 행동한다. 당혹스럽지만 자신은 여전히 조시를 사랑하고 오로지 세이디를 위해서 데이트를 하는 것이니 상관없다고 생각한다.

하지만 라라는 서서히 에드에게 빠져들어 (에드도 마찬가지) 조시를 잊고 자신의 인생을 살게 될 것이다(주제). 세이디의 조언처럼.

에드 역시 전에 사귀던 사람을 잊지 못하고 있었다는 점에서 주제를 대변한다. 과거가 그를 심하게 억눌렀다. 라라는 에드의 결함을 보고 자신도 똑같은 결함을 지녔음을 알아차리게 될 것이다.

9. 중간점

라라는 에드와 함께 중요한 비즈니스 만찬에 참석한다(중간점 파티). 그녀는 휘청거리는 사업을 일으키기 위해 세이디를 이용해 인맥을 쌓는다. 자리가 끝날 무렵에는 잠재 고객까지 확보한다.

이제 라라는 모든 면에서 승리를 거둔 듯하다. 조시와도 재결합했고(욕망) 사업도 곧 잘 풀릴 것이다. 하지만 이는 전부 마법으로 이룬 일들인 데다가 특히 다시 엮이지 말아야 할 조시와 재결합했다는 점에서 거짓 승리다.

파티가 끝난 뒤 라라는 에드와 마음을 터놓고 솔직한 대화를 나누면서 그가 이별의 아픔을 겪었다는 사실을 알게 된다. 이렇게 A와 B 스토리가 교차하고 감정적인 측면에서 위험이 커진다.

세이디의 조종으로 에드는 라라에게 춤을 추자고 제안한다. 여전히 세이디가 힘을 쓰고 있지만 라라는 스스로 에드에게 다시 데이트 신청을 한다. 이번에 두 사람은 관광을 하러 간다. 라라는 아직 깨닫지 못하고 있지만 이미 에드에게 빠져들기 시작한 것 같다.

10. 다가오는 악당

파티 이후 라라의 상황은 내리막길로 접어든다. 조시의 행동이 이상해졌다. (마음이 변한 걸까?) 라라는 세이디의 목걸이를 찾을 뻔하지만 막판에 놓친다. 라라의 동업자였던 나탈리(라라를 궁지로 몰아넣은 장본인)가 돌아와 그동안 회사를 일으켜 세운 라라의 공을 가로채려 한다. 라라와 세이디 사이의 긴장도 고조된다. 세이디는 여전히 조시와의 재결합을 매우 못마땅하게 생각한다. 라라와 세이디는 싸우게 되고 세이디는 조시가 돌아온 건 오로지 자신이 그렇게 조종했기 때문이라고 말한다.

라라는 조시와의 저녁 식사에서 그가 그녀에게 돌아온 이유를 대지 못하자 세이디의 말이 맞는다는 것을 깨닫는다. 라라는 조시에게 이별을 선언하며 주제 학습에 가까워지고 있음을 증명한다.

한편 라라와 에드는 나들이에서 즐거운 시간을 보내며 더욱더 가까워진다. 에드가 마음을 고백하지만 라라는 믿을 수가 없다. 조시처럼 에드도 여전히 세이디의 마법에 걸려 있는 거라고 생각하며 죄책감을 느낀다. 하지만 런던 아이 아래에서 에드는 라라에게 키스하고 그녀는 자신도 그를 좋아하고 있음을 깨닫는다.

하지만 세이디가 두 사람이 키스하는 모습을 보고 분노한다. 에드는 그녀의 남자여야 했으니까. 라라는 허둥대며 세이디에게 사과하지만 유령이 보이지 않는 에드에게는 미친 것처럼 보일 뿐이다.

세이디는 자신이 이미 죽은 사람이기에 다시는 사랑에 빠질 수 없고 자신을 사랑하는 남자도 있을 수 없다는 사실을 깨닫고 우울해한다. 아무런 의미도 없는 삶이었다며 한탄한다. 아무런 흔적도 남지 않았고, 아무도 장례식에 오지 않았다고.

11. 절망의 순간

다음 날 아침, 나탈리는 라라가 헤드헌팅 업무 때문에 에드에게 접근했으며 정말로 관심 있는 건 아니라고 에드에게 말했음을 밝힌다. 라라는 전화로 오해를 해결해 보려 하지만 에드의 반응은 차갑기만 하다. 라라는 나탈리에게 화를 내고 회사를 그만둔다.

라라는 하루아침에 세이디와 에드, 회사를 모두 잃었다.

12. 영혼의 어두운 밤

라라는 세이디를 찾아 헤매지만 그럴수록 더 절망에 빠진다. 토론 비트의 거울 이미지인 이 비트에서 라라는 세이디가 진짜였는지 아니면 상상에 불과했는지 또다시 의아해한다.

라라는 세이디를 찾아 그녀의 고향까지 가게 되고 낡은 목사관에서 놀라운 것을 발견한다. 유명 화가가 그린 '이름 모를' 20대 여성의 초상화였다. 라라는 그 화가가 세이디가 잃었다는 바로 그 연인임을 알게 된다. 라라가 발견한 초상화는 세이디가 화재로 타 버렸다고 생각하는 바로 그 그림이었다! 그림 속의 세이디는 20대의 모습이고 그들이 줄곧 찾던 잠자리 목걸이를 하고 있다.

목사관을 둘러보도록 안내해 준 여인은 이것이 〈목걸이를 한 소녀〉라는 유명한 그림의 사본이라고 말해 준다. 원본은 런던 초상화 갤러리에 걸려 있는데 그림의 주인공이 누구인지는 아무도 모른다고. 하지만 라라는 안다(어두운 밤의 깨달음)!

세이디는 자신이 세상에 아무런 흔적도 남기지 못했고 사랑받지도 못한 채 쓸쓸하게 죽었다고 생각한다. 하지만 사실은 정반대였다. 세이디는 유명하다. 그녀의 초상화를 수백만 명이 사랑한다!

13. 3막 진입

그동안 세이디가 많은 것을 해 주었으니 이제는 라라가 그녀를 도와줄 차례다. 하지만 세이디가 여전히 실종 상태이므로 라라는 마법의 힘을 빌리지 않고 혼자 힘으로 해야만 한다. 라라는 런던 초상화 갤러리로 가 관리자 말콤과 이야기를 나눈다.

14. 피날레

포인트 1: 팀 조직

라라는 1인 팀으로 정보를 수집한다. 말콤은 1980년대에 익명의 판매자로부터 그림을 구입했다고 말한다. 절차상 판매자가 누구인지 밝힐 수 없다고도 말한다.

포인트 2: 계획 실행

라라는 세이디에게 그녀의 초상화가 화재로 사라지지 않았고 그녀가 사람들에게 사랑받은 채로 세상을 떠났다는 사실을 알려야 한다. 라라는 마침내 재즈 페스티벌에서 세이디를 발견하고 감동의 재회를 한다. 하지만 라라가 그림 이야기를 하기 전에 세이디는 에드를 가리키며(그녀가 그곳에 오게 만들었다) 그에게 가 보라고 한다. (세이디는 그녀만의 방식으로 런던 아이에서의 일을 사과하고 있다.)

에드와 라라가 화해를 하자 세이디는 에드의 귀에 대고 소리 지르며 뭔가를 시킨다. 그러나 에드는 세이디의 힘을 거부하며 라라를 진정으로 사랑한다는 것을 증명한다. 마법 없이 말이다.

라라는 세이디와 에드에게 그림에 대해 설명한다. 그녀는 두 사람을 모두 데리고 런던 초상화 갤러리로 간다.

포인트 3: 높은 탑 서프라이즈

갤러리에서 말콤은 라라에게 속아 그림의 판매 계약서를 꺼내고 유령 세이디가 슬쩍 계약서를 본다.

세이디는 판매자가 빌 링턴이었다고 말한다. 빌 삼촌이었다! 그는 (숙모인) 세이디에게 그림이 화재에서 무사한 것을 알리지 않고 초상화 갤러리에 50만 파운드에 팔았다!

포인트 4: 깊이 파고들다

이제 라라는 퍼즐 조각을 다 모았다. 빌 링턴은 링턴 커피를 20펜스로 시작하지 않았다. 숙모에게서 훔친 50만 파운드로 시작했다. 그를 유명하게 만든 '두 개의 작은 동전' 세미나도 다 사기였다. 그가 필사적으로 목걸이를 손에 넣으려고 한 까닭은 그것이 기억을 잃은 세이디에게 자칫 초상화의 기억을 떠올려 그의 악행을 들키게 할 수도 있는 유일한 물건이기 때문이었다.

라라는 빌 삼촌에게 죗값을 치르게 하겠다고 다짐한다.

포인트 5: 새로운 계획의 실행

원하는 곳이면 어디든 갈 수 있는 능력 덕분에 세이디는 빌이 프랑스 남부에서 휴가를 보내고 있음을 알아낸다. 세이디와 라라는 그곳으로 출발한다.

라라는 빌에게 맞서 목걸이와 관련된 진실을 추궁하며 자신에 대한 믿음이 생겼음을 증명한다. 그녀는 빌에게 커피 회사를 어떻게 창업했는지, 그리고 그 성공은 다름 아닌 세이디와 그녀의 그림 덕분이었다는 사실을 온 세상에 밝히라고 요구한다. 이제 목걸이를 한 여인이 세이디 랭커스터라는 것을 모두가 알게 되었다. 세이디는 원하던 대로 세상에 흔적을 남겼다.

라라는 혼자 새로운 헤드헌팅 업체를 차린다. 나중에 파리(세이디가 마지막으로 있었던 곳)에서 큰 봉투가 도착한다. 안에는 잠자리 목걸이가 들어 있다.

라라는 유령 세이디와 눈물겨운 작별 인사를 나누고 장례식장으로 가서 진짜 세이디에게 목걸이를 걸어 준다. 장례식장에서 돌아오니 유령 세이디는 사라지고 없다.

두 20대 여자는 모두 앞으로 나아갔다.

15. 마지막 이미지

세이디의 두 번째 장례식이 열린다. 이번 장례식은 훨씬 화려하고 사람들로 북적거린다. 세이디가 그려진 초상화를 사랑하는 사람들이 모두 1920년대 의상을 입고 참석했다. 라라는 세이디를 위해 감동적인 추모사를 낭독한다. 첫 번째 장례식 때와 달리 세이디는 사람들에게 널리 알려지고 이해받는 존재가 되었다.

『트웬티즈 걸』이 요술 램프 소설인 이유는 무엇인가?

『트웬티즈 걸』에는 성공적인 요술 램프 소설의 3가지 요소가 모두 들어 있다.

- 마법을 얻을 만한 주인공: 작품 초반에 라라의 삶은 엉망진창이다. 남자 친구에게 차이고도 그를 잊지 못한다. 사업이 휘청거리는 탓에 자신감이 하나도 없다. 마법의 힘이 절실하게 필요하다. 그런 그녀에게 유령 세이디의 등장은 안성맞춤이다.
- 마법의 주문: 유령 세이디 랭커스터는 개성 넘치고 흥미롭다. 소피 킨셀라는 전형적인 유령 이야기를 유쾌하고 재미있게 풀어 낸다. 라라에게 절실하게 필요한 마법의 힘을 완전히 새로운 규칙들로 만들어 낸다.
- 교훈: 세이디는 라라와 정반대다. 자유롭고 대담하며 모험심이 강하다. 그녀는 라라에게 인생, 사랑, 멋진 1920년대 스타일의 드레스가 가진 힘에 대한 중요한 교훈을 가르쳐 준다. 라라는 세이디를 통해 자신에 대한 믿음을 얻고 자신을 억누르는 것들을 털어 내고 앞으로 나아가는 법을 배운다.

『트웬티즈 걸』
비트 시트 요약

---

1. **오프닝 이미지**: 20대 여성 라라는 잘못되어 가고 있는 문제에 대해 부모님에게 다 괜찮은 척 거짓말을 한다. 사실은 헤드헌팅 회사도 망해 가고 헤어진 남자 친구도 전혀 잊지 못했다.

2. **주제 명시**: "헤어진 사람에게 미련을 두고 다시 합치면 인생이 완벽해질 거라고 생각하기 쉽다." 과거에서 벗어나 그래야만 한다고 생각되는 삶이 아니라 있는 그대로의 삶을 받아들이는 것이 라라가 깨우쳐야 할 주제다.

3. **설정**: 라라는 105세로 세상을 떠난 알지도 못하는 친척 할머니 세이디의 장례식에 참석한다. 장례식장은 쓸쓸하게 텅 비어 있다. 엄청나게 성공한 기업가인 라라의 삼촌 빌 링턴이 등장한다.

4. **기폭제**: 세이디의 유령이 (20대 신여성의 모습으로) 나타나 라라에게 말을 건다.

5. **토론**: 라라는 자신이 환영을 보고 있는 것이 틀림없다고 생각한다.

---

6. **2막 진입**: 라라는 마침내 세이디가 진짜 유령이라는 사실을 인정하고 잃어버린 목걸이를 찾아 주겠다고 한다.

7. **B 스토리**: 함께 목걸이를 찾아 나서는 동안 유령 세이디는 에드라는 남자한테 반하고 대리만족을 얻으려 라라에게 대신 데이트를 시킨다.

8. **재미와 놀이**: 라라와 세이디는 여전히 목걸이를 찾으려고 애쓰고 인생이나 사랑에 관해 서로 티격태격하기도 한다. 라라는 세이디를 이용해(마법) 자신의 삶을 좀 더 낫게 만들 수 있음을 알게 된다(잘못된 문제 해결).

9. **중간점**: 사람들을 몰래 염탐하고 말과 행동을 조종할 수 있는 세이디의 마법 덕분에 라라의 삶이 급격하게 좋아진다(거짓 승리). 휘청거리던 사업이 풀리기 시작하고 헤어진 남자 친구 조시와도 재결합한다.

10. **다가오는 악당**: 라라는 조시가 그녀를 사랑하지 않는다는 것을 깨닫는다. (세이디가 능력을 써서 재결합한 것뿐이다.) 목걸이는 아직도 찾지 못했다. 라라의 동업자가 다시 나타나 최근에 회사를 일으킨 라라의 공을 가로채려고 한다. 세이디는 라라가 에드(B 스토리 캐릭터)에게 키스하는 것을 보고 화가 나서 떠나 버린다.

11. **절망의 순간**: 라라의 동업자는 에드에게 라라가 그에게

정말로 관심 있는 게 아니라 '헤드헌팅 업무' 때문에 접근했을 뿐이라고 말한다. 라라는 회사를 나간다. 그녀는 에드, 회사, 세이디를 전부 다 잃었다.

12. **영혼의 어두운 밤**: 라라는 세이디를 찾으려고 애쓰지만 헛수고다. 세이디의 고향으로 찾아간 그녀는 매우 유명한(값나가는) 초상화의 주인공이 바로 세이디라는 사실을 알게 된다.

13. **3막 진입**: 라라는 세이디의 인생이 얼마나 값진지 알려주고 싶지만 세이디의 행방은 여전히 오리무중이다. 라라는 마법의 도움 없이 혼자 힘으로 헤쳐 나가야만 한다.

14. **피날레**: 라라는 그 유명한 그림이 소장된 초상화 갤러리를 찾아가 그림을 판 사람이 빌 삼촌이라는 사실을 알아낸다(세이디에게서 훔침). 라라는 세이디를 찾아 화해하고(에드와도) 함께 빌에게 복수한다. 목걸이도 찾게 된다. 마침내 세이디는 영면에 들 수 있다.

15. **마지막 이미지**: 라라는 유명한 그림의 주인공인 세이디를 위해 훨씬 더 멋진 장례식을 준비한다. (에드와 연애도 시작했다.) 세이디의 초상화를 사랑하는 사람들이 찾아와 장례식장이 북적거린다. 두 20대 여자 라라와 세이디는 앞으로 나아가도록 서로를 도왔다.

12.

아홉 번째 장르

황금 양털

로드 트립, 퀘스트, 강탈

결과가 아니라 과정이 중요하다!

지긋지긋할 정도로 들어 본 진부하고 상투적인 말이다. 하지만 아무리 진부해도 사실은 사실이다! 고대 그리스신화를 본떠 이름 지은—이아손, 아르고호 원정대, 황금 양털—황금 양털 장르만큼 그 말을 증명해 주는 것도 없다. 황금 양털 이야기는 이아손이라는 남자가 왕위를 되찾기 위해 다른 남자들과 함께 (한편일 때 든든한 헤라클레스도 있다) 황금 양털을 구하러 떠나는, 모험 가득한 여정에 관한 이야기다. 이아손과 원정대는 도중에 온갖 장애물과 시련을 마주한다. 이것은 시대를 불문하고 언제나 사랑을 받는 이야기의 유형이다. 바로 로드 트립이다.

로드 트립에서 가장 중요한 것은 랜드마크나 상, 트로피 같은 물리적인 것이 아니다. 로드 트립에서 가장 중요한 것은 멋진 모험이다. 퀘스트 그 자체다! 불가피하게 중간에 멈추거나 돌아서 가기도 한다. 그런 극적인 이야기 자체가 중요하다!

하지만 무엇보다도 로드 트립은 그 길에서 자신을 발견하는 이야기다. 적어도 훌륭한 로드 트립 소설은 그래야 한다. 하지만 '난 로드 트립 소설을 쓰지 않을 건데'라며 그냥 다음 장르로 넘어가려 한다면 그 전에 잠깐 기다려 보기 바란다. 물론 황금 양털 장르에 속하는 훌륭한 로드 트립 소설이 많지만—존 스타인벡의 『분노의 포도』, 윌리엄 포크너의 『내가 죽어 누워 있을 때』, L. 프랭크 바움의 『오즈의 마법사』, 마크 트웨인의 『허클베리 핀의 모험』 등—로드 트립 소설이 아닌데도 이 장르에 꼭 들어맞는 소설들도 있다. 강탈(하이스트Heist) 이야기가 바로 그렇다. 이 경우에는 대개 '로드 트립'이 훌륭한 계획으로 이어지는 길을 말하고 보통 3막은 강탈 그 자체로 이루어진다. 대표적으로 리 바두고의 『식스 오브 크로우즈』, 앨리 카터의 『미술관을 터는 단 한 가지 방법』, 마이클 크라이튼의 『대열차 강도』, 척 호건의 『타운』(영화로도 제작) 등이 있다.

황금 양털에는 대서사적 퀘스트 소설도 포함된다. 이때의 '로드 트립'은 머나먼 곳에 있는 보물이나 상 혹은 타고난 권리를 손에 넣기 위한 여정을 말한다. J. R. R. 톨킨의 『반지의 제왕: 반지 원정대』, 조지 R. R. 마틴의 『왕좌의 게임』이 그렇다. (이름에 R이 2개 들어가야 퀘스트 장르 소설에서 성공할 수 있나 보다.)

기본적으로 황금 양털 이야기에는 길, 팀, 상이 등장한다.

길은 여정의 배경이다. 주인공과 팀은 임무 수행을 위해 그 길을 가로질러야 한다. 하지만 꼭 실제 길일 필요는 없다. 어니스트 헤밍웨이의 『노인과 바다』처럼 바다가 될 수도 있다. 『반지의 제왕』, 『왕좌의 게임』, 『이상한 나라의 앨리스』, 『오즈의 마법사』처럼 환상의 세계가 될 수도 있다. 길은 다른 차원이나 다른 행성계가 될 수도 있다. 어니스트 클라인의 『레디 플레이어 원』에서는 가상의 세계다. 단테의 서사시 『신곡』 첫 부분인 '지옥편'처럼 지옥의 일곱 둘레일 수도 있고, 물론 은유적인 의미의 길일 수도 있다.

어떤 식으로든 성장을 뜻하는 길이기만 하면 된다. 성장은 황금 양털 이야기의 결정적인 특징이기 때문이다. 여정을 따라 주인공이 변하는 모습을 보여 줄 수 있어야 한다. 황금 양털 소설을 쓸 계획이라면 한번 생각해 보자. 내 주인공(들)이 어딘가 확실한 곳으로 가고 있는가? 진행 상황을 어떤 식으로든 추적할 수 있는가?

황금 양털 소설은 주인공이 모험 과정의 어디쯤에 놓여 있는지 독자가 확인할 수 있도록 영리한 장치를 사용하기도 한다.『레디 플레이어 원』의 점수 판이 그렇다. 할리데이가 계획한 이스터 에그 찾기 게임을 하는 주인공 웨이드는(독자도!) 다른 플레이어가 열쇠를 찾으면 점수 판을 통해 알 수 있다. 모건 맷슨_{Morgan Matson}의 영어덜트 로드 트립 소설『에이미와 로저의 대대적 우회_{Amy and Roger's Epic Detour}』에는 에이미와 로저가 어디에서 무엇을 했는지 알려 주는 스크랩북이 나온다.

황금 양털 이야기에서 흔하게 볼 수 있는 것은 바로 '길가의 말똥'이다. 이것은 승리를 눈앞에 두고 여정을 갑자기 중단시키는 무언가를 말한다. 문자 그대로 (또는 비유적인) 장애물이다. 주인공과 팀이 문제 해결을 위해 전략을 더 자세히 짜고 내부적인 문제를 바로잡고 깊이 파고들어 자신의 진정한 기술과 장점을 찾아야만 한다.

주인공과 함께하는 팀은 클 수도 있고 작을 수도 있다. 황금 양털의 인기 하위 장르인 버디 양털은 팀원이 두 명뿐이다. 존 스타인벡의『생쥐와 인간』, 코맥 매카시의『로드』,『허클베리 핀의 모험』

등이 그렇다.

물론『오즈의 마법사』나『레디 플레이어 원』,『분노의 포도』처럼 팀이 세 명 이상으로 이루어질 수도 있다.

황금 양털의 또 다른 변형인 솔로 양털에서는 보통 팀이 한 명으로 이루어지고 도중에 여러 조력자를 만난다.『이상한 나라의 앨리스』나 미치 앨봄의『천국에서 만난 다섯 사람』, 조너선 스위프트의『걸리버 여행기』처럼 말이다.

팀의 규모에 상관없이 황금 양털 이야기에는 우정과 사랑에 대한 B 스토리가 포함되는 경우가 많다. 주인공이 여행길에 누구와 동행하느냐는 작가에게 매우 중요한 결정이다. 이 사람들 중 한 명 또는 모두가 B 스토리(내적·정신적 이야기) 역할을 해야 할 뿐만 아니라 여정에 꼭 필요한 기술이나 재능을 제공할 수 있어야 하기 때문이다. 이것은 두뇌, 체력, 따뜻한 마음씨일 수 있다. 주인공에게 무엇이 부족한지를 시작 부분에서 보여 주어 그 능력을 갖춘 동료가 꼭 필요하다는 것을 암시해야 한다. 예를 들어, 리 바두고의『식스 오브 크로우즈』에서 카즈의 팀원들은 저마다 임무 수행에 필요한 기술을 갖추었다. (곡예, 파괴, 심지어 마법까지!)

팀의 규모를 크게 설정하는 경우 (특히 강탈 이야기에서) 각 구성원을 독특하고 흥미로운 방식으로 소개해야 한다. 많은 작가들이 이 부분을 어려워하지만 제대로 해내면 독자들에게 큰 즐거움을 선사할 수 있다. 많은 캐릭터를 전부 등장시키려면 꽤 많은 페이지를 할

애하게 되므로, 이들의 소개는 탁월하고 기발하게 이루어져야 한다. 그렇지 않으면, 황금 양털을 찾으러 떠나는 여행이 시작되기도 전에 독자를 잃을 수도 있다.

마지막으로, 상은 황금 양털 그 자체를 말한다. 주인공과 팀이 무엇을 찾고 있는가? 길고 험난하고 멋진 여정의 끝에는 무엇이 그들을 기다리고 있을까? 상은 애초에 여정에 시동을 걸 만큼, (그리고 독자들을 여정에 동참시킬 만큼) 멋지고 매력적이어야 하지만 나중에 가서는 그다지 중요하지 않다. 상보다 여정이 더 중요하다.

『레디 플레이어 원』의 웨이드는 오아시스 안에 숨겨진 이스터 에그를 찾을 때쯤, 자신과 세상에 대해 많은 것을 알게 되어 상이 예전만큼 중요하지 않게 된다. 물론 그는 여전히 상을 원하지만 그 무게감이 처음과는 달라졌다. 상 자체가 웨이드의 여정에서 가장 중요한 요소가 아니기 때문이다.

그래도 상은 무언가 원초적인 것일 필요가 있다. 인간이라면 누구나 공감할 만한 것 말이다. 귀향(『오즈의 마법사』, 『이상한 나라의 앨리스』), 보물(『레디 플레이어 원』, 『식스 오브 크로우즈』), 자유(『허클베리 핀의 모험』), 번영(『분노의 포도』), 왕관(키에라 카스의 『셀렉션』), 중요한 목적지 도달(『에이미와 로저의 대대적 우회』, 『내가 죽어 누워 있을 때』), 타고난 권리 되찾기(『왕좌의 게임』) 등.

원초적인 상은 이야기를 진행시키지만—종종 기폭제 비트와 연결되어—실제로 손에 넣었을 때는 그 가치와 의미가 이전만 못하게 되는 때가 많다. (달성되지 않기도 하고!) 그보다 상은 팀이 길을 떠나고 이야기를 진행시키는 장치에 더 가깝다. 결국, 주인공은 상을 손에 넣지 못할 수도 있지만 그래도 괜찮다! 진짜 이야기는 상에 관한 것이 아니기 때문이다.

이 장르에서 가장 공감을 일으키는 것 중 하나는 주인공이 (그리고 독자가) 그들이 추구해 온 보물이 그동안의 여정에서 얻은 것보다 중요하지 않다는 사실을 깨닫는 순간이다. 사랑이나 우정, 팀워크 등 소설의 주제(B 스토리)보다 중요하지 않다고 말이다.

이런 이유로 황금 양털은 플롯을 짜기가 까다로울 수 있다. (하이스트 소설이 많지 않은 데는 다 이유가 있다.) 주인공이 달성해야 하는 이정표가 꼭 있어야 하는데, 이는 일반적으로 팀이 마주치는 인물과 사건의 형태로 표현된다. 이정표들은 언뜻 서로 연결되지 않은 것처럼 보일지라도 전체적으로는 연결되어야만 한다. 『분노의 포도』에서 조드 가족은 일자리를 찾아 캘리포니아로 떠나는 여정에서 사람들을 만난다. 윌슨 가족, 플로이드 놀스, 티모시, 윌키 윌러스, 웨인라이트 가족 등. 이 사람들은 서로 관련이 없지만 이야기 전체를 놓고 봤을 때는 연결되어 있다. 그들은 모두 서로를 돕는 단결이라는 주제를 상징한다. 그것은 톰 조드가 이주노동자들을 하나로 모으는 운명을 이루게 되는 이야기의 마지막 부분에서 배우는 주제다.

황금 양털 이야기의 주인공은 이정표를 하나씩 거칠 때마다 (진정한) 최종 목표에 가까워져야 한다. 내적인 성장, 변신, 대대적인 변화가 일어나야 한다. 각각의 이정표나 사건이 주인공에게 어떤 영향을 주는지에 대한 문제는 그저 단순한 플롯에 머무르지 않는다. 이는 A 스토리(이정표)와 B 스토리(이정표가 주인공의 내면에 끼치는 영향)를 능수능란하게 엮어 만족스러운 변화의 결론에 도달하게 해 주는 황금 구조다.

요약하면, 황금 양털 소설에는 다음의 3가지 요소가 꼭 들어가야 한다.

- 길: 광활한 바다와 도로, 시간, 길 건너편 등 주인공을 성장시키고 어떤 식으로든 이야기의 진행 상황을 보여 주는 과정. 갑자기 여정을 중단시키는 길가의 말똥이 종종 등장한다.
- 팀(또는 친구): 주인공을 안내한다. 보통 주인공에게 부족한 기술, 경험, 혹은 태도를 갖춘 사람이다. 하위 장르인 솔로 양털의 경우, 주인공이 도중에 만나는 여러 조력자가 이에 해당한다.
- 상: 귀향, 보물, 자유, 중요한 목적지 도착, 타고난 권리 되찾기 등 주인공이 추구하는 원초적인 목표이다.

인기 황금 양털 소설

- ◆ 제프리 초서, 『캔터베리 이야기』
- ◆ 조너선 스위프트, 『걸리버 여행기』
- ◆ 루이스 캐럴, 『이상한 나라의 앨리스』
- ◆ 마크 트웨인, 『허클베리 핀의 모험』
- ◆ 조셉 콘라드, 『어둠의 심연』
- ◆ 라이먼 프랭크 바움, 『오즈의 마법사』
- ◆ 윌리엄 포크너, 『내가 죽어 누워 있을 때』
- ◆ 존 스타인벡, 『분노의 포도』
- ◆ J. R. R. 톨킨, 『반지의 제왕』
- ◆ 잭 케루악, 『길 위에서』
- ◆ 마이클 크라이튼, 『대열차 강도』
- ◆ 조지 R. R. 마틴, 『왕좌의 게임』
- ◆ 미치 앨봄, 『천국에서 만난 다섯 사람』
- ◆ 척 호건, 『타운』
- ◆ 코맥 매카시, 『로드』
- ◆ 모건 맷슨, 『에이미와 로저의 대대적 우회』
- ◆ 앨리 카터, 『미술관을 터는 단 한 가지 방법』
- ◆ 어니스트 클라인, 『레디 플레이어 원』(다음 페이지에 비트 시트 수록)

- 키에라 카스, 『셀렉션』
- 리 바두고, 『식스 오브 크로우즈』

『레디 플레이어 원』

작가: 어니스트 클라인

세이브 더 캣 분류: 황금 양털

일반 분류: SF

1980년대의 다양한 대중문화 콘텐츠로 가득한 이 소설은 2011년에 서점을 강타해 촘촘한 줄거리와 창조적 세계관, 시사적인 주제(현실 vs 가상현실)로 게이머와 비게이머를 모두 열광시켰다. 미국의 SF 문학상인 프로메테우스상을 비롯한 여러 상을 휩쓸었고 〈엔터테인먼트 위클리〉, 〈보스턴 글로브〉, 〈USA 투데이〉 등 다수의 매체로부터 극찬을 받았다. 스티븐 스필버그가 연출을 맡아 영화로도 만들어졌다. 이 황금 양털 모험 소설에서 웨이드를 비롯한 플레이어들은 가상현실 세계 안에 숨겨진 이스터 에그를 찾아 나선다.

1. 오프닝 이미지

독자들은 이 소설의 배경인 2045년이 그리 좋은 세계가 아니라는 것을 설명하는 웨이드(일명 '파르지발')를 만난다. 에너지 위기가 일으킨 기후변화, 기근, 빈곤, 질병으로 세상은 엉망진창이 되었다. 이런 세상에서 대규모 멀티플레이어 가상현실 비디오게임 '오아시스'는 인류의 구원이다. 적어도 도피 수단이다. 사람들은 종교라도 되는 듯 이 게임을 한다. 사실 대부분의 사람들이 오아시스 안에서 거의 시간을 보낸다고 해도 과언이 아니다. 그 안에서 일하고 학교에 다니기도 한다.

이 황금 양털 이야기의 상이 무엇인지도 알게 된다. 그것은 바로 오아시스의 개발자 제임스 할리데이가 죽기 전에 오아시스 안에 숨겨 놓은 이스터 에그다. 최근에 세상을 떠난 할리데이는 이스터 에그를 찾으면 400억 달러와 오아시스의 운영권을 주겠다는 유언을 남겼다.

웨이드는 이 이야기에서 찾아야 하는 황금 양털이 무엇인지 자세히 설명해 준다. 3개의 열쇠(구리, 비취, 수정)를 찾아 3개의 숨겨진 문을 통과하면 이스터 에그가 세 번째 문 뒤에 있을 것이다. 그러나 전 세계 사람들이 미친 듯 첫 번째 열쇠를 찾아 나섰지만 5년 동안 아무런 진전이 없자, 그 열기도 차츰 식는다. 그러던 중 누군가가 첫 번째 열쇠를 찾는다.

바로 우리의 주인공 웨이드다.

이 첫 장은 다가올 기폭제를 암시한다.

2. 설정

앞으로 수 페이지 동안은 과거로 거슬러 올라간다. 설정 비트에서는 웨이드가 어떻게 열쇠를 찾았는지, 그 중요한 순간까지 이어지는 사건들을 설명한다. 따라서 독자는 열쇠를 발견하기까지의 과정을 웨이드와 함께 경험할 수 있다. 그리고 이 비트에서 우리는 웨이드라는 캐릭터와 그의 끔찍한 삶에 대해서도 더 자세히 알게 된다.

다음은 웨이드의 삶에서 바로잡아야 하는 문제들이다.

• 웨이드는 포틀랜드 애비뉴 스택스라고 불리는 북적거리는 컨테이너 빈민촌에 산다.

• 세상은 종말 이후나 마찬가지다.

• 고아인 웨이드는 그의 물건을 훔쳐 가 전당포에 맡기는 끔찍한 이모와 함께 산다.

• 웨이드는 과체중에 여드름도 많고 사회성도 부족하다.

하지만 가상현실 게임 오아시스에서는 이런 것들이 전혀 문제되지 않는다. 웨이드는 오아시스 안에서 아바타 파르지발로 활동하는데, 현실에서보다 자신감 넘치고 외모도 더 멋지다. 그곳에서는 원하는 대로 삶을 꾸밀 수 있다. 그래서 웨이드는 게임 장비가 마련된 비밀 아지트—빈민촌 근처의 버려진 밴—에서 대부분의 시간을 보낸다. 아지트에서는 오아시스 게임을 하면서 아무런 방해도 받지 않고 가상현실의 삶을 살 수 있다. 이렇듯 설정 비트에서는 '집, 일, 놀이'를 배경으로 웨이드를 보여 준다.

알다시피, 웨이드의 가정환경은 암담하다. 그의 일(학교)은 오아시스 안의 공립학교에서 이루어진다. 놀이의 경우, 그는 대부분의 시간을 동료 '건터(에그 사냥꾼)'들과 함께 이스터 에그를 찾는 데 소비한다. 웨이드는 가장 친한 친구인 에이치와 채팅 방에서 오래도록 짝사랑해 온, 그러나 한 번도 이야기 나눠 본 적 없는 건터 블로거 아르테미스(Art3mis)에 대해 이야기한다.

채팅방에서 웨이드와 에이치는 이스터 에그에 대한 단서가 들어 있을 것으로 추정되는 '아노락 연감'에 대해 열띤 토론을 벌인다. 그들은 이 소설의 적 IOI에 대해서도 이야기한다. IOI는 오아시스를 제외한 세계의 모든 것을 운영하는 사악한 인터넷 서비스 기업이다. 우리는 IOI가 에그를 찾기 위해 '식서Sixer'라고 불리는 플레이어들을 대거 고용해 오아시스에 풀어놓았다는 사실을 알게 된다.

3. 주제 명시

웨이드와 아는 사이인 플레이어 아이락(I-r0k)이 웨이드와 에이치에게 "너희 둘 다 인생이 없구나"라고 말하며 주제를 명시한다.

비록 장난스럽게 하는 말이지만 웨이드의 현실을 정확하게 지적한다. 웨이드가 할리데이와 80년대 대중문화에 대한 지식을 과시하는 이 장면을 통해 그에게 오아시스와 에그 사냥 이외에는 삶 자체가 없다는 것이 분명히 드러난다. 오아시스와 에그 사냥만이 유일하게 그를 움직이게 하고 살아갈 목적을 제공한다. 하지만 소설이 끝날 때쯤 웨이드는 비디오게임 속에서의 삶은 제대로 된 삶이 아니라는 사실을 깨달을 것이다. 진정으로 행복해지기를 원한다면 현실을 직시해야 한다는 것을 깨달을 것이다.

웨이드의 세계는 거의 모든 사람들이 비디오게임 안에서 살아가는 새로운 세계다. 지금만 해도 소셜 미디어와 인터넷이 우리의 삶에서 큰 부분을 차지하고 있으니 그렇게 멀게만 느껴지는 세상도 아니다. 그래서 이 소설의 주제는 현대 독자들에게 큰 공감을 일으킨다. 거짓된 현실의 유혹을 조심하라. 진짜 삶은 항상 지금 이 자리에 있다.

4. 기폭제

드디어 소설의 첫 챕터에 묘사된 사건들의 시점에 가까워진다. 웨이드는 할리데이가 남긴 수수께끼를 풀어 첫 번째 구리 열쇠의 위치를 알아낸다. 열쇠가 숨겨진 곳은 웨이드가 다니는 공립학교가 있는 루두스 행성이었다. 웨이드는 할리데이가 학생이 열쇠를 찾기를 원했기 때문에 그곳에 숨긴 것이라고 생각한다.

5. 토론

웨이드가 열쇠의 위치를 알아내자마자 토론 질문이 제기된다. 거기에 어떻게 가지? 열쇠가 숨겨져 있다고 생각되는 '무덤'은 학교에서 멀리 떨어진 행성의 정 반대편에 있는데, 웨이드는 돈이 없어서 순간 이동이 불가능하다. (걸어가면 너무 오래 걸린다.) 그리하여 그는 학교 대표로 '원정' 경기에 참여하는 척하여 공립학교 시스템을 이용해 순간 이동 바우처를 얻는다.

6. 2막 진입

웨이드가 구리 열쇠가 있을 것으로 예상되는 공포의 무덤(던전 앤 드래곤 레퍼런스)으로 들어가면서 2막이 시작된다. 2막은 이스터 에그 찾기의 세계로, 드라마와 음모, 가상 전투, 80년대 레퍼런스로 가득하다!

무덤에서 웨이드는 미리 녹화된 할리데이의 아바타 아노락을 만난다. 그는 80년대 비디오게임인 자우스트에서 자신을 물리쳐야 구리 열쇠를 얻을 수 있다고 말한다. 첫 번째 열쇠를 찾기 위해 오랫동안 연구한 웨이드는 그 게임을 (다른 모든 80년대 비디오게임도) 미리 연습해 두었다.

그는 할리데이의 아바타를 조종하는 인공지능의 결함을 발견하고 그걸 이용해 할리데이를 이긴다. (웨이드가 상에 도전할 만한 가치가 있는 인물임이 증명된다.) 최초로 구리 열쇠를 찾은 웨이드는 점수 판에서 1위로 등극한다.

7. B 스토리

승리를 거두고 공포의 무덤을 나서던 파르지발은 오랫동안 짝사랑해 온 아르테미스를 마주친다. 그녀는 그의 로맨스 상대이자 B 스토리 캐릭터다. 처음에 그들은 이스터 에그를 찾는 라이벌이지만 아르테미스는 결국 웨이드에게 가상 세계에 숨는 것보다 현실을 사는 편이 훨씬 더 좋다는 사실을 깨닫게 해 줄 것이다. 이야기가 진행되면서 웨이드는 점점 더 그녀를 사랑하게 되고 그녀의 아바타와 함께 있는 것만으로는 충분하지 않다고 느낀다. 웨이드는 현실의 그녀와 함께 있고 싶다.

아르테미스는 몇 주 전에 무덤을 발견했지만 아직 자우스트 게임에서 아노락을 이기지 못했다. 점수 판에서 파르지발의 이름이 맨 위에 보이자 그녀는 화가 난다. 마법의 장막으로 그를 15분 동안 가둬 놓는다. 웨이드는 그녀에게 게임에서 아노락을 이기는 방법을 알려 주고 그렇게 두 사람의 인연이 시작된다.

8. 재미와 놀이

이 소설의 전제 약속은 할리데이가 구상해 놓은 이스터 에그 사냥이다. 작가 어니스트 클라인은 그 약속을 제대로 지킨다.

구리 열쇠의 수수께끼가 웨이드를 첫 번째 문으로 이끈다. 웨이드는 할리데이가 가장 좋아하는 영화인 〈위험한 게임〉의 한 장면을 재연해 첫 번째 관문을 통과한다. 언뜻 상향 경로로 접어든 듯하다. 하지만 이 흐름은 빠르게 바뀌어 그는 두 번째 비취 열쇠를 찾는 수수께끼를 쉽게 풀지 못한다. 그렇게 그의 재미와 놀이 비트는 빠르게 하향 경로로 변한다. 아르테미스가 웨이드의 뒤를 이어 곧바로 첫 번째 관문을 통과하고 친구 에이치 역시 웨이드에게 얻은 힌트로 점수 판에 이름을 올린다. 웨이드와 아르테미스(B 스토리 캐릭터)는 서로 추파를 던지는 메시지를 주고받고 웨이드는 그녀가 자꾸만 생각난다.

웨이드는 최초로 구리 열쇠를 발견해 유명해졌지만 그 뒤로 첫 번째 관문을 통과하는 플레이어들이 점점 더 많아져서 그들보다 유리할 게 전혀 없는 상태로 돌아간다.

그러던 어느 날, 웨이드가 IOI 건물로 불려 가고 사악한 우두머리 소렌토에게 제안을 받으며 상황이 급격히 나빠진다. 소렌토는 웨이드에게 식서 팀을 이끌고 할리데이의 에그를 찾으면 거액의 돈을 주겠다고 한다. 제안을 거절하면 죽이겠다고 위협하면서.

겁에 질린 웨이드가 오아시스에서 로그아웃하는 순가 컨테이너로 가득한 빈민촌이 폭발한다. 만약 비밀 아지트에 있지 않았다면 그도 죽었을 것이다. 웨이드는 IOI가 사용자 정보에 접근할 수 있다는 것을 깨닫는다. 그래서 그가 사는 곳을 알았을 것이다.

다시 오아시스로 돌아간 웨이드는 '하이 파이브(처음으로 관문을 통과한 다섯 명)' 회의를 소집하고 그들에게 숨어 있으라고 경고한다. 아르테미스, 에이치, 두 일본인 형제 다이토와 쇼토. 이들은 서로 각자 이스터 에그를 찾고 있지만 웨이드의 황금 양털 팀이다.

IOI가 구리 열쇠를 찾아 첫 번째 관문을 통과하면서 소렌토와 식서들의 이름이 점수 판에 올라온다. 웨이드는 당장 이곳을 떠나 숨어 있어야 한다. 그가 살아 있다는 것을 알면 IOI가 다시 쫓아올 것이다. 웨이드는 최초로 열쇠를 찾아 광고에 출연해서 번 돈으로 가짜 신분을 얻어 새 아파트로 이사한다. 현실은 잊어버리고 집 안에만 틀어박혀 오로지 이스터 에그를 찾는 데만 몰두하기로 한다.

이렇게 맹세하는 웨이드는 주제 학습과 완전히 동떨어진 모습을 보인다. 하지만 그가 오아시스 안에서 아르테미스와 계속 추파를 주고받고 서로의 진짜 이야기를 조금씩 하게 되는 모습은 희망이 아예 없진 않다는 것을 보여 준다. 채팅과 이메일을 통해 로맨스가 피어나고 아르테미스(B 스토리)에 대한 웨이드의 감정이 커지면서 에그 찾기(A 스토리)에 대한 열정이 조금 줄어든다.

9. 중간점

할리데이와 함께 오아시스를 만든 오그덴 모로(오그)가 파티를 연다(중간점 파티). 숨어 지내던 웨이드는 아르테미스와 다른 유명 플레이어들과 함께 참석한다.

웨이드와 아르테미스의 관계가 최고조에 달하고 웨이드가 그녀에게 마음을 고백하면서 내적 위험이 커진다. 고백을 받은 아르테미스는 놀라서 거절하며 에그 찾기가 끝날 때까지 연락하지 말자고 한다. 이때부터 웨이드의 거짓 패배가 시작되는데, 반 페이지도 채되지 않아 IOI가 파티장을 급습하며 사태가 더욱 악화된다(A와 B 스토리 교차). 댄스 클럽에서 전면전이 벌어진다. IOI가 (빈민촌 폭발 때죽지 않았다는 것을 알고) 자신과 아르테미스를 죽이러 쳐들어왔다는 사실을 깨닫게 되면서 외적 위험도 커진다.

10. 다가오는 악당

오그의 파티에서 일어난 대참사 이후, 웨이드는 에그 찾기에 온전히 집중하기로 맹세한다. 더 이상 지체해선 안 된다. 그는 오아시스의 가상현실에 몰두하며 주제와 점점 더 멀어진다(내적 악당). 아르테미스는 완전히 연락을 끊어 버렸다. 웨이드가 첫 번째 관문을 통과한 뒤 벌써 반년이 흘렀고 마침내 누군가가 두 번째 비취 열쇠를 찾아낸다. 아르테미스다.

식서(외적 악당)는 아르테미스가 그 열쇠를 찾을 때 섹터 7에 있었다는 사실을 공개한다. 다들 그곳으로 몰려든다. 웨이드는 열쇠가 아케이드 행성에 있다고 추측하지만 곧 그것이 잘못된 단서임을 깨닫는다.

그곳을 막 떠나려던 그는 할리데이가 어렸을 때 자주 갔던 피자 집을 우연히 발견한다. 안으로 들어간 웨이드는 팩맨 점수 판에 나온 할리데이의 최고 점수를 이기려고 게임에 도전한다. 몇 번 만에 최고 점수를 갱신하자 예상치 못한 보상이 주어진다. 어디에 쓰는 건지 알 수 없는 25센트짜리 동전이다.

웨이드는 에이치가 비취 열쇠를 찾았다는 소식을 듣고 다시 에그 찾기에 몰두한다. 에이치는 첫 번째 구리 열쇠 때 힌트를 준 것에 대한 보답으로 웨이드에게 비취 열쇠를 어디서 찾을 수 있는지 힌트를 보내 준다. 웨이드가 (조크라는 오래된 게임을 통해) 비취 열쇠를 찾는 데 성공하며 드디어 상황이 나아지는 듯하다. 그러나 곧 식서도 비취 열쇠를 찾는 데 성공하고 전쟁이 벌어진다. 그 전쟁으로 다이토의 아바타가 죽어 점수 판에서 사라진다(첫 번째 죽음의 냄새).

11. 절망의 순간

웨이드는 두 번째 관문을 찾고자 다음 단서를 풀려고 애쓴다. 소렌토가 먼저 통과해 점수 판 맨 위에 이름을 올린다. 이틀 후 소렌토는 마지막 수정 열쇠를 얻으며 점수가 다시 오른다. 이제 IOI는 마지막 관문만 통과하면 오아시스를 완전히 장악할 수 있다. 웨이드는 정말로 모든 것을 다 잃은 듯하다. 그는 이렇게 말한다. "이 이야기가 행복한 결말을 맺지 못할 것 같았다. 나쁜 놈들이 이길 것 같았다."

12. 영혼의 어두운 밤

수정 열쇠를 찾아 점수 판에 올라오는 식서가 더 늘어나자 웨이드는 절망한다. 그는 현실에서 자살할 계획을 세운다(두 번째 죽음의 냄새). 그러던 와중에 웨이드는 쇼토에게 연락을 받는다. 그 연락 덕분에 웨이드가 현실과 가상현실의 삶을 모두 끝내는 것을 막을 수 있었다. 쇼토는 다이토가 유언장에 웨이드에게 뭔가를 남겼다고 말한다. 웨이드는 오아시스 내의 근거지에서 쇼토와 만난다. 쇼토는 다이토가 IOI의 손에 의해 현실에서도 죽었다는 사실을 전한다(세 번째 죽음의 냄새).

이 소식은 웨이드가 주제 학습에 필요한 중요한 단계를 밟게 만든다. 그는 쇼토와 서로의 진짜 이름을 주고받고 진짜 삶에 대해 이야기한다. 쇼토는 새로운 임무가 생겼다며 에그 사냥을 포기할 것이라고 말한다. 죽은 다이토를 위해 복수를 하겠다고. 그는 웨이드에게 에그를 꼭 찾기 바란다며 행운을 빌어 주고 다이토가 남긴 것을 건넨다. 50미터의 슈퍼히어로 울트라맨으로 변신시켜 주는 베타 캡슐이다.

웨이드는 두 번째 관문의 위치를 알아낸다. 블랙 타이거 게임을 해서 두 번째 관문을 통과하고 곧 수정 열쇠를 찾는다. 세 번째 문은 혼자 열 수 없다는 경고가 나온다. 승리하려면 누군가의 도움이 필요하다.

웨이드는 세 번째 관문이 할리데이의 철통 요새 아노락 성 안에 있다는 사실을 알아낸다. 그곳에 가 보니 이미 식서가 성 전체에 방어벽을 둘러서 들어갈 수가 없다. 이미 건터들이 전부 모여 방어벽을 부수려고 하지만 소용없다. 희망이 없는 듯하다. 이제 다 끝이다. 곧 IOI가 오아시스를 장악하게 될 것이다.

하지만……

13. 3막 진입

웨이드는 계획을 세운다. 무슨 계획인지 밝히지는 않지만 엄청
나게 대담하고 위험하다는 것만큼은 분명하다. 그는 3막에 들어서
면서 말한다. "어떻게든 세 번째 문에 이를 것이다. 그러다 죽거나."

14. 피날레

포인트 1: 팀 조직
웨이드는 비밀 계획을 실행하기 위해 아르테미스와 에이치, 쇼
토에게 이메일을 보내 두 번째 관문의 위치와 수정 열쇠를 얻는 방
법을 알려 준다.

포인트 2: 계획 실행
우리는 웨이드의 계획이 정확히 무엇인지 여전히 알 수 없는 상
태이지만 곧 알게 된다. 이 계획은 IOI가 신용카드 대금을 지불하
지 않았다고 웨이드를 체포하러 올 때 시작된다. IOI는 그를 오아
시스 기술 지원부에서 일하는 노예 계약 프로그램에 집어넣어 빚을
갚게 한다. 웨이드는 아노락 성을 둘러싼 식서의 방어벽을 무너뜨
리는 방법을 찾고자 IOI의 인트라넷을 해킹한다. 그는 아르테미스

의 파일을 발견하고 그녀의 실제 사진을 본다. 얼굴의 절반을 반점이 덮고 있지만 웨이드에게 그녀는 여전히 아름답다(B 스토리). 그는 식서의 데이터베이스에서 데이터를 복사한 뒤 IOI 본사를 탈출한다. 그러고는 오아시스에 다시 로그인해 팀에게 경고 메시지를 보낸다. 식서가 그들의 실제 위치를 알고 있으니 지금 당장 떠나라고.

그런 다음 웨이드는 뉴스 매체에 IOI가 자신을 죽이려 했고 다이토를 죽였다고 이메일을 보낸다(데이터베이스에서 훔친 증거 첨부).

그는 채팅방에서 팀원들을 만나 식서가 아직 세 번째 관문을 통과하는 방법을 알아내지 못했음을 알린다. 팀원들은 그 문을 열려면 수정 열쇠 3개가 모두 필요하기 때문이라는 사실을 알아낸다.

이제 모든 건터는 남남이 아니다. 네 사람이 힘을 합쳐야만 한다! 웨이드는 식서의 데이터베이스를 해킹해 다음 날 정오에 방어벽이 해제되도록 했으니 아노락 성에 바로 들어갈 수 있을 것이라고 말한다. 그는 모든 오아시스 이용자들에게 이메일을 보내 식서와의 싸움에 동참해 달라고 호소한다.

갑자기 오그덴 모로가 나타나 그들을 오리건으로 초대해 그곳에서 공격을 개시할 수 있도록 도와주겠다고 제안한다. 그들이 전부 현실에서 만나게 된다는 뜻이다(주제)!

에이치가 RV 차량에 웨이드를 태워 오리건으로 향한다. 놀랍게도 에이치의 진짜 성별과 인종은 아바타와 전혀 달랐다! 웨이드는 에이치에게 그녀의 외모나 실제로 그녀가 어떤 사람인지는 상관없다고 말하며 이미 주제를 학습했음을 증명한다. "에이치, 넌 내 가장 친한 친구야. 솔직히 하나밖에 없는 친구지."

그들은 오그의 집에 도착해 오아시스에 로그인한다. 그렇게 식서와의 전투가 시작된다. 웨이드의 계획은 효과가 있는 듯하다. 정오에 방어벽이 무너지고 모든 이용자가 가담해 오아시스 역사상 가장 큰 전투가 벌어진다. 쇼토의 아바타가 팀을 위해 희생하고 웨이드는 베타 캡슐로 울트라맨이 되어 소렌토의 아바타를 죽여 점수판에서 사라지게 한다.

승리다!

과연 그럴까?

포인트 3: 높은 탑 서프라이즈

웨이드와 아르테미스, 에이치는 문을 통과하자마자 굉음과 함께 죽는다. 식서가 카타클리스트를 작동시켜 거대한 폭발이 일어나 그 구역의 모든 플레이어를 죽인 것이다. 하지만 웨이드는 팩맨에서 할리데이의 점수를 깨고 얻은 25센트 동전 덕분에 '추가 목숨'을 받았다. 오아시스 역사상 처음 있는 일이다.

나머지 팀원들은 전부 '죽었지만' 오그가 그들과 웨이드가 대화할 수 있도록 해 준다. 웨이드는 이 일을 끝내려면 친구들의 도움이 필요하다는 사실을 인정한다.

포인트 4: 깊이 파고들다

현실의 친구가 상보다 값지다는 주제를 배운 웨이드는 오아시스 전체에 공개 메시지를 보낸다. 자신의 진짜 신분을 밝히고 상금을 네 명의 친구와 나누겠다고 맹세한다.

포인트 5: 새로운 계획의 실행

세 번째 관문을 통과하기 위해서 웨이드는 80년대 비디오게임인 템페스트를 해야 한다. 아르테미스가 그 게임에서 추가 목숨을 주는 벌레에 대한 정보를 알려 준다. 덕분에 게임에서 이기고 세 번째 관문의 2단계로 들어서는데, 할리데이가 가장 좋아하는 영화를 또 재연해야 한다. 이번에는 〈몬티 파이튼의 성배〉다. 한편 식서는 템페스트 게임을 하며 뒤에서 바짝 추격해 오고 있다. 영화 재연을 성공적으로 마친 웨이드는 할리데이의 사무실로 이동한다.

이스터 에그는 어디에 있을까?

그는 팀원들과 이야기하려고 하지만 대답이 없다. 보통 피날레 마지막에서 주인공은 완전히 혼자가 되어 홀로 해낼 수 있다는 것을 증명해야 한다. 웨이드는 할리데이에 대해 모르는 것이 없는 덕분에 최종 테스트를 통과하고 마침내 이스터 에그를 받는다. 그의 아바타가 아노락으로 변하고 레벨과 체력이 무한대가 된다. 그는 이제 불멸의 존재이며 모든 권력을 쥐었다. 물론 게임에서 말이다.

하지만 게임은 현실이 아니다.

할리데이가 나타나 그 사실을 상기시켜 주며 웨이드가 이미 배운 이 소설의 주제를 다시 한번 명시한다. "내가 오아시스를 창조한 이유는 현실에서는 그 어디에도 마음 둘 곳이 없었기 때문이다…… 현실은 너무 두렵고 고통스러울 수도 있지만 진정한 행복을 찾을 수 있는 유일한 곳이기도 하다. 현실은 진짜니까." 그러고 나서 그는 웨이드에게 경고한다. "나와 같은 실수를 하지 말거라. 영원히 여기에 숨지 말거라."

웨이드는 새로 얻은 힘으로 남은 식서를 죽이고 친구들을 부활시킨다. 소렌토는 곧 살인죄로 체포된다.

15. 마지막 이미지

현실에서 오그의 저택에 있는 웨이드는 오아시스에서 로그아웃하고 아르테미스를 찾으러 뒷마당으로 간다. 그는 마침내 그녀를 직접 만난다. 그녀는 자신을 사만다라고 소개했고 웨이드는 그녀에 대한 사랑을 고백한다. 그녀가 그에게 키스한다. 웨이드는 처음으로 오아시스로 돌아가고 싶은 생각이 들지 않는다고 말한다.

『레디 플레이어 원』이 황금 양털 소설인 이유는 무엇인가?

『레디 플레이어 원』에는 성공적인 황금 양털 소설의 3가지 요소가 모두 들어 있다.

- 길: 이스터 에그를 찾는 3개의 열쇠와 관문이 웨이드가 원하는 것을 찾기 위해 반드시 가야 하는 길이다.
- 팀: 마지막까지 실제로 한 팀이 되지는 않지만 아르테미스와 에이치, 쇼토, 다이토가 웨이드의 팀이다. 그들은 어떤 식으로든 웨이드의 여정에 도움을 준다.
- 상: 처음부터 이스터 에그가 상으로 등장한다. 웨이드는 다른 수많은 플레이어와 마찬가지로 처음부터 끝까지 오아시스의 에그를 찾고자 한다.

『레디 플레이어 원』
비트 시트 요약

---

1. **오프닝 이미지:** 웨이드가 2045년의 세계와 궁극적인 퀘 스트를 소개한다. 웨이드는 가상현실 게임 '오아시스'에 서 '이스터 에그'를 찾아야 한다.

2. **주제 명시:** "너희 둘 다 인생이 없구나." 웨이드의 적수 아이락(I-r0k)이 '현실 vs 가상현실'이라는 주제를 명시 한다. 진정한 행복은 현실에서 찾을 수 있다.

3. **설정:** 웨이드(일명 '파르지발')는 컨테이너를 쌓아 올린 빈민촌에서 형편없는 삶을 살고 있다. 그는 가장 친한 친구 에이치와 거의 모든 시간을 오아시스에서 보낸다. 지난 5년 동안 그의 유일한 목표는 400억 달러와 오아 시스 소유권을 얻게 해 줄 이스터 에그를 찾는 것이었다.

4. **기폭제:** 웨이드는 첫 번째 열쇠의 단서를 알아내지만 고 민에 빠진다.

5. **토론:** 어떻게 그곳으로 갈 수 있을까? 웨이드는 창의성 을 발휘해 문제를 신속하게 해결한다.

6. **2막 진입:** 웨이드는 공포의 무덤에 들어가 자우스트

(80년대 비디오게임)를 하고 구리 열쇠를 얻는다.

7. **B 스토리**: 그 후 웨이드는 오랫동안 선망의 대상으로 여겨 온 아르테미스를 만난다. 아르테미스도 구리 열쇠 획득을 거의 눈앞에 두고 있다. 아르테미스는 웨이드에게 가상의 세계에 숨는 것보다 현실을 사는 것이 더 낫다는 교훈을 가르쳐 줄 것이다.

8. **재미와 놀이**: 웨이드는 최초로 구리 열쇠를 발견하고 유명해진다. 하지만 곧 다른 플레이어들도 점수 판에 올라오고 IOI(오아시스를 장악하려는 사악한 기업)가 웨이드가 사는 빈민촌을 폭파한다.

9. **중간점**: 중간점 파티에서 웨이드는 아르테미스에게 사랑을 고백한다. 아르테미스는 깜짝 놀라며 연락을 끊자고 한다. 곧바로 IOI가 파티장에 난입하고 가상현실에서 전쟁이 일어난다(거짓 패배).

10. **다가오는 악당**: 웨이드는 다시 에그 찾기에 몰두하지만 아르테미스와 에이치가 두 번째 열쇠를 먼저 찾는다.

11. **절망의 순간**: 소렌토(IOI의 우두머리)가 두 번째 관문을 통과해 점수 판에서 1위를 기록하고 세 번째 열쇠도 찾는다. IOI가 오아시스를 장악하게 될 듯하다.

12. **영혼의 어두운 밤**: 웨이드는 절망에 빠져 가상 세계에서

(현실에서도) 자살할 계획을 세운다. 하지만 조력자 쇼토의 도움으로 두 번째 문이 어디에 있는지 알아내 통과하고 세 번째 열쇠와 관문을 찾는다. 하지만 IOI가 그 주변에 방어벽을 설치했다.

13. **3막 진입**: 웨이드는 계획을 세운다. 무슨 계획인지 독자들에게 밝히지는 않는다.

14. **피날레**: 웨이드는 계획을 실행한다. IOI 시스템을 해킹해 방어벽을 무너뜨리고 팀과 힘을 합쳐 마지막 관문을 통과해 이스터 에그를 찾는다.

15. **마지막 이미지**: 웨이드는 현실에서 아르테미스(사만다)를 만나고 현실이 너무 좋아서 오아시스에 돌아가고 싶지 않다고 말한다.

13

열 번째 장르

집 안의 괴물

무서운 이야기 그 이상

나를 죽이려는 괴물과 함께 밀폐된 공간에 갇히는 것보다 더 무서운 일이 있을까? 하지만 그렇게 된 데에는 당신의 잘못도 있을 수 있다.

이것은 역대 가장 인기 있는 장르 중 하나인 '집 안의 괴물' 이야기다. 당신이 좋아하는 공포, 슬래셔(살인마가 등장해 희생자들의 신체를 난도질하는 잔혹한 장면이 등장하는 장르-옮긴이), 유령 소설은 물론 대부분의 스릴러가 이 장르에 속한다. '무서운 이야기'는 원시적이다. 아무리 원시인이라도 (아니, 원시인이라면 더더욱!) "괴물이 너를 죽이기 전에 괴물을 죽여라!"라는 개념은 이해할 수 있을 테니 말이다.

이 장르는 계속해서 확장되고 있다. 이 장르의 소설은 점점 많이 나와 거의 매년 성공을 거둔다. 집 안에 괴물과 갇히는 전형적인 악몽 시나리오는 얼마든지 신선한 반전을 넣어 새롭고 흥미롭게 펼쳐 나갈 수 있기 때문이다.

하지만 이 장르의 3가지 필수 요소를 연구해 보면 이 무서운 이야기의 성공 열쇠는 괴물의 무서움이나 밀폐된 공간의 폐쇄성보다는 (물론 그것들도 중요하지만!) 괴물이 존재하는 이유라는 것을 알 수 있다. 괴물이 왜 존재하는지가 이야기를 정말로 무섭게 만든다. 무엇보다 이는 마지막 페이지를 넘겨 괴물이 파괴될 때까지(파괴되지 않을 수도 있고!) 독자로 하여금 오랫동안 이야기에 공감하고 몰입하게 만드는 비결이다.

이 장르는 무척 오래되었다. 고전이다. 이 장르의 기원은 미노타

우로스와 미궁의 신화로 거슬러 올라간다. 메리 셸리의『프랑켄슈타인』부터 윌리엄 피터 블래티William Peter Blatty 의『엑소시스트』, 애덤 네빌Adam Nevil 의『리추얼』까지 작가들은 이 템플릿을 계속해서 성공적으로 새롭게 활용해 왔다.

스티븐 킹과 딘 쿤츠는 둘 다 이 장르로 '대성공'을 거두었다. 킹의『샤이닝』,『살렘스 롯』,『그것』,『애완동물 공동묘지』부터 쿤츠의『낯선 눈동자』,『미드나이트』,『백색의 가면』까지 다수의 고전이 이 범주에 속한다.

독자들은 이 장르의 소설이 나오기만 하면 마구 읽어 댄다! 왜? 이 템플릿은 효과적이기 때문이다. 이 이야기 청사진은 끊임없이 독자들을 사로잡는다.

집 안의 괴물 소설에 꼭 필요한 3가지 요소는 괴물, 집, 죄다.

먼저 괴물을 살펴보자. 괴물은 형태도 크기도 저마다 다양하다. 우리처럼 인간일 수도 있고(적어도 겉보기에는!) 상상 범위를 벗어난 초자연적인 존재일 수도 있다. 연쇄살인범부터 악령, 과학 실험까지 다양한데 공통분모는 일종의 '초자연적' 힘을 가졌다는 것이다. 여기에서 '초자연적'이란 마법을 뜻하지 않는다(물론 마법의 힘을 가진 괴물들도 존재하지만). 문자 그대로 초자연적이라는 뜻이다. 이 괴물들은 인간의 자연스러운 행동 영역을 초월한다. 예를 들어, 광기로 날뛰는 연쇄살인범에게도 초자연적인 힘이 있다. 그들은 평범한 사람들처럼 행동하지 않고 악의 조종을 받는다. 물론 정말로 초자연적이거나 마법의 힘을 빌렸거나 SF에 나오는 과학적 힘을 가진 괴물들도 있다.『샤이닝』의 영적 존재,『엑소시스트』의 악마, 마이클 크라이튼의『먹이』에 나오는 인간을 사냥하는 나노 스윔, 닉 커터의 『더 딥』에 나오는 심해에서 발견된 불가사의한 암브로시아,『프랑켄 슈타인』에 나오는 인간이 만든 생명체처럼 말이다.

이 장르에서 모든 괴물은 이론상으로 초자연적이다. 자연의 법칙을 거스르는 동기에 의해 움직인다. 그래서 이 장르의 캐릭터들은(독자들도!) 목숨을 잃을까 봐 두려워하는 것뿐만 아니라 영혼을 잃을까 봐 두려워한다.

정말로 그게 훨씬 더 무섭다.

죽음은 아무것도 아니다. 하지만 죽음보다 더 나쁜 일이 우리에게 일어날 수 있다는 생각은 어떤가? 우리는 인간이 이해할 수 있는 범위를 넘어선 일에 진정한 공포를 느낀다. 좀비 이야기가 인기 있는 것도 그래서이다. 좀비들은 그냥 죽은 게 아니라 완전히 죽지 않은 존재다. 우리가 영혼을 잃고 저렇게 될지도 모른다는 생각을 할 때면 우리 마음속 두려움은 걷잡을 수 없이 커질 뿐이다.

집 안의 괴물 이야기에는 괴물이 존재하는 밀폐된 공간이 있어야 한다. 우리는 이것을 집이라고 부른다. 힌트를 주자면, 공간이 좁을수록(주인공들이 고립될수록) 더 재미있는 이야기가 된다. 집 역시 그 형태와 크기가 매우 다양한데,『엑소시스트』나 셜리 잭슨의『힐 하우스의 유령』처럼 진짜 집일 수도 있고『살렘스 롯』처럼 마을 전체,『먹이』처럼 고립된 사막,『더 딥』처럼 해저의 소름 끼치는 실험실일 수도 있고 심지어 국가 전체일 수도 있다. 괴물의 분노는 구체적이거나 어떤 식으로든 표적이 있어야 한다. 예를 들어,『프랑켄슈타인』의 괴물은 어디든 자유롭게 돌아다닐 수 있지만 오로지 빅터 프랑켄슈타인의 가장 가까운 친구와 가족만 공격한다. 그의 원한은 그의 창조주에게만 향한다. 따라서 이 소설의 '집'은 빅터의 가족들이다.

집을 어떤 식으로 설정하든 '갇혀 있다'는 개념이 중요하다. 만약 주인공이 그냥 차를 타고 손쉽게 벗어날 수 있다면 위협이나 갈등이 과연 존재할까? 이야기가 전개될 수 있을까? 어떤 이유에서든 어딘가에 갇히거나 표적이 되어야 한다는 것이 이 장르의 핵심이다. 영혼을 파괴하는 괴물보다 무서운 게 있을까? 절대로 벗어날 수 없는, 영혼을 갉아먹는 괴물보다?

하지만 괴물과 집보다 더 중요한 것은 세 번째 요소인 죄다. 괴물의 표적이 된 먹이(주인공!)가 전적으로 결백하면 안 된다. 괴물을 만들고 괴물의 영역을 침범하거나 괴물을 깨운 누군가가 있어야 한다는 뜻이다. 이 죄를 지은 사람은 보통 주인공이나 주인공의 상대역이다. 심지어 인류 전체일 수도 있다. 어느 쪽이든 이 재앙이 어떻게든 우리의 잘못이어야 한다.

『프랑켄슈타인』에서 죄는 신이 되어 인간을 창조하려고 한 프랑켄슈타인 박사의 오만함이다. 그가 창조한 인간이 그에게 대적한다는 것은 지극히 알맞은 설정이다.

『먹이』의 죄는 인간의 탐욕이다. (집 안의 괴물 이야기에서 자주 볼 수 있는 죄의 유형이다.) 자이모스라는 기업이 새로운 과학 프로젝트의 성공을 위해 생물학의 법칙을 어긴 결과로 첨단기술이 문제를 일으킨다. 과연 무슨 일이 일어날까? 기술이(이 경우에는 나노입자) 오히려 인간을 죽이려고 한다. 마이클 크라이튼은 평소 작품에서 이런 죄를 자주 다룬다. 그의 대표작 『쥐라기 공원』에서도 똑같은 템플릿이 발견된다. 역시나 인간의 욕심 때문에 첨단기술이 대혼란을 일으킨다. 이런 소설 장르가 인기 있는 이유는 귀 기울일 만한 경고를 해 주기 때문이다. 우리에게 해당되는 경고다!

죄는 이 장르를 효과적으로 진행시킨다. 독자들이 이야기에 공감하게 만든다. 죄가 좀 더 깊은 주제, 즉 누구나 공감할 수 있는 보편적인 교훈과 연결되어 있기 때문이다. 한마디로 이 장르의 죄는 모든 인간을 향한 경고와도 같다.

당신도 조심해야 한다! 실수에서 교훈을 얻지 않으면 당신에게도 이런 일이 일어날 수 있으니까.

괴물에게 그냥 잡아먹히는 것과 뭔가를 잘못해서 잡아먹히는 것은 천지 차이다. 죄의식은 상황에 대한 공포감을 더한다. 그러는 동시에 죄는 괴물을 파괴하기 위한 중요한 단서가 되기도 한다. 그러므로 당하기 전에 무엇을 잘못했는지 알아내야 한다.

그러나 더욱 중요한 것은 죄가 쓰라리면서도 근본적인 의문을 제기한다는 점이다. 진짜 괴물은 누구인가? 저 괴물인가 아니면 우리인가? 이것은 고전 『프랑켄슈타인』을 비롯해 다수의 집 안의 괴물 이야기에서 탐구된 질문이다.

죄는 주제와 맞닿아 있으므로 이야기에 존재 이유와 의미를 부여한다. 의미가 없으면 도대체 이야기의 핵심이 뭐란 말인가? 무슨 말을 하고 싶은 것인가?

괴물이 그 사람, 그 집단 또는 사회를 공격하는 데는 반드시 이유가 있어야 한다. 희생자들은 어쩌다 저런 공격을 받아 마땅하게 되었는가? 인간으로서 어떤 죄를 저질러 벌을 받는가? 죄를 저지른 당사자가 반드시 주인공이 아니더라도 어찌 되었든 누군가가 판도라의 상자를 열었고 그 결과물로 펼쳐지는 이야기여야 한다.

죄는 자칫 혼동하기 쉬운 집 안의 괴물 이야기와 평범한 사람에게 닥친 문제 이야기의 차이를 구분해 주는 요소이기도 하다. 만약 '누구의 잘못인가?'라고 물었을 때 '우리의 잘못이다!' 또는 '주인공의 잘못이다!'라는 대답이 나오면 집 안의 괴물 이야기다.

집 안의 괴물 이야기에서 자주 볼 수 있는 또 다른 요소는 (필수는 아니지만) 하프 맨 캐릭터다. 이 캐릭터는 보통 멘토로 나타나는 경우가 많은데, 이전에 괴물과 싸워 본 적 있는 생존자다.

그들은 괴물의 악함에 대해 잘 알고 괴물 때문에 모종의 피해를 입었을 수도 있다(불구가 되었거나). 『더 딥』의 주인공 루크는 불가사의한 물질 '암브로시아'에 목숨을 잃은 과학자 웨스트레이크 박사의 일기를 발견한다. 뒤로 갈수록 점점 더 혼란스럽고 정신 나간 것처럼 변하는 일기 내용은 루크에게 이 무서운 물질이 무엇을 할 수 있는지 알려 준다.

하프 맨 캐릭터는 신화와 배경을 설명할 때도 효과적이다. 이들의 입을 빌려 하는 설명은 단순한 정보 투하처럼 느껴지지 않는다. 이 캐릭터는 괴물이 가하는 위협이 그대로 구현된 존재이기 때문이다.

보통 하프 맨 캐릭터는 절망의 순간 비트(멘토들이 죽는 시점)에서 죽음을 맞이한다. (그전에 죽을 수도 있다.) 결국에는 주인공이 혼자 괴물을 마주해야 하기 때문이다. 멘토가 죽으면 위험이 커질 수밖에 없다. 멘토의 도움이 사라졌으니 더 이상 지체하지 말고 3막 계획을 세워야 한다. 그렇지 않으면 괴물의 다음 희생양이 될 테니까!

요약하면, 집 안의 괴물 소설에는 다음의 3가지 요소가 꼭 들어가야 한다.

- 괴물: 광기에서 비롯된 것이라도 초자연적인 힘을 지녔으며 본질적으로 악한 존재.
- 집: 밀폐된 공간. 문자 그대로 집일 수도 있지만 가족, 마을이나 세상 전체일 수도 있다.
- 죄: 누군가 괴물을 집에 들여온 사람이 있다는 뜻(혹은 괴물의 영

역을 침범했거나). 무지에서 비롯된 것일 수도 있으며 주인공이
배워야 하는 주제와 관련 있다.

인기 집 안의 괴물 소설

- 메리 셸리, 『프랑켄슈타인』
- 셜리 잭슨, 『힐 하우스의 유령』
- 윌리엄 피터 블래티, 『엑소시스트』
- 스티븐 킹, 『샤이닝』
- 스티븐 킹, 『애완동물 공동묘지』
- 피터 스트라우브, 『고스트 스토리』
- F. 폴 윌슨, 『더 킵』
- 수전 힐, 『우먼 인 블랙』
- 딘 쿤츠, 『낯선 눈동자』
- 토머스 해리스, 『양들의 침묵』
- 마이클 크라이튼, 『쥬라기 공원』
- 마이클 크라이튼, 『먹이』
- 스콧 스미스, 『폐허』
- 맥스 브룩스, 『세계대전 Z』
- 조 힐, 『하트 모양 상자』(다음 페이지에 비트 시트 수록)

- 애덤 네빌, 『리추얼』
- 에미 레이본emmy laybourne, 『스윗』
- 제시카 코우리Jessica Khoury, 『칼라하리』
- 닉 커터, 『더 딥』
- 폴 트렘블레이, 『어 헤드 풀 오브 고스트』

『하트 모양 상자』

작가: 조 힐

세이브 더 캣 분류: 집 안의 괴물

일반 분류: 공포 소설

왕년의 록 스타 주다스 코인은 온라인 경매 사이트에서 '유령' 붙은 물건을 사고 유령이 자신과 밀접한 관계로 엮여 있다는 사실을 알게 된다. 이 현대적인 집 안의 괴물 소설은 전 세계 독자들에게 공포를 선사했다. 〈뉴욕 타임스〉 베스트셀러가 되었고 공포와 다크 판타지 장르에서 뛰어난 창작 성과를 올린 소설에 수여하는 브램 스토커상을 받았다. 이로써 조 힐은 (그 후 다니엘 래드클리프 주연의 영화로 만들어진 『뿔』도 발표했다) 대표적인 공포 소설 작가로 자리매김했다.

1. 오프닝 이미지

주다스 코인(이하 주드)의 비서 대니가 주드에게 인터넷에서 유령 붙은 물건을 사고 싶은지 물어보면서 독자들은 조 힐이 창조한 이 소름 끼치는 초자연적인 세계로 들어간다. 54세 주드 코인은 왕년의 록 스타이며 지금은 뉴욕주 북부에서 살고 있다. 여전히 어딜 가든 사람들이 알아보지만 투어 공연이나 음반 작업을 한 지는 무척 오래되었다.

기괴한 물건을 모으는 것을 좋아하는 그에게 경매 사이트에 나온 유령이 붙었다는 물건은 안성맞춤으로 보인다. 죽은 남자가 장례식 때 입은 예복에 유령이 붙었다는 것이다. 주드는 당장 그 물건을 산다. 구매 완료! 이렇게 집 안의 괴물 이야기가 시작된다.

2. 설정

양복은 하트 모양의 상자 안에 담겨 배달된다. 우리가 유령의 등장을 기다리는 동안, 조 힐은 주인공 주드와 그의 세계에 대해 좀 더 자세히 보여 준다. 이 인물이 삶의 모든 면에서 깊은 결함이 있음을 알 수 있다.

우선 가족과의 관계를 살펴보자(집). 주드는 아버지와 연락을 끊고 지낸 지 오래이고, 학대받은 과거가 있음을 유추할 수 있다(유리조각). 아버지는 임종을 앞두었지만 주드는 간호사에게 아버지가 죽든 말든 관심 없다고 말한다.

그다음 직업과 관련해 살펴보자면(일) 주드는 앨범 작업이나 공연을 하고 있지 않다. 밴드 멤버 두 명이 사망했는데 (한 명은 교통사고로, 한 명은 에이즈로) 그는 아직 그 일을 완전히 극복하지 못했다.

연애의 측면에서 보자면(놀이) 주드는 기괴한 오컬트 아이템뿐만 아니라 고스족 여자 친구도 모으는 것 같다. 지금까지 여자를 엄청나게 많이 사귀었지만 결코 지나치게 가까워지는 일은 없다. 그래서 여자 친구의 이름을 부르지 않고 출신 주(州)로 부른다. 현재 동거하고 있는 여자 친구는 전직 스트리퍼이며 조지아주 출신이라 조지아라고 부른다(진짜 이름은 메리베스). 그 전 여자 친구는 플로리다(애나)였는데 우울증이 너무 심해진 탓에 감당하기 어려워져 쫓아내 버렸다.

우리는 주드가 감정이 없고 메마른 사람이며(특히 여자에 관해) 과거에 사로잡혀 있다는 것을 알 수 있다.

커다란 기폭제가 나타나 본격적인 이야기가 시작되기 전에 작가 조 힐은 작은 기폭제들을 터뜨려 곧 큰 변화가 다가오고 있음을 알린다. 우선, 인터넷에서 산 양복이 도착했을 때 조지아는 양복에 든 핀 같은 것에 찔리는데, 주드가 양복을 살펴보지만 핀이 없다. 그다음에 주드는 대니의 사무실에서 흘러나오는 라디오 소리를 듣는데, 실제로 라디오는 켜져 있지 않았다. 막상 사무실에 들어가 보니 라디오에서는 "죽은 자가 산 자를 끌어내린다" 같은 소름 끼치는 말을 하는 이상한 목소리가 나온다.

3. 주제 명시

조지아의 손가락에 난 상처는 생각보다 심한 듯하다(또 다른 작은 기폭제). 하지만 주드는 아무렇지도 않게 "폴 댄서한테 상처가 있으면 일이 덜 들어오니까" "반창고라도 붙여라"라고 말한다. 그 말을 들은 조지아가 그에게 비꼬듯 쏘아붙인다. "당신은 참 배려심 많은 개자식이야, 알지?" 주드는 그 말에 이렇게 대답한다. "배려심이 그렇게 좋으면 가서 제임스 테일러하고나 뒹굴어."

조지아에 대한 주드의 노골적인 무심함과 사랑을 할 줄 모르는 사람이라는 점은 괴물이 집 안에 들어온 이유일 뿐만 아니라 소설이 끝날 때까지 주드가 극복해야 할 결정적인 결함이라는 사실이 드러날 것이다.

4. 기폭제

주드는 무슨 소리가 들려 잠에서 깬다. 두 마리 개(앵거스와 본) 중 한 마리가 들어와서 그런 것이라고 생각한다. 하지만 창밖을 내다보니 두 마리 모두 우리 안에 있다. 복도로 나간 그는 흔들의자에 앉아 있는 노인을 발견한다. 하트 모양 상자에 담겨 도착한 양복을 입고 있다.

5. 토론

초자연적인 요소가 등장하는 이야기의 대부분이 그렇듯, 이 소설의 토론 비트에서 제기되는 질문도 마찬가지다. 이게 진짜인가? 정말 주드의 집에 유령이 있는 걸까? 그가 정말 인터넷에서 유령을 산 것일까? 유령이 진짜라면, 이 초자연적인 마법이 왜 존재하는가? 답을 얻기 위해 주드는 비서 대니에게 양복을 판 여자에 대해 알아보라고 지시한다.

대니는 제시카 프라이스라는 여자와 통화를 한다. 그녀는 자신이 주드의 바로 전 여자 친구였던 플로리다(애나)의 언니라고 밝힌다. 제시카는 그 유령은 자매의 의붓아버지인데 애나의 죽음이 주드의 탓이라고 생각해 (애나는 주드에게 쫓겨난 후 욕조에서 손목을 그어 자살했다) 복수를 위해 주드를 괴롭히는 것이라고 설명한다. (제시카는 처음부터 주드가 양복을 사도록 계획했다.) 주드는 유령이 붙었다며 제시카에게 양복을 돌려보내겠다고 하지만 제시카는 그런다고 의붓아버지의 유령이 사라지지는 않을 것이라고 말한다. "당신이 어디에 가든지 거기에 있을 거예요." 그녀의 말은 이 소설의 '집(밀폐된 공간)'을 암시한다. 유령은 양복이 아니라 주드에게 붙었고 주드가 죽을 때까지 멈추지 않을 것 같다.

그 후 주드는 애나가 자신 때문에 자살했다는 주장과 이 유령 사건의 진상에 대해 알아보고자 한다. 그는 대니에게 애나가 쫓겨난 후에 보낸 편지들을 전부 살펴보라고 말하고 오컬트에 관한 오래된 책들을 읽기 시작한다. 조지아는 냄새가 심하니 양복을 치우라고 하지만 주드는 치운다고 해결될 문제가 아니라고 생각한다.

한편, 조지아의 상처는 감염이 심해지고 주드는 계속해서 유령을 본다. 유령은 눈이 있어야 할 곳에 검은색의 낙서가 있고 면도날이 추처럼 달린 금색 사슬을 들고 있다. 유령 문제가 점점 더 골치 아파진다. 주드는 뭔가 조치를 취하지 않으면 안 된다.

6. 2막 진입

주드는 마침내 유령을 조사하기로 한다. 애나의 의붓아버지를 찾기 위해 온라인을 검색한 그는 크래독 맥더모트의 부고를 발견한다. 그 사진에는 주드가 복도에서 본 남자의 젊을 때 모습이 나와 있다. 주드는 크래독이 뛰어난 최면술사였다는 것을 알게 된다.

이메일이 한 통 온다. 크래독이 보낸 것이다. 주드가 죽을 거라고 주장하는 장황한 내용이다. 주드는 컴퓨터를 부숴 버린다.

7. 재미와 놀이

조 힐은 유령이 나오는 모험을 약속했고 그 약속을 충실하게 지킨다. 2막에서 주인공의 거꾸로 된 세계와 독자들을 위한 소름 끼치는 '재미'는 바로 크래독의 유령과 함께하는 주드의 삶이다. 날이 갈수록 유령은 주드의 삶에 점점 더 큰 위협을 가한다. 조지아는 창고에 갇힌 주드를 발견한다. 차의 엔진이 돌아가는 상태였다. 그녀는 그가 자살하려 했다고 생각하지만 그는 결코 시동을 걸지 않았다. 크래독의 짓이 틀림없다. 주드는 불길한 악몽이 계속되자 양복을 팔려고 하지만 조지아가 이미 태워 버렸다. 그런데도 유령은 사라지지 않는다.

최면술사 크래독이 자신의 목소리를 듣게 함으로써 사람들을 조종할 수 있다는 사실이 드러나고, 주드의 하향 경로는 계속된다. 크래독은 주드의 비서 대니가 목매달아 죽게 만들고 조지아를 총으로 자살하기 직전까지 몰고 간다. 그다음에는 최면술로 주드를 죽이려고 한다. 주드는 손바닥에 상처를 내어 그 고통에 집중함으로써 겨우 최면을 피할 수 있었다.

한편 우리는 주드와 아버지와의 관계에 대해서도 더 잘 알게 된다. 아버지는 주드와 주드의 어머니를 심하게 학대했다. 주드의 손을 문에 찧게 해서 기타를 치지 못하게 만든 적도 있었다.

크래독의 유령에 쫓기던 주드는 그가 키우는 개들에 대한 중요한 사실을 발견한다. 개가 '사역마(전승, 환상 문학 등에서 마법사나 마녀에게 절대적으로 복종하는 마귀, 정령, 동물-옮긴이)'라서 그를 유령으로부터 보호해 줄 수 있다는 것이다. 개들의 그림자가 크래독을 잡아

둘 수 있다.

주드는 조지아와 개들을 데리고 떠나기로 결심한다. 남쪽으로 차를 몰아 플로리다로 가서 양복(유령)을 판 제시카 프라이스를 직접 만나려고 한다.

8. B 스토리

이 소설의 B 스토리 캐릭터는 주드가 9개월 전에 쫓아내 버린 여자 친구이자 유령의 의붓딸인 애나 맥더모트다. 주드의 결함(메마른 감정, 사랑을 할 줄 모름)이 가져온 직접적인 결과로 끔찍한 운명을 맞이했다는 점에서 그녀는 주제를 상징하기도 하지만 결국 주드와 조지아가 의붓아버지의 유령을 쫓아내도록 도울 것이다.

애나는 앞에서도 언급되지만, 주드의 기억을 통해서도 더 알 수 있다. 그는 그녀와의 관계가 한때 얼마나 좋았는지 이야기한다. 애나는 주드의 변화에서 역할이 점점 더 커지면서 앞으로 이야기 전반에 걸쳐—처음에는 기억과 꿈, 회상으로, 그다음에는 유령으로—자주 출연할 것이다. 독자들은 주드가 애나를 사랑했다는 사실을 깨닫기 시작한다. 단지 그의 결함 때문에 사랑을 표현하지 못해서 이같은 상황에 이르렀다.

9. 중간점

차를 타고 플로리다로 출발한 주드와 조지아는 아침 식사를 위해 식당에 들른다. 유령이 나타난 후 첫 공식 외출이지만 잘되지 않는다. 이 소설의 중간점은 거짓 패배다. 여자 종업원이 감염된 조지아의 손가락에 뜨거운 커피를 쏟아 조지아는 상처를 살펴보기 위해 화장실로 달려간다. 밖에서 크래독의 트럭이 공회전하는 것을 보고 여자 화장실로 달려간 주드는 자살하려는 조지아를 간신히 막는다. (거울을 부수고 유리 조각으로 목을 그으려고 했다.) 그들은 식당을 탈출하지만 고가도로 아래 터널에서 크래독의 픽업트럭에 쫓긴다. 그들을 향해 돌진한 트럭이 간신히 빗나가 벽에 부딪친다. 주드가 트럭을 쳐다보니 운전자는 (최면에 걸려) 멍한 표정이었다. 크래독이 주드를 죽이려고 모르는 사람까지 조종할 수 있을 정도로 강력하다는 사실이 드러나며 위험이 커진다(중간점 반전).

10. 다가오는 악당

다시 도로로 나간 후 조지아는 주드에게 질문을 쏟아 내기 시작한다. (애나도 그랬다.) 질려 버린 주드가 조지아를 '애나'라고 불러 그녀를 울림으로써 A와 B 스토리가 교차한다. 주드는 애나에게 이별을 고하고 그녀를 쫓아낸 밤을 떠올린다. 바로 그날 밤, 스트립 클럽에 가서 조지아를 만났다.

거짓 패배의 중간점 이후 다가오는 악당 비트는 상향 경로로 접어든다. 주드와 조지아가 애나의 죽음에 대한 진실과 크래독을 물리칠 방법에 가까워진다. 그들은 조지아의 할머니 '배미'의 집에 들른다. 조지아는 위자 보드Ouija board(오컬트 용어로, 죽은 이의 혼과 대화하기 위한 점술 판을 의미한다-옮긴이)를 꺼내 애나의 유령과 접촉하려고 두 번 시도한다.

애나는 위자 보드를 통해 스스로 목숨을 끊은 것이 아님을 밝힌다. 크래독이 그녀를 죽였다! 애나는 그들을 도와주겠다고 하고 조지아에게 '황금의 문'이 되어 줄지 묻는다. 조지아와 주드는(독자도!) 아직 그것이 무엇인지 알지 못하지만 조지아는 알겠다고 한다.

주드는 아버지의 간호사로부터 연락을 받는다. (오랫동안 연락을 끊은) 아버지가 36시간 동안 의식이 없었고 얼마 버티지 못할 것이라고 말이다(내적 악당).

배미의 집을 나선 주드는 중고차 대리점에서 차를 세우고 루거라는 사람을 흠씬 때려 준다. 언젠가 조지아가 열세 살 때 루거에게 성추행을 당했다고 한 말을 기억한 것이다. 이것은 주드가 변하고 있음을 보여 주는 여러 징후 중 하나다. 그는 조지아를 함부로 대하지 않고 편을 들어주고 지켜 준다. 그는 점점 공감 능력이 커지고 있는데, 2막 진입 이후로 조지아에게 점점 친밀감을 느낀다는 점에서 분명히 알 수 있다. 루거 사건 이후로 주드는 조지아를 그녀의 본명인 메리베스로 부르기 시작한다.

두 사람은 플로리다에 있는 제시카 프라이스의 집에 도착해 안으로 쳐들어간다. 싸움이 벌어지는 과정에서 애나에게 무슨 일이 있었는지, 그 진실이 밝혀진다. 크래독은 두 자매가 어렸을 때부터 성추행을 해 왔다. 그러고는 최면을 걸어 그 사실을 기억하지 못하게 했다. 주드에게 쫓겨나 집으로 돌아온 애나는 크래독을 신고하겠디고 위협했다. 그래서 그가 그녀를 죽였고 (제시카의 도움으로) 자살로 위장했다. 크래독은 애나가 주드 때문에 변했다고 생각해서(애나가 주드와 사귄 후 크래독의 최면이 통하지 않게 되었다) 주드를 괴롭히는 것이었다.

주드는 애나가 성적으로 학대를 받은 흔적이 바로 눈앞에 있었는데도 알지 못했다는 사실을 깨닫는다(주제). 크래독을 숭배하는 제시카가 그가 그녀의 딸까지 성추행하도록 내버려 두었다는 사실도 밝혀진다.

주드가 타이어 지렛대로 제시카의 목을 조르려는데 제시카의 딸 리즈가 총을 들고 나타난다.

11. 절망의 순간

싸움이 이어지고 (크래독으로부터 주드를 지켜 주던) 주드의 개 한

마리가 총에 맞아 죽는다(죽음의 냄새). 크래독의 조종으로 리즈가 주
드를 향해 총을 겨누고 주드의 손가락이 잘린다. 주드와 메리베스
(조지아)가 도망치려 할 때 (역시 크래독의 최면에 걸린) 제시카가 차로
주드의 남은 개를 친다.

개가 심하게 다치고 주드의 손가락에서 피가 줄줄 흐르는 가운
데 그들은 마침내 탈출에 성공한다. 메리베스는 주드를 병원에 데
려가려고 하지만 그가 거절한다. 대신 그는 루이지애나(그의 고향)로
갈 것이라고 말한다.

12. 영혼의 어두운 밤

절망의 순간 비트의 끝부분에서 메리베스가 주드에게 묻는다.
"어떻게 해야 끝날 것 같아요?" 주드는 답을 알지 못한다. 영혼의
어두운 밤은 바로 그런 내용이다. 끝을 위한 준비. 고향 집으로 돌아
가는 주드는 현재의 유령보다 더 큰 문제를 마주해야만 한다. 과거
의 유령, 즉 아버지를 마주해야 한다.

메리베스가 운전하는 동안 주드는 애나에 대한 꿈을 꾼다(환영).
그녀가 죽던 밤의 일이 펼쳐진다(어두운 밤의 깨달음). 애나는 제시카
가 딸이 크래독에게 성추행당하도록 내버려 두었다는 사실을 알고
제시카를 신고하겠다고 협박한다. 제시카는 애나에게 약을 먹여 크

래독이 애나를 죽이는 것을 도왔다. 꿈에서 크래독이 애나의 손목을 면도칼로 긋기 직전, 주드는 애나에게 사랑한다고 말하고 그녀도 그를 사랑한다고 말한다. 주드의 변화 여정은 거의 완성되었다.

주드와 메리베스가 주드의 고향 집에 도착했을 때 뒷좌석의 개는 죽어 있다. 이제 크래독으로부터 주드를 지켜 줄 수 있는 존재는 없다. 간호사 알린은 의식을 잃은 아버지가 잠들어 있는 방으로(주드가 어린 시절에 썼던 방) 안내하고 손가락 통증으로 괴로워하는 그에게 모르핀을 투여해 준다.

13. 3막 진입

유령의 존재에 겁을 먹은 알린은 주드와 조지아, 크래독(진짜 유령), 주드의 아버지(과거의 은유적 유령)만 집에 남겨 두고 떠난다. 주드는 크래독이 바닥의 하트 모양 상자에서 나오는 모습을 보며 인사를 건넨다. "이제야 오는군." 주드는 마침내 유령들과 마주할 준비가 되었다.

14. 피날레

크래독은 주드를 조종해 메리베스를 목 졸라 죽이게 만들려고 하지만 주드는 예전에 작곡한 노래를 흥얼거리면 저항할 수 있다는 사실을 알아낸다. 크래독이 주드 아버지의 몸으로 들어가며 이제 주드가 상대해야 하는 두 유령은 하나가 된다.

주드와 주드의 아버지(크래독) 사이에서 무시무시한 싸움이 벌어진다. 크래독은 면도칼로 주드를 그으려고 한다. 그때 메리베스가 주드 아버지의 목과 등을 찌른다. 그러나 메리베스가 피에 미끄러져 넘어진 순간 크래독이 면도칼로 그녀의 목을 긋는다.

메리베스는 피를 흘리며 주드에게 애나가 자신에게 소리치고 있다면서 황금 문을 만들어 달라고 부탁한다(앞서 언급된 것). 크래독이 주드 아버지의 몸에서 빠져나와 다시 일어날 때 주드는 메리베스의 피로 바닥에 문을 그린다. 메리베스가 가까스로 문으로 몸을 굴리자 문이 열린다. 그녀는 밝은 빛에 둘러싸여 문 위에 떠 있다가 곧 애나로 변한다. 애나는 크래독을 붙잡고 잡아당겨 함께 문으로 들어간다. 크래독은 영영 사라진다.

메리베스를 찾아 문으로 기어간 주드는 문 속으로 떨어진다.

주드는 자신의 빈티지 무스탕 자동차에서 애나와 함께 있는 자신을 발견한다. 순간 애나가 메리베스로 변한다. 메리베스는 주드에게 그들이 죽은 사람들이 여행하는 '밤의 길'에 있다고 설명한다. 날씨가 좋고 밝아서 메리베스는 "어쩌면 어떤 사람들에게만 밤일지도 모르겠어요"라고 말한다.

메리베스는 주드에게 자신은 가야만 하니 그에게 차에서 내리라고 말한다. 하지만 주드는 그녀의 손을 놓지 않는다. 그는 떠나고 싶지 않다. "우리. 우리가 내리는 거야. 우리. 우리가."

이제 주드의 변신은 끝났다. 그는 더 이상 이기적이고 메마른 사람이 아니다. 이제 그는 사랑이 뭔지 알게 되었고 그 사실을 증명하고 있다. 어렸을 때 아버지가 심은 유리 조각을 뽑아내고 있다.

병원에서 깨어난 주드는 메리베스의 심장이 몇 분 동안 멈추었지만 다시 살아났음을 알게 된다. 그가 그녀를 구했디.

15. 마지막 이미지

조 힐은 주인공 주드의 삶이 어떻게 바뀌었는지 보여 주는 몇 가지 간단한 '애프터' 사진으로 이야기를 마무리한다. 주드와 메리베스가 대니의 추모식에 참석하고 마침내 주드가 새 앨범을 녹음한다. 또한 그의 또 다른 빈티지 차를 복원하고 메리베스와 결혼하는 모습이 짧은 챕터들에서 그려진다.

경찰은 크래독이 제시카 프라이스의 딸 리즈를 성추행한 증거 사진을 발견하고 이를 방관한 제시카를 아동학대죄로 체포한다. 마지막 챕터에서는 5년이 흐른 후 리즈가 주드와 메리베스를 찾아와 주드를 총으로 쏜 것에 대해 사과한다. 주드는 리즈에게서 애나를 본다. 그는 리즈에게 돈을 주고 버스표를 사주는 등 도움을 주면서 애나에게 한 잘못을 최선을 다해 속죄한다.

『하트 모양 상자』가 집 안의 괴물 소설인 이유는 무엇인가?

『하트 모양 상자』에는 성공적인 집 안의 괴물 소설의 3가지 요소가 모두 들어 있다.

- 괴물: 사람을 조종해 자살과 살인을 시킬 수 있는 사악한 최면술사 크래독 맥더모트. 오만한 록 스타 주드 코인에 어울리는 소름 끼치는 유령이다.
- 집: 괴물은 원하는 곳이라면 어디든 갈 수 있지만 주드가 인터넷에서 괴물의 양복을 샀고, 크래독이 살아 있을 때 암흑의 마법으로 자신의 혼령을 주드와 연결함으로써 주드는 그 자체로 괴물에 둘러싸인 집이 된다.
- 죄: 주드는 이 괴물이 존재하게 된 데에 책임이 있다. 무심함, 오만, 사랑을 할 줄 모른다는 그의 결점이 크래독의 유령을 만든 것이다. 그가 애나(플로리다)를 쫓아낸 후 애나는 죽게 되고 크래독은 죽어서도 주드를 괴롭히려는 계획을 세운다. 주드는 이 죄를 마주해야만 괴물을 없앨 수 있다.

『하트 모양 상자』
비트 시트 요약

---

1. **오프닝 이미지**: 왕년의 록 스타 주드 코인은 인터넷에서 유령이 붙은 물건을 구입하는 것으로 섬뜩하고 으스스한 물건에 대한 취미를 보여 준다.

2. **주제 명시**: (여자를 자주 갈아 치우는) 주드의 현재 여자 친구인 조지아는 비꼬듯 이렇게 말한다. "당신은 참 배려심 많은 개자식이야, 알지?" 이 말은 그의 궁극적인 변화의 여정을 암시한다. 공감과 연결, 누군가를 사랑하는 법을 배우게 될 것이라는 여정을.

3. **설정**: 인터넷에서 구매한 유령(하트 모양의 상자에 담긴 양복에 붙음)이 도착한 후 주드의 집에 이상한 일이 일어나기 시작한다. 우리는 어린 시절 그를 학대한 아버지와의 관계, 록 스타로서의 과거, 그가 몇 년 동안 앨범을 녹음하지 않았다는 사실을 알게 된다.

4. **기폭제**: 주드는 처음으로 복도의 의자에 앉아 있는 유령을 본다.

5. **토론**: 유령이 진짜인가? 주드는 양복을 판 제시카 프라

이스에게 연락한다. 제시카는 유령이 주드에게 버림받은 후 스스로 목숨을 끊은 그의 전 여자 친구 애나의 의붓아버지이고, 그가 의붓딸의 복수를 위해 주드를 괴롭히는 것이라고 밝힌다.

6. **2막 진입**: 주드는 유령의 존재를 인정하고 조사하기로 한다. 유령이 뛰어난 최면술사 크래독 맥더모트라는 것을 알게 된다.

7. **B 스토리**: 죽은 애나 맥더모트는 B 스토리와 주제(주드가 사랑을 할 줄 모른다는 것)를 상징한다. 애나와의 과거를 해결하면(가장 필요한 순간에 그녀를 냉담하게 내쳤던 것) 그를 괴롭히는 크래독의 유령이라는 A 스토리도 해결될 것이다.

8. **재미와 놀이**: 우리는 유령의 괴롭힘을 받게 된 거꾸로 뒤집힌 새로운 2막 세계에서 크래독이 사람들에게 최면을 걸어 자살하도록 조종할 수 있다는 사실을 알게 된다. 그는 주드와 조지아를 조종해 자살하게 만들려고 한다. 개들이 주드를 지켜 줄 수 있는 유일한 존재다.

9. **중간점**: 제시카 프라이스와 직접 대면하기 위해 떠난 주드와 조지아가 크래독의 최면에 걸린 낯선 사람에 의해 거의 죽을 뻔하면서 위험이 커진다. 크래독은 이제 거

의 모든 사람을 조종할 수 있다.

10. **다가오는 악당**: 주드와 조지아는 조지아의 할머니 집에 들른다. 그들은 위자 보드로 애나의 혼령을 불러내 애나가 자살한 것이 아님을 알게 된다.

11. **절망의 순간**: 두 사람이 제시카 프라이스와 그녀의 딸과 싸우는 도중 개 한 마리가 총에 맞아 죽고 다른 한 마리는 심하게 다친다. 이제 크래독으로부터 주드를 지켜 줄 존재는 (거의) 없다. 주드는 임종을 앞둔 아버지가 있는 고향 집으로 간다.

12. **영혼의 어두운 밤**: 차 안에서 주드는 애나가 죽던 날의 '환영'을 본다. 애나가 자신과 언니 제시카, 조카 리즈를 성적으로 학대한 크래독을 경찰에 신고하겠다고 하자 크래독이 애나를 살해한다. 크래독은 주드 때문에 애나가 자신을 배신했다고 생각하며, 그 때문에 주드를 죽이려고 한다. 나머지 개도 죽는다.

13. **3막 진입**: 마침내 (현재와 과거의) 유령과 맞설 준비가 된 주드는 크래독에게 "이제야 오는군"이라고 말하며 마지막 결전의 준비가 되었음을 알린다.

14. **피날레**: 크래독이 주드 아버지의 몸으로 들어간다. 이제 주드는 자신을 학대했던 아버지와 싸워야 한다(과

거를 정면으로 마주 봄). 유혈이 낭자한 싸움이 벌어지고 메리베스가 치명상을 입는다. 메리베스가 '황금 문'을 열어 그녀의 몸으로 애나가 들어오고, 크래독을 (죽은 자들이 가는) '밤의 길'로 데려간다. 주드와 메리베스도 문으로 떨어지지만 주드가 메리베스를 끌어내 그녀를 구한다. 그가 주제를 배웠고 사랑을 할 수 있음을 증명한 것이다.

15. **마지막 이미지**: 주드는 새 앨범을 녹음하고 메리베스와 결혼한다. 애나를 많이 닮은 제시카 프라이스의 딸이 두 사람을 찾아온다. 주드는 애나의 조카를 도움으로써 애나에게 마지막 속죄를 한다.

14.

나를 유혹해 봐!

죽이는 로그라인과 시놉시스 쓰기

> "간단하게 설명할 수 없으면
> 제대로 이해하지 못하는 것이다."
>
> – 알베르트 아인슈타인

당신이 소설 쓰기 과정의 어떤 단계에 놓여 있든—초고 집필, 수정, 개요 작성, 머리를 벽에 부딪쳐 가며 멋진 제목 고민하기 등—언젠가는 누군가에게 그토록 두려운 질문을 받게 될 것이다.

무엇에 관한 소설인가?

당신의 목표가 전통적인 방법으로 소설을 출판하는 것이든(출판사와 계약) 자가 출판이든(전자책이나 실물 책) 아니면 그냥 왓패드(북미 웹소설 플랫폼-옮긴이) 같은 곳에 올려 반응을 보는 것이든 똑같은 난관에 부딪힌다. 소설을 팔아야만 한다. 당신은 누군가에게 (문학 에이전트, 출판사, 아마존 전자책을 뒤지는 잠재적 독자, 혹은 왓패드 이용자들까지!) 당신의 소설이 무엇에 관한 이야기인지 설명해야 한다.

간단히 말하자면 당신의 소설을 피칭할 수 있어야 한다.

피치 Pitch 는 무엇이고 왜 중요할까?

좋아하는 소설의 뒤표지나 온라인 서점에 소개된 줄거리를 생각해 보자. 그 요약된 설명이 바로 (글로 된) 피치다. 당신이 좋아하는 작가를 만나 다음 작품 계획을 물어보면 새 작품을 짧은 문장으로 요약한 구두 피치를 줄 것이다. 피치는 전체 내용을 말해 주지 않는다.

(다 알려 줘 버리면 책을 읽어야 할 이유가 있을까?) 더 알고 싶어지도록 독자들을 유혹할 정도로만 이야기해야 한다.

피치가 중요한 이유는 그 때문이다.

에이전트, 편집자, 영화제작자, 독자 등 누군가가 당신의 소설을 읽게 만들려면 우선 그들을 갈고리로 걸듯 잡아당겨야 한다. 이야기가 흥미롭게 보이도록 그림을 그려야 한다. 그들이 당장 당신이 손에 든 책을 빼앗고 싶어질 정도로 흥미진진해야 하고 원초적인 본능을 자극해야 한다. "빨리 줘! 읽고 싶어! 이건 꼭 읽어야 해!"

한마디로 피치는 당신이 던지는 미끼라고 할 수 있다. 그리고 좋은 소식이 있다. 세이브 더 캣의 15개 비트를 만들었다면 피치가 식은 죽 먹기라는 것. (아니, 고양이 식은 죽 먹기라고 해야 하나?)

대개의 경우, 작가들이 피칭을 어려워하는 것도 무리는 아니다. 한 걸음 뒤로 물러나 자신의 소설을 판매 지향적인 관점에서 바라보기란 어려울 수밖에 없다. 하지만 이 책에서는 자신의 작품을 넓은 관점에서 바라보는 방법을 안내할 것이다.

이 챕터에서는 2가지 종류의 피치를 만드는 과정을 알려 줄 것이다. 바로 로그라인과 짧은 시놉시스다. 이 둘 모두 어떤 식으로든 소설 집필을 업으로 삼는 사람에게 대단히 중요하다. 전통적인 출판의 길—출판사에 소설을 판매하는 것—을 추구한다면 특히 중요할 것이다. 소설이 누군가에게 판매되기까지, 그 기다란 사슬의 첫 번째 연결고리가 바로 작가이기 때문이다.

나는 이것을 '멋짐 증명 사슬'이라고 부른다. 기본적으로 멋짐 증명 사슬은 당신의 소설이 멋지다는 것을 알아줄 여러 단계의 사람들로 구성된다.

출판사에서 책을 출판하려면 먼저 문학 에이전트를 구해야 한다(작가와 출판사가 직접 계약하는 한국 출판과 달리, 미국에서는 에이전트가 대행하는 게 보편적이다-옮긴이). 당신의 대리인이 되어 줄 문학 에이전트를 구하려면 당신의 책이 멋지다는 사실을 증명해야 한다. 그다음에는 당신의 에이전트가 이 소설이 멋지다는 걸 편집자에게 증명해야 한다. 그리고 최종적으로 출판사가 당신의 소설을 구매하려면 편집자가 출판사의 영업팀, 마케팅팀, 홍보팀 등 수많은 사람들에게 그 소설의 멋짐을 증명해야 한다.

하지만 멋짐 증명의 사슬은 여기에서 멈추지 않는다. 일단 책이 출판사에 팔리고 출간 준비가 완료되면 판매팀은 서점에 책을 팔아야 한다. 그리고 서점은 독자들에게 책을 팔아야 한다.

홍보 문제도 있다. 홍보팀과 마케팅팀은 평론가, 블로거, 미디어 등에 책을 팔아야 한다. 여기서 끝이 아니다. 당신의 에이전트는 여전히 발로 뛰며 외국 출판사와 영화제작자들에게 책을 팔아야 한다!

하지만 기억하라. 이 멋짐 증명 사슬은 바로 작가인 당신에게서 시작된다는 것을.

자, 그럼 지금부터 한번 살펴보자.

로그
라인

로그라인은 소설가들이 사촌 관계라고 할 수 있는 시나리오 작가들에게 빌려 쓰는 편리한 도구다. 보통 에이전트, 출판사, 영화제작자들에게 책을 팔기 위해 내부적인 용도로 사용되지만, 독자들에게 직접 빠르게 책을 팔 수 있는 좋은 도구가 되기도 한다.

정의로 보자면 로그라인은 이야기를 한 문장으로 설명하는 것이다.

그렇다. 딱 한 문장이다.

"말도 안 돼! 그게 어떻게 가능해?"라고 생각할지도 모른다. 하지만 가능하다는 걸 증명해 보겠다.

이게 무슨 소설인지 추측해 볼 수 있겠는가?

직장도 잃고 이제는 집에서 쫓겨나기 일보 직전인 알코올 중독자 레이첼은 자주 기억을 잃곤 하는데 어느 날 실종 사건에 휘말리게 되고, 설상가상으로 그녀가 줄곧 범인이라고 의심해 온 남자가 경찰 조사를 받고 풀려나게 되면서 되레 의심을 사게 되는데… 과연 진실은 무엇이고 그녀는 어떤 사실을 기억해 내야만 하는 걸까?

무슨 소설일까?

정답은 바로 폴라 호킨스의 『걸 온 더 트레인』이다!

이건 어떨까?

희귀질환으로 밖에 나가지 못하는 소녀는 극심한 외로움으로 우울증에 걸리기 직전이지만, 옆집에 이사 온 소년을 만나 가까워지고 사랑하게 되면서 조금씩 '살아간다'는 감각을 배워 가기 시작하는데… 그녀는 과연 사랑을 위해 죽음도 무릅쓰게 될까?

당신은 위의 소설이 뭔지 알아보겠는가?

니콜라 윤의 『에브리씽 에브리씽』이다.

서로 완전히 다른 소설이지만 두 로그라인의 구조가 비슷하다는 것을 눈치챘는가? 훌륭하다! 당신은 패턴을 찾는 데 천부적인 소질이 있다!

정말로 이 두 로그라인은 구조가 비슷하다. 둘 다 세이브 더 캣 로그라인 템플릿을 활용했기 때문이다. 그게 뭔지 이제부터 설명해 보겠다.

세이브 더 캣 로그라인 템플릿

결함이 있는 주인공은 '정체(죽음)'의 순간 직전에 '2막'으로 진입하고 '중간점'에 이르게 되는데, '절망의 순간'에서 모든 것을 다 잃기 전에 명시된 '주제'를 배워야만 한다.

짜잔! 이 구조에 대입하면 어떤 장르의 이야기에나 다 어울리는 로그라인이 탄생한다.

이 로그라인이 효과적인 이유는 무엇일까? 긴박감을 조성하고 독자를 끌어당기기 위한 갈고리를 던지는 동시에 왜 하필 이 주인공이 이 이야기에 필요한지, 반대로 왜 꼭 이 이야기에 이 주인공이 필요한지도 알려 주기 때문이다(주인공과 플롯의 결합).

"~하기 직전"이라는 표현을 사용하고(혹은 비슷한 긴박감을 주는 오프닝) 정체(죽음)의 순간을 제시해 이 이야기가 주인공에게 꼭 필요하다는 사실을 뒷받침한다. 이 이야기가 없으면 주인공은 끝장이다!

플롯이 움직인다는 사실을 증명하기 위해 로그라인에 2막 진입을 넣어야 한다(혹은 2막의 세계를 어렴풋이 보여 주는 설명). 이야기가 1막의 현상 세계에만 계속 머무르지 않는다는 것을 보여 줘야 한다. 그리고 중간점과 절망의 순간을 언급하거나 적어도 암시하는 것으로 이야기에 위험이 존재하고 그 위험이 더욱더 커진다는 사실을 보여 준다. 메시지가 담긴 이야기라는 사실도 보여 주어야 하기 때문에 주제 명시 비트를 언급한다.

물론 실제 문장이 명확하고 설득력 있도록 표현을 다듬고 수정해야 할 수도 있다. 전체 내용을 하나의 템플릿에 집어넣으면 로그라인이 어색해진다. 하지만 비트는 맞아야 한다. 만약 로그라인이 너무 심심하게 느껴진다면 소설의 중간점이 충분히 거대한지 다시 확인해 봐야 할 수도 있다. 이야기가 새로운 방향으로 흘러갈 만큼 위험이 커지고 있는가? 마찬가지로 절망의 순간 비트도 살펴보자. 이야기가 급박하게 느껴질 만큼 위험이 충분히 큰가?

이 템플릿에 몇 가지 이야기를 더 넣어서 살펴보도록 하자.

존 그린의 『잘못은 우리 별에 있어』(버디 러브 스토리)

우울증에 빠지기 직전의 10대 암 환자 소녀가 개성과 카리스마 넘치는 같은 암 환자 소년을 만나 삶의 활기를 얻지만, 한쪽의 암이 재발하게 되고 소녀는 영원한 이별 전에 살아 있다는 것의 진정한 의미를 배워야 한다.

앤디 위어의 『마션』(평범한 사람에게 닥친 문제)

예기치 못한 사고로 화성에 홀로 남겨진 우주비행사는 사람이 살지 못하는 행성에서 작물을 길러야 하는 불가능한 문제를 해결해야만 하는데… 농작물이 파괴되고 보급품도 다 떨어져 가는 상황에서 '화성 탈출'이라는 가장 큰 문제를 해결해야만 한다.

어니스트 클라인의『레디 플레이어 원』(황금 양털)

가난한 삶에 굴복하기 일보 직전인 외로운 게이머가 비디오게임에서 엄청난 가치를 지닌 '이스터 에그'의 단서를 처음으로 찾으면서 전 세계적으로 보물찾기의 열기가 뜨거워지지만, 사악한 기업에 의해 목숨이 위험해짐에 따라 그는 영원히 '게임 오버'가 되기 전에 다른 플레이어들과 힘을 합쳐 보물을 찾아야만 한다.

J. K. 롤링의『해리 포터와 마법사의 돌』(슈퍼히어로)

친척 집에 맡겨져 천대받던 고아 소년이 자신이 마법사라는 사실을 알게 된 후 마법 학교에 입학하지만 생명을 위협받게 되고, 마법 세계의 종말을 가져올 수 있는 강력한 아이템을 손에 넣으려는 사악한 마법사를 막아 자신의 가치를 증명해야 한다.

이 로그라인 템플릿이 소설의 내용을 너무 많이 드러낼까 봐 걱정되는가? 다행스럽게도 그런 걱정은 필요 없다. 이렇게 생각해 보면 어떨까. 위의 로그라인을 읽고 책을 읽고 싶은 마음이 줄어들었는가? 아마 아닐 것이다. 오히려 더 읽고 싶어졌을 것이다. 모든 인간이 가진 이야기 DNA를 자극하는 내용이기 때문이다. 이 로그라인들에는 훌륭한 이야기의 필수적인 구성 요소가 전부 들어 있다. 당신의 로그라인도 그래야 한다. 누가 되었든 로그라인을 읽는 사람에게 시간을 투자할 가치가 있는 소설임을 증명해야 한다. 다음의 중요한 요소를 전부 갖추었기에 이 소설이 절대로 실망을 주지 않을 것임을 보여 줘야 한다.

- 결함 있는 주인공(누구에 관한 이야기이며 그 사람에게 이 여정이 왜 필요한가)
- 2막 진입(이야기가 어디로 나아가는가)
- 주제 명시(이야기가 왜 보편적인가)
- 절망의 순간(가장 큰 위험이 무엇인가)

하지만 로그라인에서 너무 많은 내용이 드러날까 봐 여전히 걱정스럽다면 약간 모호하게 만들어도 된다. 중간점이나 절망의 순간 비트에서 스포일러가 될 만한 반전이 일어난다면 직접적으로 언급하지 말고 그냥 암시만 한다. 하지만 너무 많이 숨기면 피치가 추상적이고 초점이 없는 것처럼 보일 수 있으니 조심해야 한다. 이를 두고 '공을 숨긴다'라고 표현하는데, 이렇게 되면 무엇에 관한 소설인지 잘 이해되지 않아 독자의 흥미를 끌 수가 없다. 너무 많은 내용을 숨겼기 때문이다!

예를 들어, 『해리 포터와 마법사의 돌』의 로그라인이 다음과 같이 달라진다면 과연 앞에서 소개한 로그라인만큼 책이 흥미롭게 느껴질까?

친척 집에 맡겨져 천대받던 소년이 자신의 인생이 바뀔 정도로 놀라운 비밀을 알게 되면서 흥미진진한 모험을 떠나지만 곧 위험한 상황에 놓이고, 그는 악의 힘이 모든 것을 파괴하지 못하도록 막아야 한다.

흥미로운가? 내게는 그다지 흥미로워 보이지 않는다. 너무 모호하기 때문이다. 너무 많이 숨겼다. 독자를 잡아끄는 선전 포인트마저도! 그 선전 포인트란 바로 해리가 자신이 마법사라는 것을 알게 되고 마법 학교에 입학한다는 내용이다. 이것이 독자들에게 '지금 구매하기' 버튼을 클릭하게 만드는 비결인데 말이다.

그러니 주의가 필요하다. 스포일러를 피하는 것도 중요하지만 충분한 정보를 내주어 잠재 독자들의 흥미를 잡아끄는 것도 중요하므로 둘 사이에서 균형을 잘 잡아야 한다.

짧은
시놉시스

로그라인 쓰는 법을 배웠으니 이제 그것만큼 중요한 다른 피치를 살펴보자. 바로 짧은 시놉시스다. 출판업계에서는 재킷 플랩이나 뒤표지 카피라고 부르고 그냥 간단히 책 요약, 책 소개라고도 한다. 일반적으로 소설의 내용을 두세 단락으로 요약한 것인데, 목적은 딱한 가지다. 독자들이 책을 읽도록 유도하는 것!

짧은 시놉시스를 쓰는 방법을 공부할 때는 참고할 자료가 많아서 좋다. 게다가 쉽게 이용할 수도 있다. 좋아하는 소설책의 뒤표지를 살펴보면 되니까. 아마존, 반즈 앤 노블, 인디바운드IndieBound.org, 굿리즈Goodreads.com, 출판사 웹사이트 등에서 좋아하는 소설을 찾아볼 수 있다. 어디든 책을 독자에게 피칭하는 곳을 참고하면 된다.

짧은 시놉시스는 로그라인과 달리 책을 접하는 모든 사람이 보게 된다. 거의 모든 잠재적 독자들이 이것을 참고해 당신의 책을 사거나 읽을지 결정한다. 여기에는 에이전트와 출판사도 포함된다!

한마디로 반드시 잘 써야만 한다.

하지만 걱정하지 마라! 이 책이 끝까지 도와줄 테니까.

인기 소설의 뒤표지에서 직접 가져온 몇 가지 짧은 시놉시스를 보면서 출판사들이 독자들에게 피칭할 때 어떤 비트를 사용하는지 알아보자.

마리사 마이어의 『신더』(슈퍼히어로)

소란스러운 신 베이징 거리에는 인간과 안드로이드가 가득하다. 치명적인 전염병이 수많은 사람의 목숨을 앗아 갔다(설정). 우주에서 무자비한 루나족이 지구를 지켜보며 기회를 노린다(정체 혹은 죽음의 순간). 지구의 운명이 한 소녀에게 달려 있다는 사실을 아무도 알지 못하는데……

뛰어난 수리공 신더는 사이보그다. 의붓어머니에게 구박당하기 일쑤고 의붓여동생이 병에 걸린 이유도 그녀 때문이라는 원망을 듣는다. 신더는 불가사의한 과거를 지녔지만 사회로부터 차별받는 존재다(결함 있는 주인공). 그러나 잘생긴 카이 왕자(기폭제)와의 만남 이후 그녀는 은하 간 갈등(재미와 놀이)의 중심에 놓이고 금지된 사랑(중간점)을 느끼게 된다. 의무와 자유, 충성과 배신 사이에서 세상의 미래를 지키기 위해(절망의 순간) 자신의 과거에 대한 비밀을 밝혀야 한다(주제 명시).

조조 모예스의 『미 비포 유』(버디 러브 스토리)

작은 마을에서 지극히 평범한 삶을 사는—오래된 남자 친구, 가까운 가족—루이자 클라크는 마을 밖으로 나가 본 적도 별로 없다(설정 및 첫 번째 결함 있는 주인공). 일자리가 간절한 그녀는 사고 후 휠체어 신세가 된 월 트레이너(기폭제)의 간병인으로 취직한다. 월은 대규모의 거래 협상, 익스트림 스포츠, 세계 여행 등으로 가득한 열정적인 삶을 살았지만 이제 두 번 다시 예전의 삶으로 돌아갈 수 없다(두 번째 결함 있는 주인공).

월은 신랄하고 암울하고 고압적인 성격이지만 루이자는 그를 조심스럽게 대하기를 거부했고 곧 그녀에게 그의 행복은 큰 의미를 지니게 된다(중간점). 하지만 그녀는 월의 충격적인 계획을 알게 되고(절망의 순간) 그에게 여전히 삶이 살아갈 가치가 있다는 것을 알려 주려고 한다(주제 명시).

길리언 플린의 『몸을 긋는 소녀』 (추리물)

정신병원에 잠시 입원했다 퇴원한 신문기자 카밀 프리커에게 곤란한 업무가 주어진다. 그녀는 두 여자아이의 살인 사건을 취재하기 위해 고향 마을로 돌아가야 한다(기폭제).

카밀은 신경증과 심한 건강염려증이 있는 어머니, 그리고 잘 알지도 못하는 의붓여동생과 오랫동안 연락을 끊고 살아왔다. 의붓여동생은 남모르게 마을 아이들을 휘어잡고 있는 열세 살의 아름다운 소녀다.

빅토리아풍 대저택에 있는 자신의 방으로 돌아간 카밀은(재미와 놀이) 살해당한 어린 피해자들에게 과할 정도로 감정 이입을 한다(중간점). 오랜만에 돌아온 집에서 사건을 취재하고 살아남으려면(절망의 순간 암시) 과거의 심리 퍼즐을 풀어야만 한다(주제 명시).

보이는 것처럼 내용 요약에는 특정한 비트들이 계속 나타난다. 이미 가지고 있는 비트를 사용해 쉽게 자신만의 시놉시스를 쓸 수 있다는 뜻이다. 세이브 더 캣의 짧은 시놉시스 템플릿을 소개한다.

세이브 더 캣 짧은 시놉시스 템플릿

- 첫 번째 문단: 설정, 결함 있는 주인공, 기폭제(2~4문장)
- 두 번째 문단: 2막 진입, 재미와 놀이 (2~4문장)
- 마지막 문단: 주제 명시, 중간점 암시, 절망의 순간 암시를 통해 손에 땀을 쥐게 하는 상황으로 끝맺음(1~3 문장)

시놉시스는 로그라인에 비해 자유재량권이 더 많이 보장된다. 활기와 스타일, 분위기를 활용해 볼 여지가 있으니 자유롭게 섞어 창의성을 발휘해 보자. 하지만 이 세 문단은 꼭 들어가야 한다. 그래야 한 페이지로 소설을 성공적으로 피칭할 수 있다. 짧은 시놉시스의 분량은 한 페이지를 넘으면 안 된다. 줄 간격은 두 배로 해야 하고! (줄 간격을 빠뜨릴 줄 알았다면 오산이다!)

만약 한 페이지로 피칭하지 못한다면 무엇에 관한 소설인지 아직 정확히 파악하지 못한 것이다. 훌륭한 소설은 한 페이지면 충분히 성공적으로 피칭할 수 있다.

앞에서 제공한 템플릿에는 중간점과 절망의 순간을 암시하는 내용이 들어간다. 독자들에게 직접 피칭할 때는 다가오는 위험이 충분히 느껴지지만 스포일러가 되지는 않을 정도의 정보를 제공해야 한다. 또한 짧은 시놉시스는 반드시 손에 땀을 쥐게 하는 상황으로 끝맺어야 한다.

왜냐고?

당연히 독자들이 더 원하게 만들기 위해서다! 짧은 시놉시스는 스포츠 실황을 중계하듯 책을 자세히 요약한 것이 아니다. 또 다른 피치이므로 감칠나는 맛이 있어야 한다.

첫 번째 문단에서는 결함 있는 주인공과 그들의 세계(설정)를 소개함으로써 독자들에게 주인공이 누구인지, 왜 그들이 이 이야기에 가장 적합한지 어렴풋이 느끼게 해 준다. 세계를 바꿀 기폭제도 불러낸다.

두 번째 문단에서는 거꾸로 된 2막의 세계로 들어가 플롯의 전체적인 방향을 보여 주고 선전 포인트로 독자들을 끌어당긴다(전제된 약속).

마지막 문단에서는 위험(긴급함)과 내적 여정을 암시하는데, 이것이 합쳐져 소설의 전체적인 '존재 이유'를 이룬다. 동시에 독자들이 더 많은 것을 원하게 만든다.

짧은 시놉시스는 소설의 필수 불가결한 구성 요소다. 한번 방법을 터득하면 앞으로 계속 사용할 수 있다. 기본적으로 당신의 소설을 다른 사람에게 서면 형식으로 피칭할 때 유용하다. 그때 총처럼 뽑아 들면 된다! 결국 이것은 소설을 파는 무기와도 같다.

자가 출판하는 경우, 짧은 시놉시스를 온라인 서점 사이트나 자신의 홈페이지, 책의 뒤표지에 붙여 넣을 수 있다.

전통적인 방법으로 출판하는 경우에는 이 내용을 에이전트에 메일로 보낸다. 정말 잘 썼다면 에이전트가 편집자에게 보내는 이 메일에도 붙여 넣을 가능성이 크다. 그리고 편집자가 책의 뒤표지에 그대로 넣을 수도 있다. 작가가 시놉시스를 완벽하게 써 놓았는데 굳이 다시 쓸 필요가 있겠는가?

현재 취미 삼아 소설을 쓰고 있고, 이에 대한 평가가 어떨지 궁금하다면 짧은 시놉시스를 원하는 곳에 올리거나 누군가에게 보내 피드백을 얻을 수 있다.

짧은 시놉시스는 비트를 제대로 만들었는지, 공감 가는 이야기 인지 알려 주는 테스트와도 같다. 이 템플릿으로 짧은 시놉시스가 잘 만들어지지 않는다면 비트를 확인해 볼 필요가 있다. 2장으로 돌아가 비트 체크리스트를 확인해 보자. 기폭제가 주인공을 1막 세계에서 벗어나게 할 만큼 크지 않을 수도 있다. 2막 세계가 1막 세계와 크게 다르지 않을 수도 있고, 중간점이나 절망의 순간이 너무 가벼울 수도 있다.

이 비트들을 고친다면 약속하건대 짧은 시놉시스가 멋지게 나올 수 있다.

이제 스스로 연구해 볼 시간이다. 좋아하는 오프라인이나 온라인 서점에서 시놉시스를 하나씩 읽어 보며 패턴을 연구해 보자. 분명히 당신은 일정한 패턴을 발견할 수 있을 것이다. 출판사들이—

보통은 출판사가 책 소개를 쓴다—부지불식간에 이 템플릿을 사용하고 있다는 뜻이다.

15

작가를 구하라!

문제가 있는 곳에 답이 있을지니

Save the Cat

이제 세이브 더 캣 소설 작법의 막바지에 이르렀다. 우리는 읽을 가치 있는 주인공을 만드는 방법을 배웠다. 독자들을 숨죽이게 할 15개의 흥미진진한 비트를 만드는 방법도 배웠다. 세이브 더 캣의 10가지 이야기 장르를 연구하면서 각각의 이야기에 어떤 요소가 꼭 들어가야 하는지도 알게 되었다. 어떻게 하면 매력적인 로그라인과 짧은 시놉시스를 쓸 수 있는지도 배웠다.

그래서 지금 기분이 어떤가?

솔직히 '좀 겁이 난다'라는 대답이 나와도 괜찮다. 내가 소설가 인생에서 배운 모든 것을 이 책에 전부 다 집어넣었으니까 말이다. 분명히 겁이 나고 버거울 것이다. 그래서 이 챕터를 준비했다. 세이브 더 캣 작법을 실제로 활용하는 작가들의 대표적인 질문과 걱정거리를 빠짐없이 담았다.

자, 이제 하나씩 살펴보자.

도와주세요!
어디에서부터 시작해야 하죠?

내가 진행하는 세이브 더 캣 워크숍에서는 설명과 예시와 철저한 분석으로 15개의 비트를 폭넓게 다룬다. 그러면 완전히 어리둥절한 표정으로 나를 쳐다보는 학생이 꼭 한 명은 있다. 내가 "왜 그러죠? A와 B 스토리의 연결이 이해되지 않나요? 주제 명시 비트로 다시 돌아가 볼까요?"라고 물으면 학생은 여전히 눈만 끔뻑이며 쳐다볼 뿐이다. 여전히 이유를 알 수 없는 가운데 마침내 학생이 당황한 이유를 밝힌다. "음…… 어디에서부터 시작해야 하죠?"

아하! 좋은 질문이다!

이성에 귀 기울이면 아마 처음부터 시작하라고 할 것이다. 오프닝 이미지를 먼저 작업한 후 주제 명시, 설정 등 순서대로 나아가라고. 그게 비트 시트의 순서이기도 하고 독자가 완성된 소설을 읽는 순서이기도 하니까 논리적으로 맞지 않겠는가?

놀랄지도 모르지만 비트를 작업하는 순서는 그게 아니다.

솔직히 말하자면 15개 비트를 만드는 것은 쉽지 않은 일이다. 그래서 나는 보통 5개의 '기초 비트'라고 부르는 것에서부터 시작한다. 이 비트들은 다른 모든 비트의 기초를 이룬다. 모두 단일 장면의 비트라서 먼저 처리하기도 쉽다. 또한, 플롯에 새로운 방향을 설정하는 이른바 '방향성 비트'이므로 일단 이것들이 설정되면 나머지 비트는 비트 시트의 원리를 토대로 좀 더 자연스럽게 제자리를 잡는다.

5개의 기초 비트는 다음과 같다.

• 기폭제

- 2막 진입
- 중간점
- 3막 진입
- 절망의 순간

하지만 비트 작업을 시작하기 전에 읽을 가치 있는 주인공을 설정하는 3가지 요소를 알고 있어야 한다. 문제(주인공의 결함), 욕망 또는 목표 그리고 필요다. 주인공이 어떤 사람인지 알아야만 주인공에게 어떤 변화의 여정이 필요한지도 알 수 있다.

사람은 저마다 다르고 창작 과정도 작가마다 제각각일 테지만, 우선은 5개의 기초 비트를 사용해 비트 시트를 다루는 방법을 소개해 보겠다.

나는 먼저 읽을 가치 있는 주인공의 3가지 요소(문제, 욕망, 필요)를 처리한다. 이를 위해서는 우선 주인공의 1막 세계가 어떤 모습인지 그림을 그리기 시작한다.

그 다음에는 다음의 질문을 차례로 다룬다.

- 주인공의 2막 세계는 어떤 모습인가? 1막과 어떻게 다른가? 충분히 차이가 있는가? (이제 2막 진입 비트가 그려지기 시작한다.)
- 결함 있는 주인공이 필요가 아닌 욕망에 따라 어떻게 잘못된 방법으로 문제를 해결하려고 하는가? (2막 진입 비트가 계속 그려진다.)

- 어떤 커다란 사건이 일어나 주인공이 현상 세계에서 벗어나 낯선 세계로 들어가게 되는가? (이 질문이 기폭제 비트를 만든다.)

- 주인공이 새로운 세계에서 전반적으로 허우적거리는가 아니면 날아다니는가? (이것은 중간점이 거짓 승리인지, 거짓 패배인지를 결정한다.)

- 주인공은 어떻게 욕망이 아닌 필요에 따라 문제를 올바른 방법으로 해결하는가? (이 질문을 바탕으로 3막 진입 비트를 구상할 수 있다.)

- 마지막으로, 어떤 밑바닥을 치게 되는 사건이 일어나 주인공이 올바른 방향으로 변화를 추구하게 만드는가? (이 질문은 알다시피 또 다른 기폭제라고 할 수 있는 절망의 순간 비트를 구상하도록 도와준다.)

도와주세요!
구조가 더 필요해요!

당신도 나처럼 꽤나 구조에 집착하는 모양이다. 비트 시트만으로는 부족하다고? 뭐 그래도 괜찮다. 이 책은 당신에게 줄 게 더 남아 있으니까. 비트 시트를 이용한 도구가 아직 남아 있다.

그것은 바로 보드다.

'세이브 더 캣 보드'는 말 그대로 판자다. 좀 더 정확히 말하자면, 코르크보드다. 가장 큰 것으로 구입한다. 디지털을 선호하는 사람이라면 세이브 더 캣 홈페이지SavetheCat.com에서 가상의 보드 소프트웨어를 다운받아 어디든지 들고 다닐 수 있다.

세이브 더 캣 비트 시트를 나타내는 색인 카드(3x5인치 사이즈 추천)로 코르크보드를 채운다. 비트가 눈앞에 배치되어 있어서 시각적인 자료를 이용한 학습을 선호하는 사람들에게 좋다.

이 보드는 작업이 막혔을 때—플롯 구상, 글쓰기, 수정 등—자신의 소설을 새로운 시선으로 보게 해 주므로 굉장히 유용하다. 보드에 비트를 배치하면 이야기의 큰 그림이 더 잘 보인다. 지난 챕터에서 말했듯이 작가들은 큰 그림을 잘 보지 못한다. 자신이 쓴 이야기의 한가운데에 서 있기 때문이다. (이를테면 작가들은 120쪽에 나오는 '마주하다'라는 단어의 동의어를 찾으려고 애쓰지만 단언컨대 더 좋은 말은 없으니까 그냥 '마주하다'라는 단어를 써라.)

코르크보드(또는 세이브 더 캣 소프트웨어)를 준비해 이를 네 칸으로 나눈다(아래 그림 참조). 나는 주로 마스킹 테이프를 사용한다. 각 빈 칸은 1막, 2A막(2막 전반), 2B막(2막 후반), 3막을 나타낸다.

1막	
2A막	
2B막	
3막	

이제 카드를 배치하기 시작한다. 각 카드는 소설의 한 장면이나 한 챕터를 나타낸다. 한 개의 카드는 하나의 정보를 반영해야 한다. 따라서 여러 장면이나 정보를 포함해 챕터를 길게 쓴다면 한 챕터에 여러 장의 카드가 있게 될 것이다. 하지만 지금 당장은 너무 신경 쓰지 말고 아이디어를 카드에 적어 넣는 것에 집중한다.

예를 들어, 클레멘타인 숙모가 살해되는 것은 한 장면 또는 한 개의 정보 조각이다. 카드에 이렇게 적을 수 있다.

> 페니가 클레멘타인 숙모의 시체를 발견한다.

재미와 놀이 비트에서 페니가 클레멘타인 숙모의 집사와 이야기를 나누고, 집사에게 그녀가 살해된 날 밤의 알리바이가 없다는 사실을 알게 되는 장면이라면 다음과 같은 내용의 카드가 만들어진다.

> 페니는 집사를 조사한다. 알리바이가 없다!

다가오는 악당 비트에서 두 플롯 포인트 사이에 몇 주의 시간이 흘러야 하지만 그 몇 주 동안 어떤 일이 일어날지 아직 모른다면 다음과 같은 카드를 만들 수 있을 것이다.

> 2주가 흐른다······ ???

2장에서 단일 장면 비트— 주제 명시, 기폭제, 절망의 순간 —가 있고 다수 장면 비트— 설정, 재미와 놀이, 영혼의 어두운 밤—가 있다고 설명한 것을 기억하는가?

보드에 카드를 배치하면서 그런 비트들이 서로 어떻게 작용하는지 볼 수 있다. 배치가 끝난 보드의 모양은 다음과 같다.

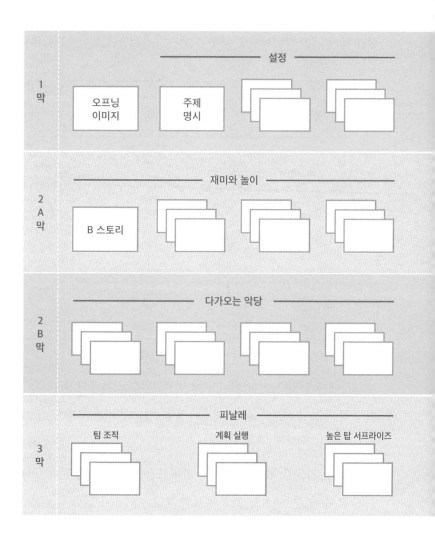

우와! 이렇게 비트를 쭉 펼쳐 놓고 한눈에 보니 정말 유용하지 않은가?

하지만 지금 당신은 이렇게 생각할지도 모른다. '이런, 재미와

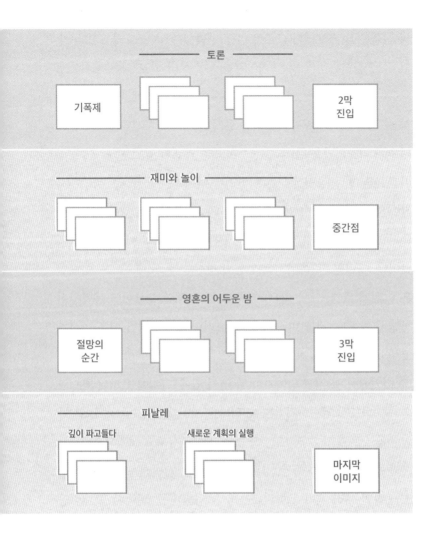

놀이 비트가 너무 길잖아!'

맞는 말이다. 흥미진진하고 위험이 커지고 삶이 바뀌는 중간점에 도달하기 전에 다뤄야 할 장면들이 굉장히 많다. 그래서 이야기의 신들은 B 스토리와 C 스토리를 발명했다. D 스토리도 있을 수 있고! 중간점까지의 많은 페이지를 A 스토리 말고 다른 이야기로 채우는 것이다. 그럼에도 A 스토리는 여전히 중앙에 와야 한다. 만약 살인사건을 다룬 추리소설을 쓴다면 이 부분(2A막)의 대부분의 카드에 미스터리를 풀어 가는 우여곡절 과정이 담기는 게 좋다. 하지만 가끔 한두 장면은 다른 이야기를 넣어 독자들이 A 스토리에서 잠깐 쉬어 가게 할 수 있다. (그래야만 하고!) 주인공의 로맨스 상대라든지 가장 친한 친구, 가족, 짜증 나는 직장 동료의 이야기 같은 것 말이다. 아니면 '70쪽에서 주인공이 찾아낸 전 남자 친구의 이메일은 어떻게 됐지?' 하는 식으로 주요 플롯 포인트 사이에 독자들이 잠깐 숨 돌릴 공간을 마련해 준다. 그러면 A 스토리가 더욱 신선하고 흥미진진하게 유지될 것이다.

여기에서 꼭 짚고 넘어가야 할 점이 있다. 그림에 표시된 카드의 숫자를 반드시 엄수하지 않아도 된다는 것이다. 이 그림은 기폭제가 일반적으로 카드 한 장 또는 장면 하나로 구성되고 설정과 토론, 재미와 놀이, 다가오는 악당, 영혼의 어두운 밤, 피날레는 카드 여러 장 또는 장면 여러 개가 포함된다는 것을 나타내 줄 뿐이다. 구체적인 카드 수는 당신이 쓰는 소설의 쪽수(단어 수), 장면과 챕터를 구성하는 방법에 따라 달라진다. 다만, 일반적인 황금률은 25,000단어나 100페이지당 카드 30장 정도이다. 따라서 7만 5천 단어 분량의 소설이라면 카드가 약 90장 정도 나와야 한다.

하지만 브레인스토밍 단계에서 보드를 만드는 것이라면 최대한 카드를 많이 만들어 보는 게 좋다. 카드를 삭제하는 것은 나중에 본격적으로 글을 쓰기 시작한 이후라도 상관없다. 나는 '제한 없는' 브레인스토밍을 무척 좋아한다.

반면에 소설을 집필하거나 수정하는 단계에서 보드를 만들거나 업데이트하는 경우, 이미 각 비트의 단어 수나 쪽수가 정해져 있을 테니(2장 앞부분의 지침 참고) 카드 수에 좀 더 엄격해야 할 수도 있다.

하지만 코르크보드(또는 소프트웨어)가 실용적인 이유는 융통성이 있기 때문이다! 멋진 자전거 충돌 장면이 재미와 놀이 비트가 아니라 다가오는 악당 비트에 더 잘 어울린다는 사실을 퍼뜩 깨달았다면 바꾸면 된다! 그 비트로 옮겨라! 이러한 융통성이 있어서 화이트보드에 장면을 적는 것보다 실물이나 가상의 코르크보드를 추천한다. 작은 색인 카드에 원하는 만큼 장면의 디테일이나 정보를 추가하고 옮길 일이 있으면 그대로 옮기면 된다.

보드를 사용하면 버튼을 누르거나 핀을 다시 꽂아 스토리를 만들거나 고칠 수 있다. 언제든지 이리저리 섞어 새로운 구성을 시도해 볼 수 있다. 위치를 조금만 바꿔 봐도 전체 그림의 초점이 훨씬 선명해질 수 있으므로 큰 도움이 된다.

도와주세요!
주인공이 한 명이 아닌데!

이 책의 1장을 읽었으니 이야기의 주인공으로 활약할 캐릭터를 한 명 선택해야만 한다는 사실을 알고 있을 것이다.

『헬프』의 아이빌린을 예로 든 것도 기억할 것이다. 두 사람의 시점이 더 나오지만 나는 아이빌린이 소설의 주인공이라고 생각한다. 가장 많은 변화를 보여 주는 인물이기 때문이다. 하지만 그렇다고 미니와 스키터가 변화의 여정을 겪지 않았다는 말은 아니다. 그들 역시 고유한 비트 시트를 가지고 있다. (212쪽에 소개되는 『헬프』의 비트 시트에서 세 명의 비트 시트가 어떻게 서로 엮여 있는지 살펴보길.)

주인공이 여러 명인 소설을 쓴다면 여러 개의 비트 시트가 필요하다. 주인공마다 비트 시트를 구성해 처음부터 끝까지 그들의 변화 여정을 따라가야 한다. 그중에서도 진짜 주인공으로 꼽을 수 있는 캐릭터의 비트 시트를 먼저 짜는 것을 추천한다. 하지만 여러 개의 변화 여정을 제대로 풀어내는 가장 좋은 방법은 여러 개의 비트 시트를 구성한 다음 서로 엮어서 설득력 있는 서사를 만드는 것이다.

일부 비트가 겹칠 수도 있다. 예를 들어, 『헬프』에서 아이빌린이 스키터에게 자신의 이야기를 들려주기로 함으로써 두 사람은 함께 2막에 진입한다. 하지만 두 사람의 기폭제 비트는 다르다. 그리고 미니의 비트는 아이빌린과 스키터와 멀리 떨어져 있다가 중간점에서 스토리라인이 만난다.

　그런가 하면 주인공이 여러 명이라도 비트가 전혀 겹치지 않을 수 있다. 내가 청소년 소설 『여름의 소년들 Boys of Summer』을 쓸 때 그랬다. 이 소설은 그레이슨과 마이크, 이안이라는 세 소년의 시점에서 진행되는 이야기다. 가장 친한 친구 사이인 그들은 휴가를 떠난 섬에서 매우 변화무쌍한 여름을 함께 보내는데, 이들은 각각 전혀 다른 경험을 하게 된다. 세 사람의 비트 시트는 전체적으로 크게 다르다. 유일하게 겹치는 비트는 절망의 순간인데, 각자의 행동이 서로에게 어떤 영향을 미치는지 깨닫고 결국 우정이 한층 단단해진다는 점에서 어울린다. 당연히 집필을 시작하기 전에 캐릭터 당 하나씩 총 3개의 비트 시트를 만들어야만 했다. 이야기가 전개되고 변화할 때마다 저글링하듯 3개의 비트 시트를 처리했다.

　여러 개의 비트 시트를 매끄럽게 진행하는 가장 좋은 방법은 이미 그 일을 잘해 낸 작가들을 연구하는 것이다. 여러 명의 주인공이 등장하는 소설을 3권 이상 읽고 (자신이 쓰고 있는 소설과 같은 장르면 더 좋다) 각 주인공의 비트 시트를 써 보는 것을 추천한다. 주인공들의 비트가 겹치는 부분과 그렇지 않은 부분을 찾아본다. 작가가 주인공들의 이야기를 어떻게 서로 엮는지에도 주목한다. 이런 식으로 모든 주인공의 비트 시트를 연구해 보면 된다.

　그렇다면 (당신의 이야기에) 여러 개의 비트 시트가 필요한지 어떻게 알 수 있을까?

화자와 시점을 살펴보는 것이 가장 좋은 방법이다.

소설에 화자가 몇 명이나 있는가? (아직 집필을 시작하지 않았다면, 화자를 몇 명이나 넣을 계획인가?) 아직 결정하지 못했다면 다음의 분석이 도움이 될 수 있다. 소설의 다양한 서사 구조를 살펴보면서 비트 시트가 몇 개나 필요한지 알아보자.

1인 1인칭 시점

- 정의: 이 소설은 1인칭 대명사를 사용해 주인공 한 명의 직접적인 관점에서 서술된다.
- 예시: 『헝거 게임』, 『먹이』, 『당신이 남긴 증오』, 『레디 플레이어 원』, 『아웃사이더』, 『허클베리 핀의 모험』, 『시녀 이야기』
- 비트 시트 개수: 1개 (화자 1명=주인공 1명=비트 시트 1개).

다수 1인칭 시점

- 정의: 이 소설은 1인칭 대명사를 사용해 주인공 여러 명의 직접적인 관점에서 서술된다(대개 챕터를 바꿔 가며).
- 예시: 『헬프』, 『걸 온 더 트레인』, 니콜라 윤의 『태양도 별이다 The Sun Is Also a Star』, 사바 타히르의 『재의 불꽃』, 오드리 니페네거의 『시간여행자의 아내』, 『원더』, 브렌단 킬리Brendan kiely와 제이슨 레이놀즈의 『올 아메리칸 보이즈』, 토미 아데예미의

『피와 뼈의 아이들』

- 비트 시트 개수: 여러 개. 보통 화자마다 하나씩.

1인 3인칭 시점(제한적)

- 정의: 이 소설은 그나 그녀, 그들 같은 3인칭 대명사를 사용하고 오직 한 캐릭터의 생각에만 접근할 수 있다. 이야기에 등장하지 않는 외부 화자의 관점에서 서술된다.
- 예시: 『해리 포터와 마법사의 돌』, 『미저리』, 『1984』, 『첫눈에 반할 통계적 확률』, 『더 딥』, 『하트 모양 상자』
- 비트 시트 개수: 1개. 화자가 접근할 수 있는 사람의 생각.

다수 3인칭 시점(제한적)

- 정의: 이 소설은 그나 그녀, 그들 같은 3인칭 대명사를 사용하고(대개 챕터마다 화자가 바뀜) 이야기에 등장하지 않으나 여러 캐릭터의 생각에 접근할 수 있는 외부 화자의 관점에서 서술된다.
- 예시: 『커져버린 사소한 거짓말』, 『식스 오브 크라우즈』, 『엘리노어&파크』, 『다빈치 코드』, 『왕좌의 게임』, 『아주 특별하게 평범한 가족에 대하여』
- 비트 시트 개수: 여러 개. 보통 화자가 접근할 수 있는 주요 등장인물마다 하나씩.

3인칭 시점(전지적)

- 정의: 보통 오래된 소설에서 발견되는(요즘은 적어졌음) 이 유형은 그나 그녀, 그들 같은 3인칭 대명사를 사용하고 이야기에 등장하지 않으나 모든 캐릭터의 생각에 접근할 수 있는 외부 화자의 관점에서 서술된다.
- 예시: 『엠마』, 『그리고 아무도 없었다』, 『레미제라블』, 『크리스마스 캐럴』, 『마틸다』.
- 비트 시트 개수: 1개 또는 여러 개. 얼마나 많은 캐릭터가 중요한 변화 여정을 거치는지에 따라 달라진다.

도와주세요!
시리즈를 쓰고 있어요!

여러 권으로 구성된 소설 시리즈를 쓴다면 각각의 소설에 여러 개의 비트 시트가 필요할 것이다. 하지만 시리즈 전체를 아우르는 광범위한 비트 시트도 필요하다. 시리즈 비트 시트는 반드시 15개의 비트가 포함될 필요는 없지만 주인공 혹은 주인공들을 따라가는 커다란 여정이 있어야 한다. 시리즈 전체를 아우르는 여정 말이다. 한 권짜리 소설의 비트 시트와 비슷한 3막 구조를 따라야 한다.

예를 들어 3부작 시리즈에 대해 생각해 보자.

한 권마다 3막과 15개 비트가 있겠지만, 1권은 시리즈의 1막 세계를 묘사하는 설정에 해당하는 경우가 많다. 독자와 주인공을 이야기 속으로 불러들여 현재 어떤 상황인지 소개해 준다. 대개 기폭제, 토론(주인공이 해야만 하는 선택), 2막 진입으로 마무리됨으로써 사실상 2막에 해당하는 3부작의 2권을 설정한다. 그리고 3부작의 2권은 보통 절망의 순간으로 마무리됨으로써 그다음에 올 영혼의 어두운 밤과 또 다른 선택을 내려야 하는 3막으로의 진입이 이루어지는 마지막 책으로 우리를 데려간다. 3부작의 3권은 하나의 거대한 피날레처럼 느껴지지 않는가? 가장 대대적인 전투가 벌어지고 가장 많은 등장인물이 죽고 가장 위험이 커지고 또 가장 위대한 승리가 있다!

따라서 3부작 시리즈의 비트 시트는 다음과 같다.

제1권 – 시리즈의 1막
제2권 – 시리즈의 2막
제3권 – 시리즈의 3막

나의 3부작 SF 시리즈도 이런 식으로 설정되었다. 1권 『기억하지 않는Unremembered』에서는 낯선 세계(우리가 사는 세계)에 문자 그대로 추락한 주인공 세라피나가 소개된다. 1권이 끝날 무렵, 나는 세라피나가 어디에서 왔고 어떻게 그녀가 이 세상에 도착했는지 밝했다. 그리고 세라피나는 2막 진입을 통해(두 번째 책으로 이어지게 되는 결정) 이 세계를 탈출한다. 2권 『잊히지 않은Unforgotten』에서 그녀는 절망의 순간과 영혼의 어두운 밤을 겪으며 자신의 세계로 돌아가기로 하는 매우 운명적이고 희생적인 결정을 내린다. 이것은 3막 진입으로, 시리즈의 3권이자 피날레인 『변하지 않은Unchanged』으로 이어진다. 마침내 세라피나는 자신을 만들고 3부작 내내 통제하려고 했던 사람들을 마주한다.

4부작 시리즈도 비슷한 방법으로 나눌 수 있다. 다음은 4부작 시리즈에 사용할 수 있는 시리즈 비트 시트다.

제1권 – 시리즈의 1막

제2권 – 시리즈의 2막(중간점 반전까지)

제3권 – 시리즈 2막(3막 진입까지)

제4권 – 시리즈 3막

물론 시리즈에 포함된 모든 책의 비트 시트를 만드는 동안 주인공의 여정도 다루어야 한다. 각 권마다 그리고 시리즈 전체적으로.

아이고!

성공적인 소설 시리즈를 쓰는 것은 절대로 쉽지 않다! 한 권으로 된 소설을 쓰는 것만도 얼마나 많은 갈등과 고통을 겪어야 하는가! 시리즈 작업은 거기에 곱하기 3을 한 것만큼 힘들다. 하지만 약간의 계획과 독창적인 스토리텔링만 있으면 얼마든지 훌륭한 시리즈가 나올 수 있다. 이미 그걸 증명해 낸 작가들이 있다.

이 시대의 가장 유명한 소설 시리즈 중 하나인 J. K. 롤링의 『해리 포터』 시리즈를 보자. 이 시리즈를 이루는 7권의 책은 각각 해리가 자신과 자신의 운명에 대해 알아 가며 성장하고 변화하는 훌륭한 비트 시트로 이루어진다. 하지만 시리즈 전체적으로도 변화의 여정이 있다. 해리가 수줍고 불안정한 고아 소년에서 자신의 운명을 좇아 볼드모트를 물리치는 성숙하고 자신감 넘치는 마법의 전사가 된다. 그가 일곱 권의 책에서 경험하는 작은 여정들이 모여 시리즈 전체의 더 큰 여정을 이룬다. 그렇기 때문에 해리는 1권에서 볼드모트를 이길 수 없다. 일시적으로 막을 뿐이다. 다만 그 과정에서 자신의 능력에 대해 좀 더 알게 된다.

시리즈를 구상할 때는 시리즈를 이루는 모든 책이 중요해야 한다. 한두 권만 중요하고 나머지는 그냥 때우는 용이 되어서는 안 된다. 모든 책에 목적이 있어야 한다. 존재 이유가 있어야 한다. 주제가 명시되고 주인공이 얻는 교훈이 있어야 한다. 그리고 시리즈라고 모든 책이 다 똑같아선 안 된다. 서로 연관이 있어야 하고 연결되어야 하지만 똑같아선 안 된다.

앞에서 언급한 적 있지만 한 시리즈를 이루는 책들이 전부 같은 장르에 속하지 않을 때가 많은 것도 이 때문이다. 각 권의 목적이 다르기 때문에 이야기의 장르도 다를 수 있다. 『헝거 게임』(3부작 시리즈

중 1권)은 '평범한 사람에게 닥친 문제' 소설이다. 캣니스 에버딘이 시스템으로 들어가는 이야기다. 그녀가 그 시스템을 어떻게 다룰지에 대한 선택은 2권 『캣칭 파이어』에 가서야 나오며 이는 '집단 이야기' 장르가 된다. 그녀는 시스템을 '불태워 버리기로' 결심한 후에야 비로소 자신이 구세주이자 반란군 지도자라는 사실을 받아들이게 되고 이야기는 슈퍼히어로 장르인 3권 『모킹제이』로 이어진다.

3권의 책. 3개의 비트 시트. 3개의 장르. 하나의 탁월한 이야기. 당신도 할 수 있다. 믿는다!

。

도와주세요!
주인공이 비호감이에요!

나는 2011년, 2,500만 달러를 물려받기 위해 52개의 저임금 일자리를 직접 거쳐야만 하는 버릇없는 10대 상속녀의 이야기를 그린 소설 『아빠가 미운 52가지 이유52 Reasons to Hate My Father』를 쓸 때 곧바로 호감도 문제에 직면했다. 그 후 많은 작가들에게 이 질문을 받았다. 주인공은 평생 한 번도 일해 본 적이 없고 벨에어의 저택에서 살며 50만 달러짜리 메르세데스를 몰고 다니고 요트를 타고 전 세계를 여행하는 부잣집 딸이다. 게다가 엄청나게 버릇도 없다. 참 잘도 정이 가겠다!

1장에서 말했듯이 어딘가 나아갈 곳이 있는 주인공을 만들어야 한다. 결함이 있고 부족함이 있는 사람. 변화가 꼭 필요한 사람. 부족한 점이 많을수록 주인공이 앞으로 나아갈 여지도 크다. 그런 까닭으로 처음에는 그다지 멋지지도 않고 호감이 가지도 않는 모습에서 출발해야 할 수도 있다.

하지만 그와 동시에 독자가 책을 덮지 않고 주인공의 변화 과정을 계속 지켜보도록 만들어야만 한다.

그러려면 어떻게 해야 할까?

고양이를 구해야 한다!

서론에서 언급했듯이, 세이브 더 캣 작법은 호감이 가지 않는 주인공을 좀 더 호감 가게 만들기 위해 고안된 작가의 속임수로 시작되었다. 이것은 다음과 같은 상상의 시나리오에서 출발한다.

여기 조금이라도 비호감을 줄여야 하는 비호감 주인공이 있다. 주인공은 불쾌함을 주는 행동을 하면서 돌아다니다가 나무에서 이러지도 저러지도 못하는 고양이를 발견한다. 그는 나무에 올라가서 고양이를 구한다. 그때 독자들은 '잠깐, 주인공이 완전히 밉상인 것만은 아니었네. 착한 면도 있구나'라고 생각하게 된다. 짜잔! 이제 완전히 비호감이 아니라 '구원 가능성 있는' 비호감 주인공이 되었다.

확실히 말해두건대, 주인공이 정말로 고양이를 구해야 하는 건 아니다! 작가가 교묘하게 펜을 부려 주인공에게 독자들이 편을 들어줄 만한 구석을 만들어야 한다는 뜻이다. 나는『아빠가 미운 52가지 이유』에서 주인공의 개를 정서적으로 불안하고 상처 입은 존재로 설정했다. 주인공은 문자 그대로 개를 구한다! 하지만 비호감 문제를 해결하기 위해 반드시 동물을 구해야만 하는 건 아니다. 다른 선택권도 있다.

주인공에게 구원의 여지가 있는 특징, 행동 또는 취미를 설정하라

당신의 주인공은 온순한가? 고압적인가? 복수심에 불타는가? 불평이 심한가? 우울한가? 은혜를 모르는가? 어깨를 붙잡고 흔들며 "정신 좀 차려. 인생이 그렇게 나쁘지만은 않다고!"라고 소리치고 싶어지는 짜증 나는 주인공만큼 설정 비트를 망치는 것도 없다.

그것이 바로 이 상황에서 당신이 해야 할 일이다. 인생을 그렇게 나쁘지 않게 만들어야 한다. 독자가 주인공을 저버리지 않도록 작은 무언가를 설정해 줄 필요가 있다. 주인공에게 그들을 우러러보는 귀여운 조카나 이웃 아이가 있는가? 형편없지만 사랑스러운 시를 써 놓은 비밀 노트가 있는가? 일주일에 한 번 유기견 보호소에서 자원봉사를 하는가? 독자들이 '저런 면이 있네'라고 생각하며 주인공을 저버리지 않도록 뭔가를 설정해 주어야 한다.

내가 쓴 청소년 소설『카오스 오브 스탠딩 스틸』에서 주인공 린은 가장 친한 친구의 죽음으로 힘들어한다. 한마디로 정리해 웃음 많은 캐릭터는 아니라고 하겠다. 나의 친구이자 서로의 작품을 비평해 주는 파트너 조앤 렌델은 그 초고를 읽고 이렇게 말했다. "흠, 이야기는 좋은데 린이 너무 암울해. 열정도 없고 관심사도 취미도 없고. 읽기가 좀 우울하네. 뭔가 이 아이에게 줄 만한 게 없을까?"

조앤의 말이 옳았다. 비평 파트너는 항상 옳다! 우리는 며칠 동안 함께 브레인스토밍을 하며 린에게 그녀만의 것이라고 할 수 있는 뭔가를 설정해 줄 수 있을지 고민했다. 우리가 얻은 결론은 그림이었다. 린은 그림에 열정이 있었지만 가장 친한 친구가 죽고 난 후 포기했다. 슬픔이 너무 커서 그림을 제대로 그릴 수가 없게 되었기 때문이다. 나는 그림에 대한 린의 열정을 언급하고 린이 그림을 그리며 정말로 행복해하던 과거 회상 장면도 넣었다. 이렇게 사소한 수정만으로 주인공의 호감도 문제가 해결되었고 린이 슬픔을 극복하는 방법(그림을 다시 그리게 되는 것)에 대한 멋진 비유까지 마련할 수 있었다.

『헝거 게임』을 생각해 보자. 작품 초반, 캣니스 에버딘은 우악스러운 모습에 별로 따뜻하지도 않고 매력적이지도 않다. 하지만 무엇으로 그녀에게 호감을 느끼게 할까? 바로 동생 프림을 위해서라면 뭐든지 할 것 같은 모습이다. 실제로 캣니스는 프림을 대신해 헝거 게임에 자원한다. 하지만 그전부터 작가는 이 거친 소녀에게 사랑스러운 구석을 많이 만들어 준다. 동생을 먹여 살리기 위해 캐피톨의 규칙을 어긴다거나, 양동이에 물을 받아 고양이를 빠뜨려 죽이려다가 프림이 울어서 살려 주었다는 말을 한다.

그러니 고양이를 구하라!

주인공에게 (정말로 나쁜) 적이나 상황을 설정하라

최근의 연구 결과에 따르면 소설을 읽을 때 공감 능력이 커진다고 한다. 다른 사람들의 생각과 느낌, 고군분투가 투시하듯 훤히 보인다고 한다. 그들의 삶을 들여다보며 그들이 왜 그렇게 말하고 행동하는지 그 이유를 이해할 수 있게 된다. 현실에서는 좀처럼 주어지지 않는 드문 선물이다. 다른 사람의 고군분투, 투쟁, 사정을 알면 그 사람을 이해하는 데 도움이 될 뿐만 아니라 그들에게 감정을 이입하는 데에도 큰 도움이 된다.

바로 그런 까닭으로, 비호감 주인공을 더욱더 비호감인 캐릭터와 겨루게 하는 일은 비호감 주인공에 대한 독자의 생각을 바꿀 수 있는 또 하나의 좋은 방법이다. 이를테면 악당, 적, 복잡한 관계로 이어진 친한 친구, 심지어 끔찍한 부모 캐릭터가 그런 효과를 낼 수 있다. 그 사람이 너무 끔찍해서 더 이상 주인공을 미워할 수가 없다! 대신 주인공이 이해되기 시작한다. 저런 사람이 옆에 있으니 비호감이 될 수밖에 없었구나, 하고 말이다.

할레드 호세이니의 『연을 쫓는 아이』에서 우리는 주인공 아미르를 소개받는다. 솔직히 아미르는 그의 가장 친한 친구인 하산에게 그다지 친절하지 않다. 오히려 아주 끔찍하게 대할 때가 많다. 그런데 왜 우리는 이 캐릭터를 응원하게 될까? 왜 그가 어떻게 될지 궁금해하며 계속 페이지를 넘기게 될까?

그의 아버지 때문이다.

우리는 아미르의 삶을 엿본다. 아미르는 차가운 아버지의 사랑을 얻으려고 발버둥 친다. 아버지의 생각처럼 가치 없는 아들이 아니라는 것을 증명하려고 필사적이다. 그것만으로 충분하다. 우리는 아미르가 하산에게 한 짓을 절대로 용서하지 않을 것이다. 적어도 소설의 마지막까지는. 하지만 그에게 좀 더 공감하고 그를 이해하기 시작한다.

나 역시 『아빠가 미운 52가지 이유』에서 부모의 존재를 속임수로 활용했다. 사실 이는 제목에서부터 알 수 있다. 렉싱턴 라라비는 비호감 캐릭터이지만 그녀의 아빠를 만나 보면 생각이 달라질 것이다. 딸에 대한 애정과 관심이 전혀 없고 곁에 있어 주지도 않는다. 그녀가 그렇게 무책임한 문제아처럼 행동하는 것은 당연하다! 아버지의 관심을 끌려고 애쓰는 것이다.

주인공을 나쁜 상황에 빠뜨리는 것도 같은 목적을 이뤄 준다. 제인 오스틴의 『엠마』에서 엠마 우드하우스는 어린 나이에 어머니를 여의었다. 애착을 그렇게 경계하는 것도 당연하다! 『걸 온 더 트레인』의 레이첼은 남편이 바람을 피웠고 그 여자와 결혼해 아기까지 낳았다. 그녀가 술에 의존하는 것도 당연하다! 장 발장은 빵 한 덩어리를 훔친 죄로 무려 19년 동안 감옥살이를 했다. 그가 마음의 문을 닫고 사회에 저항하는 것도 당연하다! 악명 높은 에비니저 스크루지조차도 그런 인간이 된 데는 그 나름대로 이유가 있다. 그는 어릴 때 아버지에게 집에서 쫓겨났다. 사람들에게 인색하기 그지없는 것도 당연하다!

캐릭터들이 비호감이 된 데는 다 이유가 있다. 그들이 태어날 때부터 그런 건 아니다. 우리는 누구나 백지 같은 상태로 태어난다.

그런데 그 백지에 도대체 무엇이 그려졌기에 주인공이 이렇게 비호감이 되었을까? 주인공의 과거나 부모 또는 현재 상황을 보여주면 이 사람이 어떤 사람이고 어쩌다 지금에 이르렀는지 파악하기가 쉬워진다. 그 까닭을 확실히 알면 결함을 고치려는 주인공의 여정에 공감이 가기 시작한다.

○
도와주세요!
꽉 막혔어요!

사실 작가의 벽 같은 건 존재하지 않는다.

자고 있지 않은 한 글을 쓸 수 있다. 의자에 앉으면 글을 쓸 수 있다. 손가락이 있으면 글을 쓸 수 있다.

글을 쓸 수 있다고 했지, 잘 쓸 수 있다고는 하지 않았다. 어쨌든 글쓰기는 절대로 막히지 않는다. 당신은 항상 무언가를 쓸 수 있다.

그럼에도 장담하건대 어떤 단계에 놓여 있든 당신은 막힐 것이다. 좋은 날도 있고 나쁜 날도 있을 것이다. 마음에 쏙 드는 장면이 써질 수도 있고 실컷 써 놓고 그냥 지워 버릴 수도 있다. 제대로 될 때까지 기폭제 비트를 수없이 바꿀 수도 있다. 끝까지 다 써 놓고 재미와 놀이 비트가 잘못되었다는 것을 깨달을 수도 있다.

글쓰기를 창조적 과정이라고 하는 이유가 있다.

창조적 과정에 대처하도록 도와주는 몇 가지 조언을 하지 않은 채 그냥 책을 끝낼 순 없다!

그리하여 이 책에서 준비한 조언은 다음과 같다.

글과 플롯이 형편없어도 된다고 허락하라

작가의 벽 같은 것은 존재하지 않는다. 완벽주의자의 벽만 존재할 뿐. (이 기막힌 표현은 작가 에밀리 하인스워스Emily Hainsworth가 고안했다!) 우리는 자신이 쓰는 글이나 줄거리가 형편없을까 봐 두려워한다. 그렇다면 그 두려움에 굴복하고 형편없는 글이나 줄거리가 나오게 내버려 두자. 끔찍한 글을 써 재껴라. 형편없고 오글거리는 비트 시트를 만들어라. 그리고 견뎌라!

그런 당신을 위해 작은 비밀을 하나 알려 주겠다. 아무리 끔찍하게 못 써도 나만 읽으면 된다. 다른 사람이 읽을 필요가 없다. 그리고 언제든 돌아가서 고칠 수 있다.

노라 로버츠는 "백지는 고칠 수 없다"라고 말한다. 뼛속 깊이 맞는 말이다! 형편없는 글을 써라. 미래의 내가 고칠 게 생기도록! 고칠 게 없으면 미래의 내가 무척 지루해할 것이다. 페이지에 뭐든 쓰기로 한 약속을 깨서 실망도 할 것이다. 미래의 나를 실망시키지 말자. 미래의 내가 할 일이 없도록 만들지 말자.

글을 잘 쓰지 못하는 것을 두려워하지 마라. 형편없는 것들을 끌어안아라! 내가 즐겨 하는 말이 있다.

"똥 같은 글을 쓰는 걸 두려워하지 마라. 똥은 훌륭한 비료가 된다."

유연하게! 비트는 변하기 마련이다

당신은 며칠, 몇 주, 몇 달 심지어 몇 년이 걸려서 모든 디테일이 정확하게 들어간 비트 시트를 작성한 다음에야 글쓰기를 시작하는 꼼꼼한 성격일 수도 있다. 아니면 몇 가지 아이디어를 대충 메모한 다음에 곧바로 글쓰기에 돌입하는 성격일 수도 있고. 어느 쪽이든 중간에 비트가 바뀔 것이다. 불가피한 일이다. 소설의 마지막 페이지까지 썼는데 지금 보니 설정 비트가 잘못되었다. 혹은 초고를 절반 정도 썼는데(혹은 완성된 마지막 초고) 절망의 순간 비트가 좀 더 앞으로 와야 하거나 강도가 약하다는 것을 깨닫는다.

비트는 절대적이거나 고정적인 게 아니다. 그래서도 안 된다.

작가 테리 프래쳇은 이렇게 말한다. "첫 번째 초고는 자신에게 이야기를 들려주는 것이다." 실제로 어떤 사람들은 초안을 '발견 초고'라고 부르기도 한다. 정말로 발견이 이루어지기 때문이다. 이야기를 발견하고 세계를 탐구하고 주인공을 알아 간다. 구상한 플롯을 그대로 고수할 수 있다는 생각은 인생이 계획대로 흘러갈 것이라는 생각만큼이나 망상에 불과하다.

15개의 비트를 미리 구상하면 이야기를 어떤 방향으로 진행시키고 싶은지 알 수 있고, 실제로 올바른 방향으로 나아가도록 해 주지만 거기까지 가는 방법을 정확히 알려 줄 수는 없다. 소설을 쓰는 것은 황금 양털 이야기와도 같다. 매일 마주하는 부담스러운 하얀 종이(또는 화면)가 당신의 길이다. 상은 '끝'이다. 나와 비평 파트너, 동료 작가들이 당신의 팀이다. 도중에 우회로가 있을 것이다. 여정을 갑자기 중단시켜 경로를 바꿀 수밖에 없게 만드는 길가의 말뚝도 분명 나타날 것이다.

그러니 반드시 융통성을 가져라. 이야기와 주인공에 점점 초점이 향함에 따라 비트도 변해야 한다. 만약 도중에 길을 잃은 것 같다면 주인공의 욕망과 필요로 돌아가야 한다는 것을 기억하자. 그것들이 이 여정의 표지판이다. 중간점으로 나아갈 때 주인공이 원하는 것을 주시하자. 마지막 이미지로 나아갈 때 주인공에게 무엇이 필요한지 살피자. 이 2가지가 어두운 길을 지날 때 큰 도움이 될 것이다.

진행 중인 소설을 다른 사람의 걸작과 비교하지 마라

이 책에 나오는 비트 시트를 읽고 더 많은 소설들을 분석하면서 패턴을 찾기 시작할 때 명심해야 할 것이 있다. 그 소설들은 완성된 제품이라는 것이다. 진행 중인 작품이 아니다. 그것들은 몇 달, 때로는 몇 년의 투쟁을 걸쳐 완성되었다. 무수히 많은 수정, 편집자의 편지, 편집을 거쳤다.

우리가 좋아하는 작가들이 홈페이지에 지저분한 초고를 모두가 보도록 올리지는 않는다. 하지만 장담하건대, 그들에게도 끔찍한 초고가 분명히 존재한다. 모든 작가에게 말이다. 소설이 처음부터 완벽하게 완성된 형태로 페이지에 담길 리가 없지 않은가. 보통은 (나는 그렇다!) 로르샤흐 잉크 반점(스위스의 정신과 의사 헤르만 로르샤흐가 1921년에 개발한 성격검사 방법에서 쓰이는 카드 속 그림에서 유래한 말-옮긴이) 저리 가라 할 정도로 못생긴 모습으로 페이지에 담겨 있어서 몇 시간이나 고개를 갸웃거리고 눈을 찡그려 가며 힘들게 해독해야 한다.

또 마찬가지로 진행 중인 비트 시트를 이 책에 수록된 비트 시트와 비교하지 마라. 그것들은 이미 완벽하게 다듬어 완성된 이야기를 분석해 놓은 것이다. 작가가 글을 쓰기 위해 처음 앉았을 때의 개요와(심지어 개요조차 잡혀 있지 않았을지도 모른다!) 180도 다른 모습이라고 장담할 수 있다.

나는 이것을 '비포 비트 시트'와 '애프터 비트 시트'의 차이라고 부른다. 비포 비트 시트는 글쓰기를 시작하기 전에 만드는 것이다. 목적지까지 길을 잃지 않도록 도와주는 로드맵이다. 애프터 비트 시트는 이야기의 패턴을 연구할 수 있는, 집필이 끝나고 수정, 편집, 교정을 거친 완성된 소설이다. 이 두 비트 시트가 서로 얼마나 달라지는지, 소설을 쓰는 도중에 비트 시트가 얼마나 많이 변하는지를 설명하기 위해 내 소설 『잃어버린 것들의 지도The Geography of Lost Things』의 비포와 애프터 비트 시트를 소개한다. 읽어 보면 비포 비트 시트가 얼마나 허술하고 구멍이 많은지, 글쓰기를 시작하기 전에 결정되어 있던 것들이 얼마나 적은지, 스토리와 캐릭터에 쏟는 시간이 늘어날수록 비트가 얼마나 많이 바뀌었는지 보일 것이다. 애프터 비트 시트에서는 위치가 바뀐 비트도 많고 살만 더 붙은 비트도 있고 심지어 완전히 새로 쓴 비트도 있음을 알 수 있다.

그러니 자신에게 친절해야 한다. 처음부터 모든 것이 다 정해지지 않을 수도 있다. 만일 그렇다고 해도 앞에서 말한 것처럼, 나중에 바뀔 가능성이 크다.

『잃어버린 것들의 지도』

작가: 제시카 브로디

세이브 더 캣 분류: 황금 양털

일반 분류: 영어덜트 소설

---

1. 오프닝 이미지

비포

알리의 아빠 잭슨이 세상을 떠나고 아빠가 남긴 빈티지 자동차의 소유 증서와 열쇠가 담긴 봉투가 도착한다. 알리는 아빠도 그 차도 싫다(아빠가 항상 그 차를 타고 멀리 떠났으니까). 잭슨은 알리와 엄마에게 많은 빚을 남겼다.

애프터

누군가 알리를 찾아와 최근 사망한 그녀의 아빠 잭슨이 남긴 봉투를 건넨다. 잭슨은 오래전에 알리와 엄마를 두고 떠났다. 봉투에 뭐가 들어 있는지는 나중에 밝혀질 것이다.

2. 설정

비포

알리는 포트 브래그에 사는 구매자에게 차를 팔기 위해 출발한다. 집이 경매로 넘어가는 걸 막고 엄마의 빚을 해결해 줄 돈이 필요하다(A 스토리&욕망). 하지만 수동 운전을 하지 못하는 알리는 헤어진 남자 친구 니코에게 운전을 부탁해 같이 가야만 한다.

한편 알리가 물건을 버리는 모습이 나온다. 그녀는 계속 잡동사니들을 정리하고 있다. 바로 이 점이 알리의 가장 큰 결함이다. 가치가 증명될 기회가 오기도 전에 너무 빨리 물건을 버려 버리는 것.

애프터

케이터링 일을 하는 엄마가 일주일간 집을 비우고 알리는 혼자 남아 은행에 넘어가게 된 집을 정리한다. 알리는 어떻게든 집을 지키고 싶지만 엄마는 이미 포기했다. 알리는 집 안의 물건들을 대부분 버리면서 (집착적일 정도로 물건을 버린다) 빚더미에 앉게 된 이유를 생각한다. 모두 아빠 잭슨의 잘못이었다.

잭슨은 항상 집을 들락날락했다. 결코 믿을 수 있는 사람이 아니었고 엄마 명의로 신용카드를 계속 만들었다. (그러고는 카드값을 갚지 않았다.) 우리는 잭슨이 가장 좋아하는 2가지가 1968년식 파이어버드 400 컨버터블과 1990년대 포스트 그런지 밴드 피어 에피데믹이라는 것을 알게 된다. 알리는 아빠에 대한 분노와 앙심이 강하다.

우리는 알리가 성격테스트를 매우 좋아한다는 사실도 알게 된다. 그녀는 사람들을 간단하게 분류하는 것을 좋아한다. 이는 사람들에게 너무 빨리 이름표를 붙이고 성급하게 '버리는' 그녀의 결함과 이어진다.

3. 주제 명시

비포

포트 브래그의 글래스 비치에서 (바다 유리와 관련해) 누군가가 알리에게 말한다. "바다는 용서한다." 바다는 쓰레기처럼 오래되고 가치 없어 보이는 것을 가져가서 반짝이고 간직할 가치가 있는 것으로 바꿀 수 있음을 의미한다.

이것은 알리가 아빠를 용서하지 못하는 것이나 물건을 너무 빨리 버리기 때문에(니코 포함) 그것들을 가치 없는 것으로 여기는 모습과도 관련이 있다. 누군가에게는 쓰레기지만 다른 이에게는 보물이 될 수 있다.

여기서 알리가 이 이야기 전체를 통틀어 배워야 하는 인생 교훈이 나온다. 바로 용서다. (너무 쉽게 속단하고 외면하지 말고 사람들이 자신의 진가를 보여 줄 기회를 주는 것).

애프터

고등학교 마지막 날, 가장 친한 친구인 준이 알리에게 두 사람의 우정을 직접 기록해 만든 스크랩북을 준다. "버리지 않을 거지?" 준이 묻자 알리는 단호하게 대답한다. "절대로 안 버릴 거야. 절대로. 너무 좋아." 그러자 준은 "그래. 좋아하는 걸 버리진 않지"라고 한다.

알리는 준이 그런 말은 한 것은 그녀의 전 남자 친구인 니코 때문이라는 사실을 안다. 하지만 사실 이것은 알리가 아빠와 관련해 배워야 하는 인생 교훈이기도 하다. 누군가에게 너무 빨리 등을 돌리면 안 된다는 것. 모르거나 이해하지 못하는 것들이 있을 수 있다.

나중에, 이 주제는 포트 브래그의 해변에서 만난 남자에 의해 재현된다. 그는 알리가 해변에서 주운 바다 유리 조각을 보고 "바다는 용서한다"라고 말한다. 바다는 쓰레기처럼 오래되고 가치 없어 보이는 것을 가져가서 반짝이고 간직할 가치가 있는 것으로 바꿀 수 있다는 것을 의미한다.

알리가 이야기를 통해 배워야 하는 인생 교훈은 용서다. 너무 쉽게 속단하고 외면하지 말고 사람들에게 자신의 진가를 보여 줄 기회를 줄 수 있어야 한다.

4. 기폭제

비포

구매자는 알리에게 그 차가 알리가 생각하는 것만큼 가치가 있는 건 아니라고 말한다. 아빠가 차를 잘 돌보지 않은 탓이었다. (최근에 건강이 나빠져서 그랬을까?)

애프터

오프닝 이미지의 누군가가 알리를 찾아온다. 그는 잭슨이 죽기 전에 함께 살았다면서 알리에게 봉투를 건넨다. 봉투 안에는 잭슨이 가장 아꼈던 1968년식 파이어버드 400 컨버터블의 열쇠가 들어 있다.

5. 토론

비포

집이 은행에 넘어가는 것을 막기 위해 알리는 어떤 방법으로 돈을 구할 수 있을까?

니코는 알리에게 크레이그리스트(미국의 지역 생활 정보 사이트에서 시작돼 전 세계로 확산된 온라인 벼룩시장-옮긴이)의 '상향 거래'에 대해 말한다. 작은 물건을 올려서 그보다 약간 더 값나가는 것과 물물교환하는 식으로 업그레이드해서 여러 번의 거래를 거치면 나중에는 아주 값나가는 물건을 손에 넣게 되어 집을 지킬 돈을 구할 수 있을 것이라고 말이다(실제로 크레이그리스트에서 처음에 종이 클립을 내놓고 상향 거래하는 식으로 14번의 거래를 거쳐 집을 손에 넣은 사례가 있다-옮긴이).

처음에 알리는 니코가 미쳤다고 생각한다. 말도 안 된다고. 하지만 밑져야 본전인데 한번 해 봐도 되지 않을까?

애프터

알리는 차를 어떻게 해야 할까?

알리는 곧바로 크레이그리스트에 차를 팔려고 내놓는다. 그 돈으로 집이 넘어가는 걸 막을 수 있을지도 모른다고 생각한다.

다음 날 그녀는 연락 온 게 있는지 확인하기 위해 학교 컴퓨터실로 갔다가 니코를 만난다. 반감으로 가득한 어색하기 짝이 없는 분위기. 우리는 니코가 알리의 전 남자 친구라는 것을 알게 된다. 그들은 한 달 전에 헤어졌다. (이유는 아직 알 수 없다.)

크레이그리스트에 올린 게시물에 많은 연락이 와 있다. 가장 높은 금액을 제시한 남자는 캘리포니아주 크레센트 시티에 산다(북쪽으로 4시간 거리). 알리는 그에게 오늘 저녁에 차를 몰고 가겠다고 답장을 보낸다. 그가 제시한 액수는 집이 압류되는 걸 막기에 충분하다(욕망).

알리가 주차장에 세워 둔 그녀의 차로 가 보니 니코가 기다리고 있다. 그는 차 거래에 관한 알리의 이메일을 어깨너머로 보았다. 스틱 운전도 못 하면서 어떻게 차를 크레센트 시티로 가져갈 것이냐고 비웃듯 말한다. 알리가 아는 사람 중에 스틱 운전을 할 수 있는 사람은 니코밖에 없다.

6. 2막 진입

비포

말도 안 되는 것 같지만 알리는 니코의 말대로 한번 해 보기로 한다. 그들은 크레이그리스트에 어떤 물건을 팔려고 내놓는다.

애프터

니코에게 도와 달라고 하기는 정말 싫지만 알리에게는 선택의 여지가 없다. 그녀는 차를 몰고 크레센트 시티로 가 주면 차를 판 돈에서 천 달러를 주겠다고 제안한다. 니코도 받아들인다.

7. B 스토리

비포

니코의 새로운 모습과 그의 비밀에 대해 알게 된다(알리가 그에게 너무 일찍 이별을 고해서 혹은 고해 '버려서' 미처 알지 못했던 것들).

또한 B 스토리는 알리와 니코가 이별하기까지의 관계를 회상 장면으로 보여 줄 것이다. 그들이 헤어진 진짜 이유는 계속 밝혀지지 않다가 회상 장면을 통해 드러날 것이다.

애프터

니코는 B 스토리 캐릭터다. 회상을 통해 두 사람의 사이가 좋았던 과거와 좋지 못한 현재를 비교해 보여줌으로써 알리는 자신과 자신의 결함에 대해 더 많이 알게 될 것이다.

하지만 궁극적으로 니코와의 여행은 알리가 그들이 헤어진 날 밤 실제로 무슨 일이 일어났는지 알게 해 주고 무엇보다 그녀에게 용서라는 주제를 가르쳐 줄 것이다.

8. 재미와 놀이

비포

상향 경로. 크레이그리스트의 거래, 니코와 알리의 싸움, 거래를 통해 만나는 새로운 사람들.

우리는 또한 잭슨이 1990년대 포스트 그런지 밴드 피어 에피데믹을 좋아하고 2000년대 말에 재결합한 그룹의 투어 공연에 함께 하기 위해 알리와 엄마를 떠났다는 사실을 알게 된다.

애프터

하향 경로. 알리와 니코는 사이가 좋지 않다. 두 사람 모두 헤어진 뒤로 여전히 서로에게 화가 나 있다. 차를 타고 가는 내내 긴장감이 넘친다.

그들은 포트 브래그에서 처음 정차하고 니코는 알리에게 차를 팔지 말라고 설득한다. 빈티지 자동차이니까 그냥 가지고 있으라고. 대신 크레이그리스트에서 '상향 거래'로 집을 지킬 만한 돈을 벌 수 있을 것이라고 한다. 작은 물건을 올려서 그보다 약간 더 값나가는 것과 물물교환하는 식으로 여러 번의 거래를 거치면 나중에는 아주 값나가는 물건이 되어 집을 지킬 돈을 구할 수 있을 것이라고 설명한다. 알리는 말도 안 되는 일이라며 거절한다. 니코는 자신의 말이 맞는다는 것을 증명해 보이겠다면서 크레이그리스트에 물건을 올린다.

북쪽 해안에 가까워질수록 도로의 장애물에 부딪치는 바람 때문에 그들은 방향을 돌려서 다른 길로 가야만 한다. (저녁때까지 크레센트 시티에 도착하려는 알리의 목표가 늦춰진다).

호텔방에서 함께 밤을 보내야만 하는 어색한 상황이 된다.

우리는 이런저런 회상 장면을 통해 알리와 니코의 관계, 알리의 어렸을 적 아빠의 모습에 대해 알게 된다.

9. 중간점

비포

거짓 승리. 크레이그리스트에서의 상향 거래는 잘되어 가고 있지만 알리와 니코가 키스할 뻔하면서(중간점 파티) 위험이 높아진다.

애프터

거짓 패배. 크레센트 시티에 도착한다. 구매자는 차를 살펴보더니 '복제품'이라고 한다. 진짜 400이 아니라 잭슨이 일반 파이어버드 모델에 가짜 400 엠블럼을 붙인 것이다.

알리는 아빠가 언제나 자신을 실망시켰다는 사실을 다시 한번 떠올린다. 차를 팔아 봤자 생각했던 가격의 지극히 일부분밖에 되지 않을뿐더러 집을 지키기에는 어림도 없다.

이 시점에서 니코는 200달러까지 물건을 업그레이드했다. 그는 차를 팔지 말고 자신과 함께 '상향 거래'를 해 보자고 설득한다. 알리는 어차피 밑져야 본전이라는 생각에 마지못해 동의한다.

10. 다가오는 악당
- - - - - - - - - - - - - - - - - -

비포

하향 경로. 거래 속도가 느려지는가? 아니면 거래에 문제가 생겼나? 알리와 니코의 관계가 다시 뜨거워지고 알리의 내적 악당들이 소환되어 일을 망치려고 한다.

알리는 니코와 그들이 이별한 날 밤에 대해 헤아리기 시작한다.

애프터

상향 경로. 미션은 잘 진행되고 있다. 알리와 니코는 다음 거래가 이어짐에 따라 해안 쪽으로 계속 올라가고 결국엔 5천 달러짜리 물건을 손에 넣는다.

기적적으로, 니코와 알리 사이는 예전보다 좋아지고 즐겁기까지 하다. 니코는 알리에게 스틱 운전하는 법을 가르쳐 준다. 자동차 극장으로 영화를 보러 간 두 사람은 키스를 하고, 알리는 니코에 대한 그녀의 감정을 다시 생각해 보게 된다.

한편, 알리가 크레이그리스트 거래를 통해 여러 사람을 만나면서 아빠 잭슨에 대한 회상이 더 잦아진다. 실망스러운 면이 아닌 잭슨의 다른 면이 드러나기 시작한다.

알리는 차 트렁크에서 잭슨이 피어 에피데믹의 리드싱어와 함께 찍은 사진을 발견한다. 그 사진은 잭슨이 피어 에피데믹의 재결합 투어 공연의 로드 매니저였을 때 찍은 사진이다.

11. 절망의 순간

비포

차가 고장 나고 수리비 견적이 너무 많이 나온다. 알리와 니코의 여행이 중단된다.

애프터

그들은 크레이그리스트에서 사기를 당해 마지막으로 거래한 물건을 잃어버려 처음의 0달러 상태로 돌아간다(길가의 말뚝). 알리는 사기를 알아차리지 못했다며 니코를 원망하고 둘은 싸운다. 하지만 싸움의 이유가 크레이그리스트 때문이 아니라는 것은 이내 명백해진다. 이 싸움은 그들이 헤어진 날 밤부터 계속된 싸움이다. 하지만 이번에 니코는 알리에게 그때는 하지 않았던 말을 한다. 따끔한 진실을.

알리는 니코를 주차장에 혼자 남겨 둔 채 차를 타고 가 버린다.

12. 영혼의 어두운 밤

비포

알리는 모두 다 그만두고 집에 가고 싶다. 니코는 두 사람이 헤어진 날 밤에 무슨 일이 있었는지 사실대로 털어놓는다.

알리는 자신이 너무 섣부르게 그를 판단하고 그에게 등을 돌렸음을 깨닫는다. 지금까지 줄곧 잘못 추측하고만 있었다(애초에 진실을 알기까지 관계를 오래 이어 가지 않았기 때문).

알리는 차 트렁크에서 피어 에피데믹의 희귀 레코드판을 발견한다. 그것은 아빠의 것이었고 매우 가치 있는 물건이다.

애프터

알리는 차 안에서 혼자 괴로워하며 니코에 대한 마지막 회상에 젖는다. 그들이 헤어진 날 밤이다. 마침내 그날 밤에 관한 모든 일이 자세히 드러난다.

그때 니코의 핸드폰에서 문자 음이 계속 울리는 바람에 알리는 회상에서 깨어난다. 알리가 핸드폰에서 읽은 내용은 헤어진 날 밤에 대한 마지막 퍼즐 조각을 드러내 준다(어두운 밤의 깨달음). 그 퍼즐 조각은 지금까지 니코를 비난했던 알리의 마음을 되돌린다. 알리는 자신이 그를 오해했고 너무 빨리 등을 돌렸음을 깨닫는다. 여행 내내 니코가 그렇게 화가 나 있던 것도 그 때문이었다.

실수를 깨달은 알리는 그를 찾으러 돌아간다. 두 사람은 해변에서 마음을 터놓고 솔직한 대화를 나누고는 서로를 용서한다. 하지만 알리는 처음으로 그녀에게 실망을 안겨 준 사람을 아직 용서하지 않았다. 그녀가 결코 용서할 수 없다고 생각했던 단 한 사람을.

알리는 잭슨의 파이어버드를 팔기 위해 빈티지 자동차 정비소에 간다. 생각했던 것만큼의 가격은 아니지만 두 사람이 집으로 돌아갈 경비는 되었다. 상향 거래에서 모든 것을 잃었기 때문에 돈이 될 만한 것은 다 모아야 한다.

차를 넘기기 전에 알리는 오디오 플레이어에서 카세트테이프를 발견한다. 아빠가 피어 에피데믹과 투어 공연을 하러 다닐 때 녹음한 것이었다. 그때 잭슨은 밴드의 새 앨범에 수록될 곡을 만들었지만 밴드가 해체되는 바람에 녹음이 이루어지지 못했다. 알리는 그 노래가 그녀에 관한 것이라는 느낌이 들었고 가사의 의미를 알고 싶어 한다. 그녀는 아버지를 이해하고 싶어 한다.

13. 3막 진입

비포

알리는 여행을 계속하기로 하고 다시 크레이그리스트 거래를 이용해 필요한 나머지 돈을 모으기로 한다. (화해한) 그녀와 니코는 레코드판을 크레이그리스트에 물물교환하기 위해 내놓는다.

애프터

알리는 (당장은) 차를 팔지 않고 피어 에피데믹의 리드싱어가 사는 좀 더 북쪽의 워싱턴주 타코마에 가기로 한다. 아버지가 진짜 어떤 사람이었는지 아는 사람은 그뿐일 것이다.

14. 피날레

비포

피어 에피데믹의 리드싱어가 크레이그리스트에 올린 게시물을 보고 알리를 집으로 부른다. 그는 재결합 투어 공연의 로드 매니저였던 알리의 아빠를 기억한다.

그는 알리에게 아빠를 용서하기 위해 필요한 퍼즐 조각—알리가 몰랐던 아빠에 대한 어떤 것—을 준다. 그는 아빠가 알리를 무척

이나 사랑했다고 말한다.

그는 알리와 니코가 하고 있는 일에 대해 듣더니 레코드판과 무엇인가를 바꾸겠다고 제안한다. 하지만 도와주려는 마음이라서 레코드판보다 훨씬 더 가치가 큰 물건을 준다. 알리는 집을 지키기 위해 필요한 돈을 구한다. 그러나 그 돈으로 혹시나 차를 구하지는 않을까? 아니면 다른 데 쓸까? 그녀는 어떤 것이 간직할 가치가 있고, 어떤 것을 놓아야 하는지를 깨닫는다. (처음에는 뭐가 뭔지 알기 어려울 수 있다는 것도.)

애프터

알리는 파이어버드의 트렁크에서 발견한 사진 속의 남자 놀런 쿡을 만난다. 놀런 쿡은 알리에게 그녀가 전혀 몰랐던 아빠의 모습을 말해 준다. 이로써 그녀가 이미 회상했던 장면에 디테일이 더해져서 의미 자체가 바뀌고 잭슨이 정말로 떠난 이유가 설명되기 시작한다. 알리가 지금까지 알고 있던 것과는 달랐다.

놀란은 잭슨이 쓴 가사를 짚어 준다. 그 노래는 알리에 대한 내용이 맞았다. 노래 가사를 읽으면서 알리는 아빠의 모습이 그려지기 시작한다. 이제 그녀는 아빠를 깊이 이해할 수 있게 되었다.

마침내 아빠를 용서할 수 있게 되었다.

15. 마지막 이미지

비포

알리와 니코는 재결합하고 집으로 돌아온다.

애프터

알리와 니코는 파이어버드를 타고 집으로 돌아간다. (이제 알리가 운전대를 잡았다.) 집을 지킬 돈을 구하지는 못했지만 더 좋은 것을 얻었다.

Save the Cat!

글을 마치며

당신이 이 책의 어떤 부분에 공감하고 또 공감하지 않을지는 알 수 없다. 어떤 부분은 당신이 영혼의 어두운 밤 비트를 쓸 때 도움이 될 수도 있고, 어떤 부분은 그냥 대충 훑어보기만 할 수도 있을 것이다. 그래서 내가 10년 동안 이야기에 관해 얻은 모든 지혜를 이 책에 전부 넣었다. 당신에게 다가가 유익한 변화를 일으킬 수 있는 내용이 있기를 바라면서 말이다.

당신이 이 책을 읽고 좀 더 훌륭한 작가가 되고 나아가 개인으로서도 변화하기를 바란다. 자신에게서 어떤 결함을 발견했는가? 부족한 부분을 완벽하게 다듬었는가? 더 중요한 필요를 위해 욕망을 버렸는가?

당신은 이 이야기의 진짜 주인공이다. 내가 이 책을 쓴 이유도 바로 그 때문이다. 지금 나에게 중요한 변화는 당신의 변화뿐이다. 당신은 스토리텔링의 슈퍼히어로가 될 운명을 타고났다. 그러니 얼른 그 운명을 맞이하라.

감사의 말

이 책을 집필하면서 많은 사람들의 도움을 받았다. 가장 먼저 블레이크 스나이더에게 고마운 마음을 전한다. 당신은 이 마법 같은 방법을 세상에 소개하고 이야기의 세계로 나를 이끌어 주고 끝없는 영감을 주었다. 이 책이 당신의 자랑이 되었으면 좋겠다.

또 블레이크의 유산이 이어질 수 있도록 내게 이 책을 맡겨 준 B. J. 마켈에게 감사한다. 당신은 처음부터 내 편이 되어 주었다. 당신이 없었다면 이 책은 결코 세상에 나오지 못했으리라.

전 세계의 작가들에게 세이브 더 캣 작법의 마법을 열심히 전파하는 리치 카플란, 당신은 본디 시나리오 작법인 이 기술을 소설에 응용하려는 나를 믿어 주었다. (아주 오래전에) 처음 『세이브 더 캣!』을 전파해 준 스콧 브랜든 호프먼에게도 고마운 마음을 전한다. 당신은 모든 것의 기폭제였다! 나의 에이전트 짐 매카시에게도 감사한다. 내가 신간 아이디어를 제안할 때 항상 "멋져요!"라고 말해 준 당신이지만, 특히 이 책을 제안했을 때 유난히 더 멋지다고 해 주었다.

내게 처음으로 논픽션 책을 쓸 기회를 주고 (절망의 순간이 계속되었던) 집필 과정 내내 이끌어 준 텐 스피드 출판사의 리사 웨스트모어랜드에게도 감사한다. 도움이 절실할 때마다 당신은 내게 인내와 지혜, 부드러운 조언을 아끼지 않았다. 이 책을 멋지게 만들어 주고 재킷 플랩 스포일러와 뱀파이어, 코르크 스크루에 관한 재미있는 수다로 즐거움을 선사해 준 카피 에디터 크리스티 하인에게도 감사한다. 대니얼 와이키, 엘리너 대처, 클로이 롤린스 등 이 책을 세상에 내놓기 위해 열심히 뛴 텐 스피드 출판사의 훌륭한 식구들에게도 마찬가지로 고마운 마음을 전한다.

내가 장르를 분류하느라 힘들어할 때 불평을 고스란히 들어주고 결국 '완벽한 10가지 장르'를 찾을 수 있도록 현명한 조언으로 이끌어 준 조앤 렌델, 제시카 코우리, 호세 실레리오, 제니퍼 울프에게 감사한다. 또한 집필 과정 내내 나를 지지해 준 남편 찰리에게도 고마운 마음을 전한다. 그는 그야말로 재미와 놀이는 물론 다가오는 악당, 절망의 순간에도 옆에서 함께해 주는 사람이며, 나의 영원한 3막 진입이자 B 스토리, 심장이 되어 주는 존재이다. 그리고 언제나 그렇듯 부모님께도 감사드린다. 최초이자 가장 열렬한 나의 치어리더가 되어 주어서. 특히 '작가 유전자'를 물려주신 아버지, 마이클 브로디에게 감사드린다.

무엇보다도, 나의 모든 학생에게 고마운 마음을 전한다. 글쓰기 워크숍에 참석하거나 온라인 강의를 듣거나 아니면 지금 이 책을 통해 처음으로 만난 모든 학생들에게 감사한다. 이 책은 그 모든 학생들에게 영감을 받아 탄생했다. 세상을 이야기로 가득 채우려는 이들의 창의력과 에너지, 굳은 의지를 떠올리며 영혼의 어두운 밤을 버틸 수 있었다. 이 책을 길잡이 삼아 부디 세상에 아름다운 이야기를 잔뜩 들려주길 바란다.

=== *Save the Cat!* ===
나의 첫 소설 쓰기

1판 1쇄 발행	2021년 11월 30일
1판 4쇄 발행	2024년 4월 16일
지은이	제시카 브로디
옮긴이	정지현
발행인	황민호
본부장	박정훈
책임편집	김사라
편집기획	강경양 이예린
마케팅	조안나 이유진 이나경
국제판권	이주은 한진아
제작	최택순
발행처	대원씨아이㈜
주소	서울특별시 용산구 한강대로15길 9-12
전화	(02)2071-2019
팩스	(02)749-2105
등록	제3-563호
등록일자	1992년 5월 11일
ISBN	979-11-362-9128-8 03800